btb

Ein Leuchtturm vor der Küste Norwegens – wir schreiben die fünfziger Jahre des letzten Jahrhunderts. Um seine Familie vor dem finanziellen Ruin zu retten, muss Johan Marie heiraten, obwohl er Hannah liebt. Sie lassen sich auf dem Leuchtturm von Kjeungskjær nieder, Norwegens einzigem achteckigen Leuchtturm. Dort, vor der felsigen Küste im Nordatlantik, stürmt es so sehr, dass die Wellen manchmal bis zur Dachspitze reichen. Da oben sitzt Johan und fühlt sich vom Leben betrogen. Doch im Laufe der Geschichte wird es immer fraglicher, wer wen wirklich täuscht…

Maren Uthaug wurde 1972 als Tochter einer norwegischen Mutter und eines samischen Vaters geboren und wuchs in Dänemark auf. Sie arbeitet als Graphikerin und gewann 2013 den Cartoon-Wettbewerb der großen dänischen Tageszeitung Politiken. Für ihren Roman »Hannahs Lied« wurde sie mit dem Dänischen Romanpreis des öffentlich-rechtlichen Rundfunks ausgezeichnet. Sie hat drei Töchter.

MAREN UTHAUG

Hannahs Lied

Roman

Aus dem Dänischen
von Ulrich Sonnenberg

btb

Die dänische Originalausgabe erschien 2017
unter dem Titel »Hvor der er fugle« bei Lindhardt og Ringhof,
Kopenhagen.

Dieses Buch ist auch als E-Book erhältlich.

MIX
Papier aus verantwortungsvollen Quellen
FSC® C014496
FSC www.fsc.org

Penguin Random House Verlagsgruppe FSC® N001967

1. Auflage
Deutsche Erstveröffentlichung Juni 2021

Umschlaggestaltung: semper smile, München
Umschlagmotiv: © Getty Images/Feifei Cui-Paoluzzo;
© plainpicture/Thomas Günther
Satz: Uhl + Massopust, Aalen
Druck und Einband: GGP Media GmbH, Pößneck
mb · Herstellung: sc
Printed in Germany
ISBN 978-3-442-71777-4

www.btb-verlag.de
www.facebook.com/btbverlag

Für Turid und Solveig.
Als Dank für alle Geschichten.

Kjeungskjær Leuchtturm. Lage: 63° 43,6' N 9° 31,9' O, Gemeinde Ørland. Erbaut: 1880. Bauart: roter Mauerturm, bei mittlerem Hochwasser 20,6 Meter hoch. Leuchtweite: 13,1 nautische Meilen. Betriebszeit: 21. Juli–16. Mai.

Prolog

Kjeungskjær Leuchtturm, 1920

Es war lange her, seit er einen klaren Gedanken gefasst hatte. Einen Gedanken, der nicht einfach in dem dichten Nebel verschwand, der über ihm lag. Vielleicht auch über dem Leuchtturm, er wusste es nicht so genau. Aber heute wusste Lassen, was er wollte. Und der Gedanke beflügelte ihn. Er hatte geglaubt, er könne sich daran gewöhnen, allein auf der Schäre und im Leuchtturm zu leben; er hatte gedacht, er könne sich daran gewöhnen, dass sie nicht mehr da war. Einundzwanzig Jahre hatte sie hier draußen mit ihm allein gelebt, einundzwanzig Jahre waren sie gemeinsam einsam gewesen. Sie hatten keine Kinder, stattdessen hielten sie Hunde. Einen nach dem anderen.

Der Hund saß im Turm immer neben ihm, es sei denn, es wurde zu warm, dann verkroch er sich in den Keller. Er hatte die Klinken an der Tür des Turmzimmers versetzt, sie saßen jetzt niedrig genug, dass der Hund die Tür von außen und innen öffnen konnte.

Seit sie fort war, hatte er mit niemandem mehr gesprochen, nur noch mit dem Hund. Bis zum Land waren es zwei Kilometer – bis Uthaug. Bis zu den nächsten Menschen. Nicht dass dort viele Menschen lebten, hundert vielleicht, wenn man die Kinder mitzählte. Es gab natürlich noch die ganzen Heringsfischer, die von außerhalb kamen, um Geld zu verdienen. Wenn die Einheimischen nicht wussten, worüber sie reden sollten, bestätigten sie sich gegenseitig, dass der Rest Norwegens neidisch sein müsse auf all den Hering hier in ihrer Bucht. Lassen hatte nie darüber geredet. Er stammte nicht aus der Gegend.

Nicht nur die Gedanken waren ihm in der letzten Zeit schwer geworden. Er bewegte sich auch langsamer. Für die dreiundfünfzig Stufen vom Keller bis zur Lampe benötigte er beinahe doppelt so viel Zeit wie noch vor einem Jahr. Er brachte nicht einmal mehr die Energie auf, die Treppenstufen zu zählen, wenn es dunkel war, daher geschah es nicht selten, dass er über eine Stufe stolperte. Oder dass er den Fuß auf eine Stufe setzen wollte, die es gar nicht gab. Er hatte Wunden an den Knien und aufgeschürfte Handflächen. Sie hätte ihn ausgelacht, sie hätte ihn vielleicht sogar damit aufgezogen. Doch nun gab es niemanden mehr, für den er sich anstrengen musste.

Oben im Turm füllte er Petroleum in die Lampe, bis es an der Seite herunterlief. Dann putzte er das Glas, damit das Licht ungehindert scheinen konnte. Er nahm den Lappen, der an der Tür hinaus zum Geländer hing und trat vorsichtig ins Freie, auf die schrägen Bretter, die rund um das Turmzimmer führten. Sorgfältig wischte er die Schaumspritzer der Wellen von den Fensterscheiben. Nur weil er sterben wollte, mussten die Seeleute ja nicht mit ihm untergehen.

Er ging zurück ins Turmzimmer und versetzte dem getrockneten Hornfisch, der unter der Decke hing, zum Abschied einen kleinen Stoß. Jahrelang hatte der Fisch sich hin und her gedreht, um ihm zu erzählen, aus welcher Richtung der Wind wehte und wie heftig es werden würde. Das Wetter von morgen war jetzt bedeutungslos.

In einem Anflug von frischer Energie stieg er die Treppe

bis in den Keller hinab, ohne zwischendurch stehen zu bleiben. Er rief nach dem Hund, der gern auf dem felsigen Boden dort unten schlief. Zusammen gingen sie hinaus aufs Riff. Der Hund schnüffelte träge an einem Tangklumpen. Ein kleiner Krebs schoss heraus. Ein Schwarm Vögel flog vorbei. Sie wussten, dass das Riff kein sicherer Ort war.

Das Wasser stieg, es hatte sich bereits halb auf den Felsen gefressen. Er dachte an die warmen Sommertage, an denen sie im Meer gebadet und hinterher zusammen auf den Felsen gelegen und sich gesonnt hatten. Sie ließ sich nur selten ins Wasser locken. Letzten Sommer war es nicht einen einzigen Tag warm genug gewesen. Aber da hatte sie bereits krank im Bett gelegen, und allein hätte er sich ohnehin nicht hinausgelegt.

In wenigen Stunden würde das Wasser das ganze Riff überspült haben, die Wellen würden die Wände des Leuchtturms hinauflecken. Er entfernte sich so weit von dem Leuchtturm, wie das Wasser es zuließ, drehte sich um und betrachtete den Turm, der sich stolz und rot in den blauen Himmel erhob. Er hatte diesen Leuchtturm immer geliebt. Er ließ seinen Blick über die Ecken schweifen. Eins, zwei, drei, vier. Obwohl er die dem Land zugewandte Seite nicht sehen konnte, zählte er deren Ecken mit. Fünf, sechs, sieben, acht. Es war Norwegens einziger achteckiger Leuchtturm. Das heißt, er war nicht ganz sicher, ob es nicht doch noch andere gab, aber normalerweise prahlte er damit, wenn ihn selten genug einmal Fremde besuchten. Es war sein Leuchtturm, den Hering überließ er gern den anderen.

Er atmete tief durch. Am besten, er handelte, bevor der Nebel ihn wieder übermannte. Er rief den Hund, nahm im Keller einen langen Strick von der Wand, dann griff er nach der schwarzen Flagge, die mit der norwegischen Fahne im

Regal lag. Er faltete die Flagge noch einmal zusammen, um sie unter den Arm klemmen zu können. Der Hund sah ihn schwanzwedelnd an.

»Komm«, forderte er ihn auf. Der Hund folgte ihm begeistert. Es war ein junger Hund, der noch viele gute Jahre vor sich hatte. An der Tür zum Turm zögerte er, den Hund könnte er zurücklassen. Wenn er die schwarze Flagge hisste, würden sie schon bald von Uthaug herüberkommen. Mit dem Motorboot dauerte es nicht mehr als zehn Minuten. Eine halbe Stunde, wenn sie ruderten. Der Hund wäre also nicht mehr als ein paar Stunden allein, wenn er nicht mehr da war. Zumindest, wenn sie die Flagge sahen, bevor das Tageslicht verschwand. Sonst würde möglicherweise jemand bemerken, dass die Lampe nicht mehr leuchtete, gegen drei Uhr nachts, wenn das Petroleum verbrannt war. Und selbst wenn niemand das erloschene Leuchtfeuer bemerkte, hatten sie den ganzen morgigen Tag Zeit, um die Flagge zu entdecken. Der Hund hätte nicht einmal Hunger, bis jemand kam. Der Hund blickte ihn flehend an, er hockte sich hin und umarmte ihn. Selbstverständlich würde der Hund ihm folgen, wohin er auch ging.

Er griff zur Schnapsflasche, die neben der Lampe stand, und setzte sie an den Mund. Er wusste, dass sie leer war, aber allein der Geruch tat gut.

Die Flagge glitt rasch in die Luft und flatterte munter im Wind. Zum ersten Mal hisste er die schwarze Flagge. Er zog sie ganz hoch und befestigte die Schnur am Beschlag der Stange.

Er überprüfte die Fenster ein letztes Mal auf Gischtspritzer und Vogelkot und schloss die Tür hinter sich. Er packte den Hund und band ihm den Strick um den Hals. Der ließ es bereitwillig geschehen, im Vertrauen darauf, dass sein Herrchen nur sein Bestes wollte. Er knüpfte den Knoten, mit dem er normalerweise sein Boot vertäute, und warf das andere Ende des Stricks über den Deckenbalken. Mit einem Brüllen zog er den Hund in die Höhe. Der Hund jaulte und strampelte mit den Beinen. Versuchte zu bellen, bekam aber keine Luft. Blickte ihn unglücklich an, als bitte er um Hilfe. Er brüllte, bis ihn der Tod aus den Augen des Hundes anstarrte.

Langsam ließ er ihn hinunter, sanft fiel der Hund auf den Holzboden. Vorsichtig stieß er ihn mit dem Fuß an. Er reagierte nicht mehr.

Er überlegte kurz, wo er selbst hängen sollte, ohne das Leuchtfeuer zu verschatten, und warf den Strick über den Balken, der der Küste am nächsten war. Er kletterte auf einen Stuhl und ließ den Blick zum Horizont wandern. Dann schloss er die Augen und trat den Stuhl unter sich weg, der krachend zu Boden fiel. Ein hastiges Schnappen nach Luft, ein verzweifeltes Zucken der Beine.

Bald war kein Laut mehr zu hören außer den Wellen, die sich geduldig und mit der Gewissheit auf das Riff fraßen, dass sie bald den ganzen Leuchtturm umschließen würden.

Ein Seevogel flog am Fenster vorbei. Schickte einen Klecks in Richtung Fensterscheibe, ohne zu treffen. Sein heiserer Schrei wurde schwächer, als er aufs Meer hinausflog.

JOHAN

Kjeungskjær Leuchtturm, 1936

Johan schaute vom Laternenraum auf seinen Sohn herunter. Er stand schon wieder vor der Tür des Leuchtturms und brüllte gegen den Wind an. Zumindest hatte er sich heute angezogen. Johan schüttelte den Kopf. Er wusste, dass es keinen Sinn hatte zu schreien. Vor allem nicht hier draußen auf dem Riff, man bekam bloß Schaumspritzer in den Mund. Es war lange her, dass Johan geschrien hatte. Nicht seit Hannah auf dem Festland gestanden und auf ihn gewartet hatte. Mit dem Bankert an der einen und dem Koffer in der anderen Hand. Er hatte versucht, ihr mit der Laterne Morsezeichen zu senden. Wollte erzählen, dass er nicht könne. Doch er hatte so schluchzen müssen, dass er mit dem Licht viel zu viele Fehler gemacht hatte. »Lang« wurde allzu lang, weil er sich die Nase putzen musste. Und »kurz« stolperte unregelmäßig hintereinanderher, so wie es die Tränen zuließen. Er musste mehrmals von vorn anfangen. So hätte das Leben nicht sein sollen.

Er wusste nicht, ob Hannah sein Blinken gesehen hatte. Sie antwortete nicht, obwohl sie sich oft in kurzen und langen Leuchtzeichen unterhielten, wenn sie getrennt waren. Seither hatte er nichts mehr von ihr gehört. Den Bankert hatte man bei ihrer Schwester gefunden, niemand ahnte jedoch, wo Hannah war.

»Diese Sorte zieht doch mit jedem los«, sagten die meisten,

und doch halfen sie beim Absuchen des Ufers – wie immer, wenn vermutet wurde, dass jemand aus Ørland ertrunken war.

Er selbst hatte jetzt neun Jahre gesucht. Wenn das Wetter es zuließ. Er quälte sich damit, dass ihn die Schuld an ihrem Tod traf. So sehr hatte er sie im Stich gelassen, dass sie keinen anderen Ausweg wusste, als ins Wasser zu gehen.

Als Hannah verschwand, waren Marie und er sieben Jahre verheiratet. Damals hatte Marie immer wissen wollen, wo er war und was er tat. Er hatte behauptet, er würde am Ufer Eiderdaunen für neue Kopfkissen sammeln. So intensiv hatte er nach Hannah gesucht, dass der Leuchtturm nicht nur neue Daunendecken, sondern auch gute große Federn für die Matratzen bekommen hatte. Aber das war lange her. Kein Grund, sich weiter darüber den Kopf zu zerbrechen. Manchmal hatte er das Gefühl, als sei der Abend, an dem sie verschwand, die einzige Erinnerung, die er an seine vierunddreißig Lebensjahre hatte.

Johan lehnte sich oben im Turm gegen das Geländer und betrachtete Valdemar, der an seiner Leine zerrte und dem Land seine Sehnsucht entgegenbrüllte. Die Wellen erstickten den größten Teil des Lärms, bevor er bis zu Johan hinaufdrang. Natürlich war es ärgerlich, dass Valdemar immer noch festgebunden werden musste, obwohl er schon so groß war. Eigentlich sollten nur kleine Kinder angebunden werden, denn ein kleines Kind konnte bei starkem Wind leicht im Wasser enden. Mit Valdemar verhielt es sich allerdings anders.

Marie hatte bei der Gemeinde beantragt, ein Netz um den Felsen zu spannen, aber der Antrag war abgelehnt worden. Das würde die Seeseite verunstalten, hieß es, und der Leuchtturm sei nun einmal das Erste, was die Seeleute sahen, wenn sie von der Seeseite kamen. Marie war wütend gewesen, aber Johan hatte durchaus Verständnis dafür, dass Ørland und Uthaug sich von ihrer besten Seite zeigen wollten. Es kamen häufig Schiffe aus dem Ausland.

Johan sah Darling aus dem Turm kommen, die sich ihren Schal enger um die Schultern zog und im Wind schauderte. Sie vergaß ihren Bruder nie, sie wusste genau, wann er wieder in den Turm musste, damit die Flut ihn nicht erwischte. Sie tätschelte ihm den Rücken, wie er es gern hatte, band ihn von seinem Seil los und schubste ihn liebevoll zur Tür. Er trottete gutwillig mit; hätte er sich aufgerichtet, wäre er ebenso groß wie sie gewesen, doch das tat er nie. Auch sie war nicht sonderlich groß, und es war nicht zu erwarten, dass sie noch weiterwuchs, immerhin war sie bereits sechzehn. Allerdings war sie groß genug, dass die Leute nicht redeten. Tatsächlich hielt man sie sogar für hübsch.

Johan war es nicht aufgefallen, sie war doch bloß Darling, die verrotzte und lästige Göre, die älter geworden war. Eines Tages hatte er jedoch gehört, wie die Alten vor dem Laden unten am Hafen über sie redeten. »Hübscher bekommen wir sie hier auf Ørland nicht«, hatten sie gesagt, und zunächst hatte er nicht gewusst, über wen sie redeten. Der Fette hatte mit der Zunge geschnalzt und ein bisschen mit der Hüfte gewackelt. Einer der anderen hatte ihm den Ellenbogen in die Seite gestoßen, als sie Johan sahen. Verlegen blickten sie zu Boden, aber der Fette hatte erklärt, Johan könne stolz darauf sein, so eine hübsche Tochter zu haben. Der Fette war als Hurenbock bekannt und konnte es sich bei all dem Geld, das er besaß, durchaus erlauben, so etwas zu sagen. Johan hatte nur die Achseln gezuckt und war nach Hause gerudert.

Während des Abendessens hatte er sich Darling angesehen, die am Tisch saß und sich Hering in den Mund schaufelte, dass ihr das Butterfett übers Kinn lief. Vielleicht hatten die Alten recht. Sie ist tatsächlich ziemlich hübsch, dachte er und schlug den Blick nieder, als sie ihm direkt in die Augen sah.

Jetzt hörte er Marie unten aus der Küche rufen. Johan kontrollierte noch einmal, ob das Licht vorschriftsmäßig brannte. Jetzt, im Herbst, sollten die Schiffe bereits zur Essenszeit Licht haben.

Er trat die Türklinke mit dem Fuß herunter und schob die Tür auf. Längst hatte er aufgehört, darüber zu fluchen, dass irgendjemand die Klinke so tief angebracht hatte. Wie gewöhnlich zählte er die Stufen bis in die Küche. Siebenundvierzig. Sechs Stufen mehr, und er wäre im Keller.

»Setzt euch«, forderte Marie sie auf und stellte Valdemar eine Schüssel auf den Fußboden. Der setzte sich gehorsam auf seinen kleinen Teppich und schlug die Beine übereinander. Längst hatten sie es aufgegeben, mit ihm zusammen am Tisch sitzen zu wollen. »Das ist das letzte Grünzeug, das ich habe«, seufzte Marie. »Nur Gott weiß, was ich ihm im Winter geben soll.« Sie sah Valdemar bekümmert an, der an seinem Salat knabberte.

»Du sollst warten, bis wir gebetet haben, das weißt du doch«, ermahnte ihn Marie. Sofort hielt er inne und sah seine Mutter mit einem um Entschuldigung heischenden Blick an. Sie streichelte ihm kurz über den Kopf und zog ihren Stuhl an den Tisch. Johan nahm Darling bei der einen und Marie bei der anderen Hand, schloss die Augen und dankte für die Kartoffeln und den gekochten Fisch. Langsam strich Darling mit ihrem Daumen über die Innenseite seiner Handfläche. Er zog die Hand zurück.

»Amen«, sagte Marie und lächelte beide an.

Johan fand es noch immer verwunderlich, wenn er auf dem Leuchtturm stand und aufs Festland blickte. Seine ganze Kindheit hatte er an Land gestanden und aufs Meer geblickt. Und von dem Leben geträumt, das kommen würde. Natürlich kannte er den Leuchtturm und all die Geschichten von denen, die hier draußen gelebt hatten, aber nie hätte er sich vorstellen können, eines Tages derjenige zu sein, der auf der Schäre stand und aufs Land blickte.

Er hatte davon geträumt, hinaus in die Welt zu reisen, fremden Boden unter den Füßen zu spüren und mit Smaragden und seltenen Gewürzen nach Hause zu kommen. Er gestattete sich diese kindlichen Träume, weil er immer gewusst hatte, dass er den Hof seines Vaters übernehmen würde. Nicht dass es ein großer Hof war, aber er reichte, um eine Familie zu ernähren. Die Felder gehörten zum fruchtbaren Land von Ørland und zum besten von Uthaug – sie waren ebenso gut wie die Äcker des Fetten. Das Korn wuchs hoch, und die Ernte fiel in der Regel gut aus. Er wusste, dass er wie sein Vater das Korn im Frühjahr säen und im Herbst ernten würde. Er würde die Kühe kalben sehen, die Kälber aufziehen und die schlachten, die geschlachtet werden sollten. Als Junge hatte er geweint, wenn der Schlachter kam. Sein Vater war böse geworden und hatte gesagt, er solle sich zusammenreißen und nicht heulen wie ein Mädchen. Er war dann zu seiner Mutter gelaufen, die immer bereit war, ihn zu trösten.

Eines Abends, als sie glaubten, er schliefe, hörte er seinen Vater sagen, der Junge sei zu empfindlich, um Bauer zu werden, er hänge zu sehr an den Tieren. Er hörte den Verdruss in der Stimme seines Vaters. Seine Mutter verteidigte ihn. Meinte, dass er noch ein paar Jahre auf dem Buckel brauche, dass die Zeit ihn schon abhärten würde. Als der Vater in den Stall ging, weinte die Mutter. Johan beschloss, sich zusammenzureißen.

Als die Weihnachtszeit kam und die Tiere geschlachtet werden sollten, wollte er dabei sein, egal, was geschah oder wie er sich dabei fühlte. Es war schon spät. Der Schlachter hatte seit den Morgenstunden viel zu tun gehabt. Und der Schnaps, den er auf jedem Hof als Dank für seine Arbeit bekam, hatte seinen Blick unstet und den Vorschlaghammer in seiner Hand schwer werden lassen.

Johan stand wie versteinert da und sah zu, wie der Schlachter zwei Kälber malträtierte, deren Geburt er erlebt, mit denen er gespielt und die er getröstet hatte, wenn sie nach ihrer Mutter muhten. Der Schlachter traf das eine Kalb über dem Auge. Hart genug, um ihm das Auge auszuschlagen, aber nicht hart genug, um es zu töten. Beim dritten Versuch verlor er das Gleichgewicht, der Vorschlaghammer traf Johan an der Schulter. Endlich gelang es dem Schlachter, das Kalb an der Stirn zu treffen, sodass die Beine des Tiers einknickten. Er zog das Messer heraus und schnitt ihm die Kehle durch.

»So, nun aber«, schnaufte er.

Johan trat ein paar Schritte zurück und stolperte über den Eimer, in dem der Schlachter das Blut auffing.

»Bring mir den Eimer!«, brüllte der, dass ihm der Schaum

vor dem Mund stand. »Beeil dich, Junge!« Johan rannte davon, er hörte seinen Vater hinter sich fluchen. Er weinte erst, als er hinter dem Stroh in Sicherheit war, und er ging erst wieder ins Haus, als man nicht mehr sehen konnte, dass seine Augen feucht gewesen waren.

Ein halbes Jahr später, als es wieder an der Zeit war zu schlachten, legte der Vater den Strick in Johans Hand. Schweren Herzens zog Johan mit dem Kalb davon, und obwohl er sicher war, dass der Vater bemerkte, wie seine Unterlippe bebte, lobte ihn sein Vater hinterher, er hätte es gut gemacht.

»Das Leben ist nicht immer angenehm, aber wir müssen das tun, was notwendig ist, um selbst zu überleben«, erklärte er und schlug Johan auf die Schulter.

Als Vierzehnjähriger zog Johan allein mit den Kälbern los. Wie sein Vater blieb er mitten auf dem Hofplatz stehen und winkte der Mutter am Fenster zu. Dachte daran zu lächeln. Sie winkte zurück, und er sah, dass sie stolz war. Es war lange her, dass sie geweint hatte. Johan gelobte sich, den Schlachter im nächsten Jahr zu fragen, ob er dem Kalb die Kehle durchschneiden dürfe.

Doch es gab kein nächstes Jahr mehr. Die Preise fielen, und der Hof wurde zwangsversteigert. Johan hätte die dritte Generation auf dem Hof sein sollen.

»Aber wir sind noch hier«, versuchte die Mutter den Vater zu trösten, als sie nach der Auktion am Küchentisch saßen und Kaffee tranken. Es wurden so viele Höfe zwangsversteigert, dass die Bank ihnen erlaubt hatte, im Haus weiterhin zur Miete zu wohnen. Im Stall kümmerten sich jetzt jedoch andere Leute um das Vieh.

»Es ist nicht dasselbe«, erwiderte der Vater und ging zu Bett. Johan hatte ihn nie zuvor mitten am Tag zu Bett gehen sehen.

Mit jedem Tag schien der Vater kleiner zu werden.

Johan war gerade fünfzehn geworden und hatte die Schule beendet. Eigentlich hätte er die Landwirtschaftsschule besuchen sollen, nun suchte er sich stattdessen eine Arbeit am Hafen. Trotz der schlechten Zeiten wurde der Hafen erweitert, und Johan schleppte Steine vom Hafeneingang bis ans Ende der Mole. Es war nicht üppig, was er verdiente, dennoch war er jeden Monat stolz, wenn er seiner Mutter das selbstverdiente Geld geben konnte.

Eines Samstags kam der Pastor vorbei. Er war beliebt, man wusste, dass er zu jedermann freundlich war. Die Mutter bot ihm Kaffee an, holte den Vater und erkundigte sich nach den Kindern des Pastors.

»Marie ist doch wahrscheinlich auch mit der Schule fertig?«

»In einem Jahr«, antwortete der Pastor und erzählte ein wenig von seiner Tochter. Von seinem Sohn sprach er nicht. Der gehörte nicht zu den besten Kindern Gottes. Der Pastor war Witwer, solange Johan denken konnte, daher hatten die Leute dem Sohn des Pastors sein fehlendes gutes Benehmen verziehen, als er kleiner war. Nun war er jedoch erwachsen, und da mangelte es den Menschen an Verständnis.

Marie war anders. Sie war ein Jahr jünger als Johan. Vielleicht zwei. In seinem letzten Schuljahr hatten sie sich den Klassenraum geteilt. Er hatte nie mit ihr geredet. Sie saß aufrecht an ihrem Pult, immer ganz vorn, und trug frisch gebügelte Kleider. Sie sagte nicht sehr viel und schien tatsächlich außer Lesen keine anderen Interessen zu haben.

Der Pastor erkundigte sich nach dem Leben auf dem Hof. Er wählte seine Worte vorsichtiger als die übrigen Einwohner von Uthaug, ja, eigentlich von ganz Ørland. Er war in der Stadt aufgewachsen. Der Vater antwortete ausweichend, Johan schämte sich für ihn.

»Ich habe gehört, dass es mit der Freude hier im Haus derzeit nicht zum Besten steht?«, sagte der Pastor. Der Vater runzelte die Stirn, und die Mutter erhob sich eilig, um die Kuchenplatte aufzufüllen. Der Pastor trank seine Tasse Kaffee aus, lehnte dankend ein weiteres Stück Kuchen ab und bot dem Vater eine Arbeit bei der Kirche an. Er könne dem Totengräber behilflich sein. Der Vater erwiderte, das sei nett von dem Pastor. Allein, dass er an ihn gedacht habe. Natürlich würde er die Stelle gerne antreten. Aber Johan sah, dass er es demütigend fand, als ehemaliger Hofeigentümer nun der Laufbursche des Totengräbers zu werden.

Der Vater trat seine neue Beschäftigung bereits am nächsten Tag an. Ohne zu frühstücken, fuhr er mit dem Fahrrad los. Ohne sich auf dem Hofplatz umzudrehen und ohne Johan und der Mutter zuzuwinken, die am Fenster standen und ihm nachsahen.

Der Vater hielt nicht lange durch. Sie hoben gerade ein Grab für eine Dame aus der Stadt, aus Trondheim, aus, die gern in der »heimischen Erde« auf Ørland liegen wollte, als er umfiel. Sie waren fast fertig mit dem Grab, es fehlten nur noch ein paar Spatenstiche.

Auf der Stelle tot, sagte der Arzt. Im Fall hatte der Vater den Stiel des Spatens zerbrochen. Johan sah den Stiel vor dem Schuppen des Friedhofs auf der Erde liegen. Er war mit dem Rad zur Kirche gefahren, um beim Totengräber den restlichen Lohn des Vaters zu holen, damit sie die Beerdigung bezahlen konnten.

»Es wäre einfacher gewesen, ihn in dem Loch liegen zu lassen, Erde darüber zu schaufeln und für die Dame ein neues Grab auszuheben«, hörte er den Totengräber zu seinem neuen Helfer sagen. Beide lachten.

»Stattdessen waren drei Männer nötig, um ihn aus dem Loch zu holen und in die Leichenhalle zu schleppen.«

Johan drehte sich um und lief davon. Seine Augen brannten, und er blinzelte so heftig, um nicht zu weinen, dass er mit Marie zusammenstieß, die gerade durch die Pforte auf den Friedhof kam. Sie ließ die Blumen fallen, die sie in den Händen hielt.

»He, sieh dich doch vor!«, rief sie, dann sah sie seine Tränen. »Was ist denn los?«

Er lief so schnell er konnte. Die Gänse vor dem Pfarrhaus schnatterten hinter ihm her. Es klang, als würden sie lachen.

Zu Hause sagte er der Mutter, der Vater hätte keinen Lohn mehr zu bekommen. Die Mutter wurde nicht zornig, sie weinte nur. Er wünschte, sie hätte ihn stattdessen angeschrien.

Sie beerdigten den Vater mit Hilfe der Almosen der Nachbarn. Und der Pastor war so freundlich, die Mutter im Pfarrhaus als Putzfrau anzustellen. Sie sprachen nicht darüber, dass ihre Hände mit jedem Tag steifer wurden und sie kaum den Putzlappen halten konnte; zusammen mit Johans schmalem Lohn hatten sie nun genug, um das Essen und die Miete zu bezahlen.

»Zumindest haben wir noch das Haus, ich könnte nirgendwo sonst wohnen«, erklärte die Mutter mit blanken Augen, und Johan gab sämtliche Pläne auf, mit ihr den Hof zu verlassen und zu vergessen, was einmal war. Er machte am Hafen Überstunden und schleppte alles, was geschleppt werden musste, damit die Mutter ihre Hände schonte und vormittags nicht mehr als ein paar Stunden im Pfarrhaus putzen musste. Er wollte rund um die Uhr arbeiten, um ihr den letzten Rest an Würde zu bewahren. Außerdem weinte sie so oft, dass er es ohnehin zu Hause nicht aushielt. Er stand früh auf und ging zum Hafen und kam spätabends nach Hause, müde und mit Rückenschmerzen.

»Du bist ein guter Sohn, wie sollte ich nur ohne dich zurechtkommen?«, sagte sie.

»Ich mache das gern«, erwiderte er.

Er schlief jede Nacht, ohne zu träumen.

Es war Anfang Juni. Er wurde bald siebzehn und dachte nicht weiter als bis zur nächsten Pause bei seiner Arbeit. Er saß am Kai und wartete auf ein Schiff von den Lofoten. Er lehnte sich an die Mauer und ließ den Blick übers Wasser schweifen. Hing seinen Gedanken nach, als der Leuchtturm in sein Blickfeld geriet. Die Frau des alten Leuchtturmwärters war gerade gestorben. Einige behaupteten, der Leuchtturmwärter hätte sie erschlagen. Vermutlich war sie jedoch an Altersschwäche gestorben. Im Laufe der Jahre, in denen Johan am Hafen arbeitete, hatte er den Leuchtturmwärter häufig gesehen, wenn er vom Leuchtturm nach Uthaug gerudert kam, das Boot auf den Strand zog und zum Hafen hinaufging. Er schien ein bescheidener Mann zu sein, der ein paar Schritte ging und dann stehen blieb, um sich umzusehen, als müsse er sich vergewissern, dass er nicht bereits umkehren und in die andere Richtung gehen musste, so wie er es vom Riff gewohnt war. Johan schloss die Augen und spürte, wie die Sonne ihm auf die Stirn schien. Ihm ging durch den Kopf, dass es lange her war, seit er das letzte Mal die Sonne gespürt hatte, hatte sie im vergangenen Jahr überhaupt geschienen?

Er zuckte zusammen, als sich jemand neben ihn setzte.

»Hej«, grüßte sie. Johan rückte instinktiv ein Stück beiseite.

Weit genug, um sich sicher zu fühlen, aber nicht so weit, dass sie es als Beleidigung auffassen könnte.

»Ich warte darauf, dass sie anlegen und ich die Ladung löschen kann«, sagte er und zeigte auf das Schiff, ohne dass er sie anzusehen wagte. Er wusste genau, wer sie war, hatte sich aber nie mit ihr unterhalten. Sie hieß Hannah und war in der Klasse über ihm gewesen. Sie musste jetzt ungefähr achtzehn Jahre alt sein, vielleicht neunzehn. Sie war hübscher als die meisten anderen Mädchen, und er hatte oft an sie gedacht, wenn er bei gelöschtem Licht im Bett lag.

»Arbeitest du hier jeden Tag?«, erkundigte sie sich.

Er nickte und stand auf. Das Schiff hatte festgemacht, die Gangway wurde ausgelegt.

»Soll ich dir helfen?«, fragte sie.

Zusammen trugen sie die Säcke und Kisten an Land. Er war überrascht, dass sie versuchte, so schwere Kisten zu heben.

»Da hast du dir ja ein hübsches Frauenzimmer angelacht«, feixten die Schauerleute, die halfen, die Ladung an Land zu bringen. Johan lächelte verlegen und fand die Situation auch ein wenig eigenartig. Aber Hannah schmunzelte und lachte. Ganz offensichtlich genoss sie die Aufmerksamkeit, die sie erregte.

Hinterher setzten sie sich nebeneinander und lehnten den Rücken an den Rand der Mole.

»Sind wir nicht zusammen zur Schule gegangen?«

»Ja.«

»Du bist ja ein richtiger kleiner Mann geworden«, grinste sie und stieß ihn mit dem Ellenbogen an. »Wie alt bist du?«

»Siebzehn.«

»Ich hätte dich älter geschätzt.«

»Danke«, sagte er und wusste nicht, was er sinnvollerweise hätte sagen sollen.

Sie nickte in Richtung Kjeungskjær.

»Glaubst du, dass der Leuchtturmwärter seine Frau umgebracht hat?«

»Nee …«

»Ich auch nicht.«

»Ich auch nicht«, wiederholte Johan und hörte selbst, wie dumm es klang, dass er das Gleiche sagte.

»Komm«, bedrängte sie ihn plötzlich, sprang auf und streckte ihm die Hand hin.

Er ließ sich hochziehen.

»Ich kenne da einen Ort«, sagte sie und drehte sich um, ohne zu bemerken, dass ihre Berührung ihn hatte rot werden lassen.

Hannah ging zu dem Bootshaus am Hafenrand. Johan folgte ihr verlegen, er wusste nicht, wie er sich verhalten sollte. Er betrachtete die Vögel auf dem Dach des Bootshauses.

»Ich kann nicht so lange bleiben, ich muss mithelfen, den Kai aufzuräumen.«

»Komm schon«, lachte sie.

Ängstlich blickte er zum Büro des Hafenmeisters.

Vorsichtig öffnete Hannah die Tür zum Bootshaus. Das Vorhängeschloss war zu verrostet, um noch richtig zu schließen. Sie zog ihn hinein und zerrte ihn in die hinterste Ecke, wo sie sich auf ein paar Säcke warf. Er setzte sich linkisch daneben.

»Hast du schon mal ein Mädchen geküsst?«, wollte sie wissen, er schüttelte den Kopf.

Sie beugte sich vor und küsste ihn auf den Mund. Er hatte keine Ahnung, was er jetzt tun sollte. Er schaute zum Fenster, auf das gerade ein Vogel kackte. Sie küsste ihn noch einmal.

Er legte unbeholfen einen Arm um sie. Sie schob ihre Zunge zwischen seine Lippen.

Noch als Erwachsener, allein in der Spitze des Turms, konnte er das bebende Gefühl in den Fingerspitzen heraufbeschwören, das ihn überkam, als sie kurz darauf seine Hand nahm und damit ihr Bein hinaufstrich. Und ganz nach oben führte, wo es feucht wurde. Ihre langen Haare kitzelten ihn und dufteten nach frischer Luft und Tang. Wie der Hafen. Sie waren im Nacken zerzaust, vermutlich vom Wind. Den Rest seines Lebens musste er sich konzentrieren und an etwas anderes denken, wenn dieser besondere Geruch nach Tang und frischer Luft ihn traf, um nicht zwischen den Beinen hart zu werden.

Er wusste nicht viel darüber, aber er wusste, dass anständige Mädchen so etwas nicht taten. Bereits beim ersten Mal auf den Säcken durfte er in sie eindringen. Alles in ihm explodierte.

»Du siehst aus wie jemand, dem es gefallen hat«, lachte sie und fuhr ihm mit der Hand durchs Haar. Die andere Hand steckte sie zwischen ihre Beine, wischte sich ab und betrachtete hinterher die Hand von der einen, dann von der anderen Seite. Sie runzelte die Brauen und führte die Hand erneut zwischen die Beine.

»Siehst du Blut?«, fragte sie und hielt ihm die Hand direkt vors Gesicht. Er sah sie sich gründlich an, konnte aber auch kein Blut entdecken und küsste sie noch einmal. Plötzlich erschien es ihm nicht mehr so schwierig.

Sie verabredeten, sich zu treffen, sobald er am nächsten Tag Feierabend hatte. Zu Hause erzählte er, er hätte am Hafen Überstunden gemacht. Die Mutter atmete erleichtert auf.

»Das ist doch gut«, meinte sie und wrang die Hände.

Hannah kam nicht.

Er warf Steine ins Wasser und wartete über eine Stunde. Ging enttäuscht nach Hause.

Sie kam auch am zweiten Tag nicht.

Und nicht am dritten.

Am vierten Tag beschloss er, nicht zu warten. Da kam sie angelaufen, die Haare flatterten hinter ihr her.

»Hej!«, rief sie bereits von weitem und winkte. Um Atem ringend setzte sie sich neben ihn und erzählte, wie schnell sie gelaufen sei. Sagte nicht, warum sie nicht zu ihrer Verabredung gekommen war. Er fragte nicht nach.

Das Schöne wiederholte sich. Auch als sie sich ein paar Tage später noch einmal trafen. Sie hörten auf, feste Absprachen zu treffen, stattdessen wartete er jeden Tag auf sie, manchmal kam sie, und manchmal kam sie nicht. Wenn sie nicht kam, musste er sich die Zeit vertreiben, bis seine Mutter ihn zu Hause erwartete.

»Bist du sicher, dass er dich für all die Stunden bezahlt, die du arbeitest?«, fragte die Mutter. Er versicherte ihr, dass er bekam, was er verdiente.

Als sie die ersten Male zusammen waren, hatte Johan die Sache mit dem Bauch gar nicht bemerkt. Das tat er erst, als sie sich bereits drei Wochen in aller Heimlichkeit getroffen hatten. An diesem Tag hatte er den ganzen Weg zu ihrem Treffpunkt im Bootshaus auf dem Fahrrad vor sich hin gesummt. Glücklicherweise hatte ihn niemand gehört. Hannah hatte ihm die kleine Melodie beigebracht, die er pfiff. Sie hatte sie ihm leise ins Ohr gesungen, als sie verknäult auf den Säcken lagen. »Es heißt Liebesleid«, hatte sie gesagt, ohne ihren Stolz zu verbergen, dass sie ein deutsches Wort kannte. »Das bedeutet irgendetwas mit Liebe.«

»Kannst du Deutsch?«, hatte er beeindruckt gefragt.

»Nein, aber ich kann dieses Lied«, hatte sie geantwortet und die Melodie den ganzen Weg von seinem Brustkasten bis zur Wurzel seines Glieds geträllert; sie hatte erst aufgehört, als sie es in den Mund nahm. Er wusste weder, dass es so schöne Lieder gab, noch, dass man den Mund auf diese Weise benutzen konnte.

Als er dasselbe mit ihr machen wollte, bemerkte er es. Ihr Bauch wölbte sich.

»Na, hast du ein bisschen zu viel gegessen?«, neckte er sie.

Sie schüttelte den Kopf und machte plötzlich ein betrübtes Gesicht. »Nein, ich bekomme ein Kind.«

»Ist es von mir?«, fragte er erschrocken. Sie lachte und zerzauste ihm leicht das Haar.

»Nein, ganz ruhig. So schnell geht's dann doch nicht. Wir kennen uns ja erst drei Wochen.«

»Aber wer ist der Vater?«

Sie zuckte die Achseln. »Ist nicht so wichtig. Es wird schon wieder verschwinden. Karen, meine Schwester, hat mir von einer erzählt, die ein Kind bekommen sollte und es verloren hat, weil sie es nicht wirklich wollte. Gott hat sie auf diese Weise gestraft. Ich will dieses Kind ja auch nicht, und das wird es merken, also wird Gott einen anderen Ort finden, an dem es geboren werden kann.«

»Glaubst du wirklich?«

»Ja, das glaube ich.« Sie kuschelte sich an ihn. »Deshalb habe ich dir auch beim Schleppen geholfen, ich habe nämlich gehört, dass man keine schweren Sachen tragen darf, wenn man schwanger ist. Ich habe auch eine Menge Essig getrunken. Und unten hineingegossen, weil ich nicht so genau wusste, was am besten ist. Außerdem habe ich gehört, dass es dem Kind schadet, wenn man mit einem Mann zusammen ist. Ich würde noch gern Zitronen ausprobieren, aber ich kann mir nur eine Zitrone leisten. Ich glaube, das ist nicht genug. Meinst du, du könntest mir ein paar Zitronen beschaffen?«

Er konnte es nicht.

»Es ist nicht die Saison für Zitronen«, hieß es im Laden. Er kam auch nicht weiter, als er ein paar Matrosen am Hafen fragte.

Die nächsten beiden Monate ignorierten sie einfach den Bauch, obwohl er wuchs – beinahe jedes Mal, wenn sie sich trafen, war er größer geworden. Er fing an, im Weg zu sein, wenn er in sie eindrang; und statt der kleinen, weichen Pflaumen, in die er sich verliebt hatte, lagen ihre Brüste nun wie zwei große Kugeln in seinen Händen.

Hannah seufzte und schüttelte den Kopf. »Offensichtlich hat es sich entschieden zu kommen, obwohl ich mir solche Mühe gegeben habe, damit es schiefgeht. Ich war so oft mit dir zusammen, ohne dass es geholfen hat, also muss ich wohl akzeptieren, dass es herauskommt. Aber vielleicht ist es ja ganz schön, gemeinsam etwas Kleines zu haben?«, sagte sie lachend. »Ein kleines, süßes Baby, das hier zwischen uns liegt.« Sie klopfte auf den Sack, auf dem sie lagen. Johan fand das nicht lustig.

Er knöpfte sich die Hose zu und verließ sie. Versteckte sich im Wald und weinte, wie er nicht einmal geweint hatte, als sein Vater ins Grab gefallen war.

Heute wusste er, dass sie nur hätten sagen müssen, es sei von ihm. Dass sie sich schon länger kannten, als es tatsächlich der Fall war. Sie hätten geheiratet und die Schande gemeinsam ertragen, die über sie gekommen war. Sie hätten die Enttäuschung seiner Mutter geteilt, dass er ihr ein Mädchen mit einem Ruf wie Hannah nach Hause brachte. Dann wären sie heute Mann und Frau. Selbstverständlich hätte er das Kind wie sein eigenes geliebt. Es war schließlich Hannahs Kind. Bestimmt hätten sie noch mehr Kinder bekommen. Hannah hätte ihm prächtige Kinder geschenkt. Und keine Kinder, die ihm lästig waren. Oder peinlich. Wie Darling und Valdemar.

Sobald die Leute Hannahs Bauch bemerkten, fing das Gerede an. Er verteidigte sie nie. Er schämte sich noch immer dafür, dass er nur dagestanden hatte, wenn die anderen sie Flittchen nannten und behaupteten, sie hätte schon als Kind einen schmutzigen Charakter gehabt. Niemand wusste, wer der Vater des Kindes war, aber viele glaubten, es sei der Fette. So war es häufiger, wenn in Ørland ein Kind ohne Vater auf die Welt kam. Und Hannah hatte lange bei ihm im Haus gearbeitet. Als Dienstmädchen und Kindermädchen. Es gab allerdings auch den einen oder anderen, der daran zweifelte, und Johan hörte jemanden sagen, sie hätte mit einem Matrosen von einem der fremden Schiffe geschlafen. Daraufhin rechneten die Leute nach, aus welchen Ländern die Schiffe gekommen waren, die im Hafen gelegen hatten, als Hannah schwanger wurde. Man fing an zu wetten, ob wohl etwas Schwarzes oder Gelbes aus dem Schoß des Mädchens kommen würde.

Das tat es nicht. Das Kind war ebenso weiß wie alle anderen. Johan konnte sich selbst davon überzeugen, als Hannah ihm mit dem kleinen Kinderwagen am Hafen begegnete, wo sie früher ihre heimlichen Treffen gehabt hatten. Das Mädchen war nicht mehr als ein paar Monate alt. Er hatte Hannah seit dem Nachmittag nicht mehr gesehen, als er davongelaufen war und im Wald geweint hatte. Aber in seiner Fantasie sah er sie jedes Mal vor sich, wenn er sich im Bett entleerte. Sein

Herz überschlug sich, als sie plötzlich vor ihm stand. Es geschah in der Woche, in der er sich mit Marie verlobt hatte.

»Hej«, sagte Hannah, und in dem Moment wusste er, dass er niemals aufhören würde, sie zu lieben.

Hannah und Johan fiel es schwer, voneinander zu lassen. Auch nachdem er Marie geheiratet hatte. Aber die Heirat war schließlich auch etwas ganz anderes, entschuldigte er sich. Die hatte sich einfach aus Notwendigkeit und zum Besten aller ergeben. Hannah war seine Freistatt. Der Dank, dass er für seine Mutter alles so schön arrangiert hatte. Und für Marie, die auch glücklich zu sein schien. Hannahs Schwester Karen war so nett, sich des Bankerts anzunehmen, Lillian. »Lillen« wurde sie genannt. Sie war ein wenig schmächtig, und irgendetwas schien mit einem Fuß nicht in Ordnung zu sein.

»Vielleicht haben die vielen Verwünschungen ihren Fuß kaputtgemacht?«, überlegte Hannah, ohne dass es ihr leidtat. Der Pastor hatte auch nichts dagegen, dass Lillen im Pfarrhaus wohnte, wo Karen arbeitete.

»Gott liebt auch die, die in Schande geboren wurden«, erklärte er. Außerdem half Marie mit der Kleinen, wenn Karen viel zu tun hatte oder etwas besorgen musste.

»Sie ist so süß, die Kleine«, sagte Marie zu Johan auf ihren kurzen Spaziergängen vor der Hochzeit. »Hoffentlich wird es ihr trotz allem gut ergehen. Im Grunde ist sie doch unschuldig.«

Hannah hatte Johan angeschrien, sie hatte ihn geschüttelt und geheult, bis seine Schulter auf der einen Seite ganz nass war, als er ihr gestanden hatte, dass er Marie heiraten werde. Er selbst hatte auch weinen und sich den Rotz abwischen müssen, der ihm aus der Nase lief. So etwas gehörte sich für einen Mann eigentlich nicht. Er war sicher gewesen, Hannah würde verstehen, dass er eine wie sie nicht wählen konnte. Aber sie verstand es nicht.

Sie schlug ihn mit geballten Fäusten. Er nahm die Schläge hin und versuchte, ihr zu erklären, dass es nicht um Liebe ging. Schließlich trug er die Verantwortung, dass seine Mutter in den Jahren, die ihr noch blieben, ein anständiges Leben führen konnte.

»Aber was ist mit mir?«, jammerte Hannah. »Du hast mich haben dürfen, ich dachte doch, dass du auf mich aufpassen würdest?«

»Und was ist mit meiner Mutter?«, erwiderte Johan. »Soll ich sie im Armenhaus enden lassen? Von dem Lohn, den ich im Hafen bekomme, können wir nicht leben.«

»Dann such dir doch eine andere Arbeit als den Leuchtturm, eine Arbeit, bei der du nicht so eine dämliche Frau brauchst!«, schrie sie.

»Es ist ja nicht so, dass ich es nicht versucht hätte«, antwortete er mit gesenktem Kopf. Es war keine Arbeit zu bekommen, aber eines Abends hatte er unten am Hafen gehört, dass der alte Leuchtturmwärter sich erhängt hatte. Die Leute waren aufgeregt. Alle wussten, dass er nach dem Tod seiner Frau verrückt geworden war. Dass er allein aufs Riff ging und mit den Vögeln sprach. Aber solange er sich um das Licht kümmerte, hatte es keinen Grund gegeben, ihn zu entlassen. Auf diese Weise abzutreten war nicht schön, dennoch gönnten ihm die Menschen in Uthaug einhellig, dass er seinen Frieden gefunden hatte. Kein Mann war geschaffen, allein auf einer Schäre zu leben. Und man war sich ebenfalls einig, dass der Leuchtturm Kjeungskjær kein Ort für gewöhnliche Menschen war.

Am nächsten Morgen ging Johan zum Hafenmeister, obwohl es dessen freier Tag war. Es war ein hässlicher Morgen, an dem die Mutter mit ihren geplagten Händen nicht einmal mehr die Kaffeetasse hatte halten können; sie fiel ihr auf den Boden und zersprang in tausend Stücke. Eine Woche zuvor hatte sie bei dem Pastor aufhören müssen. Als Johan auf den Knien die Scherben aufkehrte, jammerte sie und schlug sich mit ihren gichtkranken Knöcheln ins Gesicht.

»Hoffentlich sterbe ich bald, hoffentlich sterbe ich bald«, schluchzte sie, »ich kann uns nicht einmal eine neue Tasse kaufen.« Johan versuchte, sie zu trösten, den Blick auf den Boden gerichtet.

Der Hafenmeister kannte Johan, seit er ein Junge war, und meinte, so weit, so gut, er würde dem Posten durchaus gewachsen sein.

»Allerdings bist du nicht der Erste, der sich danach erkundigt. Der Pastor war gerade hier. Und der Leuchtturmwärter ist ja kaum tot. Allerdings muss ich dich leider enttäuschen, ebenso wie Alfred, den Sohn des Pastors.« Er breitete die Arme aus. »Es ist Vorschrift, dass der Leuchtturmwärter, abgesehen von starken Nerven, eine Familie haben muss. Also zumindest eine Frau. Du hast ja mitbekommen, wie es dem alten Lassen ergangen ist. Es war ein Fehler, hier fünfe gerade sein zu lassen, allerdings hat er sich auch nach dem Tod seiner Frau ebenso sorgfältig um das Feuer gekümmert wie immer. Aus diesem Grund muss ich leider ablehnen, es sei denn, du hast eine Frau in der Hinterhand. Zu deinem eigenen Besten. Es tut mir wirklich leid, denn ich weiß ja, wie es um euch steht.«

»Aber ich werde bald heiraten«, behauptete Johan und überraschte damit nicht zuletzt sich selbst. Der Hafenmeister sah ihn skeptisch an. »Wen?« In Uthaug wussten die Leute voneinander, was sie wissen mussten.

»Wir wollten es noch ein wenig geheim halten, wenn du mir jedoch versprichst, dass ich die Stelle bekomme, werde ich die Hochzeit beschleunigen.«

»Aha, so ist das also«, sagte der Hafenmeister und zwinkerte ihm zu. »Tja, dann beeil dich mal mit der Heirat.«

Sie gaben sich die Hand darauf, dass er den Posten bekam, und Johan war so erleichtert, dass es ihm egal war, was der Hafenmeister von seiner Geschichte hielt. Er kam schweißgebadet nach Hause, so schnell war er gelaufen. Bald würde seine Mutter sich alle Tassen kaufen können, die sie wollte. Doch erst, als er vor der Haustür stand, wurde ihm klar, dass er warten musste, seiner Mutter die Neuigkeit zu erzählen. Erst musste er jemanden finden, den er heiraten konnte.

Am selben Abend ging er aus. Auf einem der großen Höfe wurde getanzt. Marie war nicht das hübscheste Mädchen an diesem Abend, aber ihr Haar glänzte, und sie saß so gerade und aufrecht da, als sie darauf wartete, aufgefordert zu werden. Sie lehnte die ersten beiden Male ab, als er sie fragte, doch als der Tanz zu Ende ging und keine andere mit ihm getanzt hatte, versuchte er es erneut. Was hatte er zu verlieren? Zu seiner großen Überraschung sagte sie ja. Sie tanzten, bis die Musik aufhörte zu spielen, und setzten sich hinterher auf eine Bank vor der Scheune. Sie lachte, als er versuchte, unterhaltsam zu sein. Und er wunderte sich, dass sie so redselig war. Er wunderte sich auch, dass sie überhaupt da war. Sie war nicht der Typ, der ausging und Tanzvergnügen besuchte.

Sie schlug die Beine übereinander und ließ etwas von ihren Waden sehen. An beiden Beinen hatte sie lange, rote Risse.

»Hast du dich mit einer Katze gebalgt?«, erkundigte er sich

lachend. Hastig zog sie den Rock hinunter und beugte sich zu ihm hin. Er mochte die Art, wie ihre Hand seine streifte. Kurz darauf sagte sie, er sei süß. Auf die Frage, ob sie einen Freund habe, antwortete sie nein, und nur, weil er nichts zu verlieren hatte, fragte er, ob sie seine Freundin sein wolle. Zu seinem großen Erstaunen stimmte sie sofort zu und küsste ihn auf den Mund. Ohne Zunge. Hannah benutzte immer ihre Zunge, flache Küsse sind für Tanten, Kinder und die, die sich nicht richtig lieben, behauptete sie. Er war sicher, dass seine Mutter Marie für eine passende Partie halten würde.

Drei Tage hintereinander traf er sich mit Marie. Er fuhr mit dem Rad zum Pfarrhof und lud sie zu Spaziergängen ein. Er schob seinen Arm unter ihren, und sie akzeptierte es bereitwillig. Auch wenn die Gardinen hinter den Küchenfenstern sich bewegten, wenn sie vorbeigingen. Sie unterhielten sich über die Leute auf Ørland, über die Krebse, die sie als Kinder gefangen hatten, über die Gicht seiner Mutter. Marie war nett, höflich und seiner Meinung, wenn sie über irgendetwas sprachen. Am dritten Tag bat er sie, sich auf eine Bank am Friedhof zu setzen. Er kniete vor ihr nieder, und sie schlug die Hände vor den Mund. Er entschuldigte sich, dass es so schnell gehe, entschuldigte sich, dass er keinen Ring und kein Geld habe, versprach aber, es zu verdienen. Doch müsse er unbedingt um ihre Hand anhalten. Sie sagte bereits ja, bevor er seine Frage beendet hatte, sie weinte vor Glück und umarmte ihn. Sie roch nach Seife und frisch gebügelten Kleidern. Er begleitete sie nach Hause und sprach mit ihrem Vater, der überrascht war, aber sagte, er sähe keinen Grund, der Liebe der jungen Menschen im Weg zu stehen. Vor allem da er wisse, dass Johan aus einem anständigen Elternhaus komme. Hinterher ging Johan direkt zum Büro des Hafenmeisters und bekam die Schlüssel zum Leuchtturm. Auf dem Heimweg grüßte er laut jeden, dem er begegnete.

Er erzählte seiner Mutter bereits von dem Posten auf dem Leuchtturm und der Bedingung, eine Frau zu haben, bevor er sich den Mantel ausgezogen hatte. Es war viele Jahre her, seit er sie so glücklich gesehen hatte. Erleichtert darüber, dass sie in ihren letzten Lebensjahren doch nicht auf die Almosen der Nachbarn und der guten Seelen in der Kirche angewiesen sein würde.

»Aber wen willst du heiraten?«, wollte sie wissen. »Mich?«, fügte sie lachend hinzu.

»Marie«, sagte er und nahm ihre Hand, obwohl sie sich normalerweise nicht berührten. In seiner warmen Hand fühlte sie sich kalt an. »Die Tochter des Pastors.«

»Die verwöhnte Tochter des Pastors?«, erwiderte die Mutter mürrisch. »Als ich bei ihnen geputzt habe, hatte ich keinen guten Eindruck von ihr.«

»Du wirst Marie mögen. Sie freut sich jedenfalls, dich zur Schwiegermutter zu bekommen.«

»Das glaube ich kaum.« Sie sah aus dem Fenster. »Und ich glaube auch nicht, dass der Leuchtturm etwas für dich ist.«

»Ich würde alles tun, damit du dich in deinen letzten Tagen nicht mehr plagen musst«, entgegnete er.

Maries älterer Bruder Alfred hatte beschlossen, nach Amerika auszuwandern. Daher sagte Marie, als Johan sie am nächsten Abend besuchte, dass sie gern sofort heiraten wolle. Er kam direkt aus Hannahs Schoß und hielt es für eine gute Idee. Marie schmiegte sich an ihn und zog ihn mit in ihr Zimmer, ohne dass der Pastor es bemerkte. Sie setzten sich aufs Bett, und sie küsste ihn. Er erwiderte den Kuss, so gut er konnte. Sie wurde eifriger, legte sich aufs Bett und zog ihn auf sich. Er hatte erwartet, hart zu werden, schließlich war mit Marie ja alles in Ordnung, doch die Erektion blieb aus. Das hatte er mit Hannah nie erlebt.

»Lass uns bis nach der Hochzeit warten«, sagte er und küsste sie auf die Wange. »Sonst bekomme ich noch Ärger mit deinem Vater.«

»Ich finde nicht, dass wir warten sollten«, meinte sie.

»Lass es uns so machen, wie es sich gehört.« Er strich ihr übers Haar.

Vierzehn Tage später heirateten sie. Er trug den Anzug seines Vaters, der über der Brust spannte, wenn er die Jacke zuknöpfte. Aber der Anzug war salonfähig und wohlerhalten, und es gab keinen Grund, ihn nicht anzuziehen. Marie hatte Blumen im Haar, und er fand sie wirklich hübsch, als sie in dem schwarzen Brautkleid ihrer Mutter durch die Kirche auf ihn zukam. Das Kleid sei vielleicht nicht mehr ganz modern, sagte sie, aber sie wolle an diesem Tag gern ihre Mutter ehren, die immerhin ihr Leben geopfert hatte, um sie zur Welt zu bringen. Johan versuchte sie anzusehen, als sie neben ihrem Vater durch die Kirche ging, allerdings musste er gleichzeitig die Kirchentür hinter ihr im Auge behalten. Hannah hatte gedroht zu kommen und ihm in der Kirche eine Szene zu machen. Den Leuten zu erzählen, was sie unten im Bootshaus getrieben hatten.

Sie kam nicht.

Auch das Hochzeitsessen im Pfarrhaus verlief friedlich.

Als Marie und er an diesem Abend zum Leuchtturm ruderten, war er eher enttäuscht als erleichtert, dass Hannah nicht aufgetaucht war. Er hob Marie aus dem Boot und trug sie den ganzen Weg über den Felsen in den Turm, dort setzte er sie ab.

»Willkommen«, sagte er und schaute sehnsüchtig aus dem Fenster aufs Wasser, wo es nichts zu sehen gab. Marie nahm seine Hand und führte ihn die Treppe hinauf, bis sie im zweiten Stock in ihr neues Schlafzimmer kamen. Er selbst hatte am Vortag das Bett mit dem neuen Bettzeug, das er von seiner Mutter bekommen hatte, bezogen und eine Tagesdecke darübergelegt, die sie noch in einer Kiste auf dem Dach gehabt hatte.

»Das muss vornehm genug sein, auch für eine Pastorentochter«, hatte die Mutter gesagt; sie hatte verdrießlich geklungen, und Johan hatte gedacht, wahrscheinlich verdirbt die Gicht ihr die Laune.

»Komm«, forderte Marie ihn auf und setzte sich auf die Bettkante. Er setzte sich neben sie, sie küsste ihn. Er wandte den Kopf ab, fand, dass ihr Atem roch. Sie lächelte ihn an, streichelte seine Wange. Er wich zurück und zog sich die Jacke aus, um atmen zu können.

»Na, willst du mich ärgern?«, fragte sie lächelnd und legte ihm eine Hand auf die Brust. »Ich höre dein Herz klopfen.«

Er atmete tief durch. Schob sie vorsichtig beiseite und entschuldigte sich, dass er auf das kleine Häuschen müsse.

»Kannst du nicht einfach den Topf nehmen, mir macht das nichts aus. Wir sind doch jetzt verheiratet.« Sie lächelte ihn an, und er bekam ein schlechtes Gewissen. Trotzdem lief er hinaus aufs Klosett und ließ sich schwer auf den Deckel fallen, der das Loch abdeckte. Er legte den Kopf an die Wand, pulte an einem Astloch und versuchte, so viele Fischarten wie möglich aufzuzählen, um nicht auf Gedanken zu kommen, die ihn innerlich zerrissen.

Er ging erst wieder hinauf, als er sicher zu sein glaubte, dass sie eingeschlafen war. Aber sie war noch wach. Sie hatte sich nackt ausgezogen und wartete auf ihn.

»Hej«, sagte sie und streckte eine Hand nach ihm aus.

Er legte sich neben sie.

»Willst du dich nicht ausziehen?«, fragte sie mit einem kleinen, unsicheren Lachen.

»Natürlich«, erwiderte er, ohne sich zu rühren. Sie kroch zu ihm hinüber und fing an, am obersten Knopf seines Hemdes zu nesteln.

»Schwupps!«, rief sie und zog es ihm aus. Er lächelte ihr zu, doch das Lächeln erreichte nicht seine Augen. Er merkte, wie der Ärger in ihm hochstieg.

»Was ist damit?«, flüsterte sie und zeigte auf die Hose.

»Also, wir müssen es nicht machen, wenn du keine Lust hast«, sagte er.

»Aber wir sind doch jetzt verheiratet«, entgegnete sie und zog die Brauen zusammen.

»Ja, natürlich«, antwortete er verbissen. Zog die Hose aus.

Und suchte in seinem Glied nach der Lust. Dieser Lust, die wieder und wieder in Hannah eingedrungen war. Jetzt blieb es schlaff zwischen seinen Beinen.

Vorsichtig hob Marie ihre Bettdecke und lud ihn zu sich ein. Er nahm die Einladung an und spürte ihren nackten Körper. Hörte die Wellen gegen die Felsen schlagen, schloss die Augen und sah Hannah vor sich.

Sie drängte sich an ihn. »Du brauchst nicht nervös zu sein.«

Er küsste sie auf die Wange. »Es ist schön, hier mit dir zu liegen«, sagte er und dachte daran, ob er imstande gewesen wäre, den Kälbern die Kehlen durchzuschneiden, wenn er die Gelegenheit dazu gehabt hätte.

»Finde ich auch«, erwiderte sie und drückte sich so fest an ihn, dass er keine Luft mehr bekam.

»Ich glaube, ich habe etwas an der Lampe gehört«, behauptete er mit einer Stimme, die ihm zu versagen drohte. »Ich laufe kurz hoch und schaue nach, ich bin jetzt schließlich verantwortlich, dass die Seeleute das Licht sehen.«

Er lief die Treppe hinauf zur Lampe, zur Stille. Setzte sich auf den Boden, das Meer unter und den Himmel über sich, zog die Beine fest an den Körper. Bohrte die Knie in die Augenhöhlen, schaukelte hin und her. *Flunder, Karpfen, Kabeljau, Lachs.* Spürte nicht die Kälte um sich herum, hörte nicht die Schritte auf der Treppe.

»Ich dachte, du würdest vielleicht frieren. Du bist davongelaufen, ohne dir etwas überzuziehen.« Marie stand im Nachthemd vor ihm und reichte ihm seine Hose. Sah seine Tränen.

»Was ist denn los?«, erkundigte sie sich überrascht.

»Gar nichts«, erwidert er schaudernd und spürte, wie die Wut ihn überkam, weil sie ihn, verdammt noch mal, nicht in Ruhe lassen konnte. Wenn es sie nicht gäbe, wäre er jetzt mit

Hannah zusammen. Hannah, die nach Tang und frischer Luft duftete.

»Liegt es an mir?«

»Nein, es liegt nicht an dir«, sagte er zu laut und stand auf. Dabei stieß er sich den Kopf an dem Balken, an dem der Hornfisch hing. Der Schmerz ließ ihn rasend werden. Der Hornfisch schaukelte hin und her, obwohl es draußen um den Leuchtturm ganz ruhig war.

Nun weinte auch sie.

»Hör auf zu heulen!«, brüllte er und spuckte ihr seine Worte ins Gesicht. Mit einer Hand wischte sie sich den Speichel ab, mit der anderen zog sie ihr Nachthemd hoch. Setzte sich vorsichtig auf den kalten Boden, spreizte die Beine und sah ihn abwartend an. Unter dem Nachthemd war sie nackt.

»Was machst du denn da?«, zischte er. Sein Kopf schmerzte.

Sie zog das Nachthemd noch etwas höher, summte eine kleine Melodie. Hannahs Melodie.

Er sah sie verdutzt an.

»Hör auf«, fuhr er sie wütend an. »Hör sofort auf damit!«

Sie antwortete, indem sie ihren Schoß ganz entblößte.

»Hör auf!«, brüllte er.

Sie unterbrach ihr Summen. »Es ist doch unsere Hochzeitsnacht«, sagte sie mit weinerlicher Stimme.

Wütend kniete er sich hin, zog die Unterhose herunter und zupfte ein paar Mal an seinem Glied. Mit der Wut brach die Lust über ihn herein. Er packte sie an einem Bein und drehte sie brutal auf den Bauch. Sie wimmerte. Hart drang er in sie ein, ihr entwich kaum ein Schluchzen. Er pumpte wie ein Rasender, bis er zum Höhepunkt kam. Schwer lag er hinterher auf ihr und ließ die Wut wie seinen Samen verrinnen, der ihr die Schenkel hinunterlief. Es war unmöglich, die Tränen noch länger zurückzuhalten. Schleimfäden hingen von seinem Gesicht in ihren Haaren, als er kurz darauf mit einer Kraftanstrengung seinen Oberkörper von ihr löste. Sie rührte sich nicht. Weinte nur leise, die Arme unter den Bauch geschoben. Wahrscheinlich, um sich gegen den kalten Boden zu schützen.

Er ließ sie auf dem Boden zurück. Wischte sich die Tränen aus dem Gesicht, ging hinunter und wusch sich am Waschtisch. Hinterher stand er vor dem Schlafzimmer am Fuß der Treppe und horchte in den Turm hinauf. Noch immer war es still. Gern wäre er zu ihr gegangen, aber er schämte sich zu sehr. Spürte, wie das schlechte Gewissen sich um alles legte, was er empfand. So leise wie möglich zog er die Tür zum Schlafzimmer zu, schlich ins Bett und schloss die Augen.

Als Marie eine Viertelstunde später den Turm hinunterkam, schlief er noch nicht, tat aber so. Nach dem, was er getan hatte, konnte er nicht vernünftig mit ihr reden. Noch dazu hatte er es der Tochter des Pastors angetan. Er hörte, wie sie sich zwischen den Beinen abtrocknete, die Bettdecke hob und neben ihn kroch. Dann bat sie Gott um Vergebung und drehte sich auf die Seite. Nicht lange danach atmete sie schwer.

Am nächsten Tag standen Marie und Johan auf und begannen ihr Leben als Mann und Frau. Es war offensichtlich, dass Marie der Ansicht war, sie hätten ihre Pflicht als Eheleute erfüllt. Jedenfalls stellte sie im Bett keinerlei weitere Forderungen nach körperlicher Liebe. Und da ihr Bauch einige Monate später anfing zu wachsen, war beiden klar, dass einmal ausreichend gewesen war. Marie schien nichts zu vermissen, sie war munter, kochte für ihn, kam sogar mit Kaffee hinauf in den Turm, wenn sie das Gefühl hatte, eine Tasse würde ihm guttun, wie sie sagte. Sie ist eine gute Ehefrau, erzählte er seiner Mutter, wenn er in Uthaug an Land war, um ihr das von Marie zubereitete Essen zu bringen.

Marie wohnte in der zweiten Hälfte ihrer Schwangerschaft auf dem Festland bei seiner Mutter. Es sei ja keineswegs sicher, dass die Hebamme bei schlechtem Wetter zum Leuchtturm gebracht werden könne, sagte Johan. Er war der größte Befürworter dieser Regelung. Und er bestand auch darauf, dass sie sich nach der Geburt erst einmal erholen und lernen sollte, Mutter zu sein, bevor sie im Leuchtturm wieder den Haushalt übernahm. Da er sich ja um die Lampe kümmern musste, konnte er weder ihr noch dem Kind helfen, wenn sie Zweifel hatte, was getan werden musste. Marie freute sich über seine Fürsorge.

»Ich möchte schließlich nicht, dass dir oder dem Kleinen etwas zustößt«, erklärte er, wenn er an Land kam, um nach ihr zu sehen – und später auch nach dem Kind.

»Ihr seid in meinem Leben das Wichtigste«, fügte er hinzu, und Marie lächelte glücklich. Selbstverständlich versprach er, sie so oft wie möglich zu besuchen. Allerdings nur, wenn das Wetter es zuließ. Glücklicherweise sah es um diese Zeit des Jahres häufig nach Unwettern aus. Aber wie auch immer, er konnte ohnehin stets nur ein paar Stunden bleiben – und nie übernachten. Marie verstand das. Gleichzeitig beruhigte es sein Gewissen, dass Marie seiner Mutter zur Hand gehen konnte, wenn es nötig war. Marie ist schon in Ordnung, ging es ihm oft durch den Kopf.

Er ruderte Hannah eines Nachts herüber, als er sich ganz sicher war, dass niemand sie sehen konnte. Ihr Kind hatte sie im Pfarrhaus bei ihrer Schwester Karen gelassen. Hannah blieb gern auf dem Leuchtturm und wartete auf ihn, wenn er Marie besuchte, vor allem, wenn er versprach, frischen Fisch mitzubringen – und wenn es ging, eine Flasche Schnaps.

Eine Woche nach der Geburt zog Marie ins Pfarrhaus, damit ihr Vater auch ein wenig Zeit mit seinem Enkelkind verbringen könne, sagte sie. Seine Mutter, die Maries Hilfe eigentlich gern angenommen hätte, schien es ihr nicht zu verübeln.

Es war eine herrliche Zeit. Hannah war ständig bei ihm. Ihrer Schwester hatte sie erzählt, sie würde eine Freundin in der Stadt besuchen. Natürlich achteten sie darauf, dass sie sich tagsüber nicht außerhalb des Leuchtturms zeigte, damit niemand sie vom Land aus sah. Jede Sekunde des Tages verbrachten sie miteinander oder ineinander. Wenn er oben im Turm war, saß sie nackt unter einer Decke neben ihm, die Beine um seinen Bauch geschlungen. Stundenlang konnten sie nebeneinander liegen, plaudern und den getrockneten Hornfisch an der Decke betrachten. Der drehte sich, je nachdem, wie der Wind auf der anderen Seite des Fensters blies. Bei Sturm wirbelte er in einer Endlosschleife herum. Sturm war am besten. Dann war er sicher, dass sie von niemandem überrascht wurden.

Damals war er überzeugt, das Leben und das Glück noch vor sich zu haben. Obwohl er sich in einer schwierigen Situation befand, meinte er, dass das nur vorübergehend sein konnte. Heute wusste er, die Wochen mit Hannah auf dem Leuchtturm waren das Glück, das ihm in diesem Leben zugedacht war.

Als Marie die drei Monate alte Darling mit den Worten über die Türschwelle des Leuchtturms trug: »Hier kommen wir, deine Tochter und ich«, traten ihm die Tränen in die Augen. Er musste den Blick abwenden und behauptete, dringend etwas an der Lampe reparieren zu müssen.

Da Marie sich nun wieder ständig im Leuchtturm aufhielt, wurde es schwierig, sich mit Hannah zu treffen. In den folgenden Jahren kam es lediglich zu heimlichen Begegnungen im Wald oder im Schutz des Pelkusfelsens, von dem die Einheimischen behaupteten, dort hätte einst ein entflohener Gefangener gelebt. Hannah mochte die Geschichte und sagte, wenn alles schiefginge, könnten sie wie Pelkus unter dem Stein wohnen.

»Er hat sie zum Narren gehalten, indem er rückwärtsgegangen ist. Das können wir auch machen, Johan. Wir können sie alle zum Narren halten«, lachte Hannah, und Johan wünschte, sie hätte recht.

Als der Winter näher kam und sie wieder monatelang

getrennt sein würden, redeten sie darüber, was sie unternehmen könnten.

»Lass uns zusammen abhauen«, schlug Hannah vor und zeigte ihm eine Anzeige des Amerika-Schiffs.

Das gelobte Land stand in der Anzeige.

»Wir können anfangen zu sparen«, antwortete er und wusste, dass er seine Mutter nicht im Stich lassen konnte. »Dann können wir es uns in ein paar Jahren leisten.« Vielleicht war die Mutter bis dahin tot, dachte er und fühlte sich als schlechter Sohn.

Hannah schubste ihn fort.

»Ich habe keine Lust zu warten«, widersprach sie mürrisch.

Er küsste sie, bis sie wieder fröhlich war, und versprach, dass sie bald aufbrechen würden. Es war schwer, von der Idee nicht begeistert zu sein, gemeinsam träumten sie von einem neuen Leben. In Amerika würde niemand sie kennen, niemand würde wissen, dass sie nicht verheiratet waren und ihr Kind nicht von ihm stammte. Und natürlich würde er ihr Vater sein, trotz der Sache mit dem Fuß, sagte er.

Wäre ich doch nur mit Hannah auf dem Schiff, dachte er, als er im Leuchtturm zu Abend aß. Allein die Vorstellung, zwischen den Passagieren umherzugehen und sie vorzuzeigen. »Woran denkst du?«, fragte Marie, »du lächelst.«

»An dich«, log er, aß den letzten Bissen und lief hinauf in den Turm. Johan fand Darling anstrengend. Sie weinte viel. Heulte die ganze Nacht, auch als sie dafür schon zu alt war. Marie kümmerte sich um sie, aber es ließ sich nicht vermeiden, dass auch Johan nicht mehr schlafen konnte. Daher gewöhnte er sich an, die Nacht auf dem Turm zu verbringen. Aber man konnte nur schlecht schlafen, wenn das Licht der Lampe den Raum erfüllte.

Eigentlich sollten sich Eheleute auf einem Leuchtturm abwechselnd um das Licht kümmern. Doch Johan erledigte das am liebsten allein. Sie waren sich einig, dass Marie mit einem schreienden Kind ohnehin ihren Teil der Arbeit nicht hätte übernehmen können.

Johans Verhältnis zu Darling änderte sich auch nicht, als sie größer wurde. Als sie ihre ersten Worte lernte, ihre ersten Schritte tat. Der Turm ist ein verbotener Bereich für Kinder, erklärte Johan. Abgesehen davon, dass er nicht bei der Arbeit gestört werden wollte, hätte sie sich leicht auf die Galerie verirren können, die rund um den Turm gebaut war, um die Fensterscheiben von außen von Vogeldreck und Meerschaum zu reinigen. Das Geländer war an einigen Stellen morsch, und bei den üblichen Wetterverhältnissen konnte ein einziger Windstoß schon dafür sorgen, dass ein kleiner Mensch das Gleichgewicht verlor und sich auf den Felsen zu Tode stürzte.

Es war ein Verbot, das Darling nur schwer einhalten konnte. Als sie krabbeln gelernt hatte, kletterte sie schneller, als man es sich vorstellen konnte, sämtliche Stufen von unten bis zur Spitze des Leuchtturms hinauf. Sie hatte eine besondere Fähigkeit zu verschwinden, ohne dass Marie es bemerkte, und plötzlich stand sie oben im Turm bei Johan. Die Tür konnte sie selbst öffnen, da sie an die Klinke kam. Das Schlimmste war, dass er sie nicht immer hörte, weil sie auf der Treppe so leise war. Zwei Mal überraschte sie ihn, als er mit geschlossenen Augen und seinem Glied in der Hand auf dem Stuhl saß und an Hannah dachte. Erschrocken sprang er auf und stopfte es rasch in die Hose. Er schimpfte mit Darling, die zu heulen und zu schreien anfing, bis Marie es auch hörte und endlich nach ihrer Tochter suchte.

Nachdem sie ihn zum zweiten Mal überrascht hatte, hörte er eine Weile damit auf, nun noch gereizter, wenn er Darling sah, da sie ihm auch dieses demütigende Vergnügen genommen hatte.

Johan tat, was er konnte, um sie zu meiden. Wie er einen Menschen wie sie hatte zeugen können, war ihm ein Rätsel.

Er erkannte sich in ihr nicht wieder. Marie war indes anderer Meinung, sie nutzte jede Gelegenheit, darauf hinzuweisen, wie ähnlich sie sich waren. Die Art, wie sie gingen, die Art, wie sie ihre Gabel hielten, der Winkel ihrer Nasen, und als Darling etwas größer wurde, meinte Marie, dass beide keine besonders guten Sänger seien. Vielleicht lag es daran, dass er sie nicht mochte, dachte er. Weil er sich selbst nicht mochte.

»Du bist deinem Vater wie aus dem Gesicht geschnitten«, behauptete Marie, und Darling lächelte ihn glücklich an.

Die Wintertage waren lang für ein Kind, das mit zwei Erwachsenen allein auf einem Leuchtturm lebte, und Darling fügte sich nur schwer in ihr Schicksal. Die Zahl der Fensterscheiben, die sie auf dem Leuchtturm einschmiss, war groß. Sie lief nicht einmal davon, wenn Marie herausgelaufen kam. Sie blieb einfach stehen und blickte sie an, in der Hand noch einen Stein. Fragte, ob Vater nicht auch noch käme.

Häufig band Marie Darling mit einem Strick an die Treppe, sodass sie ein bisschen Auslauf hatte und auf dem Riff spielen konnte, ohne ins Wasser zu fallen. Marie tat, was in ihrer Macht stand, um die Schäre von Steinen zu säubern, die in die Hand eines kleinen hitzköpfigen Mädchens passten. Es half – bis Darling in der Lage war, selbst den Knoten aufzubinden.

»Sie ist inzwischen so schlau, dass ich ihre Unarten nicht mehr voraussehen kann«, seufzte Marie und gab es auf, Krebse und andere kleine Krabbeltiere zu retten, die Darling fing. Die, die sie nicht mit einem Stein zerquetschte, hielt sie im Keller gefangen, bis sie tot waren.

Obwohl Johan mit Marie und nicht mit Hannah zusammenlebte, und obwohl Darling ihm lästig war, musste er einräumen, dass er sich wohl fühlte. Solange er zwischendurch ein bisschen von Hannah bekam, verlangte er nicht mehr vom Leben. Und eines Tages, wenn er nicht mehr dafür sorgen musste, dass seine Mutter in anständigen Verhältnissen lebte, würde er Hannah ganz bekommen, das versprach er sich.

Seine Mutter war gern auf Kjeungskjær.

»Die Luft ist hier draußen frischer als an Land«, sagte sie und stand oft mit zusammengekniffenen Augen in einer steifen Brise und hielt sich am Treppengeländer des Leuchtturms fest. Johan fiel das Atmen schwer, wenn der Sturm ihm direkt ins Gesicht blies. Er blieb lieber im Leuchtturm und ließ sich von den dicken Wänden schützen. Sie waren über einen halben Meter dick und hielten stand – was immer die Natur auch aufbot.

Marie hatte seine Mutter gern. Und umgekehrt. Obwohl die Mutter zunächst nicht sonderlich begeistert von Marie gewesen war, schien sich das nun geändert zu haben. Sie unterhielten sich jedenfalls stundenlang über den Haushalt. Und baten ihn, den einen oder anderen Seevogel für sie zu schießen.

»Soll es heute mal ein Kormoran sein, Marie?«, fragte seine Mutter.

»Vielleicht eher ein Tordalk?«, antwortete Marie, und dann diskutierten sie ein bisschen, bis sie wussten, woraus das Menü bestehen sollte.

Marie bereitete zu, was er ihr brachte, während seine Mutter ihr erklärte, wie man es am besten machte. Sie half ihr, soweit es ihre Hände zuließen. Bisweilen kam er mit dem falschen Vogel zurück, dann verdrehten sie die Augen und zogen ihn damit auf, dass für ihn offenbar alles aussähe wie eine Ente.

Seine Mutter kam auch auf die Idee, einen Lappen ins Waschbecken zu legen, sodass das Meerwasser nicht den Abfluss hinaufschäumte, wenn die See schlechte Laune hatte. Sie freuten sich über die Hilfe seiner Mutter, sie sprachen oft darüber, wenn sie gemeinsam zu Abend aßen.

Daher war es auch angenehm, die Sommer auf dem Hof bei der Mutter zu verbringen. Die Nächte waren mehrere Wochen lang so hell, dass die Lampe nicht unbedingt brennen musste.

Auf dem Festland gab es sehr viele Kinder, allerdings wollten sie nicht mit Darling spielen. Die anderen Mütter sagten, sie würde schlagen, und sie hätten gesehen, wie sie kleine Tiere quälte und Vogeleier zerbrach. Einige behaupteten sogar, dass sie bei den Jungen damit prahlte. Johan sah, dass Marie sich alle Mühe gab, Dinge zu finden, die Darling tun konnte, ohne dass sie mit Kindern oder Tieren in Kontakt kam, sie besorgte ihr sogar ein Fahrrad. Eigentlich war es für einen Erwachsenen gedacht, und Darling konnte mit ihren fünf Jahren nicht auf dem Sattel sitzen. Aber sie konnte im Stehen fahren. In der ersten Woche brachte sie eine Unzahl von blauen Flecken und Hautabschürfungen mit nach Hause, aber sie gab nicht auf. Und nach einer weiteren Woche, in der es nur halb so viele Stürze gegeben hatte, bekam Johan beinahe Respekt vor seiner Tochter.

Schon bald sahen die Bewohner der Insel, wie Darling mit wehenden Haaren auf ihrem viel zu großen Fahrrad auf den Straßen davonschoss. Sie sauste bis zur Mole und wieder zurück. Obwohl Marie ihr verboten hatte, in die Nähe des Wassers zu fahren. Johan sah sie ab und zu, wenn er auf dem Weg zu Hannah war oder von einem ihrer heimlichen Treffen zurückkam.

Im Sommer auf dem Hof genoss es Johan, für eine Weile nicht für das Licht verantwortlich zu sein. Seine einzige Aufgabe in diesen Wochen an Land war das Stechen von Torf, der getrocknet und dann auf den Leuchtturm gebracht werden musste, damit sie in den kalten Monaten heizen konnten. So hatte er sehr viel Zeit, sich mit Hannah zu treffen. Und Marie war so beschäftigt, mit ihrem Vater zu plaudern, Beeren zu sammeln und sich um Darling zu kümmern, dass sie sich nicht dafür interessierte, wo er war, wenn er für ein paar Stunden verschwand. Sie fragte auch nie, wo er gewesen war, wenn er aus dem Bootshaus zurückkehrte. Bereits nach wenigen Malen nahm er die Angel nicht mehr mit und hörte auf, einen enttäuschten Gesichtsausdruck aufzusetzen, wenn er ohne einen Fisch nach Hause kam.

Sie hatten sich mit Decken in der hintersten Ecke eingerichtet, damit sie sich rasch verstecken konnten, sollte jemand die Tür öffnen. Aber es passierte nie, sie hatten das Bootshaus für sich. Wenn sie sich nicht liebten, lagen sie nebeneinander und planten ihr gemeinsames Leben in Amerika.

Johan konnte von solch einem Stelldichein tagelang zehren. Was er allerdings auch musste. Denn es war nicht einfach, sich mit Hannah zu verabreden. Verging zu lange Zeit, wurde er unruhig und gereizt. Er fühlte sich abhängig von ihrem Appetit auf das Leben, das Lachen und die Lust. Wenn er aus dem Hafen nach Hause kam, war er so glücklich, dass es sogar vorkam, dass er Marie in den Arm nahm. Dann schubste sie ihn weg und sagte, er solle mit dem Unfug aufhören, sie sei beschäftigt. Aber er sah, dass sie es mit einem Lächeln sagte. War er bei Hannah gewesen, konnte es sogar passieren, dass er und Marie gemeinsam über etwas lachten. Doch diese Stimmung verging, sobald der Hunger nach Hannah sich wieder meldete. Manchmal saß er Stunden vor dem Laden am Hafen, in der Hoffnung, dass sie irgendetwas für den Fetten zu besorgen hatte, für den sie wieder arbeitete. Sie war in Gnade wieder aufgenommen worden, trotz des Kindes. Kam sie, begleitete er sie, als hätten sie zufällig denselben Weg. Sie sagte niemals nein, wenn er sie fragte, ob sie sich später treffen könnten. Ob sie erschien, war indes ungewiss. Sie entschuldigte sich mit ihrer Tochter, um die sie sich schließlich auch kümmern müsse. Johan reagierte mürrisch und eifersüchtig, denn er wusste ja, dass ihre Tochter mehr oder weniger bei Karen auf dem Pfarrhof wohnte.

Lillen war ein stilles Mädchen, das bereitwillig tat, worum man sie bat. Manchmal brachte Marie sie sogar mit auf den Hof. Und obwohl sie keine wirklich vorzeigbare Familie hatte, war sie als Spielkameradin für Darling doch besser als niemand. Sie waren ein ungleiches Paar, und doch schien Darlings Wildheit das Mädchen geradezu mit Energie zu versorgen. Und umgekehrt kam Darling durch Lillens Gemächlichkeit ein wenig zur Ruhe. Allerdings nur ein bisschen. Mit einem Haufen Steine, den sie in ein Dorf verwandelten, konnten die beiden Stunden hinter dem Haus verbringen. Oder unten am Hafen, wo sie Seesterne und Seeigel sammelten oder kleine Dämme am Strand bauten.

Nachdem genügend Torf gestochen war, hatte Johan in diesem Sommer nur noch eine Aufgabe zu erledigen: Er wollte einen Riegel kaufen, damit Darling ihn im Turmzimmer nicht mehr überraschen konnte. Als er das erledigt hatte, wusste er nicht recht, was er mit sich anfangen sollte. Auf dem Hof gab es nichts zu reparieren, denn er gehörte ja nun anderen Leuten, auf den Feldern gab es nichts zu tun, kein Tier musste gefüttert oder gemolken werden. Er ließ die Tage dahingehen. Verbrachte viel Zeit auf der Bank vor dem Laden, wo er statt Hannah Darling und das Mädchen beobachtete. Darling stand in voller Fahrt auf dem Fahrrad, die Kleine saß hinter ihr. Johan dachte, dass für Darling das kleine Mädchen nur ein weiteres kleines Tier war, mit dem sie machen konnte, was sie wollte. Er hoffte nur, dass sie zumindest nicht auf die Idee kam, die Kleine am Ende umzubringen, wie sie es mit den Krebsen tat. Aber er mischte sich nicht ein, denn wenn Lillen nicht mit Darling spielte, war sie möglicherweise bei Hannah, und das wiederum verhinderte ein eventuelles Treffen mit ihr.

Hannah lachte über seine Eifersucht und die Annahme, dass sie ihre Tochter als Entschuldigung benutzte, um ihn nicht zu sehen.

»Alles wird gut, wenn wir erst einmal diese verdammte Insel verlassen haben«, sagte sie an einem der letzten Sommertage, die sie gemeinsam verbrachten. Die hellen Nächte gingen allmählich zu Ende. Am nächsten Tag musste Johan zurück zum Leuchtturm.

»Ja, der Tag wird kommen, an dem alles gut wird«, stimmte er ihr zu.

»Lass uns jetzt losfahren.«

»Das kann ich nicht«, antwortete Johan.

»Du hast es versprochen!«

»Aber was ist mit Mutter?«

»Dann fahre ich ohne dich«, entgegnete sie trotzig.

Vergeblich versuchte er, sie mit Küssen fröhlich zu stimmen. Schließlich hielt er es nicht mehr aus, sie so traurig zu sehen.

Am nächsten Tag gingen sie zusammen zum Büro des Hafenmeisters, um seinen Monatslohn zu holen. Sie wartete vor der Tür, damit niemand Verdacht schöpfte. Johan stopfte das Geld in einen braunen Umschlag und steckte ihn in die Jackentasche. Hannah fragte, ob es nicht besser sei, wenn sie das Geld aufbewahre. Sie stritten sich beinahe, als er sich sträubte.

»Ich muss Mutter etwas davon geben. Und Marie.«

»Und am Ende ist nichts mehr für mich da!«, jammerte Hannah.

Johan versprach, ihnen nicht viel zu geben.

»Den Rest meines Lebens bekommst du alles, was ich habe«, versprach er und gab ihr dann doch das gesamte Geld, als ihr die Tränen kamen.

Sie verabredeten, dass er in drei Tagen vom Leuchtturm zum Hafen rudern sollte, wenn Darling und Marie zu Bett gegangen waren. Dann könnten sie die Fähre in die Stadt nehmen – und danach ein Boot, das sie zum Dampfer nach Amerika brachte. Er ließ den größten Teil seiner Sommerkleidung bei Hannah. So musste er nicht packen und erregte keinen Verdacht. Euphorisch liebten sie sich im Bootshaus, und bevor sie sich trennten, küssten sie sich sogar noch in der Dämmerung am Hafen, wo jeder sie hätte sehen können.

»Ist doch egal, ob uns jemand sieht«, meinte Hannah. »Wenn wir fort sind, werden es ohnehin bald alle wissen.« Er küsste sie noch einmal und ging zurück zum Hof, wo er sich zusammennehmen musste, um nicht zu lächeln, als er die Tür öffnete und guten Abend wünschte.

Am nächsten Morgen ruderte er Darling, Marie und seine Mutter zum Leuchtturm. Und eine Katze, die Marie mitnehmen wollte.

»Dann hat Darling ein bisschen Gesellschaft«, sagte sie.

Seine Mutter wollte ein paar Tage bei ihnen bleiben und helfen, sich nach dem Sommer an Land wieder ordentlich einzurichten.

»Nur ein paar Tage, dann muss ich wieder nach Hause«, sagte sie, »aber wenn ich ungelegen komme …?«

Marie protestierte.

»Selbstverständlich nicht, Schwiegermutter.«

Marie fiel nicht auf, dass er mit weniger Gepäck zum Leuchtturm zurückkehrte. Vielleicht weil auf dem kleinen Boot auch ein Nachtstuhl stand, den seine Mutter mit auf den Leuchtturm nehmen wollte.

»Wenn du alt wirst, merkst du, dass die Beine nicht mehr so wollen wie in der Jugend«, erklärte sie Marie, als sie darauf warteten, dass Johan ihnen an Bord half.

Marie bemerkte auch nicht, dass er nervös zu sein schien. Er hatte nicht recht gewusst, welche Entschuldigung er vorbringen sollte, um in drei Tagen noch einmal an Land zu rudern, doch nun fügte es sich, dass seine Mutter genau an diesem Tag zurückwollte.

Johan saß im Turm und grübelte. Seine Mutter klagte über Schmerzen in den Händen, und er stellte sich vor, wie es ihr ergehen würde, wenn ihr einziger Sohn plötzlich fort war. Er hatte die vage Hoffnung, dass Hannah die Reise absagen würde. Oder sie wenigstens verschieben würde. Er ging hinaus aufs Riff, als es dämmerte, und versuchte, ihr mit der Laterne Leuchtzeichen zu geben, doch sie antwortete nicht.

Am Morgen vor der Abreise fühlte seine Mutter sich unpässlich.

»Ich kann nicht so lange in einem schaukelnden Boot sitzen«, erklärte sie, »lass uns bis morgen warten.«

»Vielleicht geht's dir in einer Stunde ja schon wieder besser«, erwiderte Johan und wartete ungeduldig ein paar Stunden.

Um fünf kam seine Mutter nicht hinunter zum Abendessen. Als er nach ihr sah, schlief sie. Um sieben beschloss er, das Boot zu Wasser zu lassen und zu Hannah zu rudern. Zumindest um ihr zu erklären, dass sie die Reise verschieben mussten. Als er vor die Tür trat, sah er ein, dass es zu sehr stürmte, um an Land zu rudern.

Er holte die Laterne und versuchte erneut, Hannah zu signalisieren, dass er nicht kommen konnte. Er musste sich am Geländer festhalten, so stürmte es. Sie antwortete nicht, und alles verschwamm vor seinen Augen, und er wusste, dass er es nicht ertragen würde, sie zu verlieren.

Hannah, rief er mit der Laterne. Bist du da?

Sie blieb stumm. Dann eben auf Gedeih oder Verderb, dachte er und wollte das Boot ins Wasser schieben. Aber der Sturm erfasste es und schleuderte es gegen den Leuchtturm. Wieder versuchte er zu morsen, wieder bekam er keine Antwort. Er zog das Boot zu sich heran, wurde aber umgeworfen, als eine Welle es mit der Reling gegen ihn schlug. Er schürfte sich die Knie an den Felsen auf, als er zum Leuchtturm kroch, die Laterne hatte er verloren. Lange stand er niedergeschlagen im Sturm und hielt Ausschau nach einem Signal von Hannah. Er stand direkt an der Mauer, und erst als die Wellen die Steine hochleckten, suchte er Schutz hinter den dicken Wänden des Leuchtturms. Der Herbst kam plötzlich in diesem Jahr.

»Was ist denn mit dir los?«, erkundigte sich seine Mutter skeptisch, als er sich die Treppe bis zur Küche hinaufgearbeitet hatte. Bleich stand sie in der Küche und wärmte schwarzen Johannisbeersaft auf.

»Lass mich das machen«, sagte Johan und nahm ihr den

Topf aus der Hand. Er goss den heißen Saft in einen Becher und reichte ihn ihr.

»Bist du etwa auch krank? Du siehst so aus?«

»Nein, mir ist vor der Tür nur kalt geworden«, gab er zur Antwort und stellte den Topf auf den Tisch.

»Was machst du auch um diese Uhrzeit da draußen? Du bist ja vollkommen durchnässt.«

»Ich gehe nach oben und kümmere mich um das Licht«, erwiderte er und ging langsam die Treppe hinauf.

»Ja, das ist wohl das Beste«, meinte sie, zog einen Stuhl unter dem Tisch hervor und setzte sich seufzend.

Marie fand sie. Sie lag über dem Tisch und hatte den Becher umgeworfen.

Er war erst eingeschlafen, als es hell wurde. Er hatte geweint, weil er Hannah im Stich gelassen hatte. Vielleicht würde sie ihm niemals vergeben. Er musste an Land, sowie der Sturm sich gelegt hatte. Einen Augenblick glaubte er, Marie sei Hannah, er lächelte sie an, als sie ihn sanft anstieß, um ihn zu wecken. Marie war blass und erwiderte sein Lächeln nicht.

Er lief die Treppe hinunter. Blieb abrupt vor dem Küchentisch stehen. Streckte die Hand aus und legte sie ihr auf die Schulter. Er rüttelte sie sanft. Dann fester. Ihr Arm glitt vom Tisch und hing schwer neben dem Stuhl.

»Mutter«, flüsterte er.

Er hob sie von ihrem Stuhl, sie war nicht annähernd so schwer, wie er erwartet hatte, und er musste ein paar Schritte zurücktreten, um das Gleichgewicht wiederzuerlangen. Er trug sie in das Zimmer im dritten Stockwerk, in dem sie schlief, wenn sie bei ihnen war. Vorsichtig legte er sie aufs Bett. Sprach sie noch einmal an.

»Sie ist nicht mehr unter uns«, sagte Marie mit einer kaum verständlichen Stimme. Sie war ihm gefolgt, ohne dass er es gehört hatte.

»Mutter.« Er fiel auf die Knie.

»Wir müssen alle irgendwann gehen«, sagte Marie leise und setzte sich neben ihn. Sie wischte sich eine Träne aus dem Auge. Rümpfte die Nase und warf einen Blick auf den Nachtstuhl.

»Ich muss an Land«, sagte Johan. »Ich muss an Land, jetzt!« Er schluchzte laut auf und wankte die Treppe hinunter.

»Ja, wir müssen Vater holen. Und natürlich den Arzt. Aber ich glaube, es ist noch zu unruhig da draußen, du wirst es nicht schaffen«, meinte Marie und sah aus dem Fenster. Regen schlug gegen die Scheibe.

Johan lief in den Keller, riss seine Jacke vom Haken, öffnete die Tür und wurde beinahe umgeweht. Er kämpfte sich die Treppe hinunter, klammerte sich an das klapprige Geländer. Er versuchte eine Stelle auf den Steinen zu finden, wo er festen Halt hatte, nur für einen Fuß. Genug, damit er ins Boot kam. Eine Welle schlug über ihm zusammen. Marie stand in der Tür, rief nach ihm. Er ignorierte sie und setzte einen Fuß ins Wasser, das ihm bis zu den Knien reichte. Er ging einen Schritt auf das Boot zu, das auf dem Wasser wild hin und her tanzte. Eine Welle traf ihn von der Seite, warf ihn um. Er schrie vor Schmerz, als sein Kopf auf den Felsen schlug. Er war unter Wasser. Er schrie nach Hannah und kam hustend wieder an die Oberfläche. Das Wasser brannte in den Lungen. Er versuchte, sich zu orientieren, aber alles war grau. Ein Seil traf ihn ins Gesicht. Instinktiv griff er danach und ließ sich zurück zum Leuchtturm ziehen.

Als er die Augen wieder aufschlug, lag er in seinem Bett. Er war allein. Ein Stuhl stand am Bett, aber niemand saß darauf.

Er versuchte zu horchen, aber er hörte nur den Sturm, der im Turm heulte. Er hob die Bettdecke an: Er war nackt. Sein Glied hing träge zur Seite. Er fühlte sich benommen, es pochte in seinem Kopf. Er setzte sich halb auf, sofort wurde ihm schwindlig. Und er hatte Durst. Neben ihm auf dem Nachttisch stand ein Glas Wasser. Er griff danach und trank ein paar Schluck. Kroch wieder unter die Decke, fühlte sich besser. Langsam kam die Erinnerung zurück, er entsann sich, weinte und schlief wieder ein.

Als er wieder zu Bewusstsein kam, war die Petroleumlampe neben ihm angezündet. Marie verließ gerade das Zimmer.

»Na, bist du wach?«

Er antwortete nicht. Sie kam zurück ins Schlafzimmer und setzte sich auf den Stuhl neben das Bett.

»Du hast eine ganze Nacht und einen ganzen Tag geschlafen. Es ist Abend. Bist du durstig?« Sie nahm das Glas vom Nachttisch.

»Was ist mit Mutter?« Seine Stimme klang rau.

Marie senkte den Blick. »Sie liegt noch dort, wo du sie hingelegt hast.«

»Ist sie noch immer tot?«

»Ja, Johan, sie ist noch immer tot«, seufzte sie. »Ich hoffe, dass es im Laufe der Nacht ein wenig ruhiger wird, damit wir an Land rudern können. Sie kann schließlich nicht hier liegen bleiben.«

»Ich muss hoch zur Lampe.« Johan versuchte, sich aufzusetzen, gab es aber auf, als der Raum zu schaukeln begann.

»Leg dich ruhig wieder hin, ich habe mich um die Lampe gekümmert«, lächelte sie stolz. »Du hattest heute Nacht Fieber, du warst glühend heiß. Es war nicht einfach, dir das ganze nasse Zeug auszuziehen.«

Johan schämte sich einen Moment, dass sie ihn nackt gesehen hatte.

»Ich sehe kurz nach Darling, mit Großmutter im Haus schläft sie so schlecht.«

Johan zog die Decke über den Kopf. Jetzt war ohnehin alles zu spät. Oder vielleicht doch nicht? Vielleicht vergab ihm Hannah? Mit einer vagen Hoffnung schlief er ein und erwachte erst, als es bereits hell war.

Gereizt blickte er aus dem Küchenfenster. Der Sturm terrorisierte sie nun schon den vierten Tag. Der Hornfisch flatterte unter dem Dach des Turms. Noch immer war es nicht möglich, die Tür ins Freie zu öffnen, ohne sofort durchnässt zu werden. Vorsichtig entfernte Johan den Lappen im Waschbecken und goss den Rest seines Kaffees aus. Er hatte zu lange gestanden und war bitter geworden.

»Pass mit dem Lappen auf, so wie das da draußen schwappt, spritzt dir gleich alles ins Gesicht«, sagte Marie und stellte Darling das Frühstück hin.

Johan drückte den Lappen in den Ausguss. »Findest du nicht, dass es aussieht, als würde es ein bisschen heller?« Er beugte sich über die tiefe Fensterbank zu der Scheibe hin.

Marie schüttelte den Kopf. »Nein, es ist eher schlimmer geworden.« Sie seufzte. »Gott muss der Meinung sein, dass wir bestraft werden müssen.« Wieder kamen ihr die Tränen, die Trauer erschöpfte sie. Der Vormittag verging, ohne dass der Sturm nachließ. Johan ging rastlos auf und ab. Erst in der Küche. Dann in der Wohnstube. Schließlich stieg er hastig die Treppe hinauf in den Turm, vorbei an dem Stockwerk mit der Mutter. Er überlegte, an Land zu morsen, vielleicht passte Hannah ja auf. Er könnte auch die Fahne hissen, die an

Land bestimmt jemand sehen würde – wenn das Wetter nicht sowohl den Stoff wie die Fahnenstange abriss. Aber welchen Nutzen hätte es? Wenn er nicht an Land konnte, kamen sie auch nicht zum Leuchtturm. Selbst mit dem Motorboot würden sie nicht an dem Felsen anlegen können.

»Jetzt muss aber bald jemand kommen«, sagte Marie, als er zum Abendessen herunterkam. »Sie kann ja nicht einfach da liegen bleiben. Sie verwest!«

Am nächsten Tag war die Stimmung noch angespannter. Sie saßen beim Frühstück. Johan hatte keinen Appetit. Sie lag jetzt fast eine Woche in ihrem Zimmer.

»Das muss doch mal aufhören«, schluchzte Marie. »Ich habe seit Tagen nicht mehr geschlafen. Riechst du es denn nicht auch?«

Johan schüttelte den Kopf.

Marie legte den Kopf auf den Tisch und weinte. Darling sah sie verwundert an, während sie ihre Grütze aß.

»Liegt es daran, dass du es nicht riechen *willst*?«, heulte Marie. Darling aß den letzten Bissen, sprang vom Stuhl auf und verschwand die Treppe hoch.

»Hör auf zu heulen, es reicht, wenn der Sturm das macht«, erwiderte Johan mürrisch und hielt ihr den Kaffeebecher hin, um sich nachfüllen zu lassen. Sie beachtete ihn nicht. Gereizt griff er selbst nach dem Kessel und goss sich den Becher voll. Er stand auf und ging zur Treppe.

»Es gibt keinen Grund, zur Lampe zu gehen – bei diesem Wetter sind ja doch keine Schiffe unterwegs«, sagte Marie und trocknete ihr Gesicht mit der Schürze ab.

Er ging, ohne etwas zu erwidern. Blieb auf dem Stockwerk unter dem Turmzimmer stehen. Die Tür zum Zimmer der

Mutter stand offen. Er war sicher, dass sie geschlossen war, als er zum Frühstück ging. Er trat auf die Tür zu, wollte aber nicht hineinsehen. Als er den Arm nach der Klinke ausstreckte, um die Tür zuzuziehen, fiel sein Blick auf Darling.

»Darling!«, fuhr Johan sie an. »Was machst du denn da?«

»Oma angucken«, antwortete Darling.

»Du hast hier drin nichts zu suchen«, erklärte er und atmete durch den Mund. Niemand hatte den Nachttopf geleert.

Sie drehte sich beflissen um und hüpfte mit schwingenden Armen aus dem Zimmer. Winkte der Toten zu.

»Hör mal«, sagte Johan wütend und packte sie bei den Schultern. »Du gehst hier nicht wieder hinein, hast du das verstanden?«

Darling zuckte die Achseln und sprang die Treppe hinunter. Der Sturm schluckte das Geräusch, bevor sie das nächste Stockwerk erreicht hatte.

Johan versuchte, den Abend schneller vergehen zu lassen, indem er die Lampe putzte. Er wagte sich allerdings nicht hinaus, um die Scheiben zu säubern. Er steckte lediglich einen Arm nach draußen und hielt sich so gut es ging fest, trotzdem wurde er klatschnass. Er wusste nicht, ob das Wasser von oben oder von unten kam.

Resignierend setzte er sich hin. Niemand wollte in diesem Wetter hinaus. Doch, er schon. Er hätte alldem gern getrotzt. Er sah es vor sich, wie er durch die Wellen ruderte und sie zur Ordnung rief, damit er an Land kam und zu Hannah laufen konnte. Es schnürte ihm den Hals zu. Er legte sich auf die Matratze in der Ecke, starrte die Wand an und wartete vergeblich auf den Schlaf.

Wie durch ein Wunder hatte der Sturm am nächsten Tag abgeflaut. Er musste doch geschlafen haben. Der Hornfisch hing mit der Schnauze nach Süden ruhig unter der Decke. Also hatten sie auflandigen Wind. Das erleichterte das Rudern. Er stand auf, löschte die Lampe und lief in die Küche, wo er im Stehen das Frühstück einnahm, das Marie ihm bereitet hatte. Dann lief er in den Keller und zog Mantel und Mütze an. Einen Augenblick hielt er inne und dachte nach. Rannte zurück ins Turmzimmer, zog die Schublade auf, in der er ein bisschen Geld verwahrte, und steckte es ein. Er lief an Darling vorbei, die an der Tür zu Großmutter stand und ihm etwas zurief, vorbei an Marie in der Küche, die sagte, ihr Vater wisse bestimmt, wer helfen könne, die Leiche an Land zu bringen. In zwei Sprüngen ließ er die Treppe zum Riff hinter sich, band das Boot los und ruderte mit harten Schlägen durch das Wasser. An Land lief er am Ufer entlang und nahm sich im Hafen nicht einmal die Zeit, jemanden zu grüßen. Ihm war es egal, dass die Leute ihm nachsahen. Ohne innezuhalten, rannte er zum Pfarrhof, wo ihm auffiel, dass keine Gänse mehr da waren, die die Besucher ankündigten. Wahrscheinlich hatte man sie während des Sturms eingesperrt. Er klopfte.

»Hej«, sagte das kleine Mädchen.

»Ist Hannah zu Hause?«, fragte Johan atemlos. »Deine Mutter, ist deine Mutter hier?«

»Wer ist da?« Karen kam zur Tür.

»Ist Hannah hier?«, wiederholte er seine Frage.

»Nein, aber wir würden auch gern mit ihr reden.«

»Weißt du, wo sie ist?«, fragte er, ein wenig zu laut.

»Ist irgendetwas nicht in Ordnung?«

»Wo kann ich sie finden, was meinst du?«

»Komm erst einmal rein – du siehst aus, als könntest du eine Tasse Kaffee brauchen.«

Widerwillig folgte er der Schwester und ihrer Nichte.

In der Küche goss ihm Karen eine Tasse schwarzen Kaffee ein. Erkundigte sich, ob der Sturm auf der Schäre hart gewesen sei. Er nickte.

»Ich habe Hannah seit dem Tag, an dem ihr auf den Leuchtturm zurückgerudert seid, nicht mehr gesehen. Sie ist vorbeigekommen und hat mich gebeten, nach Lillen zu sehen.« Sie zeigte auf das Mädchen. Johan spürte, wie ihn der Kaffee und die warme Küche ein wenig beruhigten, und er dachte, dass es unglaublich war, wie schnell das Kind sich bewegen konnte, trotz des Fußes.

»Seit wir zum Leuchtturm zurückgekehrt sind? Aber …«

»Ich war vorhin bei dem Fetten und wollte wissen, ob sie wegen des Sturms nicht hat kommen können, aber dort war sie auch nicht. Die Mädchen haben sie ebenfalls seither nicht mehr gesehen.«

Der Pastor steckte den Kopf durch die Tür. Er wollte sich eine Tasse Kaffee holen.

»Ja, guten Tag, Johan«, grüßte er und reichte ihm die Hand. »Ist bei euch alles in Ordnung, war der Sturm hart?«

Es ergab sich keine Gelegenheit mehr, zum Hof des Fetten zu laufen, um Hannah dort zu suchen. Der Pastor drückte schwer auf den Vordersteven. Johan wurde bis zu den Oberschenkeln nass, als er das Boot hinausschob. Die Enttäuschung, Hannah nicht gesehen zu haben, und die Wellen, gegen die er nun ankämpfen musste, machten es beinahe unmöglich, zum Leuchtturm zurückzurudern. Er hörte, wie hinter ihnen das Motorboot zu Wasser gelassen wurde. Der Pastor hatte alles Notwendige veranlasst.

»Nur ruhig«, sagte er, »wir werden deine Mutter schon

sicher an Land bringen. Wir beerdigen sie natürlich auf dem Pfarrhof.« Er klopfte Johan tröstend auf die Schulter, als sie auf dem Felsen standen. Mit jedem Klaps hatte Johan das Gefühl, einen Zentimeter tiefer in die Erde geschlagen zu werden.

»Würdest du Hannah etwas sagen, wenn sie zurückkommt?«, hatte er der Schwester noch zuflüstern können, bevor er mit dem Pastor aufbrechen musste.

»Sag ihr, ich bin auf dem Leuchtturm. Sag ihr, ich komme bald wieder an Land.«

Die Schwester schüttelte den Kopf. »Was hat sie dir nur in den Kopf gesetzt?«

Trotzdem versprach sie, Hannah Bescheid zu geben.

Der Körper der Mutter gab ein Seufzen von sich, als der Arzt und Johan sie anhoben. Johan sah sie erschrocken an. Marie unterdrückte einen Schrei. Der Arzt meinte, das sei ganz normal.

Sie wurde mit einem Pferdekarren vom Hafen zum Pfarrhof gebracht, quer durch Uthaug. Die Leute glotzten. Johan dachte, dass Mutter das nicht gefallen hätte. Im Pfarrhof legte man sie in den Sarg, für den der Pastor gesorgt hatte. Marie wollte sie gern waschen und ihr ein Totenhemd anziehen, und der Pastor meinte, es sei sicherlich eine gute Idee, es so schnell wie möglich zu tun.

»Zumindest war es relativ kalt draußen auf dem Leuchtturm. Aber es gibt doch Grenzen, wie lange ein entseelter Leib Bestand hat«, sagte er und hielt sich die Hand vor die Nase.

Johan wartete auf seinen Zusammenbruch. Er versuchte, sich auf die Trauer zu konzentrieren, doch sein einziger Gedanke galt Hannah, die noch immer verschwunden war. Er war bei dem Fetten gewesen und hatte einige Mädchen in der Küche gefragt, ob sie Hannah gesehen hätten. Nein. Ihre Seite des Zimmers war leergeräumt. Der Fette hatte gesagt, bei ihm bekäme sie jedenfalls keine Arbeit mehr, wenn sie sich auf diese Weise aus dem Staub mache.

»Ich glaube nicht, dass sie fortgegangen ist, sie würde doch ihre Tochter nicht zurücklassen«, hatte eines der Mädchen gesagt.

»Ich glaube, sie ist in den Hafen gefallen«, meinte ein anderes.

»Sie hat wohl etwas mit einem Matrosen.«

»Ja, das sähe ihr ähnlich.« Alle lachten. Johan fragte, ob sie sich sicher seien, dass sie nichts hinterlassen habe. Einen Gruß?

Sie schüttelten die Köpfe.

»Wieso ist das so wichtig für dich?«, fragte eine skeptisch. »Ist das Kind von dir?«

Johan versuchte zu lachen. Nein, er war schließlich verheiratet. Marie, seine Frau, mache sich Sorgen.

»Hannah ist wie ein Korkpfropfen, sie wird schon wieder auftauchen.«

Wieder lachten sie. Johan bedankte sich für den Kaffee.

Nach der Beerdigung ruderten Marie, Darling und Johan zurück zum Leuchtturm. Hannah ging Johan nicht aus dem Kopf. Vielleicht hatte sie versucht, zu ihm zum Leuchtturm zu kommen, als sie ertrunken war. Er weinte viel, und er vermisste auch die Katze, die Marie vom Land mitgenommen hatte. Seit der Beerdigung war sie verschwunden. Das Tier hatte ihn an die Zeit erinnert, als er noch ein kleiner Junge auf dem Bauernhof war, als noch Kühe im Stall standen, Vater das Heu machte und Mutter nicht ständig weinte. Er hatte der Katze sogar Spielzeug gebastelt und die ruhigen Stunden genossen, in denen er schlief und die Katze sich auf seine Brust legte.

Von der Spitze des Leuchtturms entdeckte Johan eines Tages etwas Graugestreiftes, das gegen den Felsen schwappte. Er sah Darling zu, die es mit einem Stock heranzog.

»Sie ist selbst hineingesprungen«, behauptete sie, als er vergeblich die Treppe heruntergelaufen kam, um die Katze zu retten.

Am Nachmittag war Darling mit dem Spielzeug zu ihm gekommen, das er für die Katze gebastelt hatte, und hatte gefragt, ob er mit ihr spielen wolle.

Seither hatte Marie keine weiteren Versuche mit Haustieren auf dem Leuchtturm unternommen.

Einen Monat später war Hannah noch immer nicht wieder aufgetaucht. Johan füllte Tüte um Tüte mit Daunen, die er in den Nestern fand, während er im Wasser nach ihr suchte. War er im Laden, hörte er zu, wenn die Leute über sie redeten. Glücklicherweise war der Kaufman so freundlich und ließ ihn anschreiben, sodass Marie das fehlende Geld nicht bemerkte.

Er war häufiger bei Karen gewesen, als es schicklich war, jedes Mal unter dem Vorwand, mit dem Pastor sprechen zu müssen – ein Gruß von Marie, ein Fisch, den er gefangen hatte, und eines Nachmittags hatte er den Pastor sogar um seelsorgerischen Beistand gebeten, als ihm unmittelbar nichts anderes eingefallen war.

Doch auch die Schwester hatte nichts von Hannah gehört und fing allmählich selbst an, das Schlimmste zu glauben. Das jetzt sieben Jahre alte Mädchen hielt sich an Karen.

»Bis Hannah auftaucht, wenn sie denn wieder auftaucht, muss ich Lillen wohl als meine Tochter ansehen. Ich habe Glück, der Pastor hat nichts dagegen, dass sie hier ist, sonst wüsste ich nicht, was ich machen sollte.«

Obwohl Karen sich vermutlich vorstellen konnte, warum Johan ein derartiges Interesse an Hannah hatte, stellte sie keine Fragen. Und nun, da Hannah nicht mehr da war, wurde ihre Schwester zu seiner engsten Vertrauten. »Kannst du das nächste Mal nicht Darling mitbringen, dann hat Lillen jemanden zum Spielen? Sie könnte in ihrem Alter gut ein bisschen Gesellschaft brauchen«, schlug Karen eines Tages vor.

Johan hatte kein Interesse, Darling mit aufs Festland zu schleppen, vor allem nicht dorthin, wo seine einzige Freistatt war. Doch nun hatte er mit einem Mal eine Entschuldigung, warum er so viel Zeit mit der Schwester verbrachte, ohne jedes Mal eine Verbindung zu dem Pastor konstruieren zu müssen. Karen erinnerte ihn an Hannah, nur in einer gröberen Ausgabe. Manchmal, wenn sie den Kopf ein wenig schräg legte, hatte er das Gefühl, Hannah zu sehen. Ihre Stimmen waren ebenfalls nicht sehr verschieden. Und im Laufe der Monate fing Johan an zu überlegen, ob ihr Mund sich anfühlen würde wie Hannahs, wenn er ihn küsste. Er begann, wie zufällig ihre Hand zu berühren. Sie schien nichts dagegen zu haben. Als er das nächste Mal mit Darling kam, ergriff er ihre Hand und hielt sie ein wenig länger in seiner, als sie sich begrüßten. Sie zog sie nicht zurück. Plötzlich wollte er rasch eine neue Verabredung für Darling treffen.

»Sie sieht hier draußen doch keine Gleichaltrigen, es ist gut für sie«, erklärte er Marie.

»Du hast ja recht, ich bringe sie gern dorthin, vielleicht schon morgen, wenn das Wetter hält«, erwiderte Marie erfreut.

Johan sagte, das sei nett von ihr, aber sie solle es ruhig ihm überlassen, er würde Darling mit Freude diesen Gefallen tun. Marie reagierte nicht erfreut wie erwartet. Tatsächlich wurde sie mit jedem Tag bitterer. Und mit jedem Mal, wenn er mit Darling an Land ruderte.

Es verging selten länger als eine Woche, bevor Johan wieder an die Tür des Pfarrhauses klopfte und mit einem Lächeln eingelassen wurde. Johan meinte zu sehen, dass Karen errötete, wenn sie ihm die Tür öffnete.

Eines Nachmittags, als die Kinder in die Kammer gelaufen waren, um zu spielen, nahm Johan seinen Mut zusammen. Karen stand am Herd und wärmte den Kaffee auf. Er stellte sich dicht hinter sie. Sie duftete nicht wie Hannah. Vorsichtig legte er einen Arm um sie. Und gab ihr einen sanften Kuss in den Nacken.

Die Kaffeekanne fiel um, und sie verbrannte sich die Hand. Er holte kaltes Wasser, damit sie ihre Hand kühlen konnte, und hockte sich auf den Boden, um den Kaffee aufzuwischen. In den Ritzen blieb es feucht.

Sie redeten nicht darüber. Johan ging in den Garten und wartete, bis Darling und Lillen aufhörten zu spielen. Er spürte die Kälte in der Luft, und ihm ging durch den Kopf, dass sie wegen des Frosts schon bald nicht mehr an Land kommen könnten.

Als der Schnee sie auf dem Leuchtturm einsperrte, konnte Johan seinen Kummer nicht länger verdrängen. Ihm fiel der Riegel ein, den er gekauft hatte, als noch Hoffnung bestand. Er schraubte ihn an. Anfangs kam er noch zu den Mahlzeiten in die Küche, aber nach und nach, mit zunehmender Kälte, wurde ihm zu allen Mahlzeiten nur ein Tablett vor die Tür gestellt, mit Ausnahme des Abendessens um vier Uhr.

»Selbst wenn ich dich herunterschleppen muss«, erklärte Marie energisch, »mindestens eine Mahlzeit am Tag nehmen wir als Familie gemeinsam ein.« Und Johan hatte nicht die Kraft zu protestieren. Er schaffte es auch nicht, sich zu waschen oder die Fensterscheiben ordentlich zu putzen, sodass das Licht klar hindurchscheinen konnte. Er füllte die Lampe mit Petroleum, aß das Essen, das ihm vorgesetzt wurde, und antwortete auf die Dinge, nach denen Marie ihn fragte. Es gab Tage, an denen er nur auf der Matratze lag, die er oben in den Turm geschafft hatte, und auf den Balken und den Hornfisch starrte. Und sich wünschte, mutig genug gewesen zu sein.

Es wurde ein langer Winter.

Auch für Darling, die jeden Tag mit einer Kerze auf der Fensterbank saß und auf die Dunkelheit wartete. Wenn es dunkel wurde, konnte sie im Fenster ihr eigenes Spiegelbild erkennen, mit dem sie wie mit einer Freundin spielte. Sie habe verschiedene Freundinnen in den verschiedenen Fenstern, erzählte sie Johan, wenn er auf dem Weg in den Turm an ihr vorbeiging. Nie blieb er stehen, um ihr zuzuhören.

Als es wieder möglich war, an Land zu rudern, bat Marie ihn vergeblich, Waren aus dem Laden zu holen. Schließlich ruderte sie das Boot selbst hinüber. Er schlief, als sie aufbrach, und wachte erst auf, als sie bereits wieder zurück war. Hätte sie es ihm nicht beim Abendessen erzählt, wüsste er nicht, dass sie an Land gewesen war.

»Ich habe auch meinen Vater besucht. Ich soll grüßen.«

Johan nickte und blickte in die Fleischsuppe, die er gerade aß.

»Karen hat gefragt, ob Darling nicht bald mal wieder kommen und mit Lillen spielen könnte?«

»Tja ...«, sagte er und wischte die Innenseite der Schale mit einem Stück Brot aus.

»Vor dem Winter fandet ihr das doch immer sehr nett. Darling würde es auch guttun, hier mal wieder herauszukommen. Es hat Tage gegeben, an denen ich Angst hatte, dass sie im Laufe des Winters allmählich verrückt wird. Ich bringe sie gern hinüber.« Sie summte, während sie sich Wasser eingoss. Sie trank es in großen Schlucken.

Er hatte keine Lust, Karen wiederzusehen. Er hatte zu überhaupt nichts Lust. Dennoch willigte er eines Nachmittags ein, Darling hinüberzurudern. Marie hatte versprochen, sie mit an Land zu nehmen, dann aber Fieber bekommen. Johan versuchte noch, sich zu drücken, und meinte, es sei schließlich nicht zwingend notwendig, dass das Mädchen unbedingt an diesem Nachmittag spielen müsse, aber Marie hatte ihn so flehend angesehen, dass er kurz darauf mit Darling in dem kleinen Boot saß. Sie sprachen nicht miteinander. Johan vermutete, dass auch sie keine Lust hatte. Stumm glitt das Boot über die Wasseroberfläche, nur das Platschen der Ruder und das Geschrei der Möwen unterbrachen die Stille.

Er zog das Boot ans Ufer, schweigend gingen sie nebeneinander hinauf zum Pfarrhof, klopften an und wurden von Karen eingelassen.

»Wie schön, dich wiederzusehen«, sagte sie lächelnd.

»Danke, dass du uns sehen willst«, erwiderte Johan steif und folgte ihr in die Küche. Lillen und Darling setzten sich in Karens Kammer und spielten mit Murmeln. Bis Karen nachsah und feststellte, dass sie nicht mehr da waren.

»Das ist schon in Ordnung, Lillen ist kein Mädchen, das Dummheiten macht«, sagte sie, und Johan dachte: aber Darling. Er bekam ein Stück Kuchen, und die Schwester erzählte, wie sie erzählt hatte, bevor die Kaffeekanne umgefallen war. Johan versuchte, so normal wie möglich zu antworten. Gern hätte er vom Winter erzählt, der so lang war, dass er manchmal gedacht hatte, er sei tot, doch er fühlte sich dazu einfach nicht in der Lage. Als hätten all die Stunden, die er allein im Turm verbracht hatte, ihn vergessen lassen, wie man ein gewöhnliches Gespräch unter Menschen führte. Die Schwester ließ sich nichts anmerken – vielleicht war sie aber auch nur höflich. Karen fand Lillen und Darling hinter dem Haus, wo sie in der Erde gruben, die nach dem Frost noch immer hart war. Sie scheuchte sie ins Haus und befahl ihnen, sich die Hände zu waschen. Als Johan sich kurz darauf verabschiedete, fragte sie nicht, wann sie wiederkämen.

Das Frühjahr war ein Segen für Marie, Johan ließ es gleichgültig. Marie fand jeden Tag einen Sonnenstreifen auf der Schäre, den sie genießen konnte.

»Sie ist bloß hinter einer Wolke, ich spüre sie trotzdem«, behauptete sie, wenn der Himmel grau wurde.

Für Johan hatte es keine Bedeutung, welche Farbe der Himmel hatte. Wie es draußen auch immer aussehen mochte, er saß hinter der mit dem Riegel verschlossenen Tür im Turm. Schlief tagsüber, kümmerte sich nachts um das Licht. Allmählich gab es jedoch wieder so viele helle Stunden, dass es schwer war, sie alle zu verschlafen. Er verbrachte die Zeit damit zu weinen. Oder auf dem Riff Steine zu sammeln, die er den Vögeln hinterherwarf, die die Scheiben verdreckten. Als die Temperaturen die Vögel lauter singen ließen, fing Marie an, sich auf einen weiteren Sommer an Land vorzubereiten. Sie fragte nach seinen Sommersachen. Johan antwortete, sie müsse nicht suchen, er bleibe in diesem Jahr auf dem Leuchtturm.

»Du bleibst auf dem Leuchtturm?«

»Es gibt so viel zu reparieren. Die Fensterrahmen zum Beispiel, die müssen lackiert werden.«

»Aber du kannst doch hier nicht allein bleiben, in der Einsamkeit. Kannst du dich nicht entsinnen, wie schlecht es dir ging, als ich Darling erwartet habe und an Land war? Ständig hast du davon gesprochen, wie allein du dich fühlst.«

Er erwiderte, er würde ein paar Mal in der Woche zu ihnen herüberrudern.

Darling und Marie brachen wie geplant auf.

Obwohl es nie dunkel wurde, fühlte dieser Sommer sich dunkel an. Nie zuvor war er so allein gewesen. Er versuchte, nicht allzu viel an Hannah zu denken. Versuchte stattdessen, seine Mutter zu vermissen. Aber im Grunde vermisste er sie nicht, deshalb hatte er auch ein schlechtes Gewissen. Schlimmer war noch, dass er sich wünschte, sie wäre ein wenig früher gestorben, denn dann würde heute alles anders aussehen. Dann hätte er mit Hannah wegreisen können. Weg aus Ørland, weg von dem Sturm, weg von dem endlosen Starren über das Meer, weg von Marie, die mit Hilfe des Pastors schon zurechtkommen würde.

Mitten im Sommer, als die Tage am hellsten waren, fiel er im Turmzimmer auf die Knie und betete zu dem Gott, an dem er zweifelte, ihm den Mut zu geben, dasselbe zu tun wie der letzte Leuchtturmwärter. Allerdings wartete er noch immer darauf, die notwendige Stärke zu finden, als Marie und Darling mit guter Laune, frischen Beeren und einem Brief auf den Leuchtturm zurückkamen. Alle Kinder, die zu abgelegen wohnten, um eine gewöhnliche Schule zu besuchen, sollten von einer Gouvernante unterrichtet werden.

Darling war jetzt sieben Jahre alt, und Marie war der Ansicht, dass sie durchaus jemanden brauchen könne, der sich ihrer ein wenig annahm.

Alle drei sahen zu, wie Gudrun mit Hilfe des Totengräbers von Bord ging. Es stürmte so heftig, dass sie sich auf den Felsen legen musste, nachdem sie aus dem Boot gestiegen war.

»Hej!«, rief sie und winkte zur Tür hoch. »Ich bin die Gouvernante.« Lächelnd kroch sie über die flachen Steine und stand kurz vor der Treppe auf, wo sie dem Totengräber eine Kiste und einen Koffer abnahm, der wieder Kurs auf das Land nahm.

Sie gab Johan den Koffer, stieg schnaufend die Treppe zur Küche hinauf, setzte sich auf einen Stuhl und sah sich um. Sie war neunzehn Jahre alt. Hatte kurze Haare, solide Hüften und eine Kiste Rød Aalborg unter dem Arm.

»Betrachtet das als eine Art Mitgift meines Vaters«, sagte sie auf Dänisch und mit einem Lächeln, das breiter war, als man es in diesen Regionen gewohnt war. »Er brennt den Scheiß selbst, also, natürlich machen das seine Leute, aber er heimst die ganze Ehre ein.« Sie lachte und stellte die Kiste mit einiger Mühe auf den Küchentisch.

Als der Schnaps einige Monate später ausgetrunken war, gelang es Gudrun, ihren Vater zu überreden, weitere Flaschen aus seiner Fabrik in Dänemark zu schicken.

»Er ist mit der Brennerei saumäßig reich geworden, und gleichzeitig ist er so enttäuscht von mir, seiner einzigen Tochter, dass er mir alles gibt, was ich will, Hauptsache, ich halte mich von Dänemark fern.«

»Wieso ist er enttäuscht von dir?«, fragte Darling. Für sie war Gudrun perfekt.

»Weil ich keine Lust zum Heiraten habe«, antwortete Gudrun und goss die Gläser randvoll.

Mit Gudrun an ihrer Seite kam Darling zur Ruhe. Sie konnte lange stillsitzen und Gudruns Geschichten über das Leben in Dänemark lauschen. Über die Schnapsfabrik ihres Vaters. Über all die lustigen Dinge, die sie als Kind mit ihrem Vater gemacht hatte. Über ihre Mutter redete sie nicht gern. Erzählte nur kurz, dass sie gestorben sei, als sie versucht hatte, ihr drittes Kind zur Welt zu bringen. Sie waren beide gestorben. Gudrun hatte noch einen großen Bruder. Er sollte die Fabrik übernehmen.

»Ich wünschte, ich könnte das«, sagte Gudrun.

Sie war zudem eine tüchtige Lehrerin. Es dauerte nicht lange, bis Darling rechnen und schreiben konnte. Dass sie anfing, wie ihre Gouvernante Dänisch zu reden, überhörten Marie und Johan großzügig. Solange das Kind beschäftigt war, konnte Gudrun im Grunde genommen mit ihr machen, was sie wollte.

Alle drei mochten Gudrun sehr. Vor allem Johan, der nun alle Mahlzeiten mit den anderen in der Küche einnahm. Sie war nicht wie andere Frauen. Man musste zwar tolerieren, dass sie bisweilen etwas zu moderne Ansichten über die richtige Lebensführung vertrat, aber Johan genoss es dennoch, sie im Leuchtturm zu haben.

»Na, gehst du jetzt rauf und machst dir einen schönen Lenz auf dem Turm?«, sagte sie beispielsweise zu ihm, und Johan fing an zu lachen. Dann lachten die anderen auch. Marie meinte, wenn sie so etwas zu Johan sagte, würde er reagieren wie eine beleidigte Leberwurst. Auch darüber lachten sie.

Gudrun durfte zu Johan ins Turmzimmer mit der Lampe kommen, und nach einigen Monaten übernahm sie sogar für ein paar Stunden die Wache. Er hatte es nie gern gesehen, wenn Marie sich dort oben aufhielt. Bei Gudrun war das etwas anderes. Mit ihr konnte er beinahe wieder er selbst sein.

»Bist du nie einsam, wenn du hier die ganze Nacht verbringst?«, fragte sie eines Abends, als sie oben im Turm beieinandersaßen.

»Doch«, antwortete er und hätte ihr gern von Hannah erzählt.

»Einsamkeit kann ja auch ganz schön sein. Lieber einsam sein als mit Leuten zusammen, die einen in den Wahnsinn treiben. Ich wäre jedenfalls lieber hier im Leuchtturm als mit einem dieser Männer verheiratet, die ich nach Meinung meines Vaters heiraten sollte.«

»Er wäre ein glücklicher Mann«, sagte Johan und meinte es so.

»Da ist mein Vater nicht ganz deiner Ansicht«, grinste sie und holte eine Flasche und zwei Gläschen aus dem Korb, den sie mit nach oben gebracht hatte. Sie schenkte ihnen ein.

»Ach, ihr habt es doch gut hier draußen, hier seid ihr für euch«, prostete sie ihm zu. Dann ging sie zum Fenster und schaute hinaus. »Gewöhnt man sich daran, dass es so schön ist?«

»Du solltest da besser nicht stehen – du wirfst einen Schatten, die Seeleute können dann das Licht nicht mehr sehen.«

»Klingt sehr dramatisch«, erwiderte sie und gähnte. Trotzdem trat sie zur Seite.

»Ich sitze schließlich nicht zum Spaß tagein, tagaus auf diesem Leuchtturm«, erklärte er, plötzlich verärgert.

»Nein, um Himmels willen.« Gudrun goss die Gläser noch einmal voll und trank, ohne ihm zuzuprosten. »Was für eine Menge an Himmel du hier oben hast.« Sie sah sich hingerissen um. »Ich wette, du hast schon ganz viele Sternschnuppen gesehen?«

Johan nickte, erleichtert, dass die Stimmung nicht verdorben war. Er erzählte ihr begeistert von einem Abend, an dem er fünf Sternschnuppen gesehen hatte.

»Hast du dir etwas gewünscht?«

»Nein, das ist bloß Aberglaube.«

Wieder gähnte Gudrun. »Na, ich habe jetzt jedenfalls einen Wunsch, mich nämlich ein paar Stunden aufs Ohr zu legen. Kommst du ohne mich zurecht?«

Johan nickte. Sie stellte einen Fuß auf die Türklinke, öffnete die Tür und trat sie von der anderen Seite wieder zu.

Nie war es Marie und Johan so gut gegangen wie in den Wintern, in denen Gudrun bei ihnen wohnte. So gut, dass es nicht lange dauerte, bis Valdemar kam.

Mit Gudrun an ihrer Seite entschied sich Marie, die gesamte Schwangerschaft und die Geburt im Leuchtturm durchzustehen. Außerdem war es Frühjahr und nicht die Zeit für Stürme und schlechtes Wetter. Valdemar kam ohne Komplikationen zur Welt, und nachdem die Hebamme wieder heimgerudert war, prosteten sich Johan und Gudrun an diesem Abend besonders oft zu.

»Stell dir vor, ich habe einen Sohn«, sagte er mit belegter Stimme und legte einen Arm um Gudrun.

»Du bist besoffen«, lachte sie und bugsierte ihn auf einen Stuhl in der Wohnstube. Sie hörte Valdemar weinen und ging zu Marie, die vor sich hin döste. Vorsichtig nahm sie ihr den Kleinen aus den Armen und trug ihn in die Stube.

»Ich finde, wir sollten ihn ordentlich begrüßen«, sagte sie. Johan goss eilig die Gläser voll und wandte sich Gudrun zu.

»Komm zu deinem Vater«, lallte er. Gudrun setzte sich zu ihm. »Glaubst du, dass du ihn halten kannst?«, fragte sie.

»Selbstverständlich«, erwiderte er, und sie legte ihm Valdemar in die Arme. Er blickte in das kleine, runzlige Gesicht, das ihn ansah.

»Er sieht dir ähnlich«, meinte Gudrun.

Johan bekam einen Kloß im Hals. »Ja, stimmt. Die Nase. Armer Junge.«

Sie lachten.

»Du wirst sehen, das wird ein feiner kleiner Junge.« Gudrun leerte ihr Glas. Johan strich mit seinem Zeigefinger über Valdemars kleine Wange und konnte nur schwer verbergen, wie gerührt er war. Aber das war nicht schlimm, denn es sah ja nur Gudrun.

Marie war nach der Geburt rasch wieder auf den Beinen und übernahm wieder den Haushalt.

»Wir brauchen etwas Ordentliches zu essen«, erklärte sie

und knotete die Schürze auf dem Rücken zusammen. Sie ging in die Vorratskammer und holte getrocknetes Fleisch, das sie in dünne Scheiben schnitt und mit frisch gebackenem Brot servierte. Valdemar lag in einer kleinen Kiste neben dem Küchentisch und bekam seinen Hunger gestillt, wenn er darum bat. Johan kam häufiger als gewöhnlich in die Küche, um nach Valdemar zu sehen. Marie registrierte es mit einer gewissen Skepsis.

»Ich tue ihm doch nichts, ich begrüße ihn nur«, sagte er, als sie ihm wieder zuvorkam und den Jungen aus der Kiste hob, gerade als er ihn hochnehmen wollte.

»Er hat Hunger«, behauptete sie, oder: »Ich muss seine Windeln wechseln.«

Johan bot an, eine halbe Stunde auf ihn aufzupassen, damit Marie sich ein bisschen ausruhen konnte.

»Darling kann nach ihm sehen«, gab sie zur Antwort und begann, Kartoffeln zu schälen. »Geh du nur hinauf zu der Lampe.«

»Du wirst ihn noch umbringen mit deiner übertriebenen Fürsorge«, erwiderte er gereizt.

»Unfug, mit Liebe hat man noch nie jemanden umgebracht.«

Die Enttäuschung, zu Valdemar auf Abstand gehalten zu werden, ging im Laufe der Monate allmählich in Gleichgültigkeit über.

Natürlich hatte es Tage gegeben, an denen Johan geglaubt hatte, in Gudrun verliebt zu sein. Aber es war etwas anderes. Sie gab ihm die Lust am Leben zurück. Er dachte nie an sie, wenn er allein in der Turmspitze saß und die Hand benutzte. Auf diese Weise bereitete sie ihm kein Vergnügen. Das war noch immer Hannah. Stets Hannah. Die hübsche, wilde, hungrige Hannah, die laut sang und meinte, dazu brauche sie weder die Melodie noch die richtigen Worte zu kennen. Marie sang nur, wenn sie sicher war, den Text zu beherrschen.

Aber es war schwer, längere Zeit den Kopf hängen zu lassen, denn die Flaschen waren nie länger als ein paar Tage leer, dann gab eine neue Lieferung Anlass, sich erneut zuzuprosten und zu feiern, dass die Schnapsflaschen angekommen waren, ohne unterwegs zerbrochen zu sein.

Alle hatten geglaubt, Gudrun würde für immer bleiben. Nach vier Jahren, und kurz nachdem Valdemar auf die Welt gekommen war, erklärte sie jedoch, nun sei es an der Zeit, nach Hause zu reisen.

»Aber ich habe mir nicht gedacht, in Dänemark zu bleiben«, fügte sie hinzu. »Mein Plan ist es, mich danebenzubenehmen, damit mein Vater zahlt, um mich wieder loszuwerden.«

»Kommst du dann zu mir zurück?«, wollte Darling wissen und heulte, als wäre sie nicht bereits elf Jahre alt.

»Ich komme immer zu dir zurück«, antwortete Gudrun und drückte ihr einen Kuss auf die Stirn.

Ohne Gudrun im Leuchtturm wurden Johan die meisten Mahlzeiten wieder im Turm serviert, und wieder nutzte er die hellen Stunden, um zu schlafen. Nachts, wenn die Lampe den Raum mit Licht erfüllte, las er Zeitungen, bis er die Artikel auswendig konnte. Als der Sommer kam, blieb er auf dem Leuchtturm. Er sah keinen Grund, ihn zu verlassen. Darling, Marie und Valdemar brachen auf, sobald der Frühling sich nicht mehr vertreiben ließ. Marie versorgte ihn einmal in der Woche mit frischen Vorräten. Sie blieb nie lange und wollte sich wohl nur vergewissern, dass er nicht verhungerte. Reden mochte er nicht, sodass sie sich rasch verabschiedete und zurück an Land ruderte.

Daher glaubte er auch, dass es Marie sei, als der Sommer zu Ende ging und er hörte, wie ein Boot anlegte. Er machte sich nicht die Umstände, vom Turm herunterzukommen. Er hatte schlechte Laune. Er hatte den Rest des Schnapses ausgetrunken, den er eigentlich hatte aufsparen wollen. Marie brachte nur selten etwas mit. Aber der Teufel hatte ihn geritten, er hatte die Wellen und die Vögel angebrüllt und geheult, während das Licht die Nacht ausfüllte. Es war Maries Schuld, dass er hier saß und verrottete und Hannah auf dem Grund des Meeres lag. Wenn Marie nicht gewesen wäre, hätte er die Arbeit nicht bekommen und wäre frei gewesen. Als er das Boot sah, verriegelte er die Tür und legte sich auf die Matratze in der Ecke. So konnte er sie beschimpfen, weil sie ihn angeblich geweckt hatte, wenn sie anklopfte.

»Hallo, ist da jemand?«, hörte er jemanden rufen. Es war nicht Marie. Hastig zog er die Hose an, versuchte, seine Haare ein wenig zu glätten und lief die Treppe hinunter.

»Guten Tag«, grüßte der Junge. Johan erkannte den Sohn des Fetten.

»Guten Tag«, erwiderte er mürrisch. »Was willst du?«

»Ich habe eine Nachricht von Marie.«

»Und?«

»Ich soll sagen, dass sie erst in ein paar Tagen zurückkommt, sie ist in der Stadt, um eine Freundin zu besuchen. Sie sagt, du sollst Darling und Valdemar abholen.«

»Wieso können sie nicht bei Karen bleiben?«

»Weiß ich nicht«, antwortete der Junge, der sich ganz offensichtlich in seiner Rolle nicht wohl fühlte.

Johan tat, was der Junge gesagt hatte. Aber erst am nächsten Tag. Erst musste er sich mit dem Gedanken vertraut machen, wieder unter Menschen zu sein. Noch dazu unter mehreren auf einmal. Er zog seinen Sonntagsanzug an, der verstaubt war, obwohl er im Schrank gehangen hatte, rasierte sich und putzte sich die Zähne. Es dauerte länger als gewöhnlich, an Land zu rudern, und er trottete erschöpft zum Pfarrhof und klopfte. Die Gänse starrten ihn stumm an, als wüssten sie nicht, ob es sich bei ihm um einen Menschen handelte. Karen öffnete.

»Ja, bist du es wirklich?«

Johan nahm den Hut ab und nickte. Plötzlich wurde ihm klar, wie schäbig er aussah.

»Du kommst gerade rechtzeitig zum Mittagessen.«

Es war ein ungewohntes Gefühl, in einer Stube zu sitzen und wie ein normaler Mensch zu essen. Sie unterhielten sich über den Sommer. Über all das, was er draußen auf dem Leuchtturm repariert hatte. Über Maries Freundin, die gerade ihren Mann verloren hatte, Jorunn hieß sie. Marie war mit ihr in eine Klasse gegangen und besuchte sie nun, um ihr in dieser schweren Zeit zu helfen. Johan hatte nie von Jorunn gehört. Der Pastor meinte, seiner Erinnerung nach sei ihre Familie schon vor vielen Jahren in die Stadt gezogen. Johan tat sein Bestes, um gesellig zu sein, aber sobald sie die Mahlzeit beendet hatten, erklärte er, zum Leuchtturm zurückzumüssen.

Valdemar saß im Boot auf Darlings Schoß. Niemand sagte auf dem Weg zum Leuchtturm ein Wort.

1937

»Kannst du Valdemar heute zum Gras bringen?« Marie hatte sich gerade die Schürze umgebunden und strich sie mit beiden Händen glatt. »Ich rieche in der Luft, dass es bald schneien wird. Die Götter mögen wissen, wie er reagiert, wenn er so viele Monate nicht ins Grüne kann. Im Laufe des Sommers ist er ja geradezu verrückt nach Gras geworden.« Sie seufzte bekümmert und goss erst Johan einen Becher Kaffee zum Frühstück ein, dann sich selbst. Wandte sich der Anrichte zu und schnitt Brot vom Vortag in dicke Scheiben.

»Ich kann ihn rüberbringen«, bot Darling an und nahm die letzten beiden Treppenstufen mit einem Schritt. Sie hatte noch immer ihr Nachthemd an. Es war ihr bald zu klein. Es spannte auch über den Hüften. Das lange Haar war hinten zerzaust, wo sie mit dem Kopf auf dem Kissen gelegen hatte.

»Meinst du wirklich?« Marie sah Johan an.

»Also ehrlich, Mutter – ich bin den ganzen Sommer über hin- und hergerudert. Warum nicht auch heute?«

Darling war inzwischen sechzehn Jahre alt und hatte den Sommer über auf dem Hof des Fetten gearbeitet. Eigentlich hatte der Pastor sie gebeten, auf dem Pfarrhof zu arbeiten. Er war nicht mehr der Jüngste und konnte gut zwei frische Beine gebrauchen, um Dinge für ihn zu erledigen. Doch Marie hatte ihr eine Stelle bei dem Fetten besorgt. Dort verdiene sie mehr, er sei schließlich der reichste Mann von Ørland, hatte sie gesagt und Darling so oft es ging besucht.

»Du kannst doch nicht auf die Ruder und deinen Bruder gleichzeitig achten? Angenommen, er springt ins Wasser?«, sagte Marie besorgt. Valdemar war für seine zehn Jahre groß und stark. Er bekam bereits einen dunklen Schatten auf der Oberlippe.

»Ich binde ihn fest, wie wir das immer machen.«

»Johan?«

Johan zuckte die Achseln, er hörte seinen Sohn vor dem Leuchtturm mit seiner Glocke bimmeln. Sicher hatte er sie sich wieder um den Hals gehängt. Darling hatte sie ihm geschenkt. Johan hatte nein gesagt, aber Darling war das egal gewesen; sie hatte die Glocke von dem Geld gekauft, das sie bei dem Fetten verdient hatte. Eine Glocke ist das Einzige, was Valdemar sich wünscht, hatte Darling erklärt. Nur sie verstand, was er mit den Geräuschen meinte, die er statt Worten benutzte.

Johan ging oft durch den Kopf, dass es vielleicht das Beste wäre, wenn der Junge ins Wasser fallen und sich selbst ein Leben ersparen würde, das schwierig zu werden schien. Er sprach an einem Sommerabend mit Marie darüber, als er heruntergekommen war, um etwas zu essen. Sie saß in der Küche.

»Wieso bist du so spät noch wach?«, wollte er wissen.

»Oh, es war schwierig, Valdemar zu beruhigen.« Müde schüttelte sie den Kopf.

Unten aus dem Keller brüllte Valdemar wie eine Kuh. Darling war auf dem Hof, Valdemar vermisste sie. Er trat gegen die Tür und schluchzte.

Marie seufzte. »Was soll bloß aus ihm werden?«

»Es ist nur eine Frage der Zeit, bevor er dort unten etwas kaputtmacht. Ich finde, wir müssen uns überlegen, ob er hierbleiben kann. Er ist nicht ganz richtig im Kopf«, sagte Johan. Marie schüttelte den Kopf.

»Das haben nicht wir zu entscheiden. Wenn der Herr ihn so haben will, dann ist er eben so.«

Johan ging mit seinem Teller zur Treppe. »Eines Tages geht es nicht mehr, und das weißt du genau.«

Marie antwortete nicht.

Darling gab nicht so leicht auf. Sie liebte es, mit Valdemar an Land zu sein.

»Ansonsten kann Vater mitkommen und rudern, dann kann ich im Boot und auf der Wiese auf Valdemar aufpassen, während Vater Besorgungen macht.« Sie lehnte sich auf dem Stuhl zurück und hob ein wenig die Brust, sodass ihre Brustwarzen sich unter dem dünnen Nachthemd abzeichneten.

»Welche Besorgungen?«, erwiderte er mürrisch und wandte den Blick ab.

»Uns fehlt Mehl, wenn du einen Grund brauchst, um hinüberzurudern«, sagte Marie. »Wenn der Schnee kommt, kann es lange dauern, bis wir wieder an Land können.«

»Na schön«, seufzte Johan. »Wir brechen auf, aber er darf nicht diese Glocke mitnehmen.« Er stand vom Tisch auf, ohne eine der beiden anzusehen.

Darling plauderte mit Valdemar, während sie ihn an dem Haken an der Bordwand festband. Sie fütterte ihn mit kleinen Heubüscheln, die sie sich in die Tasche gestopft hatte, als sie das letzte Mal an Land war. Er schnappte sie sich und kaute träge. Rieb dankbar seine Stirn an Darlings Schulter, und sie antwortete, indem sie ihm liebevoll durch die Haare fuhr.

Johan schob das Ruderboot das letzte Stück ins Wasser, sprang an Bord und hielt den Blick auf den Leuchtturm gerichtet, während er in die Ruder griff. Er war kein muskulöser

Mann und hatte trotz der kühlen Luft bereits Schweißflecken unter den Armen. Darling hielt mit ihrem Plaudern inne und setzte sich aufrecht auf den kleinen Querbalken des Bootes. Sie trug einen engen Pullover. Johans Blick folgte einem Vogel. Er schwebte über ihnen und landete nicht weit von dem Boot auf dem Wasser.

Darling legte den Kopf schräg.

»Du bist ganz schön stark, Vater.«

Er fühlte sich gezwungen, sie anzusehen. Rasch glitt sein Blick zu ihrem Bruder. »Pass auf, dass er nicht ins Wasser fällt«, erwiderte er mürrisch und konzentrierte sich wieder auf den Vogel.

Darling zog ein wenig an Valdemars Schnur.

»Alles in Ordnung«, teilte sie mit, »ich habe ihn so angebunden, wie du es mir beigebracht hast – er kann sich unmöglich befreien.«

Valdemar lächelte sie an, und sie begann, ihm ein Lied vorzusingen. Johan betrachtete sie aus den Augenwinkeln. Seine Kinder. Wie immer spürte er einen Hauch von schlechtem Gewissen. Sollte er sie nicht mehr lieben, als er es tat? Aber natürlich liebe ich sie, sagte er sich, obwohl das Band, das er in der ersten Nacht zu Valdemar geknüpft hatte, langsam dünner wurde. Es war nicht mehr als ein Nähfaden davon geblieben. Vor allem jetzt nicht, da er offensichtlich verrückt geworden war.

Johan hatte keinen Zweifel, dass es Maries Schuld war – so wie sie den Jungen in Watte gepackt hatte. Sie hatte ihm keine Chance gelassen, sich zu einem Mann zu entwickeln. Sie hatte Johan auch nicht erlaubt, ihm zu zeigen, wie man sich zu benehmen hat. Und jetzt war es zu spät.

In den ersten Jahren hatte Valdemar sich eigentlich normal

entwickelt. Schließlich krabbeln alle Kinder, stoßen Tierlaute aus und bringen die Erwachsenen damit zum Lachen. Valdemar hatte Stehen und Gehen gelernt, wie es sich gehörte. Dass die Sprache auf sich warten ließ, hatte weder Marie noch ihn beunruhigt. Erst als das Schulalter nahte und der Junge über die Tierlaute hinaus nur wenige Worte sagen konnte, hatte Marie ihn mit zu einem Arzt an Land genommen. Johan hatte im Hafen ein paar Dinge zu erledigen gehabt, war damit aber rasch fertig gewesen und saß nun neben dem Ruderboot und wartete. Aus weiter Entfernung sah er, wie Marie den Jungen hinter sich herschleppte.

»Ihm fehlt nichts«, hatte sie geknurrt und ihn und Valdemar ins Boot beordert. Dann waren sie zum Leuchtturm gerudert.

Selbstverständlich wussten die Menschen an Land, dass es Valdemar gab. Aber sie bekamen auf dem Leuchtturm nur selten Besuch, und sie brachten ihn auch lediglich auf die Wiese am Hafen, es gab also nicht viel Gerede. Jedenfalls sprach niemand Johan auf seinen Sohn an, und Johan tat gern so, als würde er nicht existieren.

Er ließ das Boot die letzten Meter auslaufen, bis es auf Grund stieß. Darling sprang ins Wasser, das ihr bis über die Knie reichte. Sie zog ihr Kleid hoch, hoch genug, dass man den Rand ihrer Unterwäsche sehen konnte. Johan runzelte die Stirn, sie musste doch allmählich begreifen, dass sie kein Kind mehr war.

Darling zog das Boot, bis es fest im Sand steckte, band Valdemar los und half ihm an Land. Gemeinsam liefen sie auf die grüne Wiese, ihre Füße freuten sich, dass sie genügend Platz hatten, sich zu bewegen.

Als Johan mit Tüten und Päckchen zurückkam, hatte er ungewöhnlich gute Laune. Er war bei der Post vorbeigegangen. Dort hatte ein Brief von Gudrun gelegen.

Darling saß auf der Wiese und murmelte vollkommen versunken »er liebt mich, er liebt mich nicht«, wobei sie die Blätter von weißen Blumen zupfte. Valdemar sah gutmütig zu seinem Vater auf, senkte den Kopf und biss ein Büschel Gras ab.

»So, jetzt ist Abfahrt!«, rief Johan den Kindern zu und schaute sich hastig um, ob irgendjemand Valdemar beobachtet hatte, dann legte er die Einkäufe ins Boot. Er zog den Brief von Gudrun aus der Brusttasche und wedelte damit herum. Sofort liefen sie auf ihn zu. Valdemar blieb bei den letzten Grasbüscheln stehen, die es noch am Ufer gab, während Darling Johan umarmte. Sie reichte ihm die Blume, an der noch ein einziges einsames Blatt hing und rief begeistert: »Hier, schau, Vater, du liebst mich.«

»Gudrun hat einen Brief geschrieben«, sagte Johan und befreite sich aus Darlings Umarmung.

»Oh, darf ich ihn sehen?« Darling griff danach.

»Lass uns warten, bis wir nach Hause kommen, dann kann Marie ihn laut vorlesen.« Ein Brief von Gudrun war ein seltener Höhepunkt. Sie hatten sie nicht mehr gesehen, seit sie den Leuchtturm vor fünf Jahren verlassen hatte.

In der Küche saßen sie um Marie herum, die den Brief laut vorlas. Gudrun schrieb, sie wolle zu Besuch kommen, wenn die Blumen auf Ørland wieder blühten. Sie plane eine Vergnügungsreise hinaus in die Welt, wolle die Reise aber damit beginnen, »nach Hause« nach Uthaug zu kommen. Darling, die wie Johan ganz still am Küchentisch gesessen hatte, während Marie vorgelesen hatte, jubelte laut und fing sofort an, darüber zu reden, dass sie ein neues Kleid brauche; sie könne nicht in dem alten herumlaufen, das überall zu eng sei. Vor allem nicht, wenn sie Besuch bekämen.

»Es ist ja nur Gudrun, aber du hast recht. Vielleicht kann ich eines meiner alten Kleider für dich umändern.«

Darling schnaubte und schlug die Arme übereinander. »Ich will aber nicht in den alten Sachen herumlaufen, ich möchte ein neues Kleid. Aus einem Geschäft in der Stadt.«

»Das können wir uns nicht leisten«, beendete Johan das Gespräch. Marie gab ihm recht und steckte den Brief in den Umschlag.

»Sie haben es auf den Misthaufen geschmissen, die Augen sind noch immer offen, alle vier Augen. Es liegt da mit seinen zwei Köpfen und glotzt mich an. Wenn ich morgens vorbeikomme, starrt mich der eine Kopf an. Und wenn ich mit der Arbeit fertig bin und zum Hafen gehe, glotzt der andere.« Darling hielt sich vor Ekel die Hand vor den Mund. Sie half beim Frühjahrsputz auf dem Hof des Fetten, um sich Geld für das Kleid aus der Stadt zu verdienen. Es dauerte nicht mehr lange, bis Gudrun kam.

Sie hatten sich gerade zu Tisch gesetzt. Valdemar lag in einer Ecke und weinte, weil er etwas Weißes und Braunes essen musste.

»Aber warum haben sie es nicht vergraben?«, wollte Marie wissen.

»Der Fette hat gesagt, dass sie das tun sollen, aber niemand hat es gemacht.«

»Wenn der Sommer plötzlich kommt, wird es voller Maden sein.«

»Das ist so widerlich!«

»Armes kleines Kalb. Hat es gelebt, als es geboren wurde?«

»Ich finde es gut, dass es tot ist. Du würdest es dir nicht ansehen wollen. Der Nacken war verkrüppelt, weil er zwei Köpfe halten musste, und die Beine lagen völlig schief unter ihm.«

Darling zog die Schultern bis an die Ohren. »Der Fette hat es totgeschlagen. Mit einer Schaufel.«

»Das war sicher das Beste. Verkrüppelte Tiere können und sollen nicht leben«, sagte Johan, der heruntergekommen war, um sein Essen zu holen. Marie hatte keine Lust mehr, all die Treppen hinaufzusteigen.

»Der Fette sagt, es läge daran, dass der Knecht bei der Paarung gepfuscht hat. Und dass die Kuh und der Stier, mit dem er sie gepaart hat, Geschwister sind oder vielleicht auch Mutter und Sohn.«

Marie rümpfte die Nase. »Man verliert ja den Appetit bei diesem Thema. Hast du nichts anderes vom Hof zu erzählen?«

»Irgendetwas ist da mit einer, die Hannah heißt – auf dem Hof haben alle darüber geredet.« Darling nahm sich noch ein Stück Fisch.

Johan erstarrte und setzte sich an den Tisch.

»Sie ist hier aus Uthaug und plötzlich verschwunden, und niemand hat gewusst, wo sie war. Habt ihr sie gekannt? Es heißt, sie sei Lillens Mutter, stimmt das? Sie hat Karen einen Brief geschickt.« Darling redete weiter, ohne eine Antwort abzuwarten: »Ich dachte, Lillens Mutter sei tot. Aber tatsächlich hat sie die ganze Zeit in Amerika gelebt.«

»Hannah?« Marie kniff die Augen zusammen. »Ja, sie hatte sich in meinen Bruder Alfred verliebt, ist aber vor vielen Jahren verschwunden.«

Johan streckte die Gabel nach einem Stück Fisch aus, musste die Hand aber zurückziehen, so sehr zitterte sie.

Marie legte ihr Besteck beiseite und sah nachdenklich in die Luft. »Erinnerst du dich, wie die Leute nach ihr gesucht haben, Johan?«

Johan misslang ein weiterer Versuch, sich ein Stück Fisch zu nehmen.

»Die Leute glaubten, sie sei ertrunken. Aber ich dachte, sie ist bestimmt mit einem Matrosen durchgebrannt oder so etwas. Sie war recht leichtlebig«, fügte Marie hinzu.

Johan sah sie wortlos an. Im Laufe der Jahre ist sie hässlich geworden, dachte er.

Er erhob sich. Mühsam.

»Geht's dir nicht gut?«, fragte Marie.

Er antwortete nicht.

Marie wandte sich an Darling. »Aber sie lebt also?«

Als Johan den Tisch losließ, stieß er gegen seinen Teller, der auf den Boden fiel und zersprang.

Marie sah ihn verärgert an und stand auf, um die Scherben aufzukehren. »Du siehst miserabel aus. Nimm einen Eimer mit.«

Gudrun kam mit der Donnerstagsfähre. Darling, Johan und Marie standen auf der Mole und warteten. Neben ihnen standen zwei Frauen und redeten über Hannah. Unglaublich, dass sie ihr Kind hier zurückgelassen hat. Und all die Jahre in Amerika gelebt hat. Es erfüllte Johan mit einer besonderen Freude, dass er offenbar der Einzige war, der wusste, dass Hannah einer der feinsten Menschen war, die es gab. Nur er kannte sie.

Die Fähre legte an. Darling reckte den Hals, um Gudrun zu entdecken.

Johan und Marie hatten ihren Sonntagsstaat angezogen, obwohl es ein Donnerstag war. Darling trug ihr Kleid aus der Stadt – oder das Charleston-Kleid, wie sie es in dem Laden genannt hatten. Sie hatte es mit ihrem eigenen Geld von der Stange gekauft. Sie war in den letzten zwei Monaten häufiger bei dem Fetten als zu Hause gewesen.

Valdemar hatten sie am Leuchtturm angebunden zurückgelassen. Er stand auf allen vieren, die Glocke um den Hals, und brüllte in eine Wolldecke gepackt in Richtung Land. Darling hatte Lederlappen um seine Knie und die Hände gebunden, um sie zu schonen.

In den letzten paar Jahren war es immer schlimmer mit ihm geworden. Jetzt muhte er nur noch.

»Aber wenn er nun in Wahrheit eine Kuh *ist*, dann könnte

man eigentlich sagen, dass er Fortschritte macht«, hatte Darling gesagt und gegrinst. Marie hatte gelächelt. Johan wollte den Sohn nicht mehr mit an Land nehmen.

»Er ist doch noch immer ein Kind«, sagte Marie und strich Valdemar übers Haar. Er wollte keine Kleidung mehr anziehen. Riss sie sich herunter, sobald sich die Gelegenheit ergab. Er akzeptierte nur Decken, wenn es kühl wurde. Das mochte draußen auf dem Leuchtturm noch gehen, an Land war es etwas anderes.

»Was ist, wenn ich als Leuchtturmwärter entlassen werde, nur weil sie entdecken, dass wir hier Idioten halten?«, knurrte Johan mürrisch.

»Er ist nicht verrückt, denk an König Nebukadnezar, der war auch Wiederkäuer«, widersprach Marie. »Er aß Gras wie der Ochse und trank den himmlischen Tau, sein Haar wurde so lang wie Adlerfedern und seine Nägel wie Vogelklauen«, zitierte sie und gab Valdemar etwas Grünzeug. »Wenn das gut genug ist, um in die Bibel zu kommen, dann ist es auch gut genug für uns auf Ørland.«

Es war unmöglich, und Marie und Darling bestätigten, dass sie nichts hörten, aber Johan meinte, das Brüllen und Bimmeln der Glocke bis zur Mole zu vernehmen.

Darling hatte beste Laune. Sie konnte nicht stillstehen vor Vorfreude und fing an zu pfeifen. Hannahs Melodie. Johan stockte der Atem, bis sein Körper ihn zwang, wieder Luft zu holen. Marie zischte, sie solle still sein. Es half nichts.

Gudrun winkte vom Schiff herunter. Sie winkten zurück. Darling juchzte und streckte beide Arme in die Luft. Sie erregte viel zu viel Aufmerksamkeit.

»Hej, ihr da unten!«, rief Gudrun. Sie trug einen langen Rock und eine unkleidsame Männerjacke.

»Hej, Gudrun!«, antwortete Darling in klingendem Dänisch. Seit Gudrun abgereist war, nutzte Darling die Winterabende, um sich Gudruns Briefe immer wieder vorzulesen, auf Dänisch, soweit es ihr möglich war.

»Die kannst du Johan geben«, sagte Gudrun zu dem Matrosen, der eine große Kiste die Gangway hinuntertrug. »Selbstverständlich habe ich Schnaps mitgebracht, und außerdem noch eine zusätzliche Kiste auf dem Postamt in Trondheim abgeholt.« Gudrun blinzelte Johan und Marie zu, Darling wurde umarmt.

»Du bist doch inzwischen auch alt genug, um einen Schluck zu nehmen?« Sie hielt Darling am ausgestreckten Arm von sich weg und betrachtete sie. »Meine Güte, ich dachte, du könntest nicht noch hübscher werden, seit ich dich das letzte Mal gesehen habe, aber du siehst ja geradezu übernatürlich aus.« Darling drehte sich, sodass das Charleston-Kleid um sie herumwirbelte.

Gudrun schob ihren Arm unter Darlings. »Wir sollten dich lieber schnell vor den Matrosen verstecken. Sie haben wahrscheinlich seit Wochen keine Frau mehr gesehen – ja, beinahe hatte ich Angst, sie könnten so verzweifelt sein, dass sie mich anspringen.« Sie lächelte den Matrosen zu, die Darling bewundernd betrachteten.

»Gut dich zu sehen, Gudrun«, sagte Marie und prüfte den Sitz ihres Kopftuchs.

»Ja, nicht wahr! Ich habe mich so gefreut, nach Hause auf den Leuchtturm zu kommen.«

»Fühlst du dich nicht unsicher, ohne einen Mann auf Reisen zu gehen?« Johan stellte die Frage und stieß dabei ein leises Stöhnen unter dem Gewicht der Flaschen aus.

Gudrun lächelte und legte sich den Riemen ihrer Ledertasche über die Schulter, sodass sie leichter zu tragen war. »Nein, danke der Nachfrage. Ich finde sogar, dass es sicherer ist ohne so einen Tyrannen im Schlepptau, der mir erzählt, was ich zu tun und zu lassen habe.«

»Also gibt es noch immer niemand Besonderen in deinem Leben?«, erkundigte sich Marie vorsichtig.

»Ich habe doch sie«, erwiderte Gudrun und drückte Darlings Arm. Sie lächelten sich an. »Mein Vater hat gedroht, den Geldhahn zuzudrehen, wenn ich nicht bald heirate.« Einen Augenblick machte sie ein ernstes Gesicht, doch sofort erschien wieder das gewohnte Blitzen in ihren Augen. »Aber es ist ja möglich, dass ich Glück habe und er bald in die ewigen Jagdgründe eingeht.«

»Nein, Gudrun, so etwas darfst du nicht über deinen Vater sagen«, widersprach Marie erschrocken.

»Ich glaube wirklich, es wäre eine Erleichterung für ihn, wenn er diese Welt verlässt, damit er sich nicht länger wegen seiner unverheirateten Tochter schämen muss. Könnt ihr euch das vorstellen, er will mich nicht einmal mehr an der Hand halten, wenn wir um den Weihnachtsbaum tanzen«, fügte Gudrun hinzu. »Aber das liegt möglicherweise auch daran, dass er sich in den Kopf gesetzt hat, ich hätte Syphilis. Er hat irgendwo gelesen, dass eines der Symptome Größenwahnsinn sei, und er meint, das könnte eine Erklärung dafür sein, dass ich nicht so schüchtern bin, wie es sich für eine Frau gehört.«

»Aber die hast du doch nicht, oder?«, flüsterte Marie, besorgt, dass jemand gehört haben könnte, wie Gudrun »Syphilis« gesagt hatte.

Gudrun öffnete den Mund und stieß ein lautes Gelächter aus, das im größten Teil des Hafens zu hören war. »Nein, zum Teufel, bestimmt nicht. Anfangs habe ich noch protestiert, wenn mein Vater es behauptet hat; ich habe ihm sogar eine Anzeige gezeigt, in der es hieß: *Das Syphilisgift sucht sich gern die Glücklichsten und Hübschesten aus, also passen Sie auf.* Ich fand, das sei ein ausgezeichneter Beweis dafür, dass das Syphilisgift mich meiden wird. Doch solange er glaubt, ich hätte mich mit dem Mist angesteckt, habe ich zumindest Ruhe davor, dass er versucht, mich zu verheiraten. Ich finde, die Typen, die er anschleppt, haben immer weniger Zähne im Mund. Ich bin offenbar im Wert gesunken.« Wieder lachte sie. Die Leute im Hafen drehten sich um, weil sie sehen wollten, was das für ein Lärm war. Sie gingen gemeinsam durch den Hafen. Marie lächelte nervös bei der Aufmerksamkeit, die sie erregten.

»Na, wie geht's mit Valde – habt ihr vergessen, ihn mitzubringen oder was?«

»Ach, er fühlt sich am wohlsten auf dem Leuchtturm«, erklärte Marie.

»Tja, kann sein, dass du bald einen kleinen Leuchtturmwärterlehrling bekommst, was Johan?«, meinte Gudrun.

»Ja, könnte sein«, antwortete er und betrachtete einen Vogel, der sich ein Stück von ihnen entfernt niedergelassen hatte.

Am Esstisch sprachen sie angeregt miteinander. Darling, Gudrun und Marie. Johan hörte nur zu. Er dachte an den Brief, den Hannah an Karen geschickt hatte. Es gingen Gerüchte um, dass Hannah auf dem Foto, das sie mitgeschickt hatte, richtig reich aussah. Sie stand in einem langen Mantel, mit Hut und an den Schläfen gelockten Haaren neben einem großen, schicken Auto.

Als er begriffen hatte, dass sie nicht tot war, hatte er einen ganzen Tag oben im Turm reglos unter dem Hornfisch gelegen, der sich ebenfalls nicht bewegte. Marie hatte ohne eine Frage Essen vor seine Tür gestellt, als er sich nicht rührte. Erst als er auf den Gedanken kam, dass möglicherweise auch ein Brief an ihn auf der Post lag, verließ er den Turm. Er ruderte eilig an Land, zum Posthaus. Überlegte, was eine Überfahrt nach Amerika wohl kostete. Im Kopf zählte er bereits das Geld, das er beschaffen konnte. Vom Hafen lief er so rasch zur Post, wie es sich schickte.

Es gab keinen Brief.

Natürlich könnte er sich verspätet haben, redete er sich ein. Oder in Trondheim gelandet sein. Vielleicht in Oslo. Er fragte den Posthalter, auf welchem Weg ein Brief von Amerika nach Ørland kam. Der Mann wusste es nicht. Seitdem war Johan mehrmals in der Woche auf der Post gewesen. Er wusste, dass Hannah ihm schreiben würde, wenn sie könnte. Fast hätte er sich dem Postbeamten gegenüber erregt, dass Briefe offenbar verloren gingen. Er bat ihn, noch einmal genau nachzusehen. Er hatte behauptet, sie würden wichtige Neuigkeiten von Maries Bruder Alfred aus Amerika erwarten. Der Posthalter versprach, Bescheid zu geben, sobald ein Brief eintraf.

Johan stand auf dem Turm und betrachtete Darling und Gudrun, die auf der Schäre saßen und es genossen, dass die Sonne ausnahmsweise einmal schien, als er ein Boot entdeckte, das sich näherte. Als es ein paar Meter vom Riff entfernt war, sprang Darling auf und rannte zum Leuchtturm. Johan hörte sie die Treppe hinauflaufen. Er kam ihr entgegen, kurz bevor sie ihr Zimmer erreicht hatte.

»Wer ist da gekommen?«, wollte er wissen und hoffte, dass es ein Bote mit einem Brief von Hannah war.

»Ich bin krank. Sag ihm, dass ich krank bin.« Darling hatte Tränen in den Augen und schlug die Tür zu.

Auf der Treppe stieß Johan auf Marie, die in ihr Schlafzimmer stürmte.

»Sag ihm, ich komme in ein paar Minuten«, rief sie ihm zu.

Johan lief die Stockwerke hinunter und hinaus auf den Felsen. Gudrun hatte die Hände in die Seiten gestemmt und unterhielt sich mit Frederik, dem Sohn des Fetten.

»Guten Tag«, grüßte Johan.

»Ich habe einen Brief für dich«, erklärte Frederik. »Der Posthalter hat gesagt, ihr würdet darauf warten.«

Johan nahm den Brief entgegen, das Herz schlug ihm bis zum Hals. Frederik war auch gekommen, als Marie in der Stadt geblieben war, aber damals war er ein Junge gewesen, nun sah er aus wie ein erwachsener Mann.

»Kann ich Darling sprechen?«, fragte er.

»Ihr geht's nicht gut.« Gudrun stellte sich ihm in den Weg.

Johan sah sich den Brief an. Von Alfred an Marie. Enttäuscht ging er zurück zum Leuchtturm, ohne sich von dem Boten zu verabschieden.

»War das nicht der Sohn des Fetten?«, fragte Marie. Sie hielt ihren Mantel in der Hand und hatte sich das Haar hübscher als gewöhnlich aufgesteckt.

»Er hatte einen Brief an dich, von Alfred.«

»Sonst wollte er nichts?«, erkundigte sie sich verwirrt.

Johan stieg in den Turm, ohne ihr zu antworten.

Am Sonntag ruderten sie alle an Land. Mit Ausnahme von Valdemar. Gudrun und Darling saßen vorn im Boot, Marie hinten. Johan mühte sich an den Rudern ab.

Marie hatte mehrmals vorgeschlagen, Valdemar mitzunehmen. Sie wollten in die Kirche, und in Gottes Haus seien doch alle willkommen.

»Ich habe nichts dagegen«, hatte Johan gesagt. »Aber seine Glocke kommt nicht mit.« Er wusste, dass Valdemar den Leuchtturm nicht ohne die Glocke verlassen würde.

Gudrun ging ebenfalls nicht mit in die Kirche. Sie erklärte, sie ginge erst an dem Tag in die Kirche, an dem sie im Namen der Mutter und der Tochter getauft werden könne. Stattdessen legte sie sich auf die Mole, um mit einem Haken, den sie an einer Schnur befestigt hatte, Seeigel zu angeln.

Nach dem Gottesdienst unterhielt sich Marie mit den Dorfbewohnerinnen, die vor allem über Hannah klatschten. Alle wollten wissen, ob es etwas Neues gab. Johan stand ein wenig abseits und hörte zu, während Darling sich von einer Gruppe junger Burschen bewundern ließ. Es gab nichts Neues, und Johan ging schon einmal hinunter zum Hafen. Er schlenderte zu Gudrun auf die Mole, die es aufgegeben hatte, mit ihrem Haken etwas zu fangen, und stattdessen auf dem Rücken lag und die Strahlen genoss, die die Sonne ihnen an diesem Tag bereitwillig schenkte.

Johan setzte sich neben sie. Er ließ den Blick über das Land schweifen, verweilte einen Moment beim Bootshaus und blickte dann zum Horizont.

»Sieh dir die Vögel an«, sagte er und zeigte aufs Meer, wo ein großer Schwarm Möwen kreiste.

Gudrun richtete sich halb auf und schaute träge auf die Vögel. »Wahrscheinlich sind da Fische im Wasser«, gähnte sie.

»Ja«, bestätigte Johan, »so ist das. Wo Vögel sind, da sind auch Fische.«

Darling und Marie kamen die Mole herunter.

Gudrun winkte ihnen.

»War die Predigt heute gut?«, erkundigte sie sich und gähnte, als sie vor ihr standen.

Darling schob sich zwischen Gudrun und Johan. Johan machte ihr Platz.

»Na ja«, antwortete Marie, »sie war wohl so, wie so etwas sein soll.«

»Also langweilig?«

Marie zog die Brauen zusammen.

»Gibt's was Neues von dieser mysteriösen Hannah, von der ihr alle redet?«, fragte Gudrun.

»Nein, nicht viel«, beantwortete Marie ihre Frage.

»Seht euch die Vögel an«, forderte Johan sie auf und zeigte aufs Meer. »Da sind Fische.« Alle blickten aufs Wasser.

Gudrun schälte Kartoffeln. Marie bereitete den Fisch zu. Johan saß am Küchentisch und trank. Das Leben im Leuchtturm war mit Gudrun einfach leichter.

»Bist du mit ihr zur Schule gegangen?«, wollte Gudrun wissen.

»Sie war ein paar Jahre älter als ich, daher erinnere ich mich nicht mehr so genau an sie«, antwortete Marie, »aber sie kam manchmal bei uns vorbei, also bei meinem Vater. Denn Karen, ihre Schwester, war schon als ganz junges Mädchen bei uns im Haus. Ja, ich glaube, ich kann sagen, dass ich Hannah nicht sonderlich sympathisch fand. Nach Hannahs Tod – ach, richtig, sie ist ja gar nicht tot – hat Karen Lillen zu sich genommen. Ich habe auch manchmal auf sie aufgepasst, vor allem, als ich Darling erwartete. Ein süßes, ruhiges Mädchen. Darling und Lillen haben oft miteinander gespielt.«

»Ich finde es richtig gut, dass sie es auf eigene Faust bis nach Amerika geschafft hat – sogar ohne einen Vater, der wie bei mir für derartige Abenteuer bezahlt«, sagte Gudrun und biss in die Kartoffel, die sie gerade geschält hatte. »Ich würde Hannah wirklich gern mal besuchen, wenn ich nach Amerika komme.«

Johan tat so, als sei er mit der Zeitung beschäftigt – der letzten, die sie vom Land bekommen hatten. Sie war eine Woche alt.

»Aber stell dir vor, sie ist ohne ihre Tochter aufgebrochen«, wandte Marie ein.

Gudrun zuckte die Achseln, drehte sich um und widmete sich wieder dem Schälen. »Könnte doch sein, dass sie ein wirklich schwieriges Kind war.«

Marie schüttelte den Kopf. »So ist Lillen nicht, sie ist ein süßes Mädchen. Darling mochte sie gern. Johan musste sie immer an Land rudern, damit sie zusammen spielen konnten. Erinnerst du dich, Johan?«

Johan brummte.

»Wen mochte ich gern?«, fragte Darling, die aus dem Keller kam. Sie hatte nach Valdemar gesehen.

»Lillen«, sagte Marie.

»Lillen ist langweilig«, erklärte Darling und setzte sich neben Johan an den Tisch. »Immer hat sie die Nase in einem Buch.« Johan rutschte instinktiv mit dem Stuhl ein wenig zur Seite und blätterte eine Seite der Zeitung um.

»Du liest doch auch gern, Darling«, sagte Gudrun.

»Ja, aber nicht als Einziges«, antwortete sie und wandte sich an Johan. »Ist letzte Woche irgendetwas Neues passiert?«

Johan roch ihr Haar. Es duftete frisch. Er überließ ihr die Zeitung. Goss sich noch ein Glas ein.

»Glaubt ihr, Karen würde mir Hannahs Adresse in Amerika geben?«, fragte Gudrun, als sie sich an den Tisch gesetzt hatten. In Johans Mund wurde der Fisch immer größer. Er griff nach der Flasche, füllte sein Glas bis zum Rand.

Marie nickte. »Besuch von zu Hause würde Hannah bestimmt nett finden.«

»Wenn du das nächste Mal an Land ruderst, Johan, komme ich mit«, beschloss Gudrun.

»Ja«, antwortete er mit einer Stimme, die fremd klang.

Johan war der Appetit vergangen, seit Gudrun erklärt hatte, sie wolle Hannah besuchen. Er dachte an nichts anderes als an Hannahs Adresse, die sich schon bald im Leuchtturm finden ließe. Als Gudrun und er an Land ruderten, verließen ihn die Kräfte – obwohl er sich mit den Rudern abmühte, waren sie in den letzten Minuten nicht sehr weit gekommen.

»Sag mal, soll ich nicht besser die Ruder übernehmen?«, bot Gudrun ungeduldig an.

Er sah sich um. Nur Valdemar stand auf der Brücke und brüllte ihnen sehnsüchtig nach. Marie war mit Wäschewaschen beschäftigt. Darling hatte nicht mitkommen dürfen und lag schmollend im Bett.

Sie tauschten die Plätze.

Mit Gudrun an den Rudern kamen sie vielleicht nicht auf dem direktesten Weg an Land, aber immerhin kamen sie an. Sie zog das Boot ans Ufer, bis es über die kleinen Steinchen schrammte. Johan sah untätig zu. Hätte jemand sie gesehen, hätte er sich geschämt, von einer Frau an Land gezogen zu werden. Sie liefen gemeinsam den Weg hoch. Mit klopfendem Herzen blieb Johan stehen und sah, wie sie hinauf zum Pfarrhaus ging, anklopfte und eingelassen wurde.

Er saß eine Weile im Boot und wartete. Er hatte getan, was er konnte, um sich die Zeit zu vertreiben, doch nachdem er die vierteljährliche Abrechnung für den Leuchtturm im Büro des Hafenmeisters abgegeben hatte, waren trotzdem erst zwanzig Minuten vergangen. Jetzt saß er wieder im Ruderboot und wippte nervös mit dem Fuß.

Erst eine Stunde später kam Gudrun zurück zum Boot geschlendert. Er hörte sie, bevor er sie sah. Sie sang laut und trug eine Tüte Fische und irgendetwas aus dem Laden in der Hand. Johan sah sie gespannt an, als sie vor ihm stand.

»Na?«, fragte er, sein Atem ging stoßweise. Er hatte vergessen, Luft zu holen, seit er sie gesehen hatte.

»Na?«, erwiderte Gudrun geheimnisvoll.

»Hast du die Adresse?«

»Eine freundliche Dame, ihre Schwester, sie hat mich mit Kaffee und Kuchen bewirtet.« Gudrun bemerkte nicht, wie Johan sich wand.

»Durftest du etwa auch das Foto sehen?« Er musste die Frage einfach stellen.

»Du hast ja ein unglaubliches Interesse daran«, lachte sie.

Johan schlug den Blick nieder.

»Na, okay. Ja, ich habe das Foto gesehen.«

»Und wie sah sie aus?«

»Sie war hübsch, stand vor einem schicken Auto, mit einem Mann neben sich.«

»Einem Mann?«

»Ja, aber Karen meinte, sie hätte nicht geschrieben, wer er ist.« Gudrun warf die Tüte und ihre Tasche zusammen mit ihren Schuhen ins Boot, zog den Rock hoch und watete ins Wasser, wobei sie das Bot vor sich herschob. Johan überließ ihr den Platz an den Rudern.

Darling setzte sich an den Tisch und erklärte, sie sei hungrig wie eine Wölfin. Sie schob ihren Stuhl neben ihren Vater und legte den Kopf an seine Schulter. »Oh, sieht das nicht einfach lecker aus, Vater?«

Gudrun und Marie hatten mehrere Stunden in der Küche gestanden. Es gab auch Nachtisch.

»Ja«, sagte Johan und stand auf, um sich ein Bier zu holen. Gudrun hatte es gekauft. Johan und Marie waren eigentlich der Meinung, dass es zu teuer sei. Er setzte sich auf einen anderen Stuhl, als er zurückkam.

Nach dem Nachtisch holte Gudrun eine neue Flasche Schnaps.

»Tja, ich glaube, es ist Zeit für einen kleinen Scharfen«, sagte sie und holte vier Gläschen aus dem Schrank. Stellte eins vor jeden von ihnen. »Jetzt bist du so alt, dass du auch mal an einem nippen darfst.« Gudrun zwinkerte Darling zu, die die Augen aufsperrte. Erwartungsvoll hielt sie Gudrun ihr Glas hin, das halb gefüllt wurde. Marie sah Johan fragend an. Er war während der ganzen Mahlzeit abwesend gewesen und öffnete sein zweites Bier.

»Habt ihr nie daran gedacht, Darling ein bisschen herumreisen zu lassen?«, fragte Gudrun und hob ihr Glas. »Sie kann mitkommen, wenn ich aufbreche. Ich werde schon auf sie aufpassen.«

»Nee, ich weiß ja nun nicht«, kam es zögernd von Marie, »es liegt gewiss nicht in unserer Familie, abenteuerlustig zu sein. Uns geht's doch gut hier auf Ørland.«

»Dein Bruder lebt doch auch in Amerika. Wir könnten ihn besuchen.«

Marie hob das Glas zu einem Skål. »Nur ein bisschen nippen«, ermahnte sie Darling. Darling trank einen vorsichtigen Schluck, hielt aber inne, als die Flüssigkeit auf ihre Geschmacksknospen traf. »Der ist stark«, hustete sie.

Die Gläser wurden erneut gefüllt. Darling probierte noch einen Schluck. »Das schmeckt ja furchtbar.«

»Manchmal fällt der Apfel weit vom Stamm«, meinte Johan und leerte sein Glas. »Skål!«, rief Gudrun. Darling hob ihr Wasserglas. Marie sah Johan besorgt an.

Gudrun half Marie und Darling bei der Wäsche, als Johan ihr Zimmer betrat. Er ging direkt zum Nachttisch und öffnete die oberste Schublade. Dort war die Adresse nicht. Auch nicht in der Schublade mit den Strümpfen. Oder der mit der Unterwäsche. Unter anderen Umständen hätte ihn der Anblick weiblicher Unterwäsche verlegen werden lassen. Oder liederlich. Doch sein gesamtes Nervensystem stand unter Adrenalin, es ging nur darum, die Adresse zu finden, alles andere war irrelevant. In einem Notizbuch, das auf dem Nachttisch lag, fand er, wonach er suchte. Einen kleinen gelben Zettel, den er hastig in die Brusttasche seines Hemdes steckte, dann nahm er drei Treppenstufen auf einmal, als er den Turm hinauflief, hastig die Tür schloss, einen Stuhl vor die Tür zog und sich setzte. Die Hände zitterten, als er den Zettel herauszog. Er war an den Ecken zerknüllt.

Hannah Andersen.

Seine Hannah. Er konnte sie fast durch das Papier spüren. Sie und das Meer riechen. Das Glied drückte an die Hose. Er steckte die Hand in den Schlitz und konnte kaum die Wurzel umfassen, als sein Samen die Hose schon feucht werden ließ. Er blickte auf den Zettel, der nun noch zerknüllter war.

Das Lachen klang näher als vorher. Gudruns Stimme vermischte sich mit Darlings. Er lief zum Tisch am Fenster und schrieb die Adresse auf, während er mit der anderen Hand seine Hose in Ordnung brachte. Als er die Treppe hinunterging, hörte er sie unten in der Küche. Hastig schob er in Gudruns Zimmer die Adresse wieder in ihr Notizbuch. Zurück ins Turmzimmer. Er musste laut lachen, er konnte nicht anders. Er lachte die Vögel am Horizont an, er lachte das Wasser an, das von weit her an den Leuchtturm wogte, er lachte in Richtung Amerika, das auf der anderen Seite lag, wo Hannah auf ihn wartete. Er konnte sich nicht beherrschen und winkte ihr am Horizont zu.

Die Schnapskiste war längst leer, Gudrun war abgereist, und die herbstliche Dunkelheit hatte dem Winter Platz gemacht, der den Leuchtturm in die schlimmste Kälte hüllte, die Johan je erlebt hatte. Der kälteste Ort war das Turmzimmer. Er kam nur zum Abendessen herunter.

»Ich habe Hühnersuppe gekocht«, sagte Marie. Darling saß bereits am Tisch und sah abwechselnd ihn und die Mahlzeit erwartungsvoll an.

Johan setzte sich und nahm einen Löffel. Er verbrannte sich daran. »Das ist doch lecker«, brummte er. Er versuchte nicht einmal, es so klingen zu lassen, als meine er es so. Er aß den Rest, ohne die Suppe zu schmecken, leerte das Bierglas, das Marie ihm hingestellt hatte, erhob sich und rülpste.

»Johan!« Marie sah ihn verärgert an.

Er stellte seinen Teller in die Spüle und stieg die Treppe hinauf. Blickte auf dem Weg aus der Küche die beiden Frauen böse an. Gab sich alle Mühe, die Füße auf jeder Stufe lautstark aufzusetzen. Als wüssten sie nicht, dass sie an allem schuld waren. Dass er hier in diesem verdammten Turm saß und auf hässliche Möwen starrte, die vorbeiflogen und auf sein Fenster schissen. Mit dem Hornfisch als einziger Gesellschaft. Als ob es nicht vollkommen egal wäre, woher der Wind wehte.

Er weinte jeden Tag. Stundenlang starrte er leer in die Luft und war in Gedanken bei Hannah. Er trieb sich selbst in den Wahnsinn, wenn er sich ausmalte, wie glücklich sie mit dem Mann auf dem Foto war. Der nun derjenige war, der ihr übers Haar im Nacken strich, der die weichen Stellen an der Innenseite ihres Schenkels spüren durfte und mit ihr zusammen lachte. Wie sie sich über den Brief amüsierten, den Johan ihr geschickt hatte.

Johan wrang die Hände vor Ohnmacht. Ließ die Tränen von seinem Kinn tropfen. Wie es sich für einen richtigen Mann nicht gehörte. Dann war es schon besser, wenn die Wut ihn überkam. Sie folgte stets den Tränen, und er trat gegen die Möbel, die er im Turm hatte. Die Wut endete damit, dass er seinen Schwanz herauszog. War er zum Höhepunkt gekommen, konnte er ein paar Stunden wieder ungehindert atmen.

Er hatte ihr einen Brief geschrieben und versucht, nichts zu schreiben, was sie hätte entlarven können, wenn sich nun herausstellen sollte, dass sie einen Mann hatte, der sie an der kurzen Leine hielt. Er hatte den Brief wie den Gruß eines alten Freundes formuliert, der sich freuen würde, ein paar Worte von ihr zu hören. Er hatte ein wenig über das Leben auf dem Riff erzählt, über die Aussicht vom Leuchtturm und die Vögel, die er sah. Lauter Belanglosigkeiten, aber er hoffte, sie würde es verstehen. Auch als er schrieb, dass das Bootshaus noch immer genauso dastand wie damals, als sie hier gewohnt hatte. Dass die Vögel noch immer auf dem Dach krächzten. Dass bisher niemand den Pelkusfelsen hatte herausreißen können. Summst du noch immer Liebesleid?, hatte er den Brief beendet, ich schon. Dann würde sie wissen, dass er sie noch immer liebte.

Er wagte nicht, den Brief mit der Post auf Ørland abzuschicken. Dann würden es alle erfahren. Stattdessen hatte er das Schloss der Lampe im Turm kaputtgemacht; er wusste, dass sie im Laden kein Ersatzteil dafür hatten. Es musste in der Stadt besorgt werden. Er bot dem Hafenmeister an, es selbst zu holen. Bereits am nächsten Tag nahm Johan die Fähre in die Stadt. Ging als Erstes zum Postamt und fischte den Brief aus der Innentasche. Er hatte ihn in eine Tüte gesteckt, aus Angst, dass er schmutzig werden könnte. Lange stand er mit dem Brief in der Hand da und dachte daran, dass Hannah das Papier bald berühren würde. Er spürte die Lust, die dem Gedanken folgte. Plötzlich wollte er den Brief gern wieder mit nach Hause nehmen. Doch dann riss er sich zusammen, reichte der Dame am Schalter den Brief, bezahlte die Briefmarke und verließ das Postamt. Er fand einen Sonnenstreifen hinter dem Haus, wo er sich hinsetzte, den Rücken an eine Mauer gelehnt. Er schloss die Augen und ließ die Erwartungen keimen.

Zunächst war er geduldig. Er wusste ja, dass es lange dauerte, bis ein Brief die andere Seite der Erde erreichte – und ihr Brief zurückkam. Lange gelang es ihm, die Hoffnung aufrechtzuerhalten. Er sagte sich, dass die Welt derzeit unruhig und ein Brief länger unterwegs sei als gewöhnlich. Er besuchte die Post so häufig es ging, hatte Angst, dass der Winter ihn plötzlich auf dem Leuchtturm gefangen hielt.

»Ich vermute, dass Marie sich um ihren Bruder Alfred Sorgen macht«, meinte der Posthalter. »Es sind schließlich unruhige Zeiten.« Johann nickte.

Natürlich wusste er, dass der Postbeamte sich wundern würde, wenn der Brief kam. Bestimmt würde es Gerede geben. Aber das war ihm egal. Denn wenn der Brief kam, begann ein neues Leben.

An den Tagen, an denen er nicht an Land konnte, war er sicher, dass der Brief von Hannah auf der Post lag und auf ihn wartete. Er erwachte aus einem Albtraum, dass das Postamt niedergebrannt sei. Dass Schädlinge den Brief befallen, dass Käfer Hannahs Liebesworte zernagt hätten. Er ruderte an Unwettertagen an die Küste, an denen er sich eigentlich nicht hätte ins Boot setzen dürfen; auf halbem Wege wäre er beinahe havariert und in dem eiskalten Wasser gekentert. Es hätte ihn das Leben gekostet, hätte der Gedanke an Hannah ihm nicht die Kraft gegeben, die notwendig war, um sich zum Land durchzukämpfen. Hinter dem Schalter stand die Frau des Posthalters. Sie erschrak, als sie ihn sah, und sagte, er sähe aus wie ein Walross mit Eiszapfen im Schnurrbart.

»Ich hätte nicht gedacht, an einem Tag wie diesem jemanden vom Leuchtturm zu sehen«, fügte sie hinzu und fragte, ob er einen Kaffee wolle, um sich aufzuwärmen.

Er nahm dankend an, bat sie aber, erst die Post zu holen.

Sie kam mit einem Becher Kaffee und einem Kopfschütteln zurück. Es gab keine Post. Aber es könnte sein, dass sie auf dem Festland hängengeblieben sei, sagte sie. Er erwarte wohl etwas Wichtiges?

Johan schüttelte den Kopf.

»Aber Marie hat doch im Sommer einen Brief bekommen, also habt ihr doch ein Lebenszeichen erhalten«, sagte die Frau des Posthalters und reichte ihm den Becher. »Und mit der Post ist das ja momentan ohnehin so eine Sache.« Sie seufzte resigniert. »Stell dir vor, die ganzen Strümpfe, die der Hausfrauenverein für die Seeleute gestrickt hat und die vor mehreren Monaten abgeschickt wurden, sind bisher nicht angekommen. Bei all der Arbeit, die wir uns gemacht haben, hoffe ich zumindest, dass sie gestohlen wurden und irgendjemand daran Freude hat.«

Johan drehte sich um und ging enttäuscht zur Tür hinaus. Er hoffte, die Strümpfe seien auf dem Meeresboden gelandet.

Eines Tages gab er auf. Es würde kein Brief kommen. Er hatte heftige Rückenschmerzen und konnte sich nicht aufrichten. Er saß nur trübselig im Turm und wartete auf die Wut. Marie und Darling sah er nur zu der einen Mahlzeit am Tag. Sie schienen ihn nicht zu vermissen. Marie klopfte nicht einmal mehr an, wenn sie das Tablett mit dem Frühstück und Mittagessen vor die Tür stellte.

Johan schaute auf die Uhr. Es war dunkel geworden. Es war Zeit. Er knöpfte die Hose auf und wollte gerade aufstehen, um den Riegel an der Tür einzuhängen, als es klopfte. Er schaffte es nicht, irgendetwas zu sagen, da steckte Darling auch schon den Kopf herein. Er brachte schnell seine Hose in Ordnung.

»Hej, Vater«, flüsterte sie und lächelte.

»Was willst du?«, fragte er und zog die Brauen zusammen. Darlings Kopf verschwand, stattdessen steckte sie beide Arme durch die Türöffnung. In der einen Hand hielt sie zwei Gläser. In der anderen eine von Gudruns Flaschen. Sie wedelte mit beiden Händen ein wenig hin und her. »Schau mal, was ich hier habe.«

»Wo um alles in der Welt hast du das her?«

»Ich habe nach etwas anderem gesucht, dann fand ich die Flasche in meinem Zimmer. Gudrun muss sie vergessen haben, sie ist noch ganz voll.« Sie kam herein und schloss die Tür hinter sich.

Johan bekam schlagartig bessere Laune. Er richtete sich im Stuhl auf, winkte sie herein. Darling stellte die Gläser auf den Tisch vor ihm. Johan goss ein Glas voll und leerte es.

»Ich will auch einen Schluck, Vater«, grinste Darling und stieß ihn sanft an die Schulter. Johan ließ das brennende Gefühl bis in den Magen sickern.

»Ah«, stöhnte er und goss erneut ein. Für sich und Darling.

Sie prosteten sich zu, er leerte das Glas. Darling nippte und schnitt eine Grimasse. Er goss sich ein, schüttete es hinunter.

»Was für eine schöne Aussicht du von hier oben hast«, sagte sie und stellte das Glas ab.

»Ja, die ist nicht schlecht.« Johan schenkte sich noch ein Glas ein. Eigentlich wäre es ihm am liebsten gewesen, Darling wäre gegangen und hätte ihm die Flasche dagelassen, damit er – in Gedanken bei Hannah – in Ruhe seinen Rausch genießen könnte.

»Was machst du eigentlich, wenn du hier oben sitzt?«

»Ich kümmere mich um das Licht.«

»Aber das kann man doch nicht die ganze Zeit tun?«

»Es gibt noch ein paar andere Dinge zu erledigen«, erwiderte Johan gereizt und goss sich ein weiteres Glas ein.

»Wie schön das aussieht, wenn der Himmel und das Meer ineinander übergehen«, seufzte Darling. Sie schob einen benutzten Teller beiseite und stützte sich mit einer Hinterbacke an den Tisch, an dem er saß.

Johan betrachtete sie. Sie war wirklich hübsch, die Leute hatten recht. Das Haar war im Nacken zerzaust. Er folgte ihrem Blick. »Ja, das sieht von hier oben sehr schön aus.«

»Ist es eigentlich schwer, sich um all die Sachen mit dem Licht zu kümmern?« Erneut füllte sie sein Glas.

»Nicht, wenn man weiß, wie es geht.« Plötzlich war es angenehm, mit jemandem zu plaudern.

»Ich finde es großartig, dass du jeden Tag zum richtigen Zeitpunkt daran denkst.«

»Wenn man weiß, wie und wann, ist das nicht so schwer.«

Darling löste sich vom Tisch und stöhnte leise. Die Tischkante war spitz.

»Na schön, ich gehe wieder hinunter«, sagte sie und griff

nach der Flasche. »Ich kann ja morgen wiederkommen, dann trinken wir einen Schnaps zusammen.«

Er wusste nicht, woher sie die Flaschen hatte. Aber jedes Mal, wenn eine Flasche leer war, zauberte sie eine neue hervor.

»Ich hab' sie einfach gefunden«, behauptete sie jedes Mal. »Wir sagen Mutter nichts, oder?«

Sie sagten nichts.

Das kleine Geheimnis belebte ihr Verhältnis. Es kam sogar vor, dass sie gemeinsam lachten.

»Komm her, setz dich zu mir«, sagte Johan, selig berauscht. Sie war seit zwei Wochen jeden Abend gekommen. Johan war überrascht, wie sehr er plötzlich ihre Gesellschaft genoss, er konnte sich nicht mehr erinnern, warum er in ihrer Gegenwart so gereizt gewesen war. Sie zögerte ein wenig, bevor sie sich auf seinen Schoß setzte. Wieder prosteten sie sich zu. Er legte einen Arm um sie. »Du bist schon in Ordnung, Darling«, sagte er und drückte sie. Erneut füllte sie die Gläser. Sie prosteten, er trank.

Er genoss die Wärme ihres Körpers. Es war viele Jahre her, seit er einem anderen Menschen so nah gewesen war. Er hatte dieses Gefühl vergessen und spürte, wie ihm Tränen in die Augen stiegen.

»Du bist eine hübsche junge Frau geworden«, erklärte er ziemlich verwaschen.

»Danke«, flüsterte sie.

»Kannst du nicht noch mal dieses Lied summen?«

»Vater, es gibt da etwas, worüber ich gern mit dir reden würde. Ich möchte gern mit Gudrun auf Reisen gehen.«

»Dieses Lied, das du am Hafen gesummt hast.«

»Welches Lied?«

»Wir reden, wenn du es gesungen hast«, lallte er.

»Ich weiß nicht, von welchem Lied du redest.«

»Dem hier«, sagte er und summte Hannahs Liebesleid.

»Ach, dieses alberne Lied«, lachte sie und fing an, es für ihn zu summen. Erhob sich und tanzte dazu ein paar Schritte.

Selig betrachtete er sie. Dann ging er auf sie zu, hob sie hoch und legte sie vorsichtig auf den Boden. Sie hörte auf zu summen. Er warf sich auf sie, küsste sie gierig und konnte das Frühjahr im Hafen riechen.

Sie zuckte zusammen, als er in sie eindrang. Hinterher gab er ihr eine alte Zeitung, um sich damit abzuwischen. Sie nahm sie und stöhnte ein wenig, als das Papier ihr Geschlecht streifte. Als sie ihr Kleid glattgestrichen hatte, stand sie mitten im Zimmer. Sie sah ein wenig verloren aus. Er lächelte sie an und kniff ihr in die Wange.

Er goss ihnen beiden ein Glas ein. Er trank es in einem Zug aus. Sie nippte daran, stellte es ab und sagte, sie sei müde. »Können wir morgen über die Reise reden?«, fragte sie. Johan nickte.

»Gute Nacht«, sagte er und starrte mit leerem Blick hinaus in die Dunkelheit.

»Ich finde, wir sollten zusehen, dass wir sie verheiraten. Sie kann hier nicht auf Dauer bleiben. Eigentlich wäre es gut, wenn sie aus Uthaug herauskäme. Ja, eigentlich ganz weg aus Ørland«, sagte Marie eines Nachmittags zu ihm, als Darling Valdemar auf der Schäre ausführte und Johan in die Küche gekommen war, um sich einen Kaffee zu holen. Draußen war es glatt, Darling krabbelte auch auf allen vieren.

»Wieso denn?«, fragte Johan und behielt Darling durch das Fenster im Auge.

»Jedenfalls soll sie vorläufig nicht an Land«, antwortete Marie mürrisch.

Johan nickte geistesabwesend. Er sah Darlings hübsches Hinterteil vor sich, wie es vor ihm auf dem Fußboden lag.

Johan hatte das Gefühl, als hätte ihm jemand neues Blut in die Adern gepumpt. Fort waren alle Wehwehchen, das einsame Heulen und die Wut in der Spitze des Turms. Stattdessen gab es Gelächter bei den Mahlzeiten, Albernheiten auf den Treppen, und wenn er konnte, setzte er sich so dicht neben Darling, dass sein Bein ihres streifte.

Sie redete gern von Amerika, den Traum kannte er. Sie wollte Gudrun besuchen, die einen Brief aus New York geschickt hatte. Sie schrieb nicht, ob sie Hannah besucht hatte, aber mit einem Mal war das nicht mehr so wichtig für Johan.

Stattdessen schmiedete er Pläne mit Darling. Wie und wann sie gemeinsam nach Amerika reisen wollten. Vielleicht wird es ja diesmal etwas, dachte er.

Anfangs war er nur mit Darling zusammen, wenn er sicher war, dass Marie an Land oder im Bett war. Aber schon bald küsste er sie auch auf dem Riff, wenn er wusste, dass Marie auf der anderen Seite des Leuchtturms Wäsche aufhing. Und an dem Tag, als der Totengräber kam und Marie holte, weil der Pastor krank geworden war, legte er sich mit Darling ins Ehebett, in Maries Bett. Es war das einzige Doppelbett im Leuchtturm.

»Dürfen wir hier wirklich liegen?«, fragte Darling besorgt. »Und wenn Mutter es entdeckt?«

»Selbstverständlich merkt sie es nicht«, lachte Johan und fasste Darling an die Brust.

Marie blieb eine ganze Woche fort, und Johan lag mit Darling im Bett und träumte davon, dass sie nie wieder zurückkommen würde, sodass er hier mit Darling leben konnte. Niemand würde es entdecken. Bekämen sie Besuch, wäre es leicht, so zu tun, als sei alles normal. Und Valdemar fehlten die Worte, um irgendjemandem irgendetwas zu erzählen. Die Frage war, ob er überhaupt hier sein sollte. Sein Glied bewegte sich bei dem Gedanken an ihn und Darling nackt auf dem Riff. Er wurde von Marie aus seinen Gedanken gerissen, als sie die Tür zum Keller hinter sich zufallen ließ. Er hörte sie weinen. Rasch zerrte er Darling aus dem Bett und scheuchte sie hinaus. Es gelang ihm, sich anzuziehen, bevor Marie in der Tür stand und schrie. Natürlich dachte er, sie schrie, weil sie ihn und Darling gesehen hatte. Doch sie schrie, weil ihr Vater gestorben war.

»Und ich war nicht einmal an seiner Seite«, heulte sie.

»Wo warst du denn?«

»Ich bin spazieren gegangen, ich musste einfach ein bisschen frische Luft schnappen, und da ist er gestorben. Allein.« Marie schluchzte. Johan war erleichtert, dass der Tod des Pastors der Grund war und legte den Arm um sie. Versuchte auch, Valdemar zu verscheuchen, der sie belästigte. Er rieb sein Glied an Marie. Das hatte er bisher nie getan. Marie schubste Valdemar erschrocken von sich.

Die Trauer machte Marie unaufmerksam. Es waren gute Zeiten für Johan. Obwohl der Winter sich näherte, bemerkte er nicht, dass es weniger helle Stunden am Tag gab. Er freute sich darauf, mit Darling eingesperrt zu sein.

»Bleib einfach im Pfarrhof und räum auf, solange du willst«, sagte Johan. »Wir kommen schon zurecht. Darling kann ja inzwischen recht gut kochen.«

»Das ist nett von euch«, sagte Marie und ruderte an Land, um alles für den neuen Pastor vorzubereiten.

Er schlug nicht vor, dass er und Darling mitkommen sollten, um zu helfen, und Marie kam es ebenfalls nicht in den Sinn. Darling, die eigentlich sehr gern an Land kam, schien Marie nicht begleiten zu wollen. Wahrscheinlich, um mit mir zusammen zu sein, dachte Johan glücklich.

»Was soll ich bloß mit all den Sachen von Vater machen?«, fragte Marie verzweifelt. »Wir können schließlich nicht alles hier unterbringen.«

»Vielleicht findest du ja irgendetwas im Dorf«, meinte Johan. »Du weißt schon, wo du die Dinge unterstellen kannst, die dir wichtig sind.« Als Marie nicht empört reagierte, fügte er hinzu: »Vielleicht könnte es ja unser Sommerquartier werden? Möglicherweise könntest du auch das Jahr über mehr Zeit dort verbringen. Ich komme hier mit Darlings Hilfe ganz gut zurecht.«

»Ja«, antwortete Marie nachdenklich.

»Fahr du nur an Land. Und bleib so lange du willst.«

»Nett von dir, Johan.« Marie sah ihn dankbar an.

Seit Gudrun damals bei ihnen gewohnt hatte, hatte es keine schönere Vorweihnachtszeit mehr gegeben.

Marie verbrachte den größten Teil der Zeit an Land. Sie kam lediglich zu kurzen Abstechern aufs Riff, wenn das Wetter nicht zu rau war. Der Fette hatte ihnen ein Haus vermietet, und Johan sah vor sich, wie Marie auf Dauer an Land zog. Sie hatte die schönsten Möbel aus der Wohnung des Pastors in das Haus bringen lassen, den Rest hatte sie dem neuen Pastor geschenkt. Das Haus sei also absolut bewohnbar, berichtete sie. Es lag abseits, direkt am Waldrand.

»Wir können dort auch Valdemar problemlos unterbringen, ohne dass es allzu viel Gerede gibt. Wir können ihm einen Bereich einrichten, in dem er sich frei bewegen kann.« Marie war begeistert. »Stell dir vor, all das Grünzeug, er wird sich freuen.«

Johan gab ihr in allem recht. War froh, dass sie beschäftigt war und er seine Ruhe hatte. Er brauchte mehrere Wochen, um für Darling einen Kerzenhalter zu schnitzen und zu polieren. Er war für eine der großen Kerzen gedacht, die er im Laden gesehen hatte, das Loch musste also die Größe einer Handfläche haben. Er war mit seinen Händen nie sonderlich geschickt gewesen, hatte nie gern etwas aus Holz gebastelt. Aber der Bogen, den er für den Kerzenhalter schnitzte, erinnerte ihn an ihre Brüste, und in jeder freien Stunde saß er oben im Turm und spürte den Bogen in seinen Handflächen, wenn er die Aushöhlungen des Holzes mit Sandpapier bearbeitete.

Der Kerzenhalter war wirklich beeindruckend, und er freute sich darauf, wie sie Heiligabend ihr Geschenk auspacken würde. Er hatte eine rote Schleife um das Papier gebunden.

»Meine Güte«, sagte Marie, als sie das Päckchen sah. »Vaters Geschenk muss aber etwas ganz Besonderes sein.«

Darling sah beklommen aus. Lustlos riss sie das Papier auf, und Johan spürte ihren Unmut. In der letzten Zeit hatte sie viel von der Reise zu Gudrun gesprochen, und sie schmollte, weil er ihr kein genaues Abreisedatum nennen wollte.

»Ich habe es selbst gemacht«, betonte er stolz und setzte sich näher zu ihr, Darling rückte ein Stück beiseite. Bestimmt verhält sie sich anders, wenn sie das feine Geschenk erst einmal ganz ausgepackt hat, dachte er.

Darling spürte einen Kloß im Hals, öffnete das Päckchen und zog den Kerzenhalter heraus.

»Na, was sagst du?« Johans Augen strahlten.

»Entschuldigt mich.« Darling stand mit dem Geschenk in der Hand auf, schaffte es aber lediglich bis zur Stubenmitte, bevor sie sich über den Kerzenhalter erbrach.

»Bist du krank?« Johan wandte sich an Marie. »Irgendetwas an deinem Essen muss schlecht gewesen sein!«

»Hoffentlich werden wir über Weihnachten nicht alle krank.« Sie warf Valdemar einen Blick zu, der auf dem Boden lag, den Hintern in die Luft streckte und in einem Bilderbuch blätterte, das Darling ihm gebastelt hatte. Es war voller Tierzeichnungen. Valdemar brüllte jedes Mal freudestrahlend, wenn er die Zeichnung einer Kuh fand.

Sie halfen Darling ins Bett. Neben das Bett wurde ein Eimer gestellt. Rasch schlief sie ein. Am nächsten Tag war sie wieder auf den Beinen, legte sich auf den Boden und plauderte mit Valdemar. Sang sogar munter bei den Weihnachtsliedern mit, die sie jetzt sangen, weil es am Vorabend nicht dazu gekommen war.

Es dauerte bis zum Nachmittag, bevor sie sich wieder erbrach. Diesmal in die Spüle. Marie eilte ihr zu Hilfe. Johan brachte sie zu Bett, obwohl sie sagte, es ginge ihr schon wieder gut. Er saß an der Bettkante, strich ihr übers Haar, fuhr mit der Hand sanft über eine Brust, dann unter der Decke weiter zwischen ihre Schenkel. Sie fragte nach der Amerikareise. Er horchte auf Schritte auf der Treppe und ließ einen Finger in sie gleiten. Marie klapperte mit dem Eimer die Treppe hinauf. Hastig zog Johan die Hand zurück.

»Du siehst aus, als ginge es dir besser, du hast ja schon wieder Farbe in den Wangen«, meinte Marie lächelnd und stellte den Eimer neben das Bett.

»Hört mal, was ist denn mit euch beiden los? Was macht ihr denn für Gesichter?« Marie schaute von einem zum anderen und dann auf Darlings entblößte Brust. Energisch zog sie die Bettdecke darüber.

»Na, ich denke, ich werde jetzt mal das Abendessen vorbereiten – möchtest du etwas, Darling?«

Sie nickte. »Ja, danke. Gern.«

Der Bauch begann erst einige Monate später zu wachsen. Marie meinte, es sei das Beste, wenn sie beide auf dem Leuchtturm blieben, bis alles überstanden sei. Niemand musste wissen, dass Darling ein Kind bekam. Obwohl Marie bald vierzig war, könnte es durchaus ihr Kind sein.

»Lasst uns einfach so weiterleben wie bisher. Es gibt keinen Grund, irgendetwas zu ändern«, erklärte sie. Johan begnügte sich mit einem Nicken. Er schob den Stuhl zurück, um aufzustehen. Darling sagte nichts.

Johan blieb im Turm. Ging erst in die Küche, um sich etwas zu essen zu holen, wenn er glaubte, dass Marie ins Bett gegangen war. Darling blieb die meiste Zeit liegen.

»Willst du nicht wissen, wer der Vater des Kindes ist?«, fragte ihn Marie eines Nachmittags, als er auf die Toilette musste und ihr in der Küche begegnete. Sie bot ihm einen Becher Kaffee an.

Er räusperte sich. »Doch«, antwortete er mit einer Stimme, die rau klang. »Wer ist der Vater?«

»Ein Matrose auf Landgang, bevor es richtig Winter geworden ist. Unglaublich, dass ihr nichts Dümmeres eingefallen ist.«

Darling stand während ihrer Schwangerschaft nur selten auf. Sie lag in ihrem Bett und hatte am liebsten Valdemar um sich.

Johan wurde rasch klar, wie oft Marie normalerweise an Land gewesen war, denn nun musste er sämtliche Besorgungen selbst übernehmen. Er hatte viel zu tun. Denn wenn Marie vorgab, schwanger zu sein, konnte sie schlecht mit einem flachen Bauch im Laden stehen und einkaufen.

Dies galt auch für Darling, die auch niemandem zeigen durfte, in welchem Zustand sie war.

War er nicht an Land, weinte er wieder im Turmzimmer des Leuchtturms. Allerdings ohne dass ihn die Wut erlöste. Sein Glied baumelte schlapp zwischen seinen Beinen, seit er wusste, was geschehen war. Er hatte nicht versucht, es zum Leben zu erwecken.

Gegen Ende des Sommers ging Darling das Fruchtwasser ab, und im Laufe des Tages kam sie mit Hilfe von Marie nieder. Johan saß draußen auf der Schäre. Gern hätte er die Wellen angebrüllt oder sich auf die Felsen schleudern lassen. Aber das Meer war vollkommen ruhig. Valdemar saß ein Stück von ihm entfernt. Auch er war ausnahmsweise still.

Als die Sonne unterging, humpelte Johan in den Turm. Er hatte Schmerzen vom zusammengekrümmten Sitzen auf den harten Steinen. Er begegnete Marie auf der Treppe. Sie strich sich eine verirrte Locke hinters Ohr. In den Armen hielt sie ein Bündel. Er blickte das Kind an, das ruhig atmete. Er sah Marie an. Und in diesem Moment wusste er, dass auch sie enttäuscht war, dass das Kind nicht tot zur Welt gekommen war.

»Wir sind wieder Eltern geworden, Johan, es ist ein kleiner, gesunder Junge«, sagte sie müde und wollte ihm das Kind reichen. »Begrüß deinen Vater.«

Johan ließ die Arme herabhängen.

»Ich muss rauf«, sagte er und stieg die Treppe hinauf, um das Licht anzuzünden, an dem andere sich orientieren konnten.

DARLING

1939

Darling war nie über den Anblick des inzüchtigen Kalbs hinweggekommen, das sie bei dem Fetten gesehen hatte. Verkrüppelt hatte es dort gelegen, mit zu vielen Köpfen und Beinen, noch immer verschmiert vom Fett des Mutterkuchens, mit einem Blick, der selbst wusste, dass es vollkommen widersinnig war. Der Fette hatte es mit einer Schaufel auf den Kopf geschlagen, bis es aufhörte zu zucken, und gesagt, verflucht, muss man hier denn alles selber machen? Vor Zorn und von der sommerlichen Hitze hatte er einen roten Kopf bekommen. Hinterher war das Kalb auf den Misthaufen geworfen worden. Der Fette hatte angeordnet, es zu vergraben, damit man diese verdammte Missgeburt nicht mehr sah. Aber da er auf keinen Bestimmten gezeigt hatte und im Übrigen nie an dem Misthaufen vorbeiging, blieb es dort liegen und glotzte mit seinen zwei Köpfen und all seinen toten Augen Darling gequält hinterher, wenn sie an ihm vorbeilief, um zum Wasser oder nach Hause zum Leuchtturm zu kommen.

Das Kalb war das Einzige, was sie während der Schwangerschaft im Kopf hatte.

Ihre Mutter war wütend.

»Du bist nichts anderes als eine Hure, und wie man sich bettet, so liegt man!«, schimpfte sie. Und natürlich wollte sie wissen, wer der Vater des Kindes war.

»Ein Matrose«, behauptete Darling. Sie konnte unmöglich die Wahrheit sagen. Von ihrem Vater sah sie nichts in den Monaten, in denen sie im Bett lag und sich übergab. Und ihre Mutter kam nur, um den Eimer mit dem Erbrochenen zu leeren oder ihr etwas zu essen anzubieten. Sie bereitete es absichtlich so unappetitlich wie möglich zu, glaubte Darling. Sie hatte nur Valdemar, der jeden Tag bei ihr saß und leise mit kleinen Steinchen vom Riff spielte. Allerdings durfte er ihr nicht zu nahe kommen, denn er roch, und dann musste sie sich wieder übergeben. Doch wenn sie sich gerade erbrochen hatte und die Übelkeit für ein paar Minuten nachließ, kam Valdemar, um ihr übers Haar zu streichen. Dann weinte sie, weil seine Fürsorge kaum zu ertragen war.

Nach ein paar Monaten schien ihre Mutter sich aber an den Gedanken gewöhnt zu haben. Jetzt saß sie manchmal auf der Bettkante und redete davon, wie schön es mit einem neuen Leben im Leuchtturm würde. Was beinahe noch schlimmer war als die Sache mit dem Essen.

»Aber du wirst vermutlich früher gebären, als du denkst, du bist selbst sehr früh geboren worden – ich übrigens auch. Es liegt bei uns in der Familie«, sagte sie, und wenn Darling nicht so schrecklich übel gewesen wäre, hätte sie geschrien, dass sie mit ihrem Gerede aufhören solle. Vor allem damit, dass es doch nur ein ganz gewöhnliches Kind sei.

Und so dachte sie auch nur an das Kalb, als die Geburt begann. Und es war das Einzige, was sie sah, als das Kind in den Armen ihrer Mutter lag.

»Ist er nicht einfach perfekt?«, sagte ihre Mutter, und Darling zog die Decke über ihren Kopf.

Darling hatte sich so sehr gewünscht, den Leuchtturm zu verlassen, Uthaug zu verlassen, Ørland zu verlassen. Sie hatte versucht, ihren Vater zu überreden, sie zu Gudrun reisen zu lassen, doch nun war alles vorbei. Sie sah keinen vernünftigen Grund aufzustehen. Sie ekelte sich vor sich selbst, vor dem Vater, vor dem Kalb, vor dem Gedanken, wieder an Land zu müssen, wo sie möglicherweise riskierte, Frederik zu begegnen.

Wie ein Wunder kam die Mutter eines Tages, nur wenige Wochen nach der Geburt, und erzählte, dass sie mit Gudrun gesprochen habe.

»Sie nimmt dich in New York in Empfang«, sagte sie.

»Ich kann fahren?«, fragte Darling verblüfft und konnte nicht glauben, dass es möglich sein sollte, jetzt, da sie mit einem Kind ohne Vater Schande über sie alle gebracht hatte.

»Ja, ich denke schon.«

»Aber wann?«

»Ich rudere heute an Land. Thomas ist bei Karen, seine Ohren vertragen den Wind nicht. Ich gebe Bescheid, wenn ich weiß, wann dein Schiff geht.«

Darling wusste, dass es überhaupt nichts mit dem Wind zu tun hatte, sondern weil ihre Mutter nicht wollte, dass sie in die Nähe des Kalbes kam. Es war egal. Sie sollte nach Amerika!

»So«, sagte ihr Vater, als er den Koffer ins Boot stellte. Mit einem großen Schritt ging sie an Bord. Er schob das Boot ins Wasser und sprang selbst hinein. Sie ruderten schweigend. Auf der Hälfte der Strecke zog er die Ruder ein, um einen Moment auszuruhen. Sie hatten noch viel Zeit bis zum Ablegen der Fähre. Sie bemerkte, dass er grauhaariger geworden war, seit sie ihn das letzte Mal gesehen hatte.

»Ich hoffe, du kommst da drüben zurecht«, sagte er.

»Rudere jetzt, damit ich die Fähre nicht verpasse«, antwortete Darling und zog die Jacke fester um sich.

Selbstverständlich kam sie zurecht. Sie war immer zurechtgekommen. Seit dem Sommer an Land, als sie wirklich geglaubt hatte, es nicht zu schaffen. Seither wusste sie, dass sie der Typ war, der wieder aufstand – egal, was geschah.

Sie hatte nie verstanden, warum die anderen Kinder sie nicht mochten. Am schlimmsten war Frederik, der Sohn des Fetten, er war ein Jahr älter als Darling. Und boshafter als jeder andere, erzählte sie ihrer Mutter, als sie klein war, aber ihre Mutter hatte nicht einmal aufgehört, den Tisch abzuwischen.

»Ach, du wirst sehen, er ist gar nicht so schlimm«, hatte sie gesagt. »Er kommt doch aus einer guten Familie. Vielleicht hast du ihn ja auch ein bisschen geärgert?«

Es war durchaus möglich, dass Darling Dinge gesagt hatte, die sich nicht gehörten, aber sie war längst nicht so schlimm wie er. Er nannte ihren Vater einen Idioten und ihre Mutter eine Hure. Fragte, was das wohl aus ihr mache? Was sie meine?

»Eine verrückte Nutte!«, schrie er, und alle lachten. Mit Ausnahme von Lillen, wenn sie dabei war. Sie hatte immer auf Lillen zählen können. Vielleicht weil der Sohn des Fetten auch Lillens Mutter eine Hure nannte. Lillens Vater wurde von ihm nicht beleidigt. Vermutlich, weil es Leute gab, die behaupteten, es sei der Fette. Lillen selbst sagte nichts. Sie wisse nichts von ihrem Vater, hatte sie gesagt, als Darling sie gefragt hatte.

»Wir können uns den Pastor als Großvater teilen«, hatte Darling eines Nachmittags vorgeschlagen. Sie wollte plötzlich gern nett sein, nachdem Lillen ihr nach einer Prügelei mit Frederik ein Pflaster geholt hatte. Sie wunderte sich, dass Frederik sie nicht längst umgebracht hatte. Sie versuchte, Wege zu gehen, auf denen sie hoffte, keinen anderen Kindern zu begegnen, doch es nützte nichts. Manchmal dachte sie, es wäre am besten, wenn sie zu Hause bliebe oder ihre Mutter überredete, zurück zum Leuchtturm zu rudern, doch dann packte sie eine gewisse Verwegenheit. Sie hatte auch das Recht, unten am Hafen zu spielen. Sie durfte auch mit einer Münze zum Kaufmann laufen und Süßigkeiten kaufen. Und in der sommerlichen Hitze faulenzen, ohne dass ihr sofort jemand mit einer Faust drohte. Ihr Großvater war trotz allem der Pastor. Obwohl das niemanden beeindruckte, den anderen Kindern bedeutete es nichts.

In der Regel irritierte Lillen Darling. Sie lief hinter ihr her wie ein Hundewelpe. Widersprach nie, verteidigte Darling aber auch nie, wenn die anderen Kinder hinter ihr her waren. Traute sich wohl nicht.

Sie war ein Jahr älter als Darling, aber dennoch einen Kopf kleiner. Außerdem war da irgendetwas mit ihrem Bein. Der Fuß zeigte zu weit nach rechts. Daher wollte niemand Lillen zur Freundin haben. Auch Darling nicht, sie hatte nur niemand anderen.

In jenem Sommer war sie knapp sechs Jahre alt. Und glaubte noch immer, das Leben sei freundlich. Dass es nicht so war, kam wie ein Schock, sie hatte jeden Abend und jeden Morgen geweint. In jenem Sommer fing sie an, unten am Hafen zu spielen, und dort begegnete sie Frederik. Wenn die Erwachsenen es nicht sahen, schlug er sie. Oder erzählte ihr, wie hässlich sie war. Dass sie nach Leuchtturm roch. Sie hasste ihn. Aber sie war noch nicht alt genug und glaubte, dass es keinen anderen Ausweg gäbe, als die Qualen zu ertragen.

Es war auch der Sommer, in dem sie ein Fahrrad bekommen hatte. Sie hatte geblutet und geheult, bis sie gelernt hatte, die Balance zu halten. Schließlich gelang es. Und bevor der Sommer vorbei war, konnte sie fahren. Lillen saß auf dem Gepäckträger. Anfangs kreischte Lillen noch vor Entsetzen, wenn sie über Steine und Schotter holperten, aber nach und nach konnte sie besser das Gleichgewicht halten und regte sich nicht mehr so auf, wenn die Räder wegrutschten und sie den Lenker in den Bauch bekam. Mehrfach mussten sie zurück zum Pfarrhof humpeln, wo Karen ihnen Pflaster aufklebte und sie tröstete, wenn sie Zeit hatte. Aber sie wurden besser. Eines Tages fuhren sie sogar bis zum Pelkusfelsen. Darling wollte Lillen hinauf an den Steilhang locken, um zu spielen, sie seien entwichene Gefangene wie Pelkus, aber Lillen zeigte auf ihren Fuß.

»Außerdem habe ich gehört, dass es hier Kreuzottern gibt«, jammerte sie. Darling schnaubte ärgerlich und sagte, sie solle sich wieder hinten draufsetzen. Dann fuhren sie zurück nach Hause.

Die ersten paar Jahre, als der Vater im Sommer noch mit an Land kam, hatte sie das Fahrrad nur ausprobiert, weil sie nichts anderes zu tun hatte. Und weil ihre Mutter so stolz darauf war, es besorgt zu haben. Der Fette hatte es ihr geschenkt. »Das hat nur herumgestanden und Staub angesetzt«, hatte die Mutter gesagt.

Eines Abends im Spätsommer stürzte sie mit Lillen auf

dem Heimweg vom Rad. Es dämmerte bereits. Darling hob das Fahrrad auf und lehnte es an ein Gebüsch. Ging in die Hocke und pulte Steinchen aus Lillens Knie, um von Karen nicht mehr als nötig ausgeschimpft zu werden. Lillen war niemand, der laut heulte. Sie schniefte nur und ließ die Tränen laufen. Als Darling den größten Teil der Wunde gesäubert hatte, hob sie den Kopf und sah zwei Menschen, die weiter unten am Hafen standen. Das war nichts Besonderes. Der Hafen war ein Ort, wo sich fast immer Menschen aufhielten. Das Besondere war, dass Darling ziemlich sicher war, ihren Vater zu erkennen.

»Das ist meine Mutter«, flüsterte Lillen.

Sie umarmten und küssten sich lange. So lange, dass Darling und Lillen sich hinter einem Busch versteckten und sich darauf konzentrierten, leise zu atmen. Sie blieben sitzen, bis die beiden sich trennten und nach Hause gingen. Darling schob das Fahrrad zum Pfarrhof, Lillen saß auf dem Gepäckträger. Sie fror. Darling und Lillen redeten nicht darüber und waren erleichtert, als es ihnen gelang, an den Gänsen vorbeizukommen, ohne dass sie schnatterten.

Am nächsten Tag ruderte sie mit ihren Eltern zurück zum Leuchtturm. Die Seeleute brauchten wieder ein Licht, an dem sie sich orientieren konnten. Großmutter kam mit. Darling mochte Großmutter gern. Sie freute sich immer, Darling zu sehen. Im Gegensatz zu ihrem Vater, der immer mürrisch war. Als wäre ihm allein die Tatsache, dass es sie gab, lästig. Ihre Mutter mochte die Großmutter nicht; wenn die Großmutter auf dem Leuchtturm war, lag die Mutter viel im Bett. Das war auch gut so, denn dann konnte Darling es sich mit der Großmutter gemütlich machen und sich Geschichten von damals erzählen lassen, als ihr Vater klein war. Er schien sehr viel netter gewesen zu sein als jetzt. Oder Geschichten von dem Großvater, den sie nie kennengelernt hatte.

An dem Abend vor Großmutters Tod hatte sie in Darlings Zimmer gesessen. Sie hätte bereits am Morgen an Land zurückgebracht werden sollen, aber sie fühle sich unpässlich, hatte sie gesagt. Jetzt war sie aufgestanden, um sich einen Becher mit etwas Heißem zu holen. Darling, die längst hätte schlafen sollen, aber von bösen Gedanken an Frederik gequält wurde, sah Großmutter vorbeigehen und rief sie. Ihren Vater oder ihre Mutter zu rufen, hätte sie nicht gewagt. Großmutter kam herein und setzte sich auf die Bettkante. Erzählte gleich eine Geschichte, wie tüchtig der Vater gewesen war, wenn er als Kind geholfen hatte, Kälber zu schlachten. Als der Hof groß war und sie viele Knechte hatten. Darling hörte nur mit halbem Ohr zu und ließ sich von der alten rauen Stimme in den Schlaf wiegen. Als sie am nächsten Morgen aufwachte, war Großmutter in der Küche gestorben.

Als Erstes schoss ihr durch den Kopf, dass ihre Mutter es getan hatte. Vielleicht hatte sie etwas in den heißen Saft geschüttet, den Großmutter kurz vor ihrem Tod getrunken hatte? Vielleicht hatte sie entdeckt, dass ihr Vater Lillens Mutter geküsst hatte, und wollte sich rächen, indem sie Großmutter umbrachte. Aber sie wagte weder ihre Mutter zu fragen, noch ihrem Vater etwas zu sagen. Stattdessen versuchte sie, Großmutter aufzuwecken, damit sie erzählen konnte, was geschehen war. Sie wusste genau, dass sie tot war, aber deshalb konnte sie doch trotzdem aufwachen, wenigstens einmal. Und dann weiter tot sein.

Das Wetter war glücklicherweise umgeschlagen, sodass Großmutter nicht an Land gebracht werden konnte. Darling hatte mehrere Tage, um mit ihr in Kontakt zu kommen. Zunächst stand sie einfach neben ihr.

»Großmutter!«, rief sie laut.

»Erna!«, versuchte sie es erneut, denn sie kannte Großmutters richtigen Namen.

Als das nichts half, pikte sie ihr ins Bein. Erst mit Großmutters Schuh, der neben ihrem Bett stand. Dann wurde sie mutiger und nahm ihren Zeigefinger. Es half nichts. Auch nicht, als sie den Topf aus dem Nachtstuhl nahm und den beißenden Gestank unter Großmutters Nase hin und her schwenkte.

Es war ja nicht so, dass sie ihre Mutter bei der Polizei anzeigen wollte, sie wollte nur gern wissen, was passiert war. Auch um zu wissen, ob sie selbst Angst haben musste, wenn Mutter auf sie böse war. Und das war sie oft.

Bevor ihre Mutter die Tür abschloss, versuchte sie als letztes, ein Augenlid der Großmutter zu öffnen.

»Großmutter«, flüsterte sie dem toten Blick zu, »du brauchst nichts zu sagen, sieh mich nur an, wenn es stimmt, dass Mutter Gift in deinen Saft geschüttet hat.«

Großmutter blickte sie nicht an. Hinterher versuchte Darling, sich selbst davon zu überzeugen, dass sie gestorben war, ohne dass jemand nachgeholfen hatte.

Die Beerdigung war lang und langweilig. Darling hatte erwartet, dass mehr Menschen weinen würden. Aber es gab nur angespannte Gesichter, die sich die Hände gaben und sagten, so sei es ja nun einmal. Viele redeten auch darüber, ob sie beim nächsten Mal Lillens Mutter begraben müssten. Sie war während des Sturms verschwunden. Vermutlich von den Wellen mitgerissen worden. Traurig, sagten sie, so ein junger Mensch.

Lillen und sie sahen sich häufig in diesem Herbst. Ohne dass Darling gesagt hätte, dass sie gern dorthin wollte, ruderte sie ihr Vater hinüber. Normalerweise war es langweilig. Sie spielten Sternhalma, das Mutter Lillen geschenkt hatte. Das hatte Mutter selbst gespielt, als sie klein war, am Rand war sorgfältig *Marie* eingeritzt. Erst war Darling eifersüchtig gewesen, dass Lillen das Spiel bekommen hatte. Trotz allem war sie Maries Tochter. Aber nur so lange, bis sie entdeckte, wie langweilig das Spiel war. Ihr war es egal, wer die meisten Kugeln verlor. Und selbst wenn Lillen gewann, hatte sie nicht das Gefühl, gegen sie verloren zu haben. Es war, als könnte man gegen Lillen nicht verlieren.

Der Winter war so lang, dass Darling Zweifel kamen, ob es je wieder Sommer würde. Nun, da Großmutter tot war, wohnten sie im Sommer auf dem Pfarrhof.

»Dann kannst du jeden Tag mit Lillen spielen«, hatte ihre Mutter gesagt, als sie hinübergerudert wurden. Ihr Vater musste rasch wieder zurück.

»Hm«, erwiderte Darling und überlegte, dass sie im Sommer versuchen würde, andere Freunde zu finden. Vielleicht war ja ein neues Mädchen nach Uthaug gezogen, das noch nicht wusste, dass man mit Darling nicht spielen durfte.

Am ersten Tag putzte sie das Fahrrad, und Karen half ihr, Luft in die Reifen zu pumpen. Lillen beobachtete sie, vermutlich ging sie davon aus, dass sie mitfahren sollte. Aber Darling bedankte sich eilig für die Hilfe, setzte sich aufs Fahrrad und sauste hinunter zum Hafen. Vielleicht hatten die Kinder ja vergessen, dass sie sie nicht leiden konnten.

Sie stellte das Rad ein Stück von der Mole entfernt ab und schlenderte auf die Kinder zu, die mit Schnüren angelten. Darling hatte ihr schönstes Kleid an. Aber als sie den anderen Kindern näher kam, hatte sie das Gefühl, dass es eigentlich gar nicht so schön war.

»Ja, ist das nicht Fräulein Leuchtturm, die da kommt«, begann Frederik und quetschte einen Wurm auf den Haken. Der Wurm wand sich. »Dann müssen wir uns ja die Nase zuhalten.«

Sie ging mit durchgedrücktem Rücken an ihnen vorbei. Bis zu der Stelle, an der die Mole eine Kurve beschrieb und zu Ende war. Dort blieb sie eine Weile stehen. Tat, als hätte sie dort etwas zu erledigen. Und ging zurück. Ohne die Zurufe zu beachten. Oder dass sie sich die Nasen mit den Fingern zuhielten. Als sie ihr Fahrrad fast erreicht hatte, rannte Frederik auf sie zu. Sie sprang aufs Rad, trat in die Pedale und kam rechtzeitig davon. Obwohl sie es nicht wollte, weinte sie auf dem ganzen Heimweg und fuhr so schnell, dass ihr die Tränen in die Ohren liefen. Lillen stand an der Scheune. Stellte keine Fragen, folgte Darling nur in den Pfarrhof.

Die Kinder benutzten immer Stöckchen, wenn sie nach ihr stachen. Man durfte sie nicht berühren, hieß es. Sonst könnte man sich mit »Leuchtturm« anstecken. Anfangs versuchte sie, sich zu verteidigen. Sagte, dass sie auf dem Leuchtturm wie alle anderen seien. Doch jedes Mal, wenn sie es versuchte, fing Frederik an, sie nachzuäffen.

»Was sagst du? Wir verstehen kein Leuchtturmkauderwelsch! Versuch mal, Norwegisch zu reden. Wenn du kannst?«

Sie konnte den Stöckchen gut ausweichen. Sowohl denen, mit denen sie nach ihr schlugen, als auch denen, die sie ihr zwischen die Speichen stecken wollten. Sie übte im Garten hinter dem Pfarrhaus Slalomfahren. Sagte zu Lillen, dass sie Äpfel nach ihr werfen sollte, damit sie üben konnte, sich zu ducken oder auszuweichen. Zunächst hatte Lillen kaum eine Chance zu treffen. Weil sie nicht sonderlich schnell zu Fuß war, hatte sie nie Ball gespielt oder etwas geworfen. Sondern meist in der Wohnung gesessen und die Bücher gelesen, die der Pastor ihr gab.

Darling schimpfte sie aus.

»Reiß dich zusammen, sonst kann ich dich nicht brauchen!« Sie fuhr an Lillen vorbei, die einen neuen Versuch unternahm. Der Apfel landete mehrere Meter von Darling entfernt, die ärgerlich mit dem Fahrrad drehte.

»Versuchs noch einmal!«, rief sie trotzdem ermunternd. Es könnte praktisch sein, jemanden auf dem Gepäckträger sitzen zu haben, der schießen konnte, während man selbst fuhr.

Lillen versuchte es den ganzen Nachmittag. Als sie endlich das Fahrrad traf, schrie sie vor Freude. Und als es ihr am nächsten Tag gelang, Darling einen Apfel direkt ins Gesicht zu werfen, jubelten beide so laut, dass Karen angelaufen kam und fragte, ob sie sich verletzt hätten.

Sie übten jeden Tag. Die Äpfel wurden so weit geworfen, dass einer durch das Wohnzimmerfenster flog, das in tausend Stücke zersprang. Karen kam angelaufen, der Pastor hinter ihr her. Sie schimpften wie aus einem Mund. Karen sagte, sie sollten sofort sämtliche Splitter aufsammeln, und der Pastor ordnete an, dass sie zur Strafe drei Tage hintereinander beim Putzen helfen mussten.

Lillen konnte im Grunde ja nichts dafür, daher hinkte sie ihnen nach und versuchte, die Strafe auf zwei Tage zu reduzieren. Darling sammelte die Glasscherben auf. Sie warf die größten in einen Eimer, trug ihn hinter die Scheune und vergrub die Scherben dort. Man wusste ja nie, wann man so etwas brauchen konnte.

Sobald sie ihre Strafe hinter sich gebracht hatten, die Lillen zu einem Tag Bodenschrubben heruntergejammert hatte, setzten sie ihr Training fort. Und als Lillen richtig gut traf und

Darling den meisten Äpfeln ausweichen konnte, setzte sich Lillen hinten aufs Rad und warf von dort aus mit Äpfeln. Sie stellten an einigen Stellen im Garten Eimer auf und vereinbarten, erst in den Hafen zu fahren, wenn es Lillen gelang, alle Eimer beim ersten Mal zu treffen und umzuwerfen.

Am Ende des Sommers holten sie Stöcke und Angelleinen. Sie wollten im Hafen Seeigel angeln. Sagten sie zumindest zu Karen. In Wahrheit hatten sie die Taschen voller Steine und weitere Munition in den Seitentaschen des Fahrrads. Lillen stieg hinten auf. Darling setzte einen Fuß auf das Pedal und war bereit loszusausen.

»Jetzt ist es so weit«, flüsterte sie.

»Jetzt ist es so weit«, flüsterte Lillen zurück.

Auf dem Weg zum Hafen begegneten sie niemandem. Kurz bevor sie den Hafen erreichten, entdeckte Darling eine Gruppe von Kindern an der Mole. Sie bremste abrupt. Hätte Lillen nicht so oft geübt, hinten auf dem Gepäckträger zu sitzen, wäre sie heruntergefallen.

»Da sind sie«, sagte Darling, ohne erkennen zu können, welche Kinder es waren. Aber sie war ziemlich sicher, dass es sich bei dem Großen in der Mitte um Frederik handelte.

»Bist du bereit?«, fragte sie, ihr Atem ging stoßweise.

»Ich bin bereit«, antwortete Lillen und hielt einen Stein in jeder Hand. Sie brauchte keine Hände, um sich auf dem Gepäckträger zu halten. Sie stellte sich vor, auf einem Drachen zu reiten, hatte sie Darling erklärt.

Darling schoss den kleinen Hügel hinunter und sauste in rasendem Tempo auf die Gruppe der Kinder zu. Die starrten sie verblüfft an und blieben stehen. Wussten offenbar nicht, dass sie Angst haben sollten. Darling und Lillen heulten wie die Wilden. Darling beschrieb mit dem Fahrrad eine scharfe

Kurve, und Lillen überzog die gaffenden Kinder mit einem Steinregen. Sie schrien und versuchten, sich mit den Armen zu schützen und hintereinander in Deckung zu gehen. Frederik lief ihnen nach, aber er stolperte und fiel der Länge nach hin.

Darling drehte, sah sich um und blickte Lillen abwartend an.

»Noch einmal«, sagte Lillen verbissen und holte Steine aus den Taschen. Sie fuhren erneut los. Die Kinder rannten in alle Richtungen. Trotzdem gelang es Lillen, einige zu treffen. Sogar am Kopf.

»Wir sagen das den Erwachsenen!«, rief einer.

»Wir kriegen euch schon noch!«, schrie Frederik.

Darling und Lillen lachten auf dem ganzen Heimweg und hielten erst kurz vor dem Pfarrhof an, um Luft zu schnappen.

»Und wenn sie petzen?«, fragte Lillen besorgt. »Karen wird böse, wenn sie hört, was wir getan haben.«

»Wir sagen einfach, dass es Selbstverteidigung war. Jeder weiß doch, wie der Sohn des Fetten ist.«

»Ist das so?«

Darling kamen Zweifel.

»Dieser Satan«, sagte sie. Nur zusammen mit Lillen traute sich Darling, so hässliche Worte zu benutzen. Lillen wagte es gar nicht. Im Vorjahr hatte Darling ihr zwei Bonbons geben müssen, damit sie »Hure« sagte. Lillen hatte sich geweigert, es für einen zu tun.

»Aber wir haben ja nicht eine einzige Schramme. Wie sollen wir Karen überzeugen, dass es Selbstverteidigung war?« Lillen kamen gleich die Tränen.

»Dann müssen wir uns eben etwas einfallen lassen«, überlegte Darling. »Komm.« Sie legte das Fahrrad ins Gras neben den Schotterweg und zog Lillen mit sich hinter die Scheune. »Wir müssen nur schlimmer aussehen als die, dann bekommen sie die Schuld.«

»Hier, nimm diesen Stein und schlag mich fest neben meinem Auge. Ich glaube, es ist nicht schwer, ein blaues Auge zu bekommen, ich hatte das schon oft, wenn sie mich am Hafen verprügelt haben.«

»Das kann ich nicht.«

»Mach es einfach«, seufzte Darling.

»Aber ich kann nicht.«

»Was bist du bloß für eine Memme?«, fragte Darling ärgerlich, nahm einen großen Stein und schlug Lillen damit auf den Kopf. »So, und jetzt schlägst du mich.«

Lillen schrie auf und griff sich an den Kopf.

»Sei still, damit Karen uns nicht hört, bevor wir übel zugerichtet sind«, zischte Darling. »Schlag mich damit.« Sie reichte Lillen den Stein.

Lillen atmete ein paar Mal tief durch und versuchte es. Aber ihr Arm hatte nicht genügend Schwung.

»Davon bekomme ich doch nicht mal einen blauen Fleck – ich dachte, dein Fuß ist nicht in Ordnung, nicht dein Arm«, fuhr Darling Lillen an. Sie ging zur Ecke der Scheune und grub eine der Glasscherben aus. Wischte die Erde ab, pustete darauf. Ging zurück zu Lillen und setzte sich neben sie auf den Boden.

»Dann bin ich eben diejenige, die blutet, und du hast ein blaues Auge.« Sie setzte die Scherbe ans Schienbein, presste die Lippen zusammen und schnitt sich ins Bein. Vor Schmerz traten ihr Tränen in die Augen. Sie schaute auf ihr Bein und strahlte, als sie sah, wie das Blut aus der Wunde lief.

»So.« Ihre Stimme klang rau. »Jetzt müssen wir nur noch

unsere Sachen dreckig machen. Und vielleicht ein bisschen zerreißen?«

Sie packte Lillens Bluse und versuchte, ein Loch hineinzureißen. Es gelang ihr nicht. Lillen hielt noch immer eine Hand an ihr Auge und weinte leise.

»Hör schon auf, es ist doch besser, es tut ein bisschen weh, als Schimpfe zu bekommen. Sonst müssen wir bloß wieder putzen, und dazu haben wir doch beide keine Lust.«

Lillen nickte. Sie ging in die Knie und hob ein wenig Erde auf, die sie sich ins Gesicht rieb. Darling wischte ein bisschen Blut von ihrem Bein und schmierte sich damit an den passenden Stellen ein.

»Das ist perfekt«, sagte sie und warf ein paar Steine mitten in die Gänseschar, die so laut schnatterte, dass Karen aus dem Haus gelaufen kam.

»Was ist euch denn passiert?«, rief sie und nahm die beiden weinenden Kinder mit ins Haus. Sie bat eines der Dienstmädchen, Marie zu holen, aber niemand wusste, wo sie war. Sie holte den Pastor und fragte, ob er der Meinung sei, dass ein Arzt sich Lillens Auge ansehen müsse. Er hielt es nicht für notwendig und erinnerte sie daran, auch die andere Wange hinzuhalten. Als die Mutter schließlich nach Hause kam, berichtete Darling, was geschehen war. Dass Lillen ein blaues Auge hätte und ihr Bein geblutet hatte.

»Du hättest mich sehen sollen, bevor Karen mein Bein und meine Sachen gewaschen hat. Es war wirklich schlimm.«

»Das tut mir aufrichtig leid«, sagte Marie, die mit ihren Gedanken offenbar ganz woanders war. Sie schaute aus dem Fenster, korrigierte ein wenig den Sitz ihrer Frisur.

»Das war wieder Frederik. Er ist böse, Mutter. Böse!«

Die Mutter kochte sich eine Tasse Kaffee und setzte sich

mit einem zufriedenen Seufzen an den Tisch. »Oft ist es so, dass man sich an den, mit dem man sich am meisten streitet, auch am ehesten erinnert.«

Als Darling im Bett lag, dachte sie noch lange darüber nach, ob sie ebenso böse war wie Frederik. Sie schlief ein, nachdem sie sich selbst überzeugt hatte, dass das unmöglich war.

Es kam nie jemand und petzte. Darling und Lillen wagten sich trotzdem allein nirgendwo mehr hin. Darling langweilte sich so sehr in Lillens Gesellschaft, dass sie es geradezu vermisste, mit Stöcken gejagt zu werden. Sie überlegte, einfach zum Hafen zu gehen, in der Hoffnung, Frederik dort noch einmal gegenüberzutreten. Sie hoffte, dass er sie nicht totschlagen würde. Sie schlug es Lillen vor, die bei dem Gedanken erschrocken aussah.

»Vielleicht sollten wir mit Karen darüber reden?«, meinte sie.

»Was um alles in der Welt sollte Karen tun können?«, fertige Darling sie ab.

»Sie könnte vielleicht mit dem Fetten reden?«

Darling lachte laut auf. »Dann bekommen wir doch nur noch mehr Prügel. Vielleicht sogar mit dem Gürtel des Fetten.«

Als der Sommer endgültig zu Ende ging und es an der Zeit war, zum Leuchtturm zurückzukehren, weinte Lillen so sehr, dass Darling schließlich die Arme um sie legte.

»Du hast so ein Glück – du bist draußen auf dem Leuchtturm in Sicherheit. Ich muss hierbleiben und treffe sie auch noch in der Schule. Die bringen mich um«, schluchzte Lillen.

»Nein, das machen die nicht«, beruhigte Darling sie und zeigte auf Lillens Fuß. »Du hast diesen Fuß, niemand schlägt einen Krüppel. Du musst nur immer besonders kräftig humpeln.«

Lillen nickte. Sie versprach, tapfer zu sein und so kräftig wie möglich zu hinken.

Darling freute sich nicht sonderlich auf das Leben auf dem Leuchtturm. Der letzte Winter war so langweilig gewesen, dass sie es tatsächlich vorzog, an Land in Lebensgefahr zu sein. Wenn Darling gewusst hätte, dass Gudrun kommen würde, hätte sie sich gefreut. Gudrun verkörperte alles, was Darling vermisste. Sie war lustig und fröhlich. Überhaupt nicht so wie die jämmerliche und lästige Lillen.

Gudrun war es egal, was Mädchen durften oder nicht durften. Sie fand es lustig, wenn Darling Krach machte und übte, Steine so weit wie möglich ins Wasser zu werfen. Sie erklärte Darling, dass sie sich nichts gefallen lassen sollte. Dass sie alles einfordern musste, was sie im Leben verdient hatte.

Darling salutierte zum Spaß und versprach zu tun, was sie sagte.

»Wenn die Jungen nicht beiseitetreten oder dir nicht geben wollen, was du willst, dann nutze das, was du hast. Weine, heule oder umgarn sie. Sie sind sehr viel leichter zu manipulieren, als man unmittelbar glaubt. Mein Vater hat zum Beispiel die Idee, dass ich heiraten soll. Aber sieh her, stattdessen habe ich ihn dazu gebracht, dass er mich in die Welt hinausschickt.« Gudrun grinste.

Darling erzählte Gudrun von Frederik. Wie böse er war. Dass er sie schlug und es schon immer getan hatte. Und sie erzählte von ihrem Angriff auf dem Fahrrad im Sommer. Gudrun lachte laut.

»Gut gemacht«, lobte sie. »Er wird euch in Zukunft in Ruhe lassen.«

»Das glaube ich leider nicht«, entgegnete Darling.

Gudrun legte ihre Hände auf Darlings Schultern. »Mag sein, dass er stärker ist, aber du bist klüger. Und das setzt du gegen ihn ein«, sagte sie. »Finde seine Schwachstelle, und setze dieses Wissen ein, damit du bekommst, was du willst.«

So war das mit Gudrun. Alles war leichter in den Jahren, in denen sie da war. Darling wurde ruhiger. Sogar ihr Vater war fröhlicher. Fuhr sie nicht so oft an. Und als Darling schon meinte, es könne nicht mehr besser werden, kam Valdemar.

Sie würde niemals vergessen, wie sie ihn das erste Mal im Arm gehalten hatte.

»Ich bin deine große Schwester«, hatte sie ihm zugeflüstert. »Ich werde immer auf dich aufpassen. Auf mich kannst du dich verlassen.«

Sie flüsterte es ihm mehrfach am Tag zu. Es war ein schönes Gefühl, dass jemand sie brauchte. Sie wechselte seine Windeln. Wusch sie. Fütterte ihn, als er ein bisschen größer war. Achtete auf die Gezeiten, wenn er auf dem Riff spielte. Suchte immer nach Steinen, die aussahen wie kleine Tiere, mit denen er spielen konnte.

Die Sommer waren auch nicht mehr so schlimm, sie hatten sich ein wenig Respekt verschafft, darüber waren Darling und Lillen sich einig. Sie durften am Hafen sein, ohne verprügelt zu werden, Hauptsache, sie angelten an den schlechten Stellen. Es kam lediglich zu kleineren Rangeleien und ein paar aufgeschrammten Knien, und Darling war der Ansicht, dass sie damit durchaus leben konnten. Bis Gudrun sagte, dass es für sie an der Zeit sei weiterzureisen. Nicht nur für diesen Sommer, sondern für immer.

»Aber was soll denn jetzt aus mir werden?«, weinte Darling. »Niemand sonst kann mich leiden.«

»Du hast deine Mutter und deinen Vater, Valdemar und an Land Lillen«, tröstete Gudrun sie.

»Vater hasst mich, und Lillen zählt nicht, sie hat doch diesen Fuß«, schluchzte Darling.

Gudrun versprach, irgendwann zu Besuch zu kommen.

»Du bist elf Jahre alt. Bald bist du alt genug, um mich auf meinen Reisen zu begleiten.«

Valdemar war der einzige Grund, dass Darling sich nicht ins Meer stürzte, als Gudrun nicht mehr bei ihnen war. Und ausnahmsweise fühlte sich der Sommer länger an als der Winter, als Gudrun auf der Fähre stand und ihnen zuwinkte.

Die Mutter, Valdemar und Darling sollten wie im letzten Jahr auf dem Pfarrhof wohnen. Der Vater blieb allein auf dem Leuchtturm. Die Mutter nahm die Fähre in die Stadt und ließ sie ein paar Tage allein. Das hatte sie noch nie getan. Sie kam sogar mit neuen Kleidern für Darling zurück.

»So siehst du aus wie ein anständiger Mensch«, sagte sie. Sie hatte sich selbst auch etwas Neues gekauft. Darling fand es merkwürdig, ihre Mutter so herausgeputzt zu sehen. Plötzlich war ihr Haar gelockt, sie roch gut und trug nicht nur Alltagskleider.

»Wir müssen doch die Zeit an Land genießen, solange wir es können«, meinte sie. Und Darling dachte, was gibt es denn da zu genießen, Gudrun kommt doch nicht mehr zurück.

Darling versuchte, sich mit Valdemar zu amüsieren. Er tapste auf seinen kleinen, fetten Beinen umher. Jeden Tag gingen sie zum Hafen und angelten an der schlechten Stelle. Valdemar rief den Vögeln hinterher und lachte Darling an. Wenn Frederik und die Schar der Jungen zum Hafen kamen, ging Darling mit Valdemar nach Hause.

Bis zu dem Tag, der zunächst genauso war wie alle anderen.

Darling sah die Kinder kommen, Frederik in der Mitte. Wie an allen anderen Tagen packte sie ihr Angelzeug zusammen. Valdemar saß neben ihr.

»Komm, wir gehen jetzt«, sagte sie zu ihm.

Er stand gehorsam auf, und sie gingen gemeinsam die Mole entlang. Als sie an den Jungen vorbeigingen, schlug Frederik mit seiner Angel nach Darling. Sie duckte sich nicht rechtzeitig, sodass sie einen harten Schlag auf den Rücken bekam. Sie stolperte und fiel auf Valdemar. Sie selbst hatte sich nichts getan, aber Valdemar weinte laut und blutete an der Nase und am Knie. Am schlimmsten aber war sein Blick, der ihr zeigte, dass er bis zu diesem Moment geglaubt hatte, im Leben würde ihm nur Gutes widerfahren. Frederik lachte und ging weiter. Darling wollte ihm hinterherlaufen. Ihm die Zähne ausschlagen. Ihm mit ihrer Angel in die Augen stechen. Aber sie musste sitzen bleiben und Valdemar trösten. Sie trug ihn zum Fahrrad und schob ihn nach Hause, während beide weinten. Sie lauter als Valdemar. Die Gänse beäugten sie stumm, als sie schluchzend an die Tür klopfte, damit Karen ihr half. Karen schlug bestürzt die Hände zusammen und trug Valdemar in die Küche, wo sie seine Wunden säuberte und sich wunderte, wo Marie blieb. Sie hatten sie seit dem Frühstück nicht mehr gesehen.

Lillen las wie gewöhnlich.

»Wir müssen etwas unternehmen«, sagte Darling, und Lillen blickte auf.

»Sie haben Valdemar angegriffen. Wir müssen ihnen Einhalt gebieten.« Darling zitterte vor Wut, wenn sie nur daran dachte. »Er ist zu klein, um sich zu verteidigen, wir müssen es für ihn tun.«

Lillen legte ihr Buch beiseite.

Sie bauten Fallen aus rostigen Eisenringen, die sie am Wasser fanden. Sie waren das Ufer weit hinuntergegangen, um sicherzugehen, die anderen Kinder nicht zu treffen. Und sie hatten das Fahrrad dabei, falls sie ihnen dennoch begegneten. Sie konnten sich nicht recht vorstellen, wie die Fallen funktionieren sollten, aber Lillen und Darling malten sich mit großem Vergnügen aus, wie die anderen Kinder leiden würden, wenn das Metall sich in ihre Beine bohrte. Vor allem sprachen sie darüber, wie Frederik aussehen würde, wenn er seinen Kopf in die Klemme bekam. Es würde so wehtun, dass er nicht um Hilfe schreien könnte. Er wäre hinterher so hässlich, dass nicht einmal sein Vater etwas mit ihm zu tun haben wollte. Die Vorstellung war so schön, dass Darling Lillen beinahe gernhatte.

Lillen war jetzt zwölf Jahre alt und noch immer kleiner als sie. Ihr Fuß war auch nicht besser geworden. Eigentlich sah es so aus, als würde er schlimmer, je größer sie wurde. Aufgrund ihrer tollpatschigen Art zu gehen, wollte niemand etwas mit ihr zu tun haben, aber er war auch eine Art Schutz. Anders als bei Darling ließen die anderen Kinder sie in Ruhe.

Als die Fallen fertig waren und sie eine Karte gezeichnet hatten, wo Frederik und die anderen Jungen im Hafen am wahrscheinlichsten hineintreten würden, fingen sie an, Speere zu schnitzen. Darling stieg mit einem Messer im Mund auf Bäume und suchte passende Äste, die sie abschnitt. Lillens hauptsächliche Aufgabe war es, sie nicht auf den Kopf zu bekommen, wenn die Äste auf die Erde fielen.

Nachdem sie lange gegraben hatte, fand Darling die Reste der Glasscherben wieder, die sie versteckt hatte, nachdem Lillen den Apfel ins Wohnzimmerfenster geworfen hatte. Die schärfsten Scherben banden sie unter einiger Mühe an den

Ästen mit Angelschnüren fest, die Lillen vom Pastor gestohlen hatte. Sollten sie entdeckt werden, war es besser, wenn Lillen erwischt würde.

Sie konnten allerdings nicht mit den Speeren üben, zumindest nicht mit denen, an denen Glasscherben steckten. Sie waren zu zerbrechlich. Und wenn Karen sie entdeckt hätte, wäre sie bestimmt böse geworden und hätte sie ihnen weggenommen. Stattdessen übten sie mit Stöcken ohne Speerspitzen. Sie versuchten, bestimmte Dinge zu treffen – um so hoffentlich auch die anderen Kinder zu treffen, wenn es so weit kam.

»Was spielt ihr da?«, wollte Karen wissen, als sie die Wäsche aufhängte.

»Indianer«, behauptete Darling und stieß ein Geheul aus. Lillen heulte nicht.

»Wir könnten auch einfach zu Hause bleiben«, schlug sie kurz darauf vor. »Wir müssen ihnen ja nicht am Hafen auflauern.« Aber Darling war sich ihrer Sache sicher.

»Für Valdemar«, erwiderte sie. »Willst du, dass er all das durchmachen soll, was wir ertragen mussten?«

Das wollte Lillen dann doch nicht.

Sie übten zwei Wochen, nur unterbrochen von den Fahrradfahrten zu den Fallen, um zu sehen, ob jemand hineingetreten war. Da sie noch immer leer waren, beschloss Darling, dass sie in den Kampf ziehen mussten, wenn sie gewinnen wollten. Mit all ihren Speeren unter den Armen öffneten sie die Pforte und verließen den sicheren Hort des Pfarrhofes. Den ganzen Weg marschierten sie im Takt. So gut es mit Lillens hinkendem Bein ging. Sie blieben nicht wie gewöhnlich stehen, um sich mit dem Hund des Nachbarn zu unterhalten. Sie hielten erst inne, als sie auf die Straße zum Hafen abbiegen mussten.

»Und wenn sie nicht da sind?«, fragte Lillen. Ihre Stimme bebte.

»Dann warten wir auf sie«, entschied Darling. »Nun heißt es, jetzt oder nie.«

Ihr Plan war, dass Lillen vorgehen sollte. Ihr würden sie nichts tun. Sie sollte untersuchen, wie viele es waren, und dann zu Darling zurückkommen, die sich mit ihren Waffen hinter einem Gebüsch versteckt hielt.

Lillen kam zurückgelaufen, sie war vollkommen außer Atem.

»Es sind sieben.«

»Ist Frederik auch dabei?«

»Ja. Er hat gesagt, falls ich angeln wolle, gäbe es keinen Platz für mich.« Lillen hatte solche Angst, dass sie stotterte.

Darling legte die Speere auf den Boden. Zwei lange und drei kurze für jeden. Die Taschen waren mit Steinen gefüllt. Sie hatten sich die spitzesten ausgesucht, die man aber trotzdem noch in der Hand halten konnte.

»Bist du bereit?« Darling ging in die Hocke. Als sollte sie aus einer Kanone abgeschossen werden.

Lillen antwortete nicht. Darling wusste, dass sie ihr folgen würde, ob sie nun bereit war oder nicht.

»Jetzt«, kommandierte sie und rannte hinunter zum Hafen. Lillen zögerte einen Moment. Dann lief sie Darling nach.

Die Kinder am Hafen sahen verwundert auf, als sie angelaufen kamen.

»He, ich habe doch gesagt, dass es hier keinen Platz mehr gibt«, rief Frederik und sah sie drohend an. Er war der Erste, der ins Wasser fiel. Darling schoss auf ihn zu und setzte ihm einen der kurzen Spieße mit einer Glasscherbe auf die Brust. Frederik schrie vor Schmerz laut auf, trat einen Schritt zurück, fiel von der Mole und schlug mit dem Kopf auf die Steine, bevor er im Wasser landete. Lillen warf ihre Speere nach einem der anderen Jungen, traf ihn am Arm und sah, wie er sich zusammenkrümmte und Blut hervorquoll. Die übrigen Jungen rannten in alle Richtungen davon. Darling warf ihnen die langen Speere hinterher. Unten im Wasser heulte Frederik. Darling sah ihn an und überlegte, ob sie noch einen Speer nach ihm werfen sollte. Stattdessen warf sie einen Stein und traf ihn am Kopf. Wieder schrie er auf. Es hatte Augenblicke gegeben, in denen Darling sich gefragt hatte, ob der Pastor wohl recht hatte, wenn er sagte, dass man die andere Wange hinhalten sollte. Nun wusste sie, dass er sich irrte. Sie spürte, wie sich jedes Mal ein Glücksgefühl in ihrem ganzen Körper ausbreitete, wenn sie auf Frederik herabblickte, der schluchzend an Land kroch. Sie zog Lillen an sich und umarmte sie. Lillen weinte.

»Hast du uns gesehen!«, rief Darling euphorisch.

Lillen wischte sich die Augen und nickte. »Glaubst du, die haben sich ernsthaft verletzt?«

»Verdammt, das will ich doch hoffen!«

Ein paar Erwachsene kamen Frederik zu Hilfe und schauten hinauf zu Darling und Lillen, weil er auf sie zeigte.

»Komm, wir gehen«, sagte Darling und hakte Lillen unter. »Humpele, zum Teufel – humpele, so sehr du kannst.«

Sie gingen zu Lillen nach Hause, in den Pfarrhof. Niemand folgte ihnen. Im Pfarrhof waren sie sicher. Niemand wagte es, hier irgendjemanden anzugreifen, es war Gottes Haus. Außerdem würden die Gänse ohnehin verraten, wenn sich jemand näherte.

Kurz darauf kam Marie.

»Na, was habt ihr zwei unternommen?« Sie lächelte ihnen zu, an Land hatte sie immer bessere Laune als im Leuchtturm.

Darling und Lillen antworteten nicht.

Am nächsten Tag standen sie zögernd an der Pforte.

»Jetzt haben wir ihnen gezeigt, dass sie uns besser keinen Ärger machen«, meinte Darling. »Komm, wir gehen zum Hafen.«

»Bist du sicher?«

»Du willst doch wohl nicht, dass ich allein gehe?«

»Nein, aber ...«

»Ich gehe jetzt.«

An diesem Tag angelten sie an der guten Stelle. Keines der anderen Kinder zeigte sich. Der Siegesrausch erreichte auf dem Heimweg ungeahnte Höhen.

»Von jetzt an angeln wir, wo wir wollen!« Darling probierte vor lauter Freude ein paar Tanzschritte aus.

»Wahrscheinlich liegen sie zu Hause im Bett und heulen, weil sie sich nicht nach draußen trauen.« Lillen sprang ein paar Mal mit ihrem guten Fuß nach vorn.

Marie saß in der Küche und trank Kaffee mit dem Fetten. Die Mutter lachte über irgendeine Bemerkung von dem Fetten und stupste ihn sanft mit der Hand an. Als sie Darling bemerkte, wurde sie ernst.

»Der Fette sagt, du hättest es auf seinen Sohn abgesehen?«

»Tja, er war übel zugerichtet, als er gestern nach Hause kam«, fügte der Fette hinzu.

Darling sagte nichts.

»Er sagt, du hättest ihn mit Steinen und Glasscherben beworfen«, fuhr ihre Mutter fort. Versuchte, Augenkontakt zu Darling zu bekommen.

»Das stimmt nicht«, erwiderte Darling leise, ihre Augen klebten am Boden. »Er ist gestolpert und ins Wasser gefallen.«

»Na ja, eigentlich komme ich mir ja auch ein bisschen komisch vor, hier zu sitzen und ein kleines Mädchen zu beschuldigen, dass sie meinen Sohn belästigt haben soll.« Der Fette lachte, dass seine fleischigen Wangen auf und ab hüpften.

»Wie auch immer, Darling möchte sich jedenfalls gern entschuldigen, nicht wahr, Darling?«, forderte ihre Mutter sie auf.

»Nicht wahr?«, wiederholte sie, als Darling den Mund nicht aufmachte.

»Entschuldigung«, sagte Darling so leise, dass man es fast nicht hören konnte. Dabei kreuzte sie ihre Finger, allerdings nur die Fingerspitzen, falls ihre Mutter es bemerken sollte.

»Gut, und nun ab mit dir.« Offensichtlich wollte sie die Angelegenheit rasch aus der Welt schaffen. »Und mit dir auch«, sagte sie zu Lillen, die so still daneben gestanden hatte, dass sie sie überhaupt nicht bemerkt hatten.

»Ich soll von Frederik grüßen«, sagte die Mutter eine Woche, nachdem der Fette bei ihnen gewesen war. Sie hängte ihren Mantel auf und prüfte den Sitz ihrer Frisur. »Er hat gesagt, ich soll dir ausrichten, dass er sich darauf freut, dich wiederzusehen.«

Darling sah sie erschrocken an. »Das meint er nicht im Ernst«, erwiderte sie.

»Wieso denn nicht? Er ist doch ein netter junger Mann. Was auch immer letzte Woche passiert ist, er ist jedenfalls darüber hinweg. Er ist kein Mensch, der nachtragend ist, und das solltest du auch nicht sein.«

»Was hat er noch gesagt?« Darling wollte zum Hafen, wo sie und Lillen nun angelten, ohne dass die anderen Kinder sie behelligten. Frederik hatten sie nicht gesehen, seit er im Wasser gelegen und geheult hatte. Darling streifte ihre Schuhe wieder ab. Plötzlich schien es nicht mehr sicher zu sein, den Pfarrhof zu verlassen.

»Er hat nichts weiter gesagt.« Ihre Mutter sah sie skeptisch an. »Du fängst nicht irgendetwas mit ihm an, hast du verstanden? Mädchen in deinem Alter ziehen nicht mit Jungen herum. Du bist erst zwölf.«

Es dauerte einen Moment, bis Darling verstand, was sie meinte. Sie rümpfte die Nase. »Mutter, das mach ich doch auch gar nicht.«

»Du sollst nicht einmal daran denken, versprichst du mir das?«

»Ja, selbstverständlich. Ich hasse ihn.«

»Du musst ihn ja nicht gleich hassen«, seufzte sie, »du sollst nur nicht anfangen, an so etwas zu denken.«

»Würdest du mir glauben, wenn ich dir erzähle, dass er mich umbringen will?«

Die Mutter lachte. »Nein, das würde mir in der Tat schwerfallen.«

»Aber es stimmt. Er hat vor, mich umzubringen, warte es ab.«

»Ich glaube eher, dass er ein bisschen in dich verliebt ist. Und deshalb warne ich dich. Man kann sich von einer solchen Aufmerksamkeit sehr geschmeichelt fühlen.«

In dieser Nacht träumte Darling von Frederik. Er kam zum Pfarrhof, um sie umzubringen, die Gänse schliefen, und die Mutter ließ ihn ein und zeigte ihm, wo Darling und Valdemar schliefen. Im Laufe der Nacht wachte sie mehrmals auf. Weinte und rief nach ihrer Mutter, die sie nicht hörte.

Beim Frühstück fragte sie die Mutter, ob sie in diesem Jahr nicht früher zum Leuchtturm zurückkehren könnten. Sie würden doch ohnehin in ein paar Tagen zurückkehren, hatten sie dem Vater gesagt.

»Wieso?«

»Ich vermisse ihn so«, log Darling. »Ich glaube, ich muss sofort zurück auf den Leuchtturm.«

»Ich habe vor, in die Stadt zu fahren. Eine Freundin hat mir geschrieben. Ihr Mann ist gestorben. Sie weiß nicht aus noch ein. Aber du kannst ja einfach hier bei Karen bleiben. Sie hat gesagt, dass sie sich gern um Valdemar kümmert.«

»Was für eine Freundin?«

»Jorunn«, antwortete die Mutter hastig. »Von ihr hast du doch bestimmt schon mal gehört?«

Darling schüttelte den Kopf.

»Na, jedenfalls braucht sie mich, mehr gibt es dazu nicht zu sagen«, erklärte die Mutter. Darling weinte.

»Ich verspreche, in zwei Tagen zurück zu sein, dann fahren wir zum Leuchtturm. Zwei Tage wirst du ja wohl noch aushalten? Karen hat versprochen, sich um euch zu kümmern, Hauptsache, ich hole euch ab, bevor sie mit den Vorbereitungen für das Abendessen am Samstagabend beginnen muss, zu dem Großvater eingeladen hat.« Sie drehte sich um.

Nach diesen zwei Tagen, an denen Darling sich nicht aus dem Haus gewagt hatte, holte sie ihr Nachthemd wieder aus dem Koffer und ging kurz vor Mitternacht zu Bett. Die Mutter war nicht zurückgekommen.

»Mach dir keine Sorgen«, beruhigte Karen sie und sah wieder aus dem Fenster. »Wahrscheinlich hat sie die Fähre verpasst. Das passiert den Leuten aus Ørland ständig. Sie wird morgen kommen.« Und fügte auf dem Weg aus dem Zimmer hinzu: »Das hoffe ich zumindest.«

Ihr Vater kam und holte sie. Mit seiner grauen Gesichtsfarbe sah er aus, als hätte er seit Wochen keine anständige Mahlzeit mehr zu sich genommen.

»Deine Mutter hat mir Bescheid gegeben, dass ich euch abholen soll. Seid ihr bereit?«, fragte er müde. Darling roch ihn, obwohl er über einen Meter von ihr entfernt stand.

»Wo ist Mutter – ich dachte, sie wollte gestern kommen?«

»Sie ist bei einer Freundin und hat mir einen Boten geschickt.«

»Willst du etwas essen, das Mittagessen steht auf dem Tisch«, fragte Karen, die gerade aus der Küche kam. »Ich kann mir nicht vorstellen, dass der Pastor etwas dagegen hat, wenn sein Schwiegersohn mit am Tisch sitzt.«

Ihr Vater aß doppelt so viel wie der Pastor. Und so unappetitlich, dass es Darling peinlich war. Der Pastor schien nichts zu bemerken.

»Und wie steht's draußen auf dem Leuchtturm?«, erkundigte er sich. »Du hattest einiges zu reparieren?«

»Ja«, murmelte der Vater und schob sich eine halbe Scheibe Brot in den Mund.

»Das ist doch gut. Was hast du denn repariert?«

»Die Treppe.«

»Draußen oder drinnen?«

»Beide.« Er goss das restliche Bier in sein Glas.

»Ja, so etwas muss in Ordnung sein, damit es auch hält, wenn es stürmt.«

Der Vater leerte sein Glas in einem Zug. Karen holte ihm keine neue Flasche, bevor der Pastor sie darum bat.

Als Darling zurück zum Leuchtturm kam, bemerkte sie keinerlei Reparaturen an der Treppe. Tatsächlich sah alles noch schlimmer aus, als sie es in Erinnerung hatte.

»Wieso bist du nicht gekommen?«, fragte sie ihre Mutter, als sie zwei Tage später endlich auftauchte.

»Oh, es gab Probleme hierherzukommen. Die Fähre, weißt du.« Sie erzählte von ihrem Besuch bei der Freundin in der Stadt, die es so schwer hatte und so froh war, dass sie gekommen war. Wahrscheinlich würde sie schon bald noch einmal zu ihr fahren müssen.

»Du hast den Sohn des Fetten nicht wiedergesehen, oder?«

»Nein«, antwortete Darling und ging in ihr Zimmer.

Das Merkwürdige war, dass alles sich änderte. Der Winter war lang gewesen, und nach Gudruns Abreise war keine neue Gouvernante gekommen. Die Mutter unterrichtete Darling. Jedenfalls, wenn jemand sich danach erkundigte.

Darling hatte den ganzen Winter über befürchtet, dass Frederik sie im Sommer umbringen würde. Daher war sie besonders nett zu ihrer Mutter gewesen. Und zu ihrem Vater. Letzteres war allerdings umsonst. Doch sie wollte, dass ihre Eltern gut von ihr dachten, sollten sich ihre Sorgen als wohlbegründet erweisen.

Am schwierigsten war es natürlich mit Valdemar. Zu sterben und nicht mehr bei ihm sein zu können. Doch wenn Frederik sie umbrachte, würden die Erwachsenen endlich begreifen, dass er so gefährlich war, wie sie gesagt hatte. Sie fand ein wenig Trost in diesem Gedanken. Frederik würde ins Gefängnis kommen. In jedem Fall aber aus Uthaug entfernt werden, und Valdemar wäre sicher.

Am ersten Tag im Pfarrhof traute sie sich nicht hinaus. Blieb einfach mit Lillen im Haus, die seit dem letzten Sommer nicht sehr gewachsen war. Darling hingegen war in die Höhe geschossen. Ihre Mutter hatte die letzte Woche damit verbracht, ihr zwei neue Kleider zu nähen. Sie könne in den anderen nicht mehr unter die Leute gehen, meinte sie. Weder ließen sich ihre Kleider hinten zuknöpfen, noch waren die Ärmel lang genug.

»Meine Güte, du hast dich aber verändert, Darling«, staunte Karen und schlug die Hände zusammen. »Du bist ja eine richtige junge Dame geworden, seit ich dich letztes Mal gesehen habe. Man sollte nicht glauben, dass du erst dreizehn bist.«

Die Mutter leitete die Sommerperiode mit einer Reise in die Stadt ein, um einzukaufen und Jorunn zu besuchen.

»Wir haben uns den Winter über geschrieben. Es ist so hart für sie, so jung schon Witwe geworden zu sein.«

Darling konnte sich nicht erinnern, einen Brief von einer Jorunn gesehen zu haben.

Karen erklärte sich bereit, sich um Valdemar zu kümmern, wenn Darling versprach, ihr zu helfen. Das tat sie. Sie suchte nach so vielen Entschuldigungen wie möglich, um den Pfarrhof nicht verlassen zu müssen.

Ihre Mutter kam erst mehrere Tage später zurück. Jorunn hätte sie wirklich gebraucht. Sie würde sie noch einmal besuchen, bevor sie zum Leuchtturm zurückkehrten.

Darling zog eines der neuen Kleider an, die ihre Mutter ihr gekauft hatte. Versuchte, sich selbst zu überreden, heute einen Spaziergang zum Hafen zu wagen.

»Ich komme gern mit«, erklärte Lillen. »Ich bin Frederik oft begegnet, er sieht überhaupt nicht wütend aus. Er ist konfirmiert worden, ich glaube, er macht so etwas nicht mehr.«

»Ich muss erst das Fahrrad reparieren«, erwiderte Darling.

Es war viel zu schnell fahrbereit. Obwohl die Kette geschmiert und die Reifen aufgepumpt waren, schob sie es den ganzen Weg bis zum Hafen.

»Wollen wir nicht fahren?«, fragte Lillen, »Ich bin nicht zu groß, um hinten zu sitzen.«

Darling antwortete nicht. Sie wollte den letzten Rest der Zeit, der ihr hier auf Erden noch blieb, nicht vergeuden, indem sie mit Lillen plauderte. Aber es gab keinen Ausweg. Sie konnte sich nicht länger auf dem Pfarrhof verstecken. Karen fragte sie mehrmals am Tag, ob sie nicht nach draußen gehen und sich ein bisschen umsehen wollte, statt ihr in der Küche im Weg zu stehen.

»Warum hast du das Fahrrad mitgenommen, wenn du nicht fahren willst?«, wollte Lillen wissen.

»Psst«, zischte Darling. Wenn sie Glück hatte, wäre das Schlimmste, dass sie nur nicht in der Lage war, nach Hause zu gehen. Dann konnte Lillen sie auf dem Fahrrad schieben.

Unten am Hafen standen die anderen Jugendlichen. Darling stellte das Fahrrad neben dem Bootshaus ab. Ein Vogel strich vorbei und setzte sich auf den Lenker, als sie sich ein paar Meter entfernt hatte.

»Frederik hat jetzt einen Schnurrbart. Warte, bis du ihn siehst. Er sieht aus wie ein Idiot«, kicherte Lillen.

Darling ging mit festen Schritten auf die Mole zu. Sie begegnete Frederiks Blick, noch bevor sie die Mole betrat. Sie starrten sich an, bis sie ihm gegenüberstand. Sie stemmte die Hände in die Seiten. Wollte ihm nicht das Vergnügen gönnen, ihn sehen zu lassen, wie groß ihre Angst war.

»Fräulein Leuchtturm«, sagte er und betrachtete sie von Kopf bis Fuß.

»Danke für deinen Gruß«, erwiderte sie mit fester Stimme.

Er kam einen Schritt auf sie zu. Sie trat instinktiv einen Schritt zurück.

»Komm her«, sagte er und legte einen Arm um sie. »Lass

uns spazieren gehen.« Er zog sie mit sich. Überrascht, dass sie nicht bereits mit einem gespaltenen Schädel auf der Mole lag, ging sie mit. Seine Hand drückte ihre Schulter.

»Darling?«, rief Lillen ihnen nach.

»Gehen wir ein bisschen spazieren, das ist doch nett, oder?«

Er sah sie an, es zuckte in einem seiner Mundwinkel. Es stimmte. Er hatte dunkle Haare auf der Oberlippe. Und es stimmte auch, dass er blöd damit aussah.

»Findest du das lustig?«, fragte Darling wütend.

»Jaah«, sagte er und zog das A in die Länge, bis er Atem holen musste.

Sie waren fast bis ans Ende der Mole gelangt. Sein Arm lag noch immer um ihre Schulter. Sie war gezwungen, mit ihm im Gleichschritt zu gehen, außerdem tat ihr die Stelle weh, an der er sie an der Schulter gepackt hielt. Sie drehte sich um und sah nach den anderen Jugendlichen. Sie glotzten ihnen alle nach.

»Hier«, sagte der Sohn des Fetten und schubste sie gegen die Mauer am Ende der Mole. Er beugte sich über sie. Sie konnte die Jugendlichen vor der Fischhalle nicht sehen und kniff die Augen zusammen. Nun war es so weit. Nun würde er sie umbringen. Sie hob die Arme, um sich gegen den Schlag zu wehren. Vielleicht wäre er ja zufrieden, wenn sie bewusstlos war.

»He, du hast ja Angst vor mir«, flüsterte er und presste ein Knie zwischen ihre Beine, sodass sie gezwungen war, die Beine zu spreizen. Er fuhr mit einer Hand unter ihr Kleid, suchte sich den Weg bis zu ihrer Unterhose, berührte ihr Innerstes und steckte einen Finger in sie hinein. Überrascht öffnete sie die Augen.

Er schob den Finger ein paar Mal hinein und wieder heraus. Es war unangenehm. Aber bei weitem nicht so schmerzhaft wie das, was sie sich vorgestellt hatte, also leistete sie keinen Widerstand. Schließlich zog er seinen Finger heraus, hielt ihn an seine Nase und schnüffelte daran.

»Dort drinnen riechst du sehr viel besser«, erklärte er mit einem schmierigen Grinsen. Dann drehte er sich um und ging die Mole hinunter. Darling richtete verwirrt ihr Kleid. Erleichtert, dass sie noch am Leben war.

Drei Wochen später drang er in sie ein. Er hatte sie ins Bootshaus gelockt. Lillen wartete draußen.

»Komm schon«, hatte er gesagt. »Du weißt doch, dass ich dir nichts tue.«

Allmählich war ihr klar geworden, dass er nicht vorhatte, sie umzubringen. Aber sie hatte das Gefühl, dass es passieren könnte, wenn sie nicht mitging.

»Leg dich hin«, kommandierte er und zeigte auf ein paar Säcke in der Ecke. Vorsichtig ließ sie sich auf den Säcken nieder. Er drängte sich zwischen ihre Beine, öffnete ungeschickt seine Hose und fand den Weg in ihre Unterhose. Sie lehnte sich zurück und dachte, nun macht er das mit dem Finger wieder, damit käme sie doch billig davon. Sie wusste ja, was passierte.

Stattdessen presste er sich selbst hinein. Es tat weh, sie schrie auf. Er drückte ihr eine Hand auf den Mund.

»Darling!«, rief Lillen auf der anderen Seite der Bretter. Er bewegte ein paar Mal die Hüften und fiel dann mit einem Seufzen auf sie. Sie schob ihn zur Seite, wollte weg. Widerwillig rührte er sich. Streckte eine Hand nach ihr aus, aber sie wich ihr aus, strich ihr Kleid herunter und lief hinaus zu Lillen.

»Ich bin hier. Es ist nichts passiert.« Darling lief fort. Vier

Vögel erhoben sich vom Dach des Bootshauses und flogen kreischend aufs Meer hinaus.

Erst als sie nach Hause kam und auf die Toilette ging, bemerkte sie, dass sie geblutet hatte. Vorsichtig tastete sie sich im Schritt ab, schien jedoch nicht verletzt zu sein. Zumindest nicht äußerlich. Vielleicht war ja in ihr etwas kaputtgegangen, dachte sie und weinte.

Sie versuchte, ihre Unterhose zu verstecken, um sie heimlich zu waschen, aber bereits am Abend hatte ihre Mutter sie gefunden.

»Na, dann ist es also so weit«, bemerkte sie und setzte sich auf die Bettkante. Darling wusste nicht so genau, wovon sie redete, sie hätte sich am liebsten vor Scham ins Meer gestürzt.

»Du bist jetzt erwachsen, Darling. Du kannst jetzt Kinder bekommen.«

»Was meinst du?«, fragte Darling verwirrt.

»Du musst keine Angst haben, das ist ganz natürlich. Bei allen Mädchen kommt es irgendwann, und wenn es so weit ist, sind sie erwachsen. Dann muss man sich von den Burschen fernhalten.«

»Dann bin ich nicht kaputtgegangen?«

Marie lachte. »Nein, da ist nichts kaputtgegangen. Aber nun musst du lernen, eine junge Frau zu sein. Und denk dran, du kannst von einem Mann auch schwanger werden, selbst wenn du nicht mit ihm verheiratet bist.« Ihre Mutter sah sie streng an.

Darling nickte.

»Ich werde dir jetzt zeigen, wie man es macht.« Die Mutter holte ein paar gestrickte Lappen mit Knöpfen an jeder Seite. »Sieh her, so macht man es.« Sie zeigte Darling, wie sie die Lappen befestigen musste, damit sie das Blut aufsaugen konnten.

»So, geh jetzt und probier es. Ich werde ein paar Binden stricken, die nur dir gehören.«

Darling legte einen der Stricklappen an. Obwohl sie gar nicht mehr blutete.

1937

»Kannst du Valdemar heute zum Gras bringen?« Darling hörte ihre Mutter unten in der Küche. »Ich rieche in der Luft, dass es bald schneien wird. Die Götter mögen wissen, wie er reagiert, wenn er so viele Monate nicht ins Grüne kann. Er ist im Laufe des Sommers nach Gras ja geradezu verrückt geworden.«

Der Vater antwortete nicht.

»Ich kann ihn hinbringen«, bot Darling an und nahm die letzten beiden Treppenstufen mit einem Schritt. Sie zog ihr Nachthemd ein bisschen herunter. Sie sollte es eigentlich nicht mehr anziehen. Es war ihr viel zu klein. Aber es war besonders weich und trug sich so angenehm. Außerdem war es hier draußen auf dem Leuchtturm ohnehin egal. Es kam schließlich nie jemand.

Darling war sechzehn Jahre alt und hatte den Sommer bei dem Fetten verbracht, wo sie endlos lange gewaschen und gebügelt hatte. Zunächst hatte sie Angst gehabt, dass Frederik sie wieder belästigen würde. Sie hatten seit damals im Bootshaus kein Wort mehr gewechselt, und Darling vermutete, dass die Feindschaft vorbei war.

Aber sie dachte ohnehin nicht mehr so viel daran, denn als sie ein Jahr nach der Sache im Bootshaus als Vierzehnjährige an Land kam, war plötzlich alles anders. Wenn sie mit Lillen zum Hafen angeln ging, drehten sich die Männer nach ihr um. Fragten, wie es ihr ginge. Ob sie etwas gefangen hätte. Erwachsene Männer, die vorher nicht einmal wussten, dass es sie gab. Auch die Kinder, die jetzt zu jungen Menschen herangewachsen waren, redeten normal mit ihr. Zunächst war sie verwirrt. Antwortete »gut« und »zwei kleine Makrelen«. Dann packte sie hastig zusammen und ging nach Hause oder an eine andere Stelle im Hafen. Sie war sicher, dass sie Hintergedanken hegten und sie gleich ins Wasser schubsen oder ins Bootshaus zerren würden. Aber nichts passierte, und schon bald fühlte sie sich ziemlich sicher und ließ sich von den Jungen zeigen, wie man angelte, obwohl sie das selbst genau wusste. Sie unterhielt sich lange mit ihnen, obwohl sie versprochen hatte, zum Abendessen zu Hause zu sein, versuchte, eine Zigarette zu rauchen, und klatschte über die Leute auf Ørland. Nie zuvor hatte sie einen so schönen Sommer erlebt. Sie fanden sie hübsch. Ja, es ging sogar noch weiter. Ein alter Fischer sagte zu ihr, dass es in Uthaug noch nie eine so hübsche Frau gegeben hätte – nein, eigentlich auf ganz Ørland.

Sie fing an, ohne Lillen zum Hafen zu gehen. Verschwand, bevor Lillen es bemerkte. Tat ihre Enttäuschung als Unfug ab, wenn sie mit von Sonne und guter Laune geröteten Wangen nach Hause kam. Wenn es Lillen gelang, sie abzufangen und zu fragen, ob sie mitkommen dürfe, sagte sie nein. Behauptete, andere Verabredungen zu haben, oder forderte sie auf, irgendetwas mit Valdemar zu unternehmen. Manchmal ging Lillen allein zum Hafen, um zu angeln. Dann stand sie ein paar Meter von Darling und den Jungen entfernt. Es war schon etwas merkwürdig, auch Darling spürte das. Aber es ließ sich nun einmal nicht ändern. Lillen würde nie zu der Gruppe gehören. Darling aber schon, und sie nahm ihre Chance wahr. Sie ging davon aus, dass Lillen es tief in ihrem Inneren verstand, obwohl es offensichtlich war, dass sie geradezu auffällig hinkte, wenn sie an Darling und den anderen vorbeiging.

Inzwischen war sie seit mehreren Sommern bei den Jungen beliebt, dennoch war es ihr nicht gelungen, Freundinnen zu finden. Die anderen Mädchen mieden sie. Sie standen in Grüppchen beieinander und tuschelten, wenn Darling dazukam. Der Sommer bei dem Fetten war in dieser Hinsicht auch nicht hilfreich gewesen. Sie hatte versucht, sich die Haare zu einer hässlichen Frisur aufzustecken. Sie fettig werden zu lassen. Sie hatte ihre Schürze lockerer gebunden, damit ihre Formen nicht so betont wurden. Einige Mädchen wollten nämlich an ihrem freien Tag in die Stadt, und Darling hoffte, dass sie mitkommen durfte. Stattdessen wurde sie gebeten, ihren Dienst mit Laura zu tauschen, einem der Mädchen, das keinen freien Tag hatte und ebenfalls gern in die Stadt wollte. Darling hatte getauscht und gehofft, dass sie beim nächsten Mal mitgenommen würde.

Niemand fragte sie, aber Laura war immerhin so dankbar, dass sie sich ein bisschen mit Darling unterhielt. Über dieses und jenes und die Arbeit auf dem Hof. Laura kam auch eines Nachmitttags zu Darling und flüsterte ihr etwas ins Ohr. Sie hatte ihre monatliche Regel und keine Binden mehr. Sie fragte, ob Darling ihr vielleicht eine geben könne, dann könnten die anderen bis zum nächsten Morgen trocknen.

»Ich stricke dir heute Abend eine neue.«

»Das brauchst du nicht«, antwortete Darling, froh, eine Freundin zu haben, und weil sie viel zu viele Binden hatte. Ihre Mutter hatte eifrig gestrickt, seit Darling dreizehn Jahre alt war und an jenem Nachmittag ein wenig geblutet hatte. Erst mit fünfzehn hatte sie wieder geblutet. Aber das konnte sie ihr ja nicht sagen. Stattdessen bedankte sie sich jedes Mal, wenn die Mutter mit einem neuen Stapel kam.

»Du denkst doch daran, sie zu waschen?«, erkundigte sich

ihre Mutter, als Darling vierzehn war. »Ich habe nicht gesehen, dass du sie zum Trocknen aufhängst. Du kannst sie in deinem eigenen Zimmer aufhängen, schließlich ist das ja nichts, das man so gern zeigt. Bei mir hängen sie im Schrank.«

»Ich hänge sie auch in den Schrank«, log Darling.

Später hängte sie tatsächlich ein paar hinein, nur zur Sicherheit. Und sorgte dafür, dass sie regelmäßig ausgetauscht wurden. Sie tropfte ein bisschen Fischblut darauf, wenn es ihr gelang, einen Fisch auf der Schäre zu fangen.

Kurz nach ihrem fünfzehnten Geburtstag blutete sie endlich wieder. Sie zeigte ihrer Mutter stolz die blutige Binde, die die Stirn runzelte und nur sagte, sie solle die Binde so schnell wie möglich auswaschen.

Karen hatte Darling gebeten, im Sommer auf dem Pfarrhof zu bleiben, da sie Hilfe gebrauchen konnte. Aber Marie hatte ihr stattdessen eine Stellung bei dem Fetten verschafft.

»Da verdienst du mehr«, erklärte sie. Von dem Geld durfte Darling ein bisschen behalten, sie kaufte sich im Kaufmannsladen neue Taschentücher und ein Parfümfläschchen.

Hinterher ärgerte sie sich, dass sie nicht die Glocke gekauft hatte, die Valdemar so gern gehabt hätte. Er hatte in einem seiner Bilderbücher eine Kuh mit einer Glocke gesehen und wollte nun unbedingt auch eine Glocke. Darling löste das Problem, indem sie die Glocke in ihre Tasche steckte, als der Kaufmann im Hinterzimmer war.

Valdemar brüllte vor Freude, hängte sie sich sofort um den Hals und bimmelte damit auf dem Riff. Darling und die Mutter standen an der Treppe und lächelten ihm zu. Der Vater sah Valdemar mürrisch an, als er auf dem Weg zum Plumpsklo an ihm vorbeiging.

Er wollte nicht, dass Valdemar die Glocke trug, wenn sie an

Land ruderten. Obwohl dort, wo sie Valdemar hinbrachten, nie jemand war. Darling band ihn im Boot fest, damit er nicht ins Wasser fiel. Sie setzte ihn mitten im Boot auf den Boden. Sie selbst setzte sich ins Heck. Der Vater schob das Boot ins Wasser. Er stöhnte müde. Seine Stirn glänzte vor Schweiß. Er ist alt geworden, dachte sie.

»Du bist ganz schön stark, Vater«, rief sie ihm aufmunternd zu.

An Land legten Darling und Valdemar sich ins Gras. Der Vater hatte Besorgungen zu erledigen.

»Muh!«, brüllte Valdemar.

»Muh«, antwortete Darling und stellte sich auf alle viere. Kroch auf den Knien zu ihm, wobei sie mit ihren Zeigefingern Hörner andeutete. Er lachte laut und krabbelte weg, schneller als sie ihn hätte fangen können. Sie lachten. Sie hatten dasselbe Lachen. Wenn die Mutter ihnen den Rücken zukehrte, behauptete sie, nicht unterscheiden zu können, wer von ihnen lachte. Darling legte sich wieder hin. Blickte in den Himmel und spürte, dass es eigentlich zu kalt war, um auf dem Boden zu liegen. Sie setzte sich auf. Valdemar stand auf allen vieren und fraß Gras. Darling streckte sich träge und zerpflückte eine kleine weiße Blume. Sie zupfte ein Blatt ab.

»Er liebt mich.«

Sie zupfte ein weiteres Blatt ab.

»Er liebt mich nicht.«

»Er liebt mich.«

»Er liebt mich nicht.«

Sie gähnte und warf Valdemar einen Blick zu, der mit den Beinen zuckte, sich ins Gras legte und hin und her rollte.

Sie wusste genau, dass Valdemar sie liebte, es gab keinen

Grund, Blätter abzuzupfen, um es zu beweisen. Sie blickte auf und sah ihren Vater, der am Wasser entlangschlenderte. Bereits aus der Entfernung sah sie seine herabhängenden Mundwinkel. Damals, als Gudrun bei ihnen wohnte, hatte er bessere Laune gehabt. Da hatte sie ihn sogar lachen sehen. Aber das war viele Jahre her, und seine Laune verbesserte sich jedenfalls nie, wenn Darling in seiner Nähe war.

»Er liebt mich«, zupfte sie ab.

»Er liebt mich nicht.«

»Er liebt mich.«

Ha! Triumphierend ließ sie das letzte Blatt dran. Bekam Lust, ihren Vater damit zu ärgern. Sie lief hinunter zum Ruderboot, wo er Tüten an Bord lud.

»Schau mal, Vater, du liebst mich«, lachte sie.

»Es ist ein Brief von Gudrun gekommen«, verkündete er und wedelte damit herum. Darling weinte vor Freude und vergaß die Blume sofort.

Gudrun schrieb, dass sie im Sommer kommen wolle. Darling konnte in der ersten Woche über nichts anderes reden. Als sie im Frühjahr an Land ging, sprach sie sogar mit Lillen darüber. Darling sollte auf dem Hof des Fetten beim Frühjahrsputz helfen, und da dort sowieso keins der Mädchen mit ihr redete, verbrachte sie ihre freie Zeit gern auf dem Pfarrhof.

»Wie lange will Gudrun bleiben?«, erkundigte sich Lillen und legte ihr Buch auf den Tisch und nicht wie sonst in den Schoß.

»So lange sie Lust hat«, antwortete Darling. »Irgendwann wird sie wohl weiterreisen, aber bis dahin besucht sie uns.«

Wenn Lillen sie langweilte, ging sie hinunter zum Hafen und traf die Jungen. Rauchte Zigaretten hinter dem Bootshaus und brachte alle zum Lachen. Sahen sie Lillen angehumpelt kommen, versteckten sie sich. Kicherten und zischten sich zu, still zu sein. Darling stahl eine Tüte mit karamellisiertem Zucker im Laden und schenkte Lillen fast die Hälfte.

Lillen bedankte sich mit einem breiten Lächeln. Es half gegen das schlechte Gewissen, und Darling hatte das Gefühl, Lillen ignorieren zu dürfen, als sie sich das nächste Mal am Hafen begegneten.

Viele der jungen Burschen versuchten, sie ins Bootshaus zu locken. »Und wenn ich nun einen der Vögel für dich fange?«, fragte einer und zeigte aufs Dach. »Du kannst ihn als Haustier behalten. Und wer weiß, vielleicht kannst du ihm ja beibringen zu sprechen.« Sie lehnte alle Angebote ab. Einige von ihnen versuchten, sie zu küssen, wenn sie sich ein bisschen Zeit allein mit ihr erschlichen hatten. Bei einigen erwiderte sie den Kuss, andere schubste sie weg. Je nachdem, in welcher Stimmung sie war. Und welche Geschenke ihr gemacht wurden.

Momentan redeten die Mädchen auf dem Hof hauptsächlich über Hannah, Lillens Mutter. Sie hatte einen Brief geschickt. Alle waren sicher gewesen, dass sie tot sei, es war also ein Thema, über das alle reden wollten.

Darling fragte Lillen, ob das bedeute, dass ihre Mutter wieder nach Hause käme?

»Keine Ahnung«, antwortete die, ohne von ihrem Buch aufzusehen.

»Hast du auch geglaubt, sie sei tot?«

Lillen zuckte die Achseln. »Vermutlich schon.«

»Kannst du dich daran erinnern, dass wir sie mal zusammen am Hafen gesehen haben?« Darling fegte ein paar Krümel vom Tisch.

»Wen gesehen?«

»Na, meinen Vater und deine Mutter.«

»Nee, kann ich nicht.« Lillen sah sie mit einer Falte zwischen den Augen an. »Was meinst du eigentlich?«

»Wir haben sie einmal zusammen gesehen. Sie haben sich geküsst.«

»Das glaube ich nicht«, entgegnete Lillen und blätterte um.

Darling wusste auch nicht genau, ob sie es sich nur einbildete – es fiel ihr schwer, sich vorzustellen, dass jemand gern ihren Vater küsste. Außerdem war es lange her. Damals, als alle Jungen gegen sie waren. Nun waren sie alle für sie. Sie suchte in ihrer Tasche nach ihrer Haarbürste und bürstete sich die Haare, bis sie glänzten.

Als sie am späten Abend auf den Hof des Fetten zurückkam, hörte sie, noch bevor sie die Tür geöffnet hatte, dass der Fette auf der verdammten Geige spielte. Er hatte die Angewohnheit, die Mädchen zu stören, wenn sie abstaubten, einen Stapel Tischdecken trugen oder den Tisch deckten. Vor allem spielte er gern für Darling, obwohl Darling nicht verhehlte, dass sie ihn abscheulich fand. Fett und schmierig. Er schnaufte, wenn er sich mit der Geige etwas schneller bewegen musste, um den Mädchen zu folgen. Sie lief zum Kücheneingang und grüßte die Köchin, die mürrisch zurückbrummte.

»Gute Nacht«, wünschte Darling und ging zu der Treppe zu ihrer Kammer. Der Fette stand mit zusammengekniffenen Augen auf dem Treppenabsatz und fiedelte einschmeichelnd auf seiner Violine. Darling seufzte und ging ein paar Stufen hinauf.

»Entschuldigung«, sagte sie und knickste. Versuchte, sich an ihm vorbeizudrücken. Er trat einen Schritt vor, sodass sie nicht an ihm vorbeikam. Stattdessen beugte er sich über sie.

»Das ist Liebesleid«, flüsterte er. Als hätte er es nicht schon hundertmal gespielt.

»Ich weiß!«, hätte Darling gern geschrien. Am schlimmsten war, dass ihr die Melodie nicht mehr aus dem Kopf ging. Sie duckte sich und tauchte unter der Geige durch, und bevor er sich ihr erneut in den Weg stellen konnte, war sie die Treppe hinaufgelaufen.

Eines Nachmittags, als sie auf dem Heimweg zum Leuchtturm war und sich Mühe gab, das Kalb auf dem Misthaufen nicht zu sehen, stieß sie auf Frederik. Er hatte eine Schaufel in der Hand.

Es gefiel ihr nicht, mit ihm allein zu sein.

»Ich soll das Kalb verscharren«, sagte er und zeigte auf den Kadaver. »Es verwest.«

»Ah ja«, erwiderte Darling, zog den Schal enger um sich und ging weiter. Sie hatte Kuchen für Valdemar dabei und freute sich, ihm den Kuchen zu schenken. Trotzdem konnte sie nicht anders, sie musste sich umdrehen und sah, dass Frederik ihr nachblickte.

Zu Hause stand sie in ihrem Zimmer lange vor dem Spiegel. Valdemar saß auf dem Boden und spielte mit drei schönen Steinen, die sie für ihn am Strand gefunden hatte.

Sie hatten recht. Sie war wirklich hübsch. Hübscher als die meisten.

Sie traf erneut auf Frederik, als sie das Waschwasser ausgoss.

»Ich habe an dich gedacht«, begann er und zündete sich eine Zigarette an. Es war der erste warme Sommertag. Er trug ein kurzärmeliges Hemd. Er begann, ebenso fett zu werden wie sein Vater. Der Bauch drückte gegen den Stoff, am Kinn schwabbelte das Fleisch.

Darling antwortete nicht. Er trat ganz dicht an sie heran.

»Erinnerst du dich noch an damals im Bootshaus?« Er stieß den Rauch mit einem langen Seufzen aus.

»Ich kann mich nur daran erinnern, dass die Vögel sich dort hinsetzen und aufs Dach scheißen.«

Sie ging zurück zum Haus, er folgte ihr.

»Wollen wir uns nicht mal wieder dort treffen?«

Darling ging schweigend weiter.

»Ich versuche nur, freundlich zu sein. Du bist schließlich das hübscheste Mädchen hier auf Ørland. Wir würden gut zusammenpassen. Ich bin der Reichste, und du die Hübscheste.«

»Ich habe zu tun.« Ihre Stimme zitterte.

»Du kannst auch heute Abend zu mir kommen. Wir könnten sagen, dass ich dich gebeten habe, mir eine Tasse Tee zu bringen.«

Darling lief das letzte Stück bis zur Tür.

Den Rest des Tages dachte sie darüber nach, wie sie ihn umbringen könnte. Oder zumindest quälen. Sie hasste ihn noch mehr, seit sie älter geworden war und verstand, was er ihr damals im Bootshaus angetan hatte.

Die beste Waffe bin ich selbst, dachte sie. Sie würde ihn dazu bringen, sich in sie zu verlieben, genau wie die anderen. Und ihn dann abweisen. Man stelle sich einmal vor, sie, die einfache Tochter des Leuchtturmwärters, wies den reichsten Sohn Ørlands ab – was für eine Schmach. Abends versuchte sie, ihr Haar so aufzustecken, dass es ihr bei der Arbeit nicht im Weg war, aber dennoch hübsch aussah.

Er schien sie zu beobachten. Sie lächelte ihm zu. Nur ein kleines Lächeln, dann lief sie davon. Durch das Gerede der anderen Mädchen wusste sie, dass man schließlich nicht sofort mit einem Mann ins Bett gehen durfte, zunächst musste er so neugierig gemacht werden, dass er einen heiraten wollte. Nur beabsichtigte sie nicht, Frederik zu heiraten. Aber man stelle sich einmal vor, dass er um ihre Hand anhielt und sie ablehnte. Es war schwer, sich an diesem Gedanken nicht zu erfreuen.

Am nächsten Tag blieb sie stehen, als er mit ihr reden wollte.

»Hast du über das Bootshaus nachgedacht?«, flüsterte er ihr ins Ohr. Sein Bauch drückte gegen ihren Arm. Sie zog ihn nicht weg.

»Ich weiß nicht, wovon du redest«, antwortete sie und beugte sich ein wenig vor, ihm entgegen. Ihr ging durch den Kopf, dass sie das Parfüm benutzen musste, das sie gekauft hatte.

»Komm schon, Darling«, flüsterte er.

Sie schob ihn beiseite und ging in die Küche.

Am nächsten Tag schlich er sich von hinten an sie heran, als niemand sonst da war. Er umarmte sie.

»He«, lachte sie und hoffte, dass man nicht hörte, wie künstlich es klang. Wieder schob sie ihn weg und sah ihn streng an. »Jetzt musst du mich aber meine Arbeit erledigen lassen.«

»Wir könnten doch einen kleinen Abendspaziergang zum Hafen machen?«

»Leider habe ich keine Zeit«, erwiderte sie und drückte sich mit einem Lächeln an ihm vorbei.

Gegen Mitternacht klopfte es an der Tür ihrer Kammer.

»Herein!«, rief eines der anderen Mädchen.

Sie hörten Schritte, die sich von der Tür entfernten. Darling war sicher, dass er es gewesen war. Er hatte wohl gehofft, dass sie als Einzige noch wach war. Oder vielleicht sogar darauf wartete, dass er kam.

»Du bist so hübsch, Darling. Wie bist du so hübsch geworden – kannst du dich nicht mehr daran erinnern, wie du ausgesehen hast, als du noch klein warst?« Er legte ihr einen Arm um die Taille. Sie konnte den Hunger in seinen Augen sehen.

»Ich finde nicht, dass ich mich verändert habe«, meinte Darling und richtete ihr Haar. Schob die Brust ein bisschen heraus. Sein Blick lag darauf.

»Willst du dich nicht heute Abend mit mir treffen?«, jammerte er. »Ich halte es nicht mehr aus. Ich muss dich haben.«

»Ich muss heute Abend nach Hause. Du kannst doch eines der anderen Mädchen nehmen.« Sie bemühte sich, beleidigt zu klingen.

»Ich will aber nur dich.« Sie sah die Aufrichtigkeit in seinem Gesicht. »Ich denke nur an dich. Sag, dass du auch an mich denkst.«

Sie gab ihm einen Kuss auf die Wange und vermied es, sich den Mund mit dem Handrücken abzuwischen, obwohl sie es wahnsinnig gern getan hätte. »Ich muss nach Hause.«

»Wann kommst du wieder?«

»In zwei Tagen.«

»Willst du dann?«

Darling drückte den Rücken durch und zog den Bauch ein, als sie ging. Drehte sich um, als sie bereits an der Küchentür war. Schickte ihm einen Luftkuss. Ging in ihre Kammer und wusch sich, bevor sie ihr Alltagskleid anzog.

Gudrun kam mit der Donnerstagsfähre. Sie waren viel zu früh gekommen, um sie abzuholen. Darling hüpfte auf der Mole auf und ab, um sich aufzuwärmen. Aber nicht so, dass es kindlich wirkte. Der Sommer zeigte sich derzeit nicht von seiner freundlichen Seite. Marie hatte gesagt, sie solle sich noch etwas anziehen, damit sie bei Gudruns Besuch nicht krank werde. Aber Darling wollte das neue Kleid nicht unter einer alten Jacke verstecken. Es sei ein Charleston-Kleid, hatten sie im Geschäft gesagt. Das überforderte die Leute auf Ørland. Sogar Darling sah es.

Sie freute sich so auf Gudruns Besuch, dass sie nicht anders konnte als zu singen. Die Freude musste heraus. Ihr Vater sah sie an und zog die Brauen zusammen. Ihre Mutter zischte »psst!«. Schließlich sah sie Darling so wütend an, dass sie aufhörte.

Gudrun winkte von Deck.

Darling pfiff und winkte zurück. »Hej, Gudrun!«, rief sie so dänisch wie möglich.

Sie halfen ihr, den Koffer und die Kisten zum Ufer zu tragen. Gudrun lachte ein paar Mal laut auf.

»Wie lange bleibst du?«, war Darlings erste Frage.

»Vier Wochen habe ich geplant.«

»Ich muss nur noch drei Tage bei dem Fetten arbeiten, ich

habe gesagt, ich könnte erst wiederkommen, wenn du abgereist bist. Ich will die ganze Zeit mit dir zusammen sein.«

Am Sonntag gingen sie alle in die Kirche. Mit Ausnahme von Valdemar. Und Gudrun, die sich stattdessen auf die Mole legte und angelte. Darling hatte ihr gezeigt, wo die gute Stelle war, und gesagt, sie hätte sie ganz für sich, da alle anderen zur Kirche gingen.

Nach dem Gottesdienst stellte sich Darling vor die Kirche und plauderte mit ein paar Knechten vom Hof des Fetten. Sie wetteiferten darum, derjenige zu sein, der sie am meisten zum Lachen brachte. Etwas weiter entfernt stand Frederik und blickte verstohlen in ihre Richtung. Darling lachte bei dem nächsten Witz ein bisschen lauter.

Als ihre Mutter aufbrach, lief sie ihr rasch hinterher.

Gudrun lag auf der Mole und genoss das Leben. Der Vater saß neben ihr. Er sah jedes Mal ein wenig älter aus, wenn Darling ihn sah. Sie zwängte sich zwischen ihn und Gudrun. In der kurzen Zeit, die sie hier war, wollte sie Gudrun so nah wie möglich sein.

Der Vater rückte ein wenig beiseite, um ihr Platz zu machen. Sie blickten übers Wasser. Ein Schwarm Vögel kreiste über einem dunklen Fleck.

»Sieh dir die Vögel an«, sagte er und zeigte mit dem Finger darauf. »Dort, wo die Vögel sind, da sind auch die Fische.«

Darling lehnte sich an Gudrun. Einer der Vögel stürzte sich ins Wasser und tauchte mit einem Fisch wieder auf.

Am nächsten Morgen ruderte Darling zurück an Land, ein wenig beklommen bei der Aussicht, Frederik zu begegnen. Statt um ihre Hand anzuhalten, wurde er immer wütender, weil sie nicht nachgab.

»Ist ja nicht so, dass ich dich nicht schon mal hatte«, hatte er gesagt, als sie das Waschwasser ausgoss. »Du würdest also nicht weiter zu Schaden kommen.«

Er saß auf der Treppe und rauchte, als sie auf den Hof kam. Er stand auf und ging ihr entgegen.

»Ich habe gehofft, dich zu sehen«, schmeichelte er. »Sieh mal, was ich für dich habe.«

Er reichte ihr eine kleine Schachtel. Darling öffnete sie und nahm vorsichtig einen kleinen Goldring mit einer Note heraus. Eigentlich wollte sie nichts von Frederik geschenkt bekommen, und doch fiel es ihr schwer, nicht zu zeigen, dass ihr der Ring gefiel.

»Den sollst du haben. Damit du weißt, dass du für mich etwas Besonderes bist.«

Sie bedankte sich und sagte, er solle ihr nichts schenken. Trotzdem steckte sie die Schachtel in die Tasche, sie hatte noch nie einen Ring besessen.

Am Abend stand Frederik in der Tür zur Küche und erklärte mit Respekt einflößender Stimme, dass er ein Mädchen brauche, um ihm in seinem Zimmer zu helfen. Er habe etwas verschüttet. »Du da«, sagte er und zeigte auf Darling.

»Ich habe keine Zeit«, entgegnete sie und sah die anderen Mädchen mit einem flehenden Blick an, aber von ihnen war keine Hilfe zu erwarten.

»Du kommst jetzt mit«, befahl Frederik, und ihr blieb nichts anderes übrig, als ihm zu folgen.

Sowie sie das Zimmer betreten hatte, schloss er die Tür und verriegelte sie.

»Womit soll ich dir helfen?«, fragte sie ängstlich.

»Hiermit«, erklärte er und zog sein Glied aus der Hose. Ging auf sie zu und nahm ihre Hand. Legte sie darum. Sie spürte, wie es in ihrer Hand wuchs.

Sie riss sich los. Er stieß sie aufs Bett. Legte sich auf sie, sein Bauch presste sich gegen sie. Sie bekam kaum noch Luft.

»In der Küche warten sie auf mich«, japste sie und versuchte, sich unter ihm hervorzuwinden.

»Dann müssen sie eben warten«, stöhnte er. Er griff unter ihr Kleid, genau wie beim letzten Mal. Er steckte ihr die Zunge in den Mund. Sie biss zu. Fest. Frederik schrie auf und ließ von ihr ab. Rasch kroch sie über das Bett, fiel auf den Boden, stand wieder auf. Beide Knie taten ihr weh, trotzdem rannte sie aus der Kammer, den Flur hinunter. Der Fette stand mit seiner Violine im Esszimmer und wartete, dass die Mädchen in den Zimmern das Licht löschten. Verblüfft sah er ihr nach. In ihrer Kammer schloss sie die Tür, setzte sich auf den Boden und lehnte sich gegen die Tür. Als sie sich einigermaßen erholt hatte, packte sie ihre Sachen und verließ den Hof. Es war eine Erleichterung, dass sie dieses Spiel nicht mehr mitspielen musste. Sie schwor sich, niemals zurückzukehren.

Niemand kommentierte, dass sie einen Tag früher nach Hause kam.

»Sie brauchen keine Hilfe mehr – nicht vor dem nächsten Jahr.« Darling lief die Treppe hinauf, als ihre Mutter die Stirn runzelte.

Am nächsten Tag stand sie später als gewöhnlich auf und plauderte mit ihrer Mutter und Gudrun beim Kaffee. Über all das, was an Land so geredet wurde. Über Hannah, Lillens Mutter, die nicht tot war. Weshalb sie verschwunden war und ob sie wohl zurückkehren werde.

Den Ring legte sie in die Schublade zu all den Binden. Obwohl Frederik ein Idiot war, war der Ring schön, aber sie brachte es nicht über sich, ihn anzustecken.

Es war einer der letzten Tage, an denen Gudrun da war. Die Zeit war viel zu schnell vergangen. Alles im Leuchtturm lief besser, wenn sie da war. Gudrun, Darling und Valdemar saßen auf dem Riff und versuchten, Krebse zu fangen. Valdemar brüllte und zeigte aufs Wasser. Frederik kam angerudert. Darling gelang es, sich hinter dem Leuchtturm zu verstecken und hineinzuschleichen, ohne dass er sie sah.

»Sag, dass ich krank bin«, konnte sie gerade noch Gudrun zurufen, die ihr verwundert nachblickte. Darling stürzte die Treppe hinauf.

In ihrem Zimmer legte sie sich aufs Bett und zog sich die Decke über den Kopf. Es vergingen einige Minuten. Vielleicht zehn. Dann wurde leise angeklopft.

»Darling?« Es war Gudrun.

Sie setzte sich auf die Bettkante.

»Er ist zurück an Land gerudert.«

»Was hat er gesagt?«

»Er hatte einen Brief für deine Mutter.«

»Einen Brief. Hat er nicht nach mir gefragt?«

»Doch, aber ich habe gesagt, dir ginge es nicht gut.«

Darling atmete erleichtert auf.

»Aber jetzt musst du mir erzählen, was los ist«, forderte Gudrun sie auf. »Du hast ja ausgesehen, als sei der Teufel persönlich hinter dir her.«

Sie erzählte ihr die Geschichte mit Frederik. Räumte ein, dass sie dumm und ein wenig kindisch gewesen sei. Sie wollte Rache nehmen für all das, was er getan hatte, als sie noch kleiner waren. Sie erzählte ihr nicht alles, was er ihr damals im Bootshaus angetan hatte. Aber beinahe. In jedem Fall genug, dass Gudrun wusste, was er beabsichtigt hatte.

»Er wird nicht aufhören, bevor er bekommen hat, was er will«, meinte Gudrun. »Du musst weg von ihm!«

»Aber es lässt sich nicht vermeiden, ihn zu sehen – er wohnt schließlich dort.« Darling zeigte zum Land hin.

Gudrun sah nachdenklich aus. »Das Beste wäre, du würdest eine Weile verschwinden. Lange genug, bis er eine andere findet, von der er besessen ist. Vielleicht heiratet er ja sogar.«

»Ich bin aber hier – und er kann mich jederzeit erwischen«, weinte Darling.

»Und wenn du nun nicht hier wärst?«, fragte Gudrun.

Die Mutter war verärgert. Darling wusste nicht, weshalb. Wie sehr Darling ihr auch zur Hand ging, nichts konnte sie ihr recht machen. Sogar Gudrun bemerkte es. Aber sie hatten sich um andere Dinge zu kümmern. Es war Gudruns letzter Tag, und sie hatten einen Plan. Darling sollte mit ihr reisen. Das hieß, sie konnte nicht sofort mitkommen, aber sie gingen auch davon aus, dass sie vor Frederik einigermaßen in Sicherheit war, solange sie auf dem Leuchtturm blieb. Sie sollte im Winter nachkommen. Gudrun wollte nach New York und eine Wohnung für sie suchen.

Sie hatte auch die Idee, in Amerika Hannah zu besuchen. Darling fand es spannend, die Frau zu treffen, von der alle sprachen. Sie versuchte, Gudrun zu überreden, damit zu warten, bis sie ihren Vater überzeugt hatte, ihr die Überfahrt zu bezahlen.

»Vielleicht«, lachte Gudrun.

»Und wenn meine Eltern es mir nicht erlauben oder sagen, sie könnten es sich nicht leisten? Das sagen sie immer.«

»Du musst ein wenig Geduld haben. Ich versuche, meinen Vater davon zu überzeugen, dass er mir das Geld gibt, aber er behauptet, er hätte kein Geld mehr. Mein Geld reicht für eine Passage, dann habe ich gerade noch genug für die erste Zeit dort drüben. Aber ich werde irgendetwas unternehmen, das ihn so ärgert, dass er mir mehr Geld schickt. Wenn es klappt, kann ich dir das Geld schicken, und du kannst die Passage bezahlen. Währenddessen versuchst du, Johan zu überzeugen.«

Gudrun hatte gesagt, sie solle nett zu ihrem Vater sein. Sei freundlich, auch wenn er knurrt. Und fang erst von der Amerikareise an, wenn er Wachs in deinen Händen ist.

Sie hatte ihr mehrere Flaschen Schnaps geschenkt, um Johan gefügiger zu machen.

»Eigentlich hatte ich sie für die Reise aufgehoben, aber ich glaube, du brauchst sie nötiger. Biete ihm ein bisschen an, aber lass ihn die Flasche nicht behalten, sonst trinkt er nur alles auf einmal.«

Es war erheblich einfacher, als sie es sich vorgestellt hatte. Beinahe jeden Abend schlich sie mit einer Flasche unter dem Arm zu ihm. Und mit zwei Gläsern. Er wurde ein ganz anderer, wenn er ein bisschen getrunken hatte. Schon bald kam er wieder hinunter und aß mit ihnen in der Küche.

Nach zwei Wochen beschloss sie, dass es nun so weit sei. Wenn es klappte, könnte sie noch vor Einbruch des Winters aufbrechen. Sie steckte ihr Haar besonders hübsch auf, zog ein sauberes Kleid an und wartete, bis ihre Mutter zu Bett gegangen war. Dann stieg sie in den Turm und klopfte an. Ging hinein, ohne eine Antwort abzuwarten. So war ihr Verhältnis inzwischen. Ihr Vater lächelte.

»Ich habe schon auf dich gewartet.«

Sie zögerte einen Augenblick, setzte sich dann aber doch

auf seinen Schoß, so wie sie Lillen auf Karens Schoß sitzen gesehen hatte, als sie kleiner war.

Sie prosteten sich zu.

»Du bist schon in Ordnung, Darling.«

»Oh, Vater«, erwiderte sie und fand selbst, dass es ein wenig theatralisch klang. Er küsste sie auf die Wange.

»Du bist eine sehr hübsche junge Frau geworden«, sagte er schon ein wenig angetrunken.

»Danke«, flüsterte sie zurück. »Aber, Vater, es gibt da etwas, worüber ich gern mit dir reden würde.«

Er umarmte sie liebevoll. Plötzlich steckte er seine Hand unter ihr Kleid, und sie spürte, wie seine Hand versuchte, ihren Oberschenkel hinaufzugleiten. Sie wollte sich ihm entziehen, aber er hob sie hoch und legte sie auf den Boden. Sie schaute auf den Hornfisch, der sich von der einen zur anderen Seite drehte, einen Moment lang verwirrt.

»Es gibt da etwas, worüber ich gern mit dir reden würde«, wiederholte sie.

Sie zuckte zusammen, als er plötzlich in sie eindrang. Er war bereits fertig, als sie ihn panisch von sich stieß. Er stand auf und ließ sein schlaffes Glied aus der Hose hängen.

»Hier«, sagte er und reichte ihr eine alte Zeitung. »Damit kannst du dich abwischen.«

Sie setzte sich auf und tat, was er sagte.

»Vater, es gibt da etwas ...«

»Ich finde, du solltest jetzt schlafen gehen, es war ein langer Tag.« Er hatte ihr den Rücken zugekehrt.

Sie sagte gute Nacht und ging. Weinte, als sie die Treppe hinunterstieg, hoffte zumindest, dass der Vorfall ihrem Plan nützte.

Am nächsten Abend kam er in ihr Zimmer und setzte sich auf die Bettkante.

»Kommst du nicht rauf?«

»Es gibt da etwas, worüber ich erst mit dir reden will«, erklärte sie.

»Hast du noch mehr Flaschen?«

»Gudrun und ich möchten, dass ich sie in Amerika besuche. Du musst nur die Überfahrt bezahlen. Ich habe selbst noch ein bisschen Geld, das von dem Charleston-Kleid übrig geblieben ist.« Sie schob seine Hand nicht weg, die er auf ihre Brust gelegt hatte.

»Trinken wir ein Gläschen?«

»Darf ich denn reisen?«

»Es wäre schön, wenn das ginge. Aber erst machen wir es uns ein bisschen gemütlich, ja?«

Sie ging an den Schrank und holte die Flasche vom Vorabend heraus. Er trank direkt aus der Flasche.

»Ah, das tut gut.« Er bot ihr die Flasche an, und sie trank auch einen Schluck. Es brannte bis in den Magen. Trotzdem setzte sie die Flasche noch einmal an.

»Komm«, sagte er und ging zur Tür. Sie rührte sich nicht.

»Dann reden wir über die Geschichte mit Amerika.« Sie stand auf und folgte ihm.

Der Pastor war krank geworden. Was nicht zur Besserung von Mutters Laune beitrug. Sie musste an Land und sich um ihn kümmern. Darling hatte angeboten mitzukommen, um ihr zu helfen. Im Pfarrhof konnte Frederik ihr nichts anhaben. Und gleichzeitig wäre sie eine Zeitlang nicht bei ihrem Vater.

»Du bleibst hier, du hast an Land nichts verloren«, entschied ihre Mutter mürrisch und ruderte mit dem Totengräber zurück, der gekommen war, um sie zu holen. Darling blieb verzagt stehen und sah zu, wie ihre Mutter nach Uthaug gerudert wurde.

Nach einigen Tagen, ihre Mutter war noch immer im Pfarrhaus, nahm ihr Vater sie mit ins Schlafzimmer der Eltern.

Wenn er fertig ist, bitte ich ihn um das Geld, dachte Darling. Wenn er ablehnt, drohe ich damit, bei Mutter zu petzen. Oder beim Pastor, wenn er wieder gesund ist.

Der Vater drehte sie um und presste sich hart in sie hinein. Sie atmete tief durch. Das letzte Mal. Es war das letzte Mal. Ihr Blick fiel auf den Schrank an der Tür, die einen Spalt weit offen stand. In der Dunkelheit erkannte sie Valdemars Augen. Leise hob sie die Hand und legte einen Finger auf den Mund.

»Psst«, flüsterte sie. Er legte ebenfalls einen Finger an den Mund und zischte zurück.

Der Vater ließ sich schwer neben sie fallen. Darling warf dem Schrank einen verstohlenen Blick zu. Ein paar Minuten lagen sie still da. Dann holte sie tief Luft.

»Vater, es gibt da etwas, worüber wir reden müssen.« Sie drehte sich zu ihm um. Unten, am Fuße des Turms, hörte sie ihre Mutter. Sie weinte so laut, dass es bis ins Schlafzimmer zu hören war. Darling sprang aus dem Bett, griff nach ihrem Kleid und lief die Treppe hinauf in ihr Zimmer. Sie legte sich ins Bett und tat so, als würde sie schlafen. Sie hörte, wie die Mutter die Treppe hinaufpolterte, die Tür zum Schlafzimmer aufstieß und schrie. Der Pastor war tot.

Ein paar Minuten danach war es unten ganz still. Bald kam Valdemar und legte sich neben sie. Berührte eine ihrer Brüste, so wie ihr Vater es getan hatte. Sie schob ihn weg.

Die Mutter wollte nicht, dass sie mitkam, um im Pfarrhaus aufzuräumen.

»Hier bist du nützlicher«, erklärte sie und ruderte allein an Land. Darling war weder mit der Reise nach Amerika weitergekommen, noch hatte sie ihre Mutter an Land begleiten dürfen. Sie war ohne ein weiteres Wort aufgebrochen.

»Vater, ich will gern nach Amerika. Wo Gudrun ist. Ich brauche nur das Geld für die Überfahrt«, versuchte sie es erneut, nachdem sie wieder allein waren und er die Arme um sie legte, als sie abwusch.

Er zog sie an sich. »So, du willst nach Amerika, ja?«

Sie ließ es noch einmal zu. Sie wollte ihn nicht reizen.

»Kann ich Gudrun schreiben, dass ich komme?«, fragte sie.

»Mmm«, brummte er und schnüffelte an ihren Haaren.

Heiligabend wurde sie krank. Dachte, es wäre das Essen. Der Vater streichelte ihr übers Haar und wollte sie küssen. Sie stieß ihn gereizt von sich.

In all den Monaten ihrer Schwangerschaft stand sie nur auf, um zu pinkeln. Sie ertrug es nicht. Das Einzige, woran sie dachte, war das Kalb auf dem Misthaufen. Das Kalb, das von Mutter und Sohn stammte. Vater und Tochter. Sie erbrach sich, sie spürte die kleinen Hufe, die sich unter der Haut ihres Bauches bewegten. Sie wollte es einfach nur loswerden. Sie flehte die Mutter an, das Kalb aus ihr herauszuholen.

»Schlag mir auf den Bauch, stich ein Loch hinein, hilf mir«, jammerte sie. Die Mutter entfernte den Eimer mit dem Erbrochenen und sagte, sie solle etwas essen. Sie zog die Tür zu, und Darling hörte, dass sie Valdemar ermahnte, nicht zu ihr hineinzugehen.

Der einzige Lichtblick war ein Brief von Gudrun, die sich erkundigte, ob sie bald käme. Darling weinte, als sie den Brief las und brachte es nicht über sich, Gudrun zu erzählen, was passiert war. Stattdessen antwortete sie, dass es nicht mehr lange dauern würde.

Im August kam sie nieder. Ihre Mutter half bei der Geburt. Jedes Mal, wenn sich ihr Bauch zusammenzog, um das Kalb herauszupressen, fühlte es sich an wie eine Befreiung. Als es draußen war, wollte sie es nicht in die Arme nehmen. Oder stillen. Die Mutter musste ihren Vater an Land schicken, um Essen für den Kleinen zu kaufen, obwohl die Wellen hart gegen den Leuchtturm schlugen.

Nach ein paar Tagen stand sie auf und ging zu der Wiege in der Küche. Sie stieß ihn mit dem Finger an. Seine Bettdecke.

Die Mutter fuhr auf.

»Halt dich von ihm fern!«, schrie sie.

»Ich wollte nur sehen, ob es schläft.«

»Er – er ist ein Junge!«, entgegnete die Mutter und nahm das Kalb in den Arm.

Das Gleiche wiederholte sich einige Tage später. Darling schaute in die Wiege. Dachte, dass es hässlich sei, sagte es aber nicht laut. Trotzdem kam ihre Mutter angerannt und riss es aus der Wiege.

»Was ist bloß los mit dir? Kannst du den Jungen nicht in Ruhe lassen?«

Darling schüttelte den Kopf und ging in ihr Zimmer. Setzte sich aufs Bett und freute sich, als Valdemar anklopfte und neben sie kroch. Darling legte einen Arm um ihn und flüsterte ihm sämtliche tierischen Laute ins Ohr, die ihr einfielen. Er lachte laut auf.

1949, Trondheim

»Thank you«, bedankte sich Darling bei dem Mann, der ihren Koffer zur Fähre trug und bat einen anderen Mann, ihren Koffer an Bord zu bringen. Erst hinterher fiel ihr ein, dass sie »danke« hätte sagen sollen. Es war so lange her, seit sie etwas anderes als Englisch gesprochen hatte, dass ihr die norwegischen Worte nicht sofort einfielen. Nur mit Gudrun redete sie Norwegisch. Oder Dänisch.

Darling suchte sich einen Platz, von dem aus sie in Fahrtrichtung blicken konnte. Sie wusste, dass sie als Erstes den Leuchtturm sehen würde.

Ein Mann setzte sich ihr schräg gegenüber. Zog den Hut zum Gruß. Sie erkannte den Fetten. Er war mit den Jahren nicht hübscher geworden. Dick war er noch immer, aber er wirkte schlanker, weil das Fleisch an beiden Seiten seines Gesichts wie schlaffe Koteletts herabhing. Sie nickte ihm zurückhaltend zu. Dachte, es sei ziemlich unwahrscheinlich, dass er sie erkannte. Es war zehn Jahre her, seit er sie zum letzten Mal gesehen hatte. Und sie sah bestimmt nicht so aus wie damals, als sie Ørland verlassen hatte, mit ihren hoffnungslosen Kleidern und der albernen Frisur. Sie musste bei dem Gedanken, wie sie damals ausgesehen hatte, beinahe lächeln. Wer weiß, wie sie aussähe, wäre sie hier geblieben. Wahrscheinlich wie eine alte Frau. Sie war jetzt neunundzwanzig Jahre alt, aber überall erklärte man ihr, sie sähe aus wie eine Einundzwanzigjährige. Allerdings gab sie auch auf sich acht. Hielt sich im

Gegensatz zu früher mit Schokolade zurück. Sorgte dafür, dass sie genügend Schlaf bekam. Und dann natürlich die Kleidung. So kleidete sich niemand in Uthaug. Nicht einmal auf Ørland. Es war kühl – gut, dass sie dafür gesorgt hatte, dass der Pelz ganz oben im Koffer lag. Sie zog ihn ein wenig fester um die Schultern. Obwohl sie sich nicht schämen müsste, wenn man ihr korallenfarbenes Kostüm sah. Sie nahm einen Spiegel aus ihrer Handtasche und zog ihre Lippen diskret mit einem Lippenstift nach, der zur Farbe des Kostüms passte. An den Augen war nichts auszusetzen, und soweit sie das in dem kleinen Taschenspiegel sehen konnte, fiel das Haar, wie es sollte. Sie warf dem Fetten einen raschen Blick zu. Offensichtlich konnte er seine Augen nicht von ihr lassen. Sie nahm ein Buch heraus. Jetzt konnte sie ihn damit beeindrucken, dass sie Englisch las. Gudrun hatte ihr Bücher gegeben, von denen sie meinte, Darling müsse sie lesen. Gudrun irrte sich selten, und wenn sie es tat, las Darling das Buch trotzdem. Sie seufzte und blickte von ihrem Buch auf. Sie vermisste Gudrun bereits. Es war erst einen Tag her, seit sie sich in Bergen getrennt hatten. Sie hatten eine Nacht in einem einigermaßen ordentlichen Hotel übernachtet, dann war Gudrun nach Dänemark weitergereist, und Darling hatte das Postschiff nach Trondheim genommen. Sie hatte einem Fahrer viel zu viel Geld bezahlen müssen, damit er sie zur Ørlandfähre brachte. Vermutlich hatte er den überhöhten Preis aufgrund ihrer Kleidung und ihres Auftretens gefordert.

Na, wie auch immer, es wird ein kurzer Besuch, dachte sie und las ein paar Zeilen in ihrem Buch. Sie wollte nur Valdemar besuchen. Sie träumte davon, ihn mit nach Dänemark zu nehmen, zu Gudrun. Vielleicht könnten sie dort wohnen. Vielleicht würden sie zurück nach Amerika reisen.

»Entschuldigung, darf man Ihnen eine Zigarette anbieten?«, fragte der Fette und beugte sich vor.

»No, thank you«, antwortete Darling und lächelte ihm freundlich zu. Einen Augenblick überlegte sie, ob er ihr nützlich sein könnte, aber das war Zeitverschwendung. Nach dem Standard Ørlands war er gar nicht mal so übel, aber sie war Besseres gewohnt.

Die erste Zeit in Amerika hatten sie von dem Geld von Gudruns Vaters gelebt.

Darling erinnerte sich nicht gern an das naive Mädchen, das sie gewesen war, als sie nach New York kam. Beim Anblick der Freiheitsstatue und der Stadt war ihr schwindelig geworden. Sie war von den beiden Damen aus der Kajüte geschleppt worden, die sich während der Überfahrt freundlicherweise um sie gekümmert hatten. Das Schwindelgefühl lag nicht nur daran, dass die Reise über den Atlantik fürchterlich gewesen war. Die Mutter hatte für das Billett nicht mehr Geld als unbedingt nötig geopfert, und Darling hatte sich die Kajüte der dritten Klasse mit fünf anderen Frauen teilen müssen. Sie hatte sich während der gesamten Überfahrt erbrochen. Der Wunsch zu sterben, den sie hatte, als sie das Kalb erwartete, war mit ganzer Kraft zurückgekommen. Wäre sie von der Seekrankheit nicht so entkräftet gewesen, hätte sie sich an die Reling geschleppt und wäre über Bord gesprungen. Stattdessen verließ sie ein paar Wochen später in New York mit all den anderen Passagieren das Schiff. Sie war einige Kilo leichter und wusste, dass sie nicht sonderlich gut roch.

Gudrun ließ sich jedoch nichts anmerken und umarmte Darling, als sie sich bis zu ihr durchgedrängelt hatte.

»Da bist du ja endlich!«, rief sie und hielt sie am ausgestreckten Arm, um sie anzusehen.

»Ja«, seufzte Darling, und ihr Hals schnürte sich zusammen. »Endlich«, schluchzte sie und legte den Kopf auf Gudruns Schulter. Gudrun umarmte sie, aber nicht allzu lange.

»Mit Frederik ist nichts passiert, oder?«, erkundigte sie sich. Darling schüttelte den Kopf.

»Gut«, sagte Gudrun zufrieden. »Ich denke, du brauchst zu Hause erst einmal ein Bad. Hinterher gibt es ungefähr tausend Dinge, die ich dir zeigen muss. Hier ist es *amazing.*«

»Hast du Hannah getroffen?«, schniefte Darling und putzte sich die Nase.

»Nein.« Gudrun lachte nachsichtig. »Bei der Adresse, die ich hatte, wohnte sie nicht mehr, und seither war ich zu beschäftigt mit all dem, was diese Stadt zu bieten hat, um noch weiter nach ihr zu suchen.«

Gudrun hielt ein Taxi an, das sie zu ihrer Wohnung brachte.

Bereits auf der Fahrt verstand Darling, warum das Einzige, worüber man auf Ørland redete, also Hannah, hier unendlich gleichgültig zu sein schien. Überall waren Autos, lachende Menschen, Damen in hübschen Kleidern, Hüten und hochhackigen Schuhen, es gab Springbrunnen, schwarze Menschen und sogar zweistöckige Busse.

Nachdem Darling sich einen Tag erholt hatte, kauften sie ihr als Erstes eine neue Garderobe.

»Alles, was du dabeihast, ist ja aus Wolle«, lachte Gudrun. »Ich hatte dasselbe Problem. Fangen wir also damit an, dir Kleider zu besorgen, in denen du es aushältst.«

Und Darling, die in ihrem Leben nur einen einzigen Laden besucht hatte, der fertige Kleider verkaufte, schwelgte nun in Geschäften, die Kleider in allen Farben, Hüte und Schuhe anboten.

»Ich bin ein ganz neuer Mensch«, sagte sie zu Gudrun und

bewunderte ihre neuen schwarzen Schuhe mit den hübschen Absätzen, die perfekt zu dem grünen Kleid passten. Es enthüllte gerade genug, um jeglichen Zweifel zu zerstreuen, dass sie hübscher war als die meisten anderen Frauen. Auch in New York.

Sie brauchten Tage, um sich all das anzusehen, was Gudrun bereits gesehen hatte und ihr gern zeigen wollte. Drei Mal mussten sie den Sightseeing-Bus nehmen, bevor Darling meinte, genug gesehen zu haben. Sie besuchten Museen, sahen Filme, und wenn sie zu müde waren, um etwas anderes zu tun, gingen sie aus und aßen Französisch oder blieben zu Hause und lasen Bücher.

Das einzige Problem war das Geld. Wenn Gudrun ihren Vater um Geld bat, schickte er jedes Mal weniger als den Betrag, um den sie ihn gebeten hatte. Begleitet von der üblichen Aufforderung an Gudrun, nach Hause zu kommen und ein anständiges Leben zu führen.

Gudrun las diesen Abschnitt der Briefe immer mit verzerrter Stimme vor. Dann lachten sie und gingen für einen Teil des Geldes, das Gudruns Vater trotz allem geschickt hatte, essen. Auch Darling legte ein bisschen zur Seite, für Geschenke, die sie Valdemar schickte. Jedes Mal, wenn sie an einem Kleidungsstück oder etwas anderem vorbeikam, das mit einer Kuh bedruckt war, kaufte sie es. Alle paar Monate schickte sie ein Geschenk nach Norwegen. Immer mit einem Brief, dass sie bald kommen und ihn holen würde, um ihm New York zu zeigen. In eines der Päckchen legte Gudrun eine kleine Rassel für das Kalb.

»Marie hat mir erzählt, dass sie noch ein Kind bekommen hat.« Gudrun schüttelte den Kopf. »Sie sollte es eigentlich besser wissen«, murmelte sie vor sich hin.

Bisweilen bekam Darling auch einen Brief von ihrer Mutter, die berichtete, wie sehr sich Valdemar über das letzte Geschenk gefreut habe. Dass er in seinem Zimmer einen besonderen Platz für jedes kleine Kuh-Souvenir habe. Welche Fortschritte er mache und dass er inzwischen mehr Worte sprechen könne. Er half dem Vater sogar ein bisschen mit dem Licht. Darling und Marie schrieben sich nicht ein einziges Wort über das Kalb.

Weder Gudrun noch Darling hatten eine Vorstellung, wie lange sie in Amerika bleiben wollten. Glücklicherweise erleichterte der Krieg ihre Entscheidung, denn es war unmöglich, nach Hause zu kommen. Allerding wurde es für Gudruns Vater auch schwieriger, Geld zu schicken. Gleichzeitig schob er die Schuld auf die Zeit und schickte zu wenig.

»Vielleicht finde ich eine Arbeit«, überlegte Darling, als sie eines Nachmittags Kuchen aßen und darüber redeten, dass sie nicht mehr als einen weiteren Monat zurechtkommen würden. Vielleicht zwei. »Ich habe ein Hutgeschäft gesehen, in dem jemand gesucht wird.«

»Oder«, lächelte Gudrun breit, »wir packen unsere Sachen, kündigen unsere Wohnung, kaufen für das Geld, das wir haben, zwei Zugfahrkarten und fahren nach Kalifornien. Dann kannst du dort Hüte verkaufen.«

Darling sah keinen Grund, es nicht zu tun, und bereits eine Woche später standen sie auf dem Bahnhof.

Bis zur Abfahrt des Zuges hatten sie noch eine Stunde Zeit. Gudrun kaufte eine Flasche Limonade. Darling saß auf einer Bank im Wartesaal. Nur auf der Kante, mit durchgedrücktem Rücken und vorgeschobener Brust. Ein paar Männer gingen vorbei und zogen ihre Hüte.

Darling tat, als hätte sie es nicht gesehen. Der Mann mit

der Zeitung, der ihr gegenübersaß, sah sie hingegen nicht an. Darling räusperte sich diskret. Er blickte sie gleichgültig über den Rand seiner Zeitung hinweg an und vertiefte sich wieder in einen Artikel. Sie nestelte irritiert an ihrem Mantel.

Als Darling und Gudrun eine Stunde später den Zug bestiegen, stand der Mann hinter ihnen. Darling bemühte sich, ihn zu ignorieren.

»Nach den Damen«, sagte er auf Schwedisch und streckte galant eine Hand aus. »Ja, ihr müsst entschuldigen, aber es ließ sich nicht vermeiden, dass ich euch habe Dänisch reden hören.«

Der Mann hieß Gustav und zeigte nicht annähernd so viel Interesse an ihr wie die anderen Männer im Zug.

Vielleicht hatte sie sich bereits in ihn verliebt, als sie auf der Bank gesessen und auf Gudrun gewartet hatte. Vielleicht war es auch erst am nächsten Morgen passiert, als sie gemeinsam im Zug frühstückten. Jedenfalls war sie trotz seiner Gleichgültigkeit weit freundlicher als gewöhnlich.

Bestimmt nicht, weil es abends im Salon an Angeboten gemangelt hätte. Die anderen Männer rissen sich regelrecht darum, ihr Drinks auszugeben und über die Reise zu plaudern, aber Darling hatte nur Augen für Gustav.

Gudrun verdrehte nur die Augen.

»Wenn du mal auf etwas anderes achten würdest als auf Männer, da saust Amerika am Fenster vorbei, sieh nur!«, sagte sie und zeigte hinaus. Darling blickte gelangweilt auf die Felder und schiefen Häuser, die vorbeizogen und wieder verschwanden, und überlegte, ob Gustav sie heute länger angesehen hatte als gestern.

Gustav war Geschäftsmann. Darling hatte nicht zugehört, als Gudrun ihn nach seinen Geschäften gefragt hatte, so viel hatte sie aber verstanden, dass er über ausreichend Geld verfügte. Er war seit über einem Jahr in Amerika und hatte beschlossen, dass er ebenso gut hierbleiben konnte, bis sich die Situation in Europa wieder beruhigt hatte. Er hatte Geschäftspartner in den meisten Bundesstaaten und reiste von Ort zu Ort.

»Bist du nicht einsam?«, gurrte Darling.

»Ich habe doch das Glück, eine so hübsche Frau wie dich getroffen zu haben«, erwiderte er lächelnd.

Darling strahlte. Zum ersten Mal hatte er gesagt, dass er sie mochte.

Glücklicherweise war die Reise noch lang genug, dass es Darling gelang, ihn zu küssen. Und zu fragen, ob sie ihn nicht begleiten solle, solange er sich in Kalifornien aufhielt.

»Tja«, meinte er. »Warum nicht?«

Gudrun gegenüber behauptete sie, er habe sie beide eingeladen und würde selbstverständlich ihre Zimmer bezahlen. Gudrun sah sie skeptisch an, zuckte aber die Achseln. »Also kommen wir eine Woche länger zurecht.«

Wenn Gustav überrascht war, dass Gudrun sich ebenfalls von ihm eingeladen fühlte, zeigte er es nicht. Allerdings reagierte Gudrun unwirsch, als Darling sich darauf vorbereitete, Gustav auf seinem Zimmer zu besuchen. Sie hatte ihr vornehmstes Kleid und die hochhackigen Schuhe angezogen, sprühte sich noch etwas Parfüm auf den Hals und war so angespannt, dass es schwierig war, den roten Lippenstift aufzutragen. So sehr verzog sie den Mund zu einem Lächeln.

»Du weißt, dass er verheiratet ist, oder?«, fragte Gudrun mürrisch.

Darling wusste es. Er hatte erzählt, dass er in Schweden

eine Frau und ein paar Kinder hatte, darunter einen Sohn. Und sie hatten eine Katze, die Henny hieß. Seine Frau hielt Henny für einen albernen Namen, aber er hatte darauf bestanden, denn die Katze hatte einen kleinen, dunklen Strich unter der Schnauze, der an einen Schnurrbart erinnerte – es sah so aus wie bei einer seiner Lehrerinnen, die Henny geheißen hatte. Er lachte sehr, als er die Geschichte mit der Katze erzählte. Mehr verriet er nicht über sein Leben in Schweden, und sie fragte nicht weiter nach.

Darling ignorierte Gudruns Einwände, schickte ihr einen Luftkuss, bevor sie die Tür hinter sich schloss, und konzentrierte sich darauf, zu Gustavs Zimmer zu gehen und nicht zu laufen. Er war galant wie immer. Küsste ihre Hand, machte ein Kompliment über ihr Kleid, die Strümpfe und die Schuhe. Obwohl er alles schon einmal gesehen hatte. Dann tranken sie Champagner, und sie aß weniger Erdbeeren, als sie eigentlich wollte, weil sie wusste, dass man davon Luft in den Magen bekam. Hingebungsvoll lehnte sie sich zurück, als er sie küsste. Alles war perfekt, bis er ihr das Kleid auszog und sich schwer auf sie legte. Plötzlich meinte sie, den Leuchtturm zu riechen und den harten Boden des Turmzimmers unter sich zu spüren. Sie kniff die Augen zusammen, um nicht zu weinen, und zwang sich, Gustav nicht fortzustoßen. Sie wusste, dass er sie nicht mehr so mögen würde, wenn sie nicht mitspielte. Glücklicherweise dauerte es nicht sehr lange, dann lag er atemlos neben ihr, küsste sie auf die Wange und sagte, sie sei *underbar*.

Sie unterhielten sich über ein Restaurant, von dem Gustav gehört hatte und das sie seiner Meinung nach an einem der nächsten Tage besuchen sollten.

»Wir können Gudrun mitnehmen«, schlug er vor. Sie nickte. »Das wäre schön.« Er schlief ein, und als er erwachte, kroch er noch einmal auf sie. Sie versuchte, an etwas anderes zu denken und erinnerte sich plötzlich, wie sie und Lillen Sternhalma gespielt hatten. Vielleicht würde sich Lillen über einen Brief freuen? Sie hatte den Brief in Gedanken zur Hälfte formuliert, als er grunzte und in ihr erschlaffte. Sie schob ihn vorsichtig von sich und sagte, nun müsse sie aber zurück zu Gudrun.

»Du siehst aus, als wärst du bereits im Bett gewesen und gerade wieder aufgestanden«, bemerkte Gudrun trocken, als Darling ins Zimmer kam. »Wir beide müssen morgen einkaufen gehen, sonst endet es noch damit, dass du ein Kind am Hals hast.« Darling legte sich neben sie, kurz darauf schliefen beide.

Gudrun kam aus dem Geschäft und zog eine Flasche Lysol aus der Tasche. »Ich habe gehört, das hier soll funktionieren. Es gibt andere Möglichkeiten, aber ich weiß nicht genau, wie ich sie hier beschaffen kann.« Sie gab Darling die Flasche. »Damit musst du dich waschen, vorher und nachher. Um auf der sicheren Seite zu sein, solltest du es dir auch unten reinspritzen.«

»Und dann bekomme ich keine Kinder?«

»So heißt es. Es heißt aber auch, es würde helfen zu niesen und sich die Nase zu putzen. Oder laut zu schreien. Es gibt auch Frauen, die rückwärts hüpfen.«

Darling lachte. »Das mach ich bestimmt nicht.« Sie gab Gudrun die Flasche zurück. »Pack sie ein, wir können doch nicht hier stehen und damit herumwedeln.«

»Versprich mir, dass du es benutzt.«

Darling versprach es. Und benutzte es jedes Mal, bevor sie zu Gustav ging und wenn sie zurückkam. Schon bald mussten sie eine neue Flasche kaufen. Sie bekam rote Flecken und kleine Bläschen am Unterleib, aber das war trotz allem besser als ein Kind. Gustav schien keinen Unterschied zu spüren, er lud sie jedes Mal ein mitzukommen, wenn seine Geschäfte eine Ortsveränderung erforderten.

Gudrun erklärte immer wieder, dass ihr das Verhältnis von Darling zu Gustav missfiel. Allerdings beruhigte sie sich jedes Mal rasch, wenn Darling sie zu einem Eis oder einem besonders leckeren Abendessen in eines der Restaurants einlud, über die sie in den Illustrierten lasen. Gustav ließ gern Geld auf dem Nachttisch liegen und meinte, Darling könne sich ruhig nehmen, was sie brauche. Manchmal nahm sie den ganzen Haufen und kaufte neue Kleider, Schuhe und dazu passende Hüte.

Er war nie wütend darüber, dass sie sein Geld ausgab. »Du bist so hübsch«, sagte er und küsste sie mit zu viel Zunge.

Oh, was für eine Zeit. Sie wackelte in die Hotelfoyers, die Handtasche am Arm und winkte die Träger für das schwere Gepäck herbei. Scheine wechselten die Hände, Koffer wurden für sie ausgepackt, und Gustav war mit Geschäftsunterlagen beschäftigt, bis er mit ihr ins Bett wollte – das passierte aber immer erst nach dem abendlichen Drink. Und wenn Gustav den ganzen Tag zu tun hatte, besuchte sie mit Gudrun teure Restaurants.

Ein Jahr reisten sie so umher. Bis sie nach Florida kamen und Gustav am Nachmittag einen stechenden Schmerz im Arm spürte und sich an den Garderobenschrank stützen musste. Darling lief zu Gudrun, die zur Rezeption eilte und einen Krankenwagen kommen ließ. Sein Herz gab bereits auf dem Weg ins Krankenhaus auf. Darling heulte laut auf und warf sich über ihn, als sie ihn sehen durfte. Er war bereits kalt. Gudrun schleppte sie zurück ins Hotel. Darling, die den Schlüssel zu Gustavs Zimmer hatte, ging hinauf und holte die wenigen Dinge, die sie dort zurückgelassen hatte. Einen Parfümflakon, einen seidenen Morgenmantel und etwas Puder. Sie schaute sich um und wusste nicht, was sie mit seinen Habseligkeiten anfangen sollte. Ihr ging durch den Kopf, dass jemand seine Frau anrufen musste. Aber sie wusste ja nur, dass irgendwo in Schweden eine Katze namens Henny herumlief. Sie nahm, was sie an Wertsachen finden konnte. Seine Manschettenknöpfe, das Geld aus seiner Brieftasche und das Geld, das auf dem Nachttisch lag. In einem Umschlag fand sie einen größeren Stapel Scheine und stopfte sie hastig in ihre Tasche. Seine Uhr ließ sie liegen, falls jemand Kontakt zu seiner Frau und seinem Sohn bekam. Sie fühlte sich so großmütig dabei, dass sie keinerlei schlechtes Gewissen hatte, alles andere genommen zu haben. Als sie zu Gudrun ins Zimmer kam, zählten sie das Geld.

»Davon können wir ein halbes Jahr leben, wenn wir es nicht übertreiben.«

Sie packten ihre Sachen und verließen das Hotel, ohne auszuchecken. Stiegen in einen Zug nach New York und fanden eine Wohnung ganz in der Nähe ihrer früheren Unterkunft – nur billiger.

Gudrun war sehr sparsam. Und wenn Darling meinte, sie müsse sich etwas Neues kaufen, wusch sie sich mit Lysol, zog eines ihrer schönsten Kleider an und sorgte dafür, von den richtigen Männern gesehen zu werden. Die meisten Beziehungen dauerten lediglich ein paar Wochen. Niemals länger als einen Monat. Vier Wochen waren gerade so lang, wie Darling es ertrug, Lysol zu benutzen. Es brannte, und sie konnte kaum gehen, ohne die Zähne zusammenzubeißen. Es war schwierig, ja geradezu unmöglich, sanft und liebenswürdig zu sein, wenn man die Zähne zusammenbeißen musste. Aber die Männer waren ohnehin meist in den ersten Wochen großzügig, sodass es sich auszahlte, sie häufig zu wechseln. Gudrun kommentierte es nicht. Sie verzog lediglich mürrisch das Gesicht, wenn Darling aufbrach. Sie selbst verdiente ein bisschen Geld, indem sie Norwegern und Dänen, die gerade in New York angekommen waren, Englisch beibrachte.

Darling liebte das Leben in den Staaten. Natürlich vermisste sie Valdemar noch immer, allerdings konnte sie sich auch nicht so genau vorstellen, wie er hier leben sollte. Und solange ihre Mutter jedes halbe Jahr in einem Brief berichtete, wie gut es ihm ging, war es sicher am besten, dass er dort war und sie hier. Darling wäre für immer in New York geblieben, hätten sie nicht durch einen Brief erfahren, dass Gudruns Vater krank war. Ja, eigentlich bereits im Sterben lag. Er wollte seine Tochter gern noch einmal sehen. Gudrun weinte und sagte, er hätte ihr noch nie einen so liebevollen Brief geschrieben. In wenigen Tagen packten sie ihr Leben zusammen.

Darling war gerade neunundzwanzig geworden und überlegte, wie lange sie sich noch acht Jahre jünger lügen konnte. Sie konnte sich nicht vorstellen, allein zurückzubleiben.

»Ich fahre mit. Glaubst du, ich könnte mich in Aalborg wohl fühlen?«

Gudrun war sicher. »Willst du nicht erst einmal Ørland besuchen?«

Darling dachte nach. »Aber nur, um Valdemar zu sehen.«

Der Leuchtturm tauchte am Horizont auf. Darling behielt ihn im Auge. Der Fette räusperte sich und bot ihr einen Bonbon an. Sie lehnte dankend ab und legte ihre Handtasche in den Schoß.

Steckte die Hand hinein, um sich zu versichern, dass die beiden Kühe aus Ton, die sie nicht mehr hatte schicken können, noch dort waren. Diesmal wollte sie sich selbst über Valdemars Begeisterung freuen. Plötzlich konnte sie es kaum erwarten, ihn wiederzusehen. Mit ihm auf dem Riff zu spielen, Krebse zu angeln und sich an Land im Gras zu wälzen. All das zu tun, was sie früher zusammen getan hatten. Sie könnten gemeinsam in ein Café gehen, sie würde ihm neue Sachen kaufen – wer weiß, vielleicht lernte er ja auch, Dänisch zu sprechen.

Darling hatte es nicht mehr geschafft, ihren Eltern ihre Rückkehr mitzuteilen. Sie amüsierte sich ein wenig bei dem Gedanken, was für eine große Überraschung es für Valdemar würde.

So nah kam man dem Leuchtturm nur von der Seeseite her.

»Habe ich Sie nicht schon mal gesehen?« Darling schüttelte auf die Frage des Fetten den Kopf und band sich ein Kopftuch um. Dann ging sie an Deck und holte tief Luft.

Es gab niemanden, der ihr mit dem Gepäck half. Der Fette war mit seinem Auto verschwunden. Jetzt hätte sie seine Schmeichelei gut gebrauchen können. Darling griff nach ihren beiden Koffern und ging mit unsicheren Schritten die Mole hinunter. Spürte, wie die Leute im Hafen ihr nachblickten. Fühlte plötzlich, wie eng ihr Rock saß. Wie unpraktisch ihre Schuhe waren. Es war unmöglich, in Ørland elegant aufzutreten. Am Ende der Mole blieb sie stehen und sah sich um. Auf dem Riff war niemand zu sehen.

Vielleicht könnte sie jemanden finden, der sie hinüberruderte. Sie fragte jemanden, der an der Stelle angelte, wo sie einst den Sohn des Fetten ins Wasser geschubst hatte. Entschied sich, Dänisch zu sprechen.

»Nein«, antwortete der, wobei er das Wort in die Länge zog. Sie hatte vergessen, dass auch sie einmal so gesprochen hatte. »Die Hafenmeisterei ist für heute geschlossen. Ist ja schon nach sechs.«

Natürlich erkannte sie ihn. Tat aber so, als wäre es nicht so. Sie sah, dass er überlegte, ob sie es wirklich sein könnte. Er war einer von denen, die an jenem Tag am Hafen heulend davongelaufen waren, als sie und Lillen Steine nach ihnen geworfen hatten. Es war eine Ewigkeit her.

»Thank you«, bedankte sie sich.

Sie schleppte ihre Koffer am Wasser entlang und schob sie ins Bootshaus, blickte auf die Vögel, die aussahen, als hätten sie dort gesessen, seit sie abgereist war. Vielleicht könnte sie eines der Boote stehlen und selbst hinüberrudern? Es war Juni. Es würde noch einige Stunden hell sein. Allerdings würde sie es vorziehen, am Leuchtturm etwas stilvoller anzukommen als in einem gestohlenen Boot.

Sie schloss das Tor und trippelte auf Zehen hinauf zum Schotterweg, wo es einfacher war, wie die Frau zu gehen, die sie nun war.

Als der alte Pastor gestorben war, hatte Karen auf dem Pfarrhof bleiben dürfen. Vielleicht war sie noch dort. Darling warf den Gänsen einen Blick zu, die träge ein paar Mal hinter ihr her schnatterten. Früher waren es mindestens zwanzig gewesen, nun waren es nur noch drei. Darling strich rasch mit den Händen über die Stellen, die von ihrem Kostüm zu sehen waren, prüfte den Sitz ihres Pelzes, richtete sich die Haare und klopfte an. Eine ältere Frau mit strähnigen Haaren und einer fleckigen Schürze öffnete die Tür.

»Ja?«, knurrte sie.

»Guten Tag. Ja, Entschuldigung«, sagte Darling und hörte verwundert, wie sich ihre Muttersprache aus ihrem Mund wand, als wäre sie nicht einen Moment aus Ørland fort gewesen. »Ich suche nach Karen, die hier mal gearbeitet hat.«

»Karen!«, brüllte die Frau, ohne ein Auge von Darling abzuwenden. »Du hast vornehmen Besuch!«

Hinter ihr tauchte Karens wohlbekanntes Gesicht auf. Sie betrachtete sie verwundert, dann brach es aus ihr heraus: »Darling! Bist du das?«

Darling nickte und musste ein paar Mal blinzeln, um zu verbergen, dass ihr Tränen in die Augen traten.

»Komm rein. Ja, entschuldige mein Aussehen, wir haben Waschtag«, erklärte Karen und strich eine verirrte Locke hinter ihr Ohr.

»Du siehst gut aus«, erwiderte Darling und meinte es tatsächlich ehrlich. »Du siehst genau so aus, wie ich dich in Erinnerung habe.«

»Das ist meine Schwester Hannah«, sagte Karen und nickte Hannah zu, die mit vor der Brust gekreuzten Armen dastand. »Du hast sie vor deiner Abreise nicht mehr kennengelernt, oder?«

Darling schüttelte den Kopf.

»Und das ist Darling«, fuhr Karen fort, nun Hannah zugewandt. »Die Tochter von Johan und Marie, weißt du.«

»Aha«, sagte Hannah und rümpfte so sehr die Nase, dass die Oberlippe sich wölbte und ein Gebiss entblößte, das an den Rändern schmutzig braun war.

Sie ging zur Kellertreppe. »Ich hole meine Sachen, du kannst den Rest dann ja später erledigen.« Sie ließ die Tür hinter sich zufallen. Karen scheuchte Darling in die Küche.

Der Geruch der Küche und des Kaffees brachte Darling ganz Ørland zurück. Das Leben, das sie einmal gehabt hatte. Sie zog ihren Rock etwas hinunter, er kam ihr plötzlich zu kurz vor. Als hätte sie etwas Falsches angezogen. Sie versteckte die Füße unter dem Tisch. Es war ihr peinlich, so aufgetakelt auszusehen.

Karen schien es nicht zu bemerken. Sie setzte sich einfach Darling gegenüber und pustete in ihre Kaffeetasse. »Erzähl, was hast du gemacht?«, fragte sie neugierig. »Es ist ja so viele Jahre her, dass ich sie nicht mehr gezählt habe. Du warst doch noch eine Göre, als du aufgebrochen bist. Und sieh dich jetzt an!«

Darling erzählte. Von den Reisen mit Gudrun. Von New York, den Autos und den Cafés. Von der Arbeit im Hutgeschäft, und beinahe hätte sie es selbst geglaubt.

»Hannah hat auch eine Menge über das Leben dort drüben erzählt, aber es ist seither sicher einiges passiert. Sie ist kurz vor dem Krieg zurückgekommen.«

»Wie war das für Lillen … oder Lillian – lebt sie auch noch hier?«

Karen lachte kurz auf. »Ja, stell dir vor, sie ist Lehrerin an der Schule. Während des Krieges hat sie hier im Pfarrhaus die Kinder unterrichtet. Die Deutschen hatten die Schule okkupiert. Sie wohnt im Obergeschoss der Schule. Allein. Ich glaube, heiraten wird sie nie. Was ist mit dir?«

»Ich freue mich am meisten darauf, Valdemar wiederzusehen. Glaubst du, ich könnte heute Nacht hier schlafen? Ich würde am liebsten in den frühen Morgenstunden dort drüben ankommen, vielleicht kann ich aus dem Laden irgendetwas zum Frühstück mitbringen?«

Auf Karens Gesicht zeigte sich eine tiefe Furche zwischen

den Brauen. »Hast du bisher weder Marie noch Johan gesehen?«

»Nein«, lächelte Darling. »Meine Rückkehr ist eine Überraschung.«

»Oh, Herrgott«, seufzte Karen und sank in ihrem Stuhl in sich zusammen. »Wann hattest du das letzte Mal Kontakt zu ihnen?«

»Es ist ein paar Monate her, seit ich den letzten Brief bekam. Mutter schrieb, das Valdemar beinahe normal sei. Du wirst ihn vermutlich auch hin und wieder mal gesehen haben, oder?«

»Oh, mein Gott«, wiederholte Karen und stand auf. »Ich glaube, ich hole dir etwas vom Sherry des Pastors. Wenn Gott vergibt, Alkohol zu stehlen und zu trinken, dann in Stunden wie diesen.«

Darling war nun seit drei Tagen auf Ørland. Ohne den Pfarrhof verlassen zu haben. Es war erneut der einzig sichere Ort. Sie hatte die ganze Zeit im Bett gelegen. Karen hatte gesagt, sie könne bleiben, so lange sie wolle.

»Aber irgendwann wirst du deine Eltern sehen müssen«, meinte sie und stellte eine Tasse Kaffee und ein Stück Brot auf den Nachttisch. Darling hatte nicht vor, an diesem Tag aufzustehen. Sie aß das Brot mit großen Bissen und fragte mit vollem Mund, ob sie noch eine Scheibe haben dürfe.

Karen setzte sich auf die Bettkante. »Meinst du nicht, dass du aufstehen solltest?«

»Ich hätte gern eine Scheibe mit Marmelade und eine mit Käse.«

»Deine Mutter wohnt in einem der Häuser am Waldrand. Hinter dem Hof des Fetten.«

Darling hatte keine Ahnung, über welches Haus sie sprach.

»Natürlich ist Marie auch hin und wieder auf dem Leuchtturm, wahrscheinlich, damit Johan nicht zu einsam ist, aber ich glaube, es sind nur kurze Besuche. Es ist lange her, seit ich Johan gesehen habe. Den ganzen letzten Sommer ist er nicht einmal hier gewesen.« Karen stand auf, nahm den Teller und ging in die Küche. Darling hörte, wie sie mit Hannah redete. Sie sollten ein größeres Abendessen am Samstag ausrichten und diskutierten die Speisefolge. Irgendwann wurden ihre Stimmen leiser. Darling dachte, vermutlich reden sie über mich. Sie zog die Bettdecke bis ans Kinn und schloss die Augen. Hätte sich allem gern durch Schlaf entzogen.

Karen hatte Darlings Koffer aus dem Bootshaus geholt und in die Schlafkammer gestellt. Die gleiche Kammer, die sie in den Ferien immer mit ihrer Mutter geteilt hatte. Die Koffer standen ungeöffnet neben dem Stuhl, auf den sie das korallenfarbene Kostüm geworfen hatte. Neben dem sie die Schuhe abgestreift hatte. Seither trug sie eines von Karens Nachthemden.

Karen brachte die beiden Scheiben Brot.

»Glaubst du, du könntest mir mit dem Abendessen helfen?«

Darling wusste genau, dass es nur ein Versuch war, sie aus dem Bett zu bringen. Karen hatte immer alles selbst erledigt.

»Deine Eltern werden ganz bestimmt froh sein, dich zu sehen – sie müssen dich vermisst haben. Und du hast ja auch noch einen anderen Bruder, Thomas. Ihn möchtest du doch bestimmt gern treffen?«

Darling schnaubte. Karen fuhr ungerührt fort: »Er scheint mir ein kluger kleiner Kerl zu sein. Zehn Jahre alt ist er jetzt, oder?«

»Valdemar ist mein Bruder«, fauchte Darling und stopfte sich den Rest der Scheibe Brot in den Mund. Griff nach der nächsten.

»Ja, das ist er«, sagte Karen und tätschelte ihr die Hand. »Das war er.«

»Wo liegt er?«, unterbrach sie Darling.

»Valdemar liegt rechts neben dem alten Pastor, mitten auf dem Friedhof.«

Als Hannah mit dem Abspülen fertig war und in die Speisekammer ging, um das Fleisch für das Abendessen auszuwählen, stand Darling auf und zog ihr Alltagskleid aus New York an. Das sie immer getragen hatte, wenn sie auf der Straße keine Aufmerksamkeit erregen wollte. Für Ørland war es trotzdem zu fein. Sie verließ das Pfarrhaus und ging zum Friedhof. Sie fand das Grab sofort. Neben ihrem Großvater, dem Pastor. Valdemar war vor sieben Jahren gestorben. Sieben Jahre, in denen sie ihm Geschenke geschickt hatte. Und Marie ihr geschrieben hatte, wie sehr er sich darüber freute. Lügen. Er hatte sich nicht gefreut. Er hatte hier gelegen, kalt und einsam. Darling hockte sich vor das Grab und weinte, ohne daran zu denken, wie sie dabei aussah.

Sie brauchte ein paar Tage, um sich zusammenzureißen. Dann atmete sie tief durch und zog das Korallenfarbene und den Pelz an. Suchte allerdings ein Paar Schuhe aus, die für die Wetterverhältnisse geeigneter waren. Sagte zu Karen, sie würde spazieren gehen. Sie spürte Karens Blick im Rücken, als sie durch die Küche ging und die Tür öffnete.

Sie ging, so aufrecht sie konnte und so sicher es der holprige Weg zuließ. Hielt den Kopf hoch und den Blick fest auf den Hof des Fetten gerichtet. Soweit sie verstanden hatte, musste sie daran vorbeigehen und unmittelbar hinter der großen Scheune rechts abbiegen.

Karen hatte erzählt, dass der Fette während des Krieges auf Ørland nicht sonderlich populär war. Dass er ein Freund der Deutschen gewesen sei.

»Niemand wollte für ihn arbeiten, und seine Frau ist gestorben. Der Fette musste selbst in der Küche stehen«, lachte Karen. »Aber jetzt ist wieder alles beim Alten.«

»Und was ist mit Frederik?« Darling konnte nicht anders, sie musste nach ihm fragen.

»Er ist vor dem Krieg in die Stadt gezogen. Ich glaube, er hat dort eine Frau kennengelernt, aber ich weiß nicht viel darüber.«

»Dann ist er nicht mehr auf Ørland?«

»Nein, er hat sich mit seinem Vater zerstritten. Ich habe ihn seit Jahren nicht mehr gesehen.«

Selbstverständlich hatte Darling zwischendurch an Frederik gedacht. Aber hauptsächlich in den ersten Jahren. Dann hatte das Leben seinen Lauf genommen, und sie dachte nicht mehr an all die Probleme, die sie hier gehabt hatte. Sie hatte sich mit jedem Tag, der verging, stärker gefühlt und die Leute auf Ørland für unwissende Bauern gehalten, die sich mit lächerlichen Kleinigkeiten befassten.

Aber mit jedem Schritt, den sie auf den Hof des Fetten zuging, wurde sie wieder zu Darling vom Leuchtturm. Sie zog den Pelz enger um sich. Versuchte, ihr Haar festzuhalten, das ständig vom Wind zerzaust wurde. Oh, dieser Wind. Früher hatte sie nicht darüber nachgedacht, dass es immer so stürmte. Der Wind wirbelte umher und drückte die Büsche mal zu der einen, mal zu der anderen Seite. Jetzt reagierte sie gereizt auf den Wind.

Sie ging an dem Hof vorbei, ohne ein bekanntes Gesicht zu sehen. Bog dort ab, wo sie das Haus vermutete. Blickte in die andere Richtung, als sie an die Stelle kam, wo das Kalb gelegen hatte.

Sie klopfte an. Rieb sich vorsichtig die Hand, wo die Knöchel auf die Holztür getroffen waren. Hörte, wie sich Schritte näherten, und wäre gern davongelaufen. Ihre Mutter öffnete die Tür. Mit einigen zusätzlichen Runzeln unter den Augen und weißeren Haaren, als Darling sich entsinnen konnte.

»Darling!«, rief sie nach einigen Sekunden des Schweigens, als hätte sie sich erst erinnern müssen, wer dieser Mensch war, der da vor ihr stand. »Bist du es wirklich?« Sie trat einen Schritt zur Seite.

Darling hatte das Gefühl, den Kopf einziehen zu müssen, um in dem Haus aufrecht stehen zu können, doch selbst mit den Absätzen war es kein Problem, als sie es vorsichtig versuchte.

»Tja, ich wusste ja nicht, dass ich Besuch bekomme«, entschuldigte sich die Mutter, als sie ein paar Krümel vom Tisch fegte.

»Thomas!«, rief sie.

Ein Junge steckte den Kopf aus der Kammertür. Das Kalb.

»Wir haben einen Gast.«

Er kam heraus und streckte höflich die Hand aus.

»Guten Tag.«

Darling wollte ihn nicht berühren. Ergriff die Hand aber trotzdem.

»Guten Tag.« Seine Haut fühlte sich trocken an.

»Das ist Darling«, sagte die Mutter. »Meine Tochter.«

»Guten Tag«, wiederholte der Junge.

»Deine Schwester«, fügte sie hinzu, und Darling nickte.

»Warum hast du nicht geschrieben, dass du kommst?«, fragte die Mutter und zeigte auf den Tisch. »Soll ich Kaffee kochen? Hast du Hunger? Wann bist du nach Ørland gekommen? Heute fährt doch gar keine Fähre. Jedenfalls nicht jetzt.« Sie warf einen Blick auf die Uhr an der Wand.

»Ich will nichts«, sagte Darling. Die Mutter setzte trotzdem Kaffee auf und stellte eine Tasse vor Darling.

»Du hättest schreiben sollen, dann hätte ich dich doch abgeholt und hier ein bisschen aufgeräumt. Das muss man sich einmal vorstellen, du bist nach Hause gekommen, ich bin ja so froh«, sagte sie und sah nicht glücklich aus.

Der Junge setzte sich neben Darling. Die Mutter stand auf und brachte ihm ein Glas Milch. Darling rückte mit ihrem Stuhl ein wenig von ihm ab und sah aus dem Fenster.

»Ich habe Valdemars Grab besucht.«

Der Satz blieb zwischen ihnen hängen.

Ihre Mutter stand auf und schüttete den Kaffee in die Kanne. Kam an den Tisch zurück und goss ihnen ein.

»Ich habe es nicht übers Herz gebracht, es dir zu erzählen. Du hast ihn so gern gemocht.«

»Du hast mich also lieber angelogen?«

»Ich wusste doch nicht, ob du je wiederkommst.«

»Wie ist es passiert?«

»Wir wissen es nicht genau. Irgendwie hat er sich im Boot von dem Seil befreit und ist über Bord gefallen. Ich war so unglücklich, Darling, das musst du mir glauben.«

»Verdammt, ich weiß nicht mehr, was ich glauben soll.« Darling schob ihren Stuhl heftig zurück und stand auf. »Und was ist mit dir?« Sie zeigte auf den Jungen. Sah ihn zum ersten Mal richtig an. Er ähnelte seinem Vater. Hatte dieselben Augen. Dieselbe Art zu sitzen. Darling empfand nur Ekel. Er hatte Schuppen im Haar. »Glaubst du auch, dass sie dir die Wahrheit sagt?«

Der Junge sah Darling verwirrt an. Dann seine Mutter.

»Darling…«, bat die Mutter. Sie sah ängstlich aus. Darling setzte sich wieder und griff nach der Kaffeetasse.

»Ich bleibe nicht lange.«

»Warst du schon draußen bei Vater?«

»Nein.«

»Er würde sich sicher über einen Besuch freuen. Wir wollen ihm morgen etwas zu essen bringen. Du kannst mitkommen.«

»Ich weiß nicht, ob ich dazu Lust habe.«

»Nun ja, wir wohnen inzwischen auch die meiste Zeit hier an Land. Thomas muss in die Schule, und nachdem du fort warst, fand ich es zu einsam dort draußen.« Die Mutter wischte sich eine Träne aus den Augen. »Und als Valdemar auch nicht mehr da war, war es mir dort einfach zu leer. Der Fette war so freundlich, uns hier wohnen zu lassen.« Sie sah den Jungen an. »Hier gefällt es uns doch gut, nicht wahr, Thomas?«

Der Junge nickte. Fragte, ob er aufstehen dürfe.

»Ja, lauf nur«, sagte die Mutter und lächelte ihm zu. Sie ließ die Mundwinkel hängen, sobald er die Tür geschlossen hatte.

»Du darfst ihm nichts erzählen.«

Darling zuckte die Achseln und strich mit den Händen über ihr Haar. Es fühlte sich beinahe so an, wie es sein sollte.

Der Gedanke an den Leuchtturm und ihren Vater bereitete ihr Übelkeit, dennoch ruderte sie am nächsten Tag mit der Mutter und Thomas zum Riff. Sie hatte das Bedürfnis, Valdemar auf Wiedersehen zu sagen. Die Mutter ruderte. Darling bot nicht an, ihr zu helfen, ihre Hände mussten weich und ihre Nägel rund bleiben.

»Ich nehme die Post für ihn mit, aber es kommt selten etwas. Und ich gebe dem Hafenmeister die Abrechnung. Was er sonst noch braucht, bringen wir ihm mit«, erzählte die Mutter ganz außer Atem.

Wäre Darling ihrem Vater in New York auf der Straße begegnet, hätte sie ihn nicht wiedererkannt. Vielleicht hätte sie ihm ein paar Münzen hingeworfen, damit er sich eine Tasse Kaffee oder eine Mahlzeit kaufen konnte.

Er saß auf dem Riff, als sie kamen. Oder besser, er lag auf den Steinen.

»Jetzt sind wir da!«, rief die Mutter munter, als sie das Boot hochgezogen und festgebunden hatten. Der Vater reagierte nicht. Der Junge lief zu ihm und stieß ihn mit dem Fuß an. Darling blieb einen Moment im Boot sitzen. Sie atmete ein paar Mal tief durch und zwang sich, daran zu denken, dass sie schon bald wieder abreisen würde.

Sie betrachtete ihren Vater. Er sah aus, als hätte er draußen auf dem Riff übernachtet. Aber laut ihrer Mutter brannte das Licht im Leuchtturm immer, wenn es zu brennen hatte, man konnte sich also auf ihn verlassen, obwohl es möglicherweise nicht so aussah.

»Guten Tag, Vater«, begrüßte ihn Darling, als er sich mühsam aufrichtete.

»Vielleicht sollte ich aufhören, ihm Schnaps mitzubringen, aber der hilft gegen die Einsamkeit.« Die Mutter sah Darling entschuldigend an.

Während sie darauf warteten, dass der Vater langsam auf die Beine kam, lief der Junge den Krebsen hinterher. Die Mutter wischte sich kleine Schaumspritzer von ihrem Mantel.

Darling sah einem Vogel nach, der tief über sie hinwegflog. Versuchte sich zu erinnern, wie er hieß, gab es aber auf. Vielleicht hatte sie es nie gewusst.

Der Vater wischte sich mit dem Ärmel die Nase ab, hielt einen Moment inne, als er Darling entdeckte, zog den Rotz hoch und ging o-beinig zum Leuchtturm. Die anderen folgten ihm, ohne etwas zu sagen.

Die Mutter und der Junge plauderten während der Mahlzeit vertraut miteinander. Darling war rasch den Leuchtturm hochgelaufen – allerdings nicht bis ins Turmzimmer. Sie hatte in sämtliche Räume geschaut. Sich einen Moment auf Valdemars Bett gesetzt, ein bisschen geweint und sich im Zimmer umgesehen. Auf einem Regal standen alle Geschenke, die Darling ihm im Laufe der Jahre geschickt hatte.

Langsam ging sie die Treppe hinunter, aus alter Gewohnheit zählte sie die Stufen.

»Ist es nicht schön, dass Darling wieder zu Hause ist, Johan?« Die Mutter stellte dem Vater eine Portion Erbsenmus hin und wartete nicht auf eine Antwort. »Gudrun ist auch aus Amerika zurück. Ist doch so, nicht wahr, Darling?«

Sie nickte. Legte Messer und Gabel beiseite. Sie hatte beim Anblick des Jungen den Appetit verloren. Er fraß wie ein Tier. Sie tupfte sich die Mundwinkel mit einer Serviette ab. Der Vater schaufelte stumm die Mahlzeit in sich hinein.

»Sie wohnt bei Karen auf dem Pfarrhof. Der Pastor hat nichts dagegen, nicht wahr, Darling?«

Darling schüttelte den Kopf.

Er legte die Gabel auf den Tisch.

»Mit Hannah?«, fragte er mit vollem Mund.

»Ja«, antwortete Darling und sah ihn voller Ekel an. Er stopfte sich noch eine Gabel hinein.

»Möchtest du noch etwas, Darling?« Die Mutter war halb aufgestanden und griff nach der Schöpfkelle im Topf.

»Nein, danke.« Darling schob den Teller von sich. »Ich bin satt.«

Das Meerwasser schwappte die Spüle hoch und landete auf dem Spültisch. In dünnen Bahnen lief es auf den Boden und bildete eine Pfütze. Darling verfolgte den Lauf des Wassers. Von den anderen schien es niemanden zu interessieren. Sie stand auf, um den Lappen wieder in die Spüle zu stopfen. Doch es gab keinen Lappen mehr, und die Ablagerungen des Salzwassers auf der Platte des Spültisches verrieten, dass es lange her war, dass jemand versucht hatte, das Wasser unter Kontrolle zu bringen.

Darling hatte mehrmals ihr Geld gezählt, es reichte nicht, um nach Aalborg zu kommen. Vergeblich hatte sie versucht, Gudrun anzurufen. Auf den Brief, den sie geschrieben hatte, war ebenfalls keine Antwort gekommen. Also musste sie sich selbst Geld beschaffen. Um die Reise bezahlen und eine Weile davon leben zu können, wenn sie nach Aalborg kam.

Der Fette empfing sie in seiner guten Stube. Servierte Cognac und rauchte eine dicke Zigarre. Hinterher holte er die Violine und spielte ein paar Lieder für sie. Sie klatschte höflich und sagte, das höre sich aber schön an.

»Ich wusste, dass ich dich schon einmal gesehen habe, als ich dich auf der Fähre getroffen habe«, sagte er. »Aber es war ja nicht leicht, mit dir in Kontakt zu kommen. Hätte ich die Geige dabeigehabt, wäre es vermutlich einfacher gewesen, deine Aufmerksamkeit zu erregen«, lachte er. Darling lachte höflich mit und dachte, dass sie an Deck gegangen wäre, hätte er die Scheißgeige dabeigehabt.

Sie ließ ihn erst ein paar Wochen später heran, und auch erst, nachdem er ihr Goldschmuck geschenkt und versprochen hatte, sie mit in die Stadt zu nehmen und ihr dazu passende Ohrringe zu kaufen. Ihrer Erfahrung nach würde es nicht mehr lange dauern, bevor sie ihn um Geld bitten konnte. Sie hatte nur noch einen kleinen Rest in der Lysol-Flasche, die sie aus Amerika mitgebracht hatte. Dachte aber, es wird schon gehen, so alt wie er ist.

Karen hatte nichts dagegen, dass sie noch etwas länger auf dem Pfarrhof blieb, und meinte, es sei doch ganz gemütlich mit ein bisschen Gesellschaft. Hannah schien bei weitem nicht so begeistert zu sein. Sie schlief normalerweise in der Kammer, in der Darling sich jetzt eingerichtet hatte.

Eines Nachmittags war sie nicht bei dem Fetten, sondern saß in der Küche bei Karen, als Lillen vorbeikam.

»Ich habe gehört, dass du zurück bist, aber jedes Mal, wenn ich vorbeigekommen bin, warst du nicht da«, entschuldigte sich Lillen und umarmte Darling herzlich.

»Du bist Lehrerin geworden?« Darling war froh, als Lillen sie losließ.

»Ja, stell dir vor.«

Karen stellte Kringel und Kaffee auf den Tisch und meinte, es sei wie in alten Zeiten.

»Wo ist Hannah?«, erkundigte sich Lillen.

»Sie schläft«, antwortete Karen, »aber wenn der Pastor fragt, dann ist sie gerade einkaufen gegangen. Ich muss es nachher wohl selbst erledigen.«

»Ich kann das übernehmen«, bot Lillen an.

»Oh, wirklich?«

»Sonst schuftest du dich noch zu Tode, und dann muss ich

mich um die da kümmern.« Lillen zeigte auf die Tür der Kammer, in der Hannah schlief.

»Lillian, sie ist trotz allem deine Mutter.«

»Nein, danke«, entgegnete Lillen und biss ein so großes Stück von ihrem Kringel ab, dass sie etwas in ihre Serviette spucken musste.

Als Gudrun endlich schrieb, dass Darling in Aalborg willkommen sei, erbrach Darling sich bereits seit einem Monat. Eigentlich hatte sie beschlossen, mit dem wenigen Geld aufzubrechen, das sie noch hatte. Der Fette erwies sich als schwierig, wenn es darum ging, Bargeld herauszurücken, er schenkte lieber Schmuck. Aber Darling hatte Geld genug, um in die Stadt zu kommen, dort fand sich sicher jemand, der ihr seine Geschenke abkaufte. Am Abend vor ihrer geplanten Abreise hatte sie es ein letztes Mal versucht.

»Ich muss diese kleine Reise unbedingt antreten. Zu Gudrun nach Dänemark – mit der ich in Amerika war. Ich vermisse sie so«, hatte sie mit einem Schmollmund erklärt.

»Das klingt doch gut«, erwiderte er und legte eine runzlige Hand auf ihren Schenkel.

»Magst du mir die Reise nicht bezahlen?«, bat sie und fühlte sich nicht einmal gedemütigt, so direkt zu fragen.

»Dich allein in die Welt schicken? Dann könnte ich mir doch gleich selbst in den Fuß schießen«, lachte er und zog an seiner Zigarre. Er stieß eine dicke Rauchwolke aus. Darling spürte eine plötzliche Übelkeit und kam nur bis zur Mitte des Zimmers, bevor sie sich auf den Teppich erbrach.

Der Fette rief das Dienstmädchen, die ihr in sein Bett half. Sie blieb über Nacht, weil sie sich zu schlapp fühlte, um zum

Pfarrhof zurückzugehen. Sie wollte auch nicht im Auto des Fetten gefahren werden. Allein bei dem Gedanken an den Benzingestank wurde ihr sofort wieder übel.

Nachdem sie sich drei Tage hintereinander erbrochen hatte, ohne dass es ihr besser ging, begriff sie, was passiert war. Sie sagte dem Fetten nichts, sondern beließ ihn in dem Glauben, dass sie im Pfarrhof einen schlechten Fisch gegessen hatte. Behauptete, Lillen hätte auch davon gegessen und läge über der Schule krank im Bett.

Nach einer Woche bestand der Fette auf dem Besuch eines Arztes. Darling hatte es so lange wie möglich hinausgezögert, doch am zehnten Tag stand der Arzt plötzlich an ihrem Bett, und kurz darauf konnte er ihr mitteilen, was sie bereits wusste. Sie war schwanger.

»Ich will das Kind nicht«, jammerte sie. »Können Sie nichts unternehmen?«

»Diese Frage habe ich jetzt nicht gehört«, erwiderte der Arzt und ging hinunter zum Fetten. Darling erbrach das Wenige, was sie von der letzten Mahlzeit bei sich behalten hatte und fiel erschöpft in den Schlaf. Als sie aufwachte, saß der Fette neben ihr. Er roch nach altem Mann, und sie griff nach dem Eimer, aber ihr Magen war leer, es kam nur die Spucke, die sie im Schlaf geschluckt hatte. Der Fette tupfte ihr mit dem feuchten Lappen, den das Dienstmädchen zusammengefaltet auf den Nachttisch gelegt hatte, die Stirn ab. Er räusperte sich.

»Geht es dir besser?« Er tätschelte ihr den Kopf.

Mit einem ernsten Gesichtsausdruck setzte er sich auf die Bettkante. Als die Matratze ein wenig schaukelte, wogte die Übelkeit durch Darling.

»Ich habe mir überlegt, dass es das Beste wäre, wenn wir heiraten, jetzt, da du mein Kind erwartest«, erklärte der Fette.

Sie sah ihn überrascht an. Mit einem Arm beschrieb er eine ausladende Geste. »Und dann erben du und der Kleine selbstverständlich all das hier.«

»Was ist mit Frederik?«, fragte sie erschöpft.

»Darum werde ich mich schon kümmern.«

Sie starrte ihn an, versuchte zu verstehen, was das für ihre Pläne bedeutete, Ørland zu entfliehen.

»Und du musst nicht mehr mit mir schlafen, das verspreche ich.«

»Wieso?«, fragte sie verblüfft.

»Ich möchte nur, dass es dir und dem Kleinen gut geht und ihr versorgt seid«, antwortete er müde.

»Du musst mich wirklich nicht heiraten.« Es würde ihr Leben in vieler Hinsicht zweifellos einfacher machen, aber sie war sich nicht sicher, ob sie den Fetten tatsächlich heiraten wollte.

»Doch, muss ich«, erwiderte er verbissen und stand auf. »Das muss ich«, wiederholte er auf dem Weg aus dem Schlafzimmer.

Darling schloss die Augen. Sie konnte im Augenblick nicht weiter denken als bis zum nächsten Übelkeitsanfall.

Sie erbrach sich zwei Monate, ohne aufstehen oder essen zu können, was das Dienstmädchen des Fetten ihr hinstellte. Es waren zwei Monate, in denen sie sich mitten in all ihrem Elend allmählich an den Gedanken gewöhnte, nicht sofort wieder auf Reisen gehen zu können. Obwohl es ihr ebenso schlecht ging wie bei ihrer ersten Schwangerschaft, war etwas doch ganz anders. Dieses Mal erwartete sie ein Kind. Nicht, dass sie sich freute, aber sie ekelte sich nicht davor wie beim letzten Mal. Karen erzählte sie es erst, als es unübersehbar war.

»Ich weiß nicht, wie es passieren konnte, er ist so alt«, sagte sie und aß das Brot, das Karen auf den Tisch gestellt hatte, in drei Bissen auf. Die Übelkeit war verschwunden, ihr Appetit zurückgekehrt.

»Das muss ich dir doch wohl nicht erklären«, erwiderte Karen spöttisch.

Es gab auch Lichtblicke, dachte Darling, wenn sie niedergedrückter Stimmung war. Natürlich konnte sie keinen so alten Mann heiraten, aber sie brauchte sich wohl auch nicht mehr den Kopf zu zerbrechen, wie sie an das Geld kommen sollte, um fortzukommen. Sie konnte nur nicht sofort aufbrechen. Sie könnte das Kind möglicherweise hierlassen. Vielleicht würde es ihre Mutter auch nehmen. Oder eventuell Karen. Sie überlegte sogar, Lillen zu fragen, die ganz offensichtlich Kinder mochte, da sie doch Lehrerin geworden war. Doch als das Kind anfing zu treten, überkam sie die Liebe zu dem Kleinen, und das schrieb sie Gudrun.

Im Laufe der nächsten Monate wurde Darling klar, welch ein behagliches Leben sie führte. Morgens schlief sie so lange sie wollte. Und wenn sie erwachte, klingelte sie nach dem Mädchen. In der Regel musste sie allerdings mehrmals klingeln, bevor sie kam.

»Sie haben geklingelt?«, fragte sie verdrießlich.

»Ja, ich hätte gern Brot mit Butter. Und Milch.«

»Ich werde mal sehen, ob wir noch was haben«, erwiderte das Mädchen und ging, ohne die Tür hinter sich zu schließen.

Das Brot, das sie bekam, war an den Rändern trocken, und die Butter roch ranzig. Sie trug dem Mädchen auf, den Fetten zu holen.

»Ich weiß aber nicht, wo er ist«, antwortete sie und biss sich auf einen Fingernagel.

»Dann such ihn«, fauchte Darling und stellte den Teller beiseite.

Kurz darauf kam der Fette, er hatte den Stall inspiziert.

»Was ist denn, meine Liebe?«, fragte er und setzte sich auf die Bettkante. Nachdem er erfahren hatte, dass sie schwanger war, hatte er sich ihr nicht mehr genähert. Ja, ein freundliches Tätscheln ihrer Haare, aber auf eine andere Art und Weise als vorher. Es verwirrte Darling, aber solange sie nicht vom Hof verwiesen wurde oder er die Geldschatulle schloss, konnte er sie streicheln, wo er wollte.

»Kannst du nicht dafür sorgen, dass ich ein anständiges Stück Brot mit Butter bekomme? Sie können mich nicht leiden und geben mir nur den trockenen Knust. Ich hätte gern drei Scheiben mit einer dicken Schicht Butter. Und vielleicht Wurst, wenn welche da ist.«

»So, sie sorgen nicht ordentlich für dich?«, fragte er wütend. »Das werden sie bereuen.« Er verließ das Zimmer und kam nicht zurück. Stattdessen kam das Mädchen und brachte einen Teller mit frisch gebackenem, lauwarmen Brot und Butter in einer Schale, sodass Darling selbst die Menge bestimmen konnte.

»Ich hoffe, das schmeckt Ihnen besser«, sagte sie kühl. Darling scheuchte sie mit einem Wink fort und begann zu essen. Legte sich zufrieden in die weichen Kissen und zog die Bettdecke bis unter die Achselhöhlen. In Aalborg könnte sie sicherlich nicht so leben. Außerdem verliere ich durch die Schwangerschaft meine gute Figur, wovon sollte ich also leben?, dachte sie ärgerlich und klingelte nach dem Mädchen, die ihr noch ein paar Scheiben Brot bringen sollte.

Sie stand gegen Mittag auf. Setzte sich ins Esszimmer und ließ das Mädchen zwei Mal Kuchen bringen. Das Essen tat ihr gut nach der langen Periode der Übelkeit. Der Fette setzte sich ihr gegenüber.

»Wie schön, dass du aufgestanden bist.« Er lächelte sie an. Sie erwiderte sein Lächeln und dachte, dass er sicher nicht ewig leben würde.

Ein paar Tage, nachdem die Hochzeitseinladungen verschickt worden waren, stand Frederik in der Wohnstube. Er war noch fetter geworden und erinnerte an seinen Vater in jüngeren Tagen. Der Fette und Darling aßen zu Mittag, als er zur Tür hereinstürmte. Energisch zog er einen Stuhl unter dem Tisch hervor und setzte sich ans Tischende.

»Tja, herzlichen Glückwunsch zur Hochzeit«, höhnte er.

»Danke«, sagte sie und strich sich noch einen Löffel Marmelade aufs Brot.

»Und darf man fragen, wer erben wird?« Seine Frage klang wütend.

»Du wirst nicht betrogen, Frederik, du bekommst, was du verdienst.«

»Verdienst?«, brüllte er. »Dies ist mein Hof, den habe ich verdient.«

»Noch bin ich nicht tot«, erwiderte der Fette.

Frederik stand auf und zeigte auf Darling. »Ich begreife nicht, wieso du dir dieses Flittchen ausgesucht hast. Warum sie?«

Darling sah den Fetten abwartend an. Frederik war nicht der Einzige, der sich diese Frage stellte.

»Wir erwarten ein Kind«, erklärte der Fette.

»Erwarten ein Kind«, äffte Frederik ihn nach. »Als hättest du nicht einer Unzahl von Frauen Kinder gemacht.« Er beugte sich über den Tisch und flüsterte gerade so laut, dass Darling ihn hören konnte: »Nur dass du es weißt, Vater, ich war lange vor dir dran.«

Der Fette schüttelte den Kopf. »Geh jetzt, Frederik.«

Frederik drehte sich um und ging mit harten Schritten aus der Stube. Sie hörten, wie er die Haustür zuwarf. Darling wagte nicht, den Fetten anzusehen.

»Du musst mir nichts sagen. Passiert ist passiert, jetzt müssen wir sehen, dass das Leben weitergeht.«

Sie lächelte ihm zu, biss in ihr Brot und nickte. Das Brot hatte eine ungewöhnlich gute Kruste.

Karen half Darling, ein Hochzeitskleid zu nähen. Es war nicht leicht, Stoff zu finden, aber Karen beschaffte von einem der Nachbarhöfe weiße Fallschirmseide. Sie drapierte das Kleid rund um den Bauch, sodass man so wenig wie möglich sah. In den Wochen, in denen sie an dem Kleid nähte, musste sie es mehrmals auslassen.

»Kannst du dich bei der Butter nicht ein bisschen zurückhalten, nur bis du verheiratet bist?«, lachte Karen und notierte sich die neuen Maße. »Ich kann keinen weiteren Stoff besorgen.«

Darling schaute an sich herab und sah selbst, dass nicht nur ihr Bauch runder wurde.

»Hinterher kannst du so viel essen, wie du willst«, meinte Karen lächelnd. »Was braucht man schon eine Taille, wenn man die Hausherrin auf einem Hof mit eigenem Traktor wird?«

Sogar das Küchenpersonal redete über Darlings Appetit, ihr war es jedoch egal.

Die Dienstmädchen waren nicht mehr so unfreundlich, vermutlich hatten sie Angst, vom Hof gewiesen zu werden, wenn sie die Herrin des Hauses war. Dennoch tuschelten sie weiterhin in den Ecken. Die Menschen in Uthaug verstanden nicht, warum der Fette von all den Frauen, mit denen er im Laufe der Jahre geschlafen hatte, ausgerechnet Darling heiratete.

Einige meinten, sie habe ihn verhext. Andere, dass der Fette dement geworden sei. Eines Nachmittags kam Hannah auf den Hof. Eines der Mädchen holte Darling, die sich gerade ausruhte. Ihnen wurde Kaffee in der Stube serviert, in der Darling normalerweise frühstückte.

»Ich will mit dir nur über etwas reden.«

»Ja?« Darling gähnte.

»Ich dachte nur, vielleicht fändest du es ja ärgerlich, wenn du und dein Kind all das hier mit jemandem teilen müsstet, nicht wahr?« Hannah sah sich um. Das Frühstückszimmer war nicht das prunkvollste Zimmer, aber dennoch vornehmer als jeder andere Raum auf Ørland.

»Was meinst du?«, fragte Darling müde. Hannah stank nach Schnaps, und ihr Gebiss löste sich bei jedem Bissen von dem Butterkuchen, den das Mädchen auf den Tisch gestellt hatte. Sie aß bereits ihr zweites Stück.

»Ich dachte nur«, sagte Hannah hinterhältig und beugte sich ein wenig näher zu Darling hin, »wenn ich etwas sagen würde, müsstest du mit Lillen teilen. Sie ist nämlich die Tochter des Fetten.«

Darling sah sie an.

»Na ja, man sieht es vielleicht nicht mehr, aber ich sah mal ganz gut aus. Er konnte die Finger nicht von mir lassen, als ich hier Kindermädchen war.«

»Weiß Lillen das?«

Hannah schüttelte den Kopf. »Und sie muss es ja auch nicht erfahren.«

»Du willst, dass ich dich bezahle, damit du den Mund hältst?« Darling kniff die Augen zusammen. Hannah nickte. Darling dachte nach. »Warum sollten die Leute dir glauben?«

»Warum sollten sie es nicht tun?«

Darling schnaubte. »Weil du ein versoffenes, altes Weib bist.«

»Ich kann noch mehr erzählen«, drohte Hannah. »Ich kann dir erzählen, was dein Vater für einer ist.«

Darling erstarrte einen Augenblick, riss sich aber zusammen. »Ich habe keine allzu hohe Meinung von meinem Vater, da gibt's wenig kaputtzumachen.« Sie erhob sich. »Und jetzt verschwinde hier!« Darling verließ den Raum und trug dem Dienstmädchen, das an der Tür gelauscht hatte, auf, Hannah hinauszubegleiten.

Der Hochzeitstag näherte sich.

»Deinen Vater werden wir wohl einladen müssen«, meinte der Fette. »Ich werde einen Mann zu ihm hinausrudern lassen.«

Darling dachte an den Besuch auf dem Leuchtturm nach ihrer Rückkehr nach Ørland und schüttelte den Kopf.

»Nein, er soll sich in Ruhe um das Licht kümmern, aber meine Mutter hätte ich gern dabei«, erwiderte Darling. Sie würde ihr nie vergeben, dass Marie sie mit Valdemar belogen hatte, aber die Leute würden reden, wenn ihre eigene Mutter der Hochzeit nicht ihren Segen gab. Käme der Vater, wäre das Gerede darüber, wie es um ihn stand, bestimmt größer als das bisschen Getuschel über seine Abwesenheit.

Der Fette wandte den Blick ab und räusperte sich.

»Marie ist verreist.«

»Was meinst du?«, fragte Darling verwundert. Obwohl sie ihre Mutter während der ganzen Zeit, in der sie im Bett lag und sich erbrechen musste, nicht gesehen hatte, ging sie davon aus, dass sie noch immer mit dem Kalb in ihrem Haus hinter dem Hof des Fetten lebte.

»Sie ist mit Thomas verreist.«

Verreist? Ihre Mutter hatte Ørland doch noch nie verlassen.

»In die Stadt?«

»Ich weiß es nicht, Darling.« Er zog ein Taschentuch aus der Tasche und wischte sich müde die Stirn.

Am Nachmittag stand Darling vor dem Haus und klopfte. Der Fette hatte recht, sie waren nicht da. Sie blickte in die Fenster, es war aufgeräumt wie immer, aber leer. Verlassen.

Sie ging zum Pfarrhof und klopfte dort. Hannah öffnete und ließ die Tür offen stehen, ohne ein Wort zu sagen, ging sie zurück zum Abwasch.

»Weißt du, wohin meine Mutter gefahren ist?«, erkundigte sich Darling bei Karen, die Kaffee aufsetzte.

»Nein, ich habe nur jemanden erzählen hören, dass sie letzte Woche die Freitagsfähre genommen hat. Ich dachte, sie wollte in die Stadt, seitdem habe ich weder sie noch Thomas gesehen.«

Darling setzte sich, nahm sich eine Tasse, und Karen goss ihr ein. Nachdenklich sah sie aus dem Fenster, wo die drei Gänse schnatterten und mit den Flügeln schlugen, ohne irgendwo hinfliegen zu können.

MARIE

Zum ersten Mal hatte Marie den Fetten gesehen, als sie zwölf Jahre alt war. Selbstverständlich hatte sie ihn schon vorher gesehen. Auf Ørland kannte man sich. Aber es war das erste Mal, dass er ihr wirklich aufgefallen war.

Sie saß auf der Bank im Flur und las ein Buch, das sie nach Ansicht ihres Vaters lesen sollte. Sie saß gern im Flur. Dann war sie die Erste, die Alfred sah, wenn er nach seinen üblichen Prügeleien übel zugerichtet nach Hause kam. Er war fünfzehn Jahre alt, hatte Flaum auf der Oberlippe, unreine Haut und einen zornigen Ausdruck in den Augen. Vor allem, wenn er sich geprügelt hatte. Kam Alfred nach Hause, legte sie rasch ihr Buch beiseite und lief in Vaters Arbeitszimmer.

»Es ist Alfred.« Mehr musste sie nicht sagen. Wenn der Vater ihren Bruder im ersten Stock gezüchtigt hatte, kam er herunter zu Marie und sah sie so liebevoll und zärtlich an, dass ihr oft Tränen in die Augen traten.

»Was sollte ich bloß ohne dich machen?«, sagte er und strich ihr übers Haar. »Du bist wie deine Mutter.« Sie legte die Arme um ihn und drückte sich an seinen Bauch, der mit zunehmendem Alter dicker wurde.

Als die Gänse vor dem Haus schnatterten, dachte sie, es sei Alfred, der nach Hause kam. Erwartungsvoll blickte sie von ihrem Buch auf. Stattdessen kam der Fette in all seiner Pracht daher. Er klopfte an und trat ein, ohne darauf zu warten, dass ihm geöffnet wurde. Er grüßte Marie freundlich und ging an ihr vorbei zum Arbeitszimmer des Vaters, das er nach zweimaligem kurzen Klopfen betrat. Er schloss die Tür hinter sich. Kurz darauf brachte die Haushälterin Maries Vater und dem Fetten Kaffee und Kuchen. Sie vergaß, die Tür ganz hinter sich zu schließen, und durch den Spalt konnte Marie hören, worüber die beiden Männer sich unterhielten. »Das kann so nicht weitergehen«, hörte sie ihren Vater sagen. Er blätterte in einem Buch mit großen Seiten. Es musste das Kirchenbuch sein.

»Sieh mal«, fuhr er fort. »All diese Frauen und Mädchen haben dich als Vater ihrer Kinder angegeben.«

Der Fette brummte.

»Marta, geboren als uneheliches Kind; Lovise, unehelich; Olav, unehelich; Sigrid, unehelich – und das allein dieses Jahr.« Der Vater tippte bei jedem Namen, den er vorlas, mit dem Finger auf das Buch. Marie sah sich das Kirchenbuch oft an, wenn sie in Vaters Arbeitszimmer war. Es war sogar schon vorgekommen, dass sie Namen hineinschreiben durfte, weil sie eine so schöne Handschrift hatte. Sie schauderte jedes Mal, wenn sie das Urteil »unehelich« hinter den Namen eines Neugeborenen setzen musste. Und auf Wunsch ihres Vaters das Wort »unehelich« unterstrich, damit es in der Reihe der Namen unübersehbar war.

»Diese Sorte von Mädchen verbreitet überall Klatsch und Tratsch«, erwiderte der Fette mürrisch. »Wieso trauen Sie denen mehr als mir?«

»Sie haben trotz allem einem Pastor gegenüber geschworen, die Wahrheit zu sagen.«

»Die haben sich auch ausgerechnet, dass es sich bezahlt machen könnte, einen reichen Mann als Vater ihrer Bankerte anzugeben.«

Einer der beiden goss sich noch eine Tasse Kaffee ein.

»So kann es jedenfalls nicht weitergehen«, erklärte der Pastor. »Ich mache mir Sorgen um dein Verhältnis zum Herrn. Was glaubst du, was er am Jüngsten Tag zu all diesen unehelichen Kindern sagen wird?«

»Der Herr und ich, wir kommen ziemlich gut miteinander aus«, behauptete der Fette. »Ich tue viel Gutes für den Sprengel.«

»Dennoch habe ich mir gedacht, sieben Tagesbußen von dir einzufordern. Eine für jedes Kind, bei dem du als Vater angegeben bist, seit wir uns das letzte Mal darüber unterhalten haben.«

»Aber die lügen, diese Flittchen.«

»Vielleicht.« Ihr Vater seufzte. »Aber können wir nicht einfach sagen, du bezahlst, und dann reden wir nicht mehr darüber? Vorausgesetzt, dass du dich beherrschst.«

Die Antwort des Fetten war zu leise, als dass Marie sie hätte hören können. Sie drückte sich ein wenig näher an die Tür, fuhr aber zurück, als die Stühle über den Boden schrammten. Sie lief die Treppe hinauf und versteckte sich hinter dem Schrank. Dachte, schade, dass der Fette bezahlen musste, obwohl er nichts getan hatte. Marie hatte einige der Mädchen gesehen, die den Fetten als Vater ihrer Kinder angegeben hatten. Sie trieben sich am Hafen herum und riefen den Matrosen hinterher, zogen wohl auch mit ihnen herum. Jedenfalls hatte sie noch nie eine von ihnen am Sonntag in der Kirche gesehen.

Die Tür ging auf, und beide Männer kamen heraus.

»Nur zur Sicherheit, denk einfach daran, dass du – auch wenn der Herr sagt, du sollst deinen Nächsten lieben – nicht alle so lieben musst, dass du sie gleich schwängerst.«

Beide lachten. Marie lächelte. Deshalb war ihr Vater so beliebt im Sprengel. Immer verstand er es, ein Gespräch mit einem kleinen Scherz zu beenden.

Als sie hörte, dass ihr Vater die Tür hinter dem Fetten schloss, wartete sie eine passende Anzahl von Sekunden und lief dann mit leichten Schritten die Treppe hinunter.

»Ach, da bist du ja«, sagte ihr Vater, »hast du Lust, dir die Predigt anzuhören, die ich für Sonntag geschrieben habe?«

Marie nickte. Es war ein festes Ritual, dass er seine Predigten an ihr ausprobierte. Immer hörte sie genau zu, wenn Vater aus der Bibel zitierte, langweilte sich aber ein wenig, wenn der Teil kam, in dem er die Realität in seine Predigt einbezog und Gottes Wort auslegte. Dann kam es vor, dass sie mit offenen Augen träumte oder sich überlegte, was sie zu den anderen Mädchen sagen würde, damit sie von ihnen in den Pausen zum Mitspielen aufgefordert wurde. Jetzt waren sie so groß, dass sie natürlich nicht mehr spielten, sondern stattdessen in den Ecken kicherten und sich gegenseitig Geheimnisse anvertrauten. Noch nie hatte jemand Marie ein Geheimnis erzählt. Nicht dass sie hässliche Dinge zu ihr sagten. Es war eher so, dass sie Marie nicht sahen oder sie vergaßen, wenn die Schule vorbei war und sie hinaus in die Freiheit liefen. In der Schule war Marie in ihrem wahren Element. Immer saß sie ganz vorn und war gut vorbereitet. Besonders gelobt wurde sie, weil sie so gut Bibelverse zitieren konnte. Sie hatte für beinahe jede Situation ein Zitat parat. Für ihren Vater war sie die perfekte Korrektorin. Mehr als einmal war es vorgekommen, dass sie einen Vers korrigierte, den der Vater aus dem Gedächtnis aufgeschrieben hatte und der daher nicht ganz korrekt war. Dass er stolz auf sie war, wusste sie, und sie tat alles, um ihn nicht zu enttäuschen. Sie sah, wie sehr es ihn quälte, einen Sohn wie Alfred zu haben.

»Was habe ich nur getan, dass ich mit Alfred so gestraft bin?«, hatte er eines Abends zu ihr gesagt, als der Gemeindepolizist vorbeigekommen war, um ihm mitzuteilen, dass man Alfred und ein paar andere Burschen im Laden am Hafen beim Stehlen erwischt hatte. Marie hatte versucht, ihren Vater zu trösten, so gut es ging, und ihr kamen beinahe die Tränen, weil es so ungerecht war, dass er, der so gut und fromm war, bestraft wurde. Das hatte er nicht verdient. Es musste doch Strafe genug sein, dass er seine Frau verloren hatte, die kurz nach Maries Geburt gestorben war.

In all den Jahren, an die Marie sich erinnern konnte, hatte der Vater versucht, Alfred Anstand und Ordnung zu lehren. Eigentlich sollte auch er Pastor werden. Wie sein Großvater und sein Urgroßvater. Doch dafür hätte ein Wunder geschehen müssen, denn Alfred kannte keinerlei Respekt, weder vor dem Vater noch vor Gott – was für Marie ein und dasselbe war.

Sie und ihr Vater wussten, dass Marie die Familientradition nicht weiterführen und Pastor werden konnte. Trotzdem las sie Bücher, als sei dies ihre Zukunft. Ihr Vater hatte mit ihr am Schreibtisch gesessen, wenn sie mit ihren Hausaufgaben nicht zurechtkam. Was selten vorkam, und wenn sie ehrlich sein sollte, hatte sie oft auch nur so getan, als könnte sie die Aufgaben nicht lösen, denn es war so schön, wenn sie so beieinandersaßen. Mit Milchkaffee in den Tassen und frisch gebackenen Kringeln auf den Tellern.

Sosehr sie die Stunden mit dem Vater genoss, so wurde sie doch neidisch, wenn Alfred mit seinen Kameraden laut lachte oder die Mädchen aus der Schule Arm in Arm zum Hafen schlenderten. Und sie selbst bloß etwas für die Haushälterin zu erledigen hatte und so schnell wie möglich wieder zu Hause erwartet wurde. Manchmal versuchte sie, ihren Aufenthalt am Hafen ein wenig in die Länge zu ziehen, aber dort gab es ohnehin niemanden, der mit ihr reden wollte. Meist blieb es bei einer kurzen höflichen Phrase, immerhin war sie die Tochter des Pastors.

Eines Tages, sie hatte gerade ihren vierzehnten Geburtstag gefeiert, war sie auf dem Heimweg vom Laden am Hafen. Der Wind hatte aufgefrischt, und sie blieb stehen, um ihren Mantel zuzuknöpfen. Alfred und seine Kameraden kamen vom Hafen auf sie zu.

»Da ist sie ja, die kleine Petze!«, rief er so laut, dass sie es hörte. Die Kameraden lachten, und einer ging zu ihr und legte seinen Arm um ihre Taille.

»Könnte sein, dass wir sie gebrauchen können«, meinte er und drückte sie an sich. Marie versuchte, sich loszureißen, aber er war zu stark. Sein Mund kam ihrem sehr nahe, und sie roch, wie sehr er nach Tabak stank, bevor sie ihr Gesicht abwandte.

»Na, das Pastorenfräulein ist sich wohl zu fein für so etwas, oder?« Er lachte mit den anderen als Echo. Verzweifelt sah sie Alfred an, aber der lachte noch lauter als die anderen. Sie kniff die Augen zusammen und spürte, wie die Tränen kamen.

»Macht, dass ihr wegkommt, ihr ungezogenen Bengel!«, hörte sie plötzlich eine Stimme, und der Bursche, der sie festhielt, wurde hart zur Seite gestoßen. »Sagt mal, wisst ihr nicht, wie man sich Damen gegenüber benimmt?«

Marie blickte in die freundlichen Augen des Fetten. »Haben sie dich belästigt?«

Sie schüttelte den Kopf, hob ihren Korb mit den Einkäufen auf und strich ihr Kleid glatt.

»Wenn sie hinter dir her sind, kommst du einfach zu mir.«

Er blinzelte ihr zu. Marie knickste und lief dankbar davon. Er war schon in Ordnung, dieser Fette.

Marie liebte es, am Sonntag neben ihrem Vater vor der Kirche zu stehen und die Gemeinde zu verabschieden. Ihr Vater gab jedem die Hand, fragte gern, wie es zu Hause stand, und hörte zu, wenn die Menschen antworteten. Als ein Bauer seinen Hof verlor, sorgte der Vater dafür, dass er eine Anstellung als Helfer des Totengräbers bekam.

»Braucht der Totengräber denn Hilfe?«, fragte Marie ihren Vater.

»Darum geht es nicht«, antwortete der.

An diesem Sonntag hatte der Vater Alfred überredet, den Gottesdienst zu besuchen. Marie wunderte sich. Alfred war jetzt siebzehn Jahre alt und machte nur, was er wollte. Sie verstand es besser, als Alfred eine Münze aus der Tasche zog und sie betrachtete, statt den ersten Psalm mitzusingen. Er hatte keine Lust zu arbeiten, vielleicht hatte er das Geld ja gestohlen – aber da er hier in der Kirche saß, hatte der Vater ihn wohl bestochen.

Alfred steckte die Münze in die Tasche und warf einen Blick auf den Altar. Marie versuchte, noch sanfter auszusehen und lächelte dem Vater aufmunternd zu. Sie ließ sich nicht anmerken, dass Alfred sie an einem ihrer Zöpfe zog. Oder dass er im Schutz des Gesangbuchs eine Hand unter ihren Hintern schob und sie hart kniff. Sie rückte ein Stück von ihm ab und sang den Psalm mit schöner Stimme mit. Alfred rückte nach, und sie rutschte auf der Kirchenbank weiter, bis sie ganz am Rand saß. Glücklicherweise las der Vater nun aus der Bibel, und alle erhoben sich. Marie ergriff ihre Chance, trat einen Schritt zurück und setzte sich in die Bank hinter Alfred. Er grinste sie boshaft an. Marie warf der Frau, neben die sie sich gequetscht hatte, einen entschuldigenden Blick zu. Es war die Witwe des Bauern, der dem Totengräber hatte helfen sollen, aber unseligerweise in eines der Gräber gefallen war, kurz nachdem er die Arbeit bekommen hatte. Die Leute sagten, den Hof zu verlieren hätte ihn das Leben gekostet. Die Witwe hatte rote Augen und erwiderte ihr Lächeln nicht. Marie warf dem Sohn einen verstohlenen Blick zu, Johan, der mit der Mütze in den Händen dasaß und leer vor sich hin starrte. Mit ihm hatte sie noch nie ein Wort gewechselt, aber natürlich wusste sie, wer er war. Er hatte abgebissene Nägel, die an den Rändern schmutzig waren. Marie blickte auf ihre eigenen Fingernägel, die sie morgens und abends säuberte. Sie war Johan vor ein paar Tagen begegnet, als er vom Friedhof gerannt kam. Sie hatte die Blumen fallen lassen, die sie gerade gepflückt hatte. Er hatte sich nicht einmal entschuldigt, sondern war einfach weitergelaufen. Wie ein Wilder. Es sah aus, als hätte er geweint, jedenfalls lief ihm der Rotz aus der Nase. Hinterher hatte sie nachgesehen, ob ihr Kleid einen Fleck abbekommen hatte. Sie gelobte, Johan in ihr Abendgebet einzuschließen, allerdings war es ihr erst wieder eingefallen, nachdem sie an jenem Abend Amen gesagt hatte. Und sie hatte keine Lust gehabt, noch einmal von vorn anzufangen.

Als die Predigt zu Ende war, stand Marie auf und ging dem Vater nach, der andächtig durch die Bänke zur Kirchentür schritt. Sie faltete die Hände, richtete ihren Blick fest auf den schwarzen Talar des Vaters und hielt sich stets zwei Schritte hinter ihm. Vor der Kirche blieb sie rechts von ihm stehen. Der Posthalter und seine Frau waren die Ersten, die der Pastor verabschiedete. Sie lobten seine Predigt, und die Frau tätschelte Marie den Kopf, bevor sie auf den Friedhof gingen. Als die Witwe an die Reihe kam, nahm der Vater sich besonders viel Zeit. Er fragte, ob sie zurechtkäme und spendete ihr Gottes Wort als Trost. Der Sohn Johan stand Marie gegenüber, ohne sie anzusehen. Unablässig spielte er am Saum seiner Mütze herum, und Marie hatte wieder Gelegenheit, seine Nägel zu betrachten. Sie kniff vor Ekel die Lippen zusammen und konzentrierte sich stattdessen darauf, die Witwe traurig anzusehen.

»Ich werde eine Möglichkeit finden, Ihnen zu helfen«, versprach der Vater und drückte noch einmal die Hand der Witwe. Dann wandte er sich dem Nächsten in der Schlange zu.

Am Ende der nächsten Woche war die Witwe bereits zwei Mal im Pfarrhaus gewesen, um zu putzen. Die Vereinbarung lautete, dass sie jeden Vormittag kommen und putzen sollte. Sie erschien pünktlich jeden Tag um acht Uhr, und der Pastor zahlte ihr am Freitag persönlich den Lohn aus.

Solange er in der Nähe war, war die Witwe freundlich und lächelte. Pries ihn und Gott für ihre Güte und Barmherzigkeit. Sobald er aber die Tür seines Arbeitszimmers schloss oder im Sprengel Besuche machte, war sie mürrisch und fauchte Marie an.

»Kannst du dich nicht mal ein bisschen beeilen, damit ich weiterkomme? Andere Leute müssen schließlich arbeiten. Das müsste das Fräulein doch verstehen.« Sie gab sich große Mühe, das Wort »Fräulein« besonders hämisch auszusprechen. Als ob es das Schlimmste auf der Welt sei, ein Fräulein zu sein. Richtig sauber wurde es auch nicht, denn sie vergoss einfach nur das Wasser, und wenn sie fertig war, standen Pfützen auf dem Fußboden. Anfangs wischte Marie sie auf, weil sie Angst hatte, dass sie oder ihr Vater im Wasser ausrutschen und hinfallen könnten. Aber schon bald war sie es leid und sprach ihren Vater darauf an.

»Sie ist so boshaft, wenn du nicht da bist – und hast du das ganze Wasser bemerkt, das auf dem Fußboden steht, wenn sie hier war?«

»Die arme Frau hat es nicht leicht«, entgegnete der Vater, ohne die Augen von der Predigt zu nehmen, an die er letzte Hand anlegte. »Sie hat Gicht in den Händen, es fällt ihr schwer, den Lappen auszuwringen. Du solltest ihr helfen, statt dich zu beschweren.«

Zum ersten Mal hatte Marie das Gefühl, dass ihr Vater sie nicht verstand.

»Natürlich, Vater«, erwiderte sie und verließ das Zimmer, ohne darauf zu warten, dass er sie fragte, ob er ihr seine Predigt vorlesen sollte.

Nachdem Marie mit sechzehn Jahren die Schule beendet hatte und den ganzen Tag im Haus war, dauerte es nicht lange, bis die Witwe sie schier in den Wahnsinn trieb. Da Marie niemanden hatte, mit dem sie sich verabreden konnte, saß sie meist in ihrem Zimmer und las.

Die Witwe kam herein, ohne anzuklopfen, und mokierte sich über die Unordnung, obwohl Maries Zimmer das ordentlichste des ganzen Hauses war.

»Wer braucht denn so viele Kleider?«, fragte sie mit dem Kopf in Maries Schrank. »Und so hübsches Haar hast du nun auch wieder nicht, dass du zwei verschiedene Bürsten benutzen musst.«

Die Witwe zeigte auf ein paar Dinge auf dem Tisch, mit denen Marie sich schmückte. Nicht dass sie allzu viel Zeit darauf verschwendet hätte. »Solltest du nicht besser irgendetwas tun, als den ganzen Tag nur zu faulenzen?« Und dann erzählte die Witwe wieder von ihrem Sohn Johan, der jeden Tag im Hafen schuftete.

Marie versuchte, nicht zu Hause zu sein, wenn die Witwe dort putzte. Aber es war schwer, sich zu beschäftigen. Das Wetter war selten so, dass man sich längere Zeit im Freien aufhalten konnte, und allzu lange konnte man ohne Gesellschaft auch nicht im Café sitzen.

Oft sah sie den Dienstmädchen vom Hof des Fetten nach, wenn sie am Abend Arm in Arm am Pfarrhof vorbei zum Tanzen gingen. Sie wäre so gern mitgegangen, brachte es aber nicht fertig, dort allein zu erscheinen.

Alfred hatte dieses Problem nicht. Er war stets zur Stelle, wenn irgendwo zum Tanz aufgespielt wurde. Er war sogar bei den Mädchen beliebt, was Marie überhaupt nicht verstand – so grob und gefühllos, wie er war. Auf jeden Fall benahm er sich keineswegs anständig und ordentlich, doch das schien keinen zu stören, weil er der Sohn des Pastors war.

Eines Nachmittags, als sie in der Wohnstube Kuchen aßen und Alfred wie immer aussah, als würde er jede Sekunde hassen, die er auf dem Pfarrhof zubringen musste, fragte sie ihn:

»Glaubst du, du könntest mich mal zum Tanzen mitnehmen?«

Er lachte, als hätte er nie etwas Dümmeres gehört, schüttelte den Kopf und verließ den Tisch. Kurz darauf hörte sie, wie er die Gänse aufscheuchte, als er vom Hof ging. Sie schnatterten noch, als er längst die Straße hinunter verschwunden war.

Die Gänse hatte ihre Mutter haben wollen, damals, als sie noch lebte. Sie sind die besten Wachhunde, die man sich denken kann, niemand kommt in die Nähe des Hauses, ohne dass sie es melden, hatte sie zum Vater gesagt, der ihr eine Herde von zwanzig Gänsen schenkte, als sie auf dem Pfarrhof einzogen. Seither hatte ihr Vater jedes Mal eine neue gekauft, wenn eine der Gänse starb. Er fütterte sie häufig mit Brot. Marie hatte sogar schon gesehen, dass er manchmal mit ihnen redete. Dann ging sie zu ihm und schob ihren Arm unter seinen. So standen sie beieinander, bis der Vater ihren Arm drückte und wieder in sein Arbeitszimmer ging. Und Marie zurückblieb und das Gefühl hatte, mutterseelenallein zu sein.

Eines Tages, als sie fröstelnd draußen bei den Gänsen stand, um dem Gerede der Witwe zu entgehen, überlegte sie, sich selbst eine Arbeit zu suchen. Abgesehen davon, dass sie dann fort wäre, wenn die Witwe putzte, könnte sie auch ein bisschen Geld verdienen – und noch besser, vielleicht zu einem von den Mädchen werden, die Arm in Arm gingen. Von diesem Gedanken beseelt, ging sie ihrem Vater entgegen. Er nutzte jeden Vormittag, um all jene zu besuchen, die es im Leben schwer hatten; um diese Uhrzeit kam er normalerweise nach Hause. Als sie ihn entdeckte, lief sie zu ihm. Auch um sich aufzuwärmen.

»Ich habe mir überlegt, dass es eine gute Idee wäre, wenn ich mir eine Arbeit suche«, sagte sie, sobald sie ihn erreicht hatte.

»Als was denn?«, fragte ihr Vater überrascht.

»Vielleicht als Dienstmädchen«, erwiderte Marie. »Es wäre gut für mich, wenn ich lernen würde, ordentlich anzupacken. Gott hat nicht viel übrig für die Faulen«, erklärte sie und zitierte: »Wie lange liegst du, Fauler! Wann willst du aufstehen von deinem Schlaf?«

»Die Sprüche Salomos.« Der Vater lächelte.

»Darf ich?«

»Hm«, brummte der Vater.

»Ich bin sechzehn, bald siebzehn.«

»Ich werde darüber nachdenken«, antwortete ihr Vater und versuchte, die Gänse zu beruhigen. Sie öffnete ihm die Tür, und er machte einen großen Schritt über einen kleinen See im Flur.

In der nächsten Zeit vermied sie es, ihren Vater zu fragen, zu welcher Entscheidung er gekommen war, denn Alfred hatte beschlossen, nach Amerika auszuwandern, um dort sein Glück zu versuchen. Alfred mochte einen schlechten Charakter haben, verlieren wollte ihn der Vater aber dennoch nicht. Also versuchte er, Arbeit für ihn zu finden. Die einzige Stelle, die möglicherweise bald frei sein würde, war der Posten des Leuchtturmwärters.

»Seit seine Frau gestorben ist, kränkelt der alte Wärter. Er sollte zurück an Land kommen«, meinte der Vater und machte sich auf den Weg zum Hafenmeister, um ihn zu überzeugen, stattdessen Alfred einzustellen.

»Dort draußen dürfte es begrenzt sein, wie viel Unheil er anrichten kann«, sagte er zu Marie, als er seinen Mantel anzog.

Marie zweifelte jedoch, ob jemand, der bei klarem Verstand war, Alfred eine feste Stelle geben würde. Die Frage war ja auch, ob Alfred überhaupt auf dem Leuchtturm wohnen wollte. Marie konnte sich kaum ein schlimmeres Schicksal vorstellen. All die Monate, in denen die Bewohner des Leuchtturms aufgrund der Wetterverhältnisse nicht an Land konnten. Dazu kam, dass die Leute über die Bewohner des Leuchtturms redeten, als seien sie nicht recht gescheit.

Es wurde ohnehin nichts mit dem Leuchtturm.

»Der Hafenmeister will ihn nicht einstellen, wenn er nicht verheiratet ist – und er mag darüber hinaus den alten Leuchtturmwärter nicht entlassen, solange der sich vorschriftsgemäß um das Licht kümmert«, seufzte der Pastor. »Wenn er überhaupt eine Chance haben will, braucht er eine Frau. Du weißt nicht zufällig, ob dein Bruder ein festes Mädchen hat, das er heiraten könnte?«

Marie schüttelte den Kopf. Sie hatte ihn mit vielen Mädchen gesehen. Aber es war jedes Mal eine andere gewesen. Im Augenblick war es diese Hannah. Marie wusste es, weil ihr Vater gerade Hannahs Schwester als Haushälterin eingestellt hatte. Karen war anders als ihre Schwester. Ordentlich und freundlich. Hannah hingegen sah unordentlich aus, sie legte Lippenstift auf, ihre Haare waren unfrisiert, sie schob die Brüste vor und machte den Männern schöne Augen. Höflich war sie auch nicht. Hatte nicht einmal die Stimme gesenkt, als sie bei Alfred über Marie hergezogen war. Marie war an der Bank vor dem Pfarrhof vorbeigegangen, auf der sie eng umschlungen saßen.

»Deine Schwester ist genauso flach wie die Bücher, die sie liest«, hatte Hannah gesagt und war vor Lachen beinahe von der Bank gefallen. Alfred hatte mitgelacht. Marie war rasch weitergegangen und hatte so getan, als hätte sie nichts gehört. Dachte, es wäre nicht das Schlechteste, wenn er nach Amerika reisen würde. Und er könnte diese grässliche Hannah gleich mitnehmen. Mit ein bisschen Glück ertranken sie mitten auf dem Atlantik. Sofort bat sie Gott um Vergebung für ihre Gedanken.

Kurz darauf verlor Alfred das Interesse an Hannah, als sich herausstellte, dass sie ein Kind erwartete. Und der Vater gab es auf, ihn auf den Leuchtturm bringen zu wollen. Natürlich überlegte Marie, ob es wohl Alfreds Kind sein könnte, das Hannah erwartete, doch wenn die Leute fragten, behauptete Hannah, der Vater sei niemand, den sie kennen würden. Alfred wurde böse, als Marie ihn fragte. Drohend trat er einen Schritt auf sie zu und sagte, wenn sie dieses Gerücht verbreite – wenn sie überhaupt irgendjemandem erzähle, dass er mit Hannah zu tun gehabt hatte –, würde er sie verprügeln.

Karen konnte man noch am ehesten als Maries Freundin bezeichnen. Auch wenn Marie sich immer wieder fragte, ob Karen nur so freundlich war, weil sie Geld dafür bekam.

»Hat sie dir irgendetwas gesagt, ob Alfred der Vater ist?«, flüsterte Marie ihr zu, als Karen vor dem Ofen darauf wartete, dass die Brötchen fertig wurden. Karen schüttelte den Kopf.

»Bei Hannah weiß man nie – sie macht, was sie will, und wenn sie sich in den Kopf gesetzt hat, nicht zu verraten, wer der Vater ist, werden wir es wohl nie erfahren.«

»Aber was macht sie dann?«, fragte Marie. Außerstande sich vorzustellen, wie sie allein mit einem Kind zurechtkommen sollte.

»Hannah schafft das schon«, meinte Karen und goss hastig kaltes Wasser über ihre Finger, weil sie sich beim Herausnehmen der Brötchen verbrannt hatte.

Marie sah sich um und beugte sich dann dicht zu Karen hin. »Glaubst du auch, dass Alfred der Vater ist?«, flüsterte sie.

»Ich weiß gar nichts, und ich will auch kein Gerücht in die Welt setzen«, erwiderte Karen und pustete auf ihre Finger. »Na, mach mal Platz. Ich muss das Abendessen vorbereiten.«

Weil Hannah schwanger war, verlor sie ihre Arbeit als Kindermädchen beim Sohn des Fetten.

»Die Frau des Fetten kann mich nicht leiden«, knurrte Hannah. »Nur weil sie selbst im Bett liegt und mit jedem Tag, der vergeht, mehr tot als lebendig aussieht, während ich jung und voller Leben bin.« Hannah saß in der Küche des Pfarrhauses. Karen hatte zwar gesagt, sie könne nicht einfach kommen und gehen, wie sie wolle, aber sie tat es dennoch. Alfred ließ sich nicht mehr an ihrer Seite blicken, er sah sie nur böse an, wenn sie nach ihm rief.

»So ein Waschlappen«, grinste sie unverhohlen.

Während Hannah sich über die Frau des Fetten und die anderen Dienstmädchen, die hinter ihr her gewesen seien, beschwerte, dachte Marie daran, dass dem Fetten ein Kindermädchen fehlte. Sie hatte nie vergessen, dass er sie damals am Hafen gerettet hatte, und hätte gern für ihn gearbeitet. Außerdem gab es auf seinem Hof die meisten Dienstmädchen und somit die beste Möglichkeit, Freundinnen zu finden, mit denen man zum Tanz gehen konnte.

Am selben Abend sprach sie mit ihrem Vater. »Ich habe gehört, dass der Fette ein Kindermädchen braucht.«

»Na und?«

»Ich würde diese Stelle gern annehmen.«

Der Vater sah sie prüfend an.

»Weißt du denn so viel über Kinder?«

»Natürlich weiß ich einiges über Kinder«, erwiderte Marie beleidigt, »ich bin schließlich kein Mann, oder?«

»Ich weiß nicht recht.« Ihr Vater lehnte sich auf seinem Stuhl zurück. »Es würde dir sicher sehr guttun zu arbeiten, aber vielleicht solltest du dir eine andere Stelle suchen als ausgerechnet bei dem Fetten.«

»Aber wieso, ihnen fehlt doch jetzt jemand?«

»Tja«, der Vater zögerte. »Er hat vielleicht nicht den besten Ruf.«

»Verbreitest du Klatsch und Tratsch?«, fragte Marie streng. »Als ich klein war und Schwierigkeiten hatte, da hat der Fette mir geholfen.«

»Ja, aber ...«

»Du sitzest und redest wider deinen Bruder; deiner Mutter Sohn verleumdest du«, unterbrach sie ihn.

»Ich rede mit dem Fetten«, seufzte der Vater. »Ich muss morgen ohnehin auf seinen Hof, um mit seiner Frau zu reden. Der Armen geht es gar nicht gut. Aber nur unter der Bedingung, dass du jeden Tag nach Hause kommst und hier schläfst!«

Zwei Tage später ging Marie glücklich an der Witwe vorbei, die ihr boshaft nachblickte. Sie zog ihren besten Mantel an und strich sich mit den Händen übers Haar, es hatte zwanzig Minuten gedauert, es aufzustecken.

»Dass das Fräulein aber auch so vornehm sein muss«, höhnte die Witwe.

»Ich habe eine Arbeit gefunden«, erwiderte Marie. Sie war so glücklich, dass sie sich nicht ärgern lassen wollte. Nicht einmal von der Witwe. Sie ging zur Tür hinaus, stieß einen Pfiff in Richtung Gänse aus und musste sich zusammennehmen, um wie eine junge Dame zu gehen und nicht die Straße entlangzuhüpfen. Sie sah es bereits vor sich, wie sie mit den anderen Mädchen Arm in Arm ging.

Drei Jahre hatte Hannah für den Fetten gearbeitet. Seit sie sechzehn war. In den letzten Monaten als Kindermädchen.

Marie begriff schnell, dass Hannah bei den anderen Dienstmädchen nicht sonderlich beliebt war. Mit ihr gäbe es nur Probleme, sagten sie. Sie habe mit allen Knechten geschlafen, hieß es. Ja, eine behauptete sogar, sie hätte sich dem Fetten angeboten. Deshalb hatte die Hausherrin sie hinausgeworfen. Es war mehrere Monate her, seit die Frau des Fetten niedergekommen war, aber sie lag noch immer im Bett. Es war eine schwierige Schwangerschaft gewesen, und die Geburt hatte ihre letzten Kräfte aufgezehrt. Sie brauche all die Ruhe, die sie bekommen könne, hatte der Arzt erklärt. In der Küche meinten die Köchinnen, so ginge es zu, wenn man aus einer vornehmen Familie stamme. Dann könne einen alles Mögliche umbringen. Die sind nicht wie wir, versicherten sie sich gegenseitig. Hatte man seit der Geburt Scheiße unter den Fingernägeln, hielt man alles aus.

Trotzdem hatten sie großen Respekt vor der Hausherrin; im rechten Flügel des Hauses, wo sie ihr Schlafzimmer hatte, wurde nicht laut gesprochen. Das Dienstmädchen, das in ihrem Zimmer den Kamin versorgte, war angehalten, es so leise wie möglich zu tun. Marie bekam die Hausherrin nicht zu Gesicht. Der kleine Frederik lag in einem anderen Zimmer, dort schlief Marie mit ihm in den drei Nächten pro Woche, die als Kompromiss zwischen ihrem Vater und dem Fetten ausgehandelt worden waren. Eine Bauersfrau kümmerte sich in den anderen Nächten um den Jungen.

Frederik war kein süßer Junge. Nachts schrie er. Außerdem war er hässlich. Marie bat Gott um Hilfe, damit ihr Frederik lieber wurde. Aber es war schwer, denn sie hatte nicht das Gefühl, dass er sie mochte. Wenn sie nach Hause kam, saß sie in der Küche bei Karen, weinte und bat sie um Ratschläge für die Kinderpflege.

»Ich weiß nicht viel darüber, ich habe mich nicht mehr um Kinder gekümmert, seit ich als Jugendliche auf Hannah aufgepasst habe. Du kannst dir also ausrechnen, dass es schon einige Zeit her ist«, hatte Karen gesagt. »Wieso kündigst du nicht einfach? Warum bleibst du?«

Doch Marie wollte nicht aufhören. Bald sollte eine Tanzveranstaltung auf einem der Nachbarhöfe stattfinden, hatte sie gehört. Sie hatte mit einigen Mädchen gesprochen, die daran teilnehmen wollten. Nun ja, eigentlich hatten eher die Mädchen darüber gesprochen, Marie hatte mit Frederik im Arm etwas abseits gestanden und zugehört. Als sie später im Kinderzimmer im Bett lag, stellte sie sich vor, schon bald dazuzugehören. Dass man gemeinsam aufbrach und über andere kicherte, so wie Hannah und Alfred damals auf der Bank über sie gelacht hatten. Allerdings hatte sie nur selten mit den anderen Mädchen zu tun, sie musste sich ja um den Jungen kümmern. Und abends ging sie entweder nach Hause, wo ihr Vater wartete, oder sie war nicht sicher, ob der Junge schlief und musste in seiner Nähe bleiben. Aus dem Fenster sah sie, wie die anderen Mädchen zu zweit, manchmal auch zu mehreren, einen kleinen Spaziergang unternahmen. Oder sich mit den Knechten trafen. Dann weinte sie zusammen mit Frederik, der sein Fläschchen immer nur ein paar Sekunden wollte, trotzdem aber ständig seine Windel einnässte. Was zumindest bewies, dass er etwas zu sich nahm. Und sie von der Angst befreite, dass er sterben würde, weil es ihr nicht gelang, ihn richtig zu füttern.

Eines Tages hielt der Fette sie auf dem Flur an und erkundigte sich, wie es seinem Sohn ging.

»Gut, aber er weint viel«, antwortete sie und knickste. Ängstlich, dass er ein anderes Kindermädchen anstellen könnte.

»Meinst du, wir sollten den Arzt rufen?«

»Vielleicht zur Sicherheit?« Wieder knickste Marie. Seit sie als Kindermädchen angefangen hatte, unterhielt sie sich zum ersten Mal mit dem Fetten. In der Küche redeten die Mädchen häufig über ihn. Normalerweise hieß es, er sei ein notorischer Schürzenjäger, der auf jedem Hof des Sprengels einen Bankert habe. Eine behauptete sogar, dass eine Frau im benachbarten Sprengel zur selben Zeit Zwillinge, zwei Mädchen, bekommen habe, zu der die Frau des Fetten Frederik zur Welt gebracht hatte. Da er derjenige war, der für etwas zu essen und ein Dach über dem Kopf sorgte, fand Marie es schäbig, dass niemand etwas Anständiges über den Fetten sagte. Aber vielleicht war sie die Einzige, die wusste, dass er auch eine andere Seite hatte. Die zum Vorschein kam, wenn er durch die Wohnstube ging und seine Finger über die Saiten der Geige tanzen ließ. Daher war sie nicht überrascht, dass er sich um seinen Sohn wirklich Sorgen machte. Er schaute häufig im Kinderzimmer vorbei und war sogar dabei, als der Arzt kam. Nur um festzustellen, dass es dem Jungen gut ging. Das sind nur ein paar Anfangsschwierigkeiten, meinte der Arzt, und Marie bekam Tropfen, die sie in das Fläschchen träufeln sollte, wenn sie ihm seine Milch gab.

»Soll ich dir helfen, dich daran zu erinnern?«, erkundigte sich der Fette, und Marie wusste, dass er alles tun würde, damit es dem Jungen besser ging.

»Ich werde daran denken«, versprach sie, »und ich schließe ihn in mein Abendgebet ein, sodass er bald zur Ruhe kommt.«

»Das ist nett von dir«, meinte der Fette und begleitete den Arzt hinaus. Er kam zurück, und gemeinsam beruhigten sie den Jungen. Lange standen sie an der Wiege und sahen zu, wie er schlief. Der Fette legte vorsichtig einen Arm um Maries Taille, und sie trat erschrocken einen Schritt zur Seite.

»Oh, Entschuldigung«, sagte er. »Ich bin nur so dankbar, dass du für Frederik und mich da bist, da meine Frau im Augenblick nicht dazu in der Lage ist.«

Sie entschuldigte sich ebenfalls sofort und stellte sich wieder neben ihn.

Ein paar Tage später, als sie erneut versuchte, Frederik zu trösten, der den ganzen Vormittag geschrien hatte, klopfte der Fette an und kam mit der Violine unter dem Kinn herein. Er sagte nichts. Begann nur, ein Wiegenlied zu spielen. Marie war sicher, dass es den Jungen nur weiter stören würde – er war so empfindlich, wenn die Dienstmädchen unten im Flur lärmten oder etwas in der Kammer neben dem Kinderzimmer umwarfen. Doch es hatte erstaunlicherweise den entgegengesetzten Effekt. Marie wusste nicht, ob es an der Geige lag oder ob Frederik einfach nur vom Schreien erschöpft war. Jedenfalls schlief er in ihren Armen ein, und sie legte ihn vorsichtig in seine Wiege.

»Komm«, flüsterte der Fette. Sie warf einen Blick auf Frederik, der weiterschlief, und folgte seinem Vater. Der Fette nahm sie mit in sein Arbeitszimmer und bat sie, auf dem Sofa Platz zu nehmen. Er stellte sich vor das Sofa, schloss die Augen und legte den Bogen an die Saiten. Langsam fing er an zu spielen. Sie war verlegen, in seinem Arbeitszimmer zu sein. Was sollte sie sagen, wenn jemand kam?

Die Töne schwebten aus der Violine, und nach einer Weile war sie nicht sicher, ob der Fette noch wusste, dass sie da war. Sie fühlte sich unwohl, wand sich auf dem Sofa und räusperte sich. Der Fette öffnete die Augen und sah sie mit einem Blick an, der voller Trauer und Freude zugleich war. Ja, so musste sie es in Ermangelung eines besseren Ausdrucks beschreiben. Dann schloss er erneut die Augen und spielte weiter. Marie lehnte sich vorsichtig an die Rückenlehne. Er spielte schön. Sie schloss ebenfalls die Augen und spürte, wie sie die Töne in sich aufnahm.

»Das ist Liebesleid«, sagte er leise. »Ich kann nichts anderes spielen, wenn ich dich sehe.«

Sie errötete und erhob sich rasch.

»Ich glaube, ich muss nach Frederik sehen.«

Sie hörte, wie er sein Spiel wieder aufnahm, als sie die Tür hinter sich schloss und ins Kinderzimmer lief.

In der folgenden Zeit tauchte er häufig dort auf, wo sie sich aufhielt. Hatte er die Geige dabei, spielte er das Lied. Hatte er die Geige nicht dabei, summte er es, wenn er an ihr vorbeiging. Es kam vor, dass sie es ebenfalls summte, wenn sie in Gedanken war. Eines Nachmittags, als sie im Waschraum Windeln zusammenfaltete, stand er plötzlich neben ihr und spielte das Lied besonders schön. Er setzte die Violine ab und setzte sich neben sie auf einen Schemel.

»Kreisler hat es geschrieben, kennst du ihn?«

Sie kannte ihn nicht.

»Hier«, sagte er, »versuch mal, den Bogen zu streichen, dann setze ich die Finger. Du musst nur die Saite wechseln, wenn ich es sage.«

Sie schüttelte den Kopf, sagte, sie sei beschäftigt. Er erinnerte sie mit einer nicht ernst gemeinten strengen Stimme daran, dass er der Herr im Haus sei und ihr nun befehle, seine Geige zu spielen.

»Wie Sie wollen«, erwiderte sie verlegen und griff nach dem Bogen.

»Nein, so«, sagte er und legte seine Hand auf dem Bogen um ihre, führte ihn zusammen mit ihr. »Schließ die Augen.

Du darfst nicht denken. Nur zuhören. Lass die Musik dein Herz öffnen.«

Sie bemerkte rasch, dass sie schwanger war. Ihre Blutungen kamen normalerweise so regelmäßig, dass sie sofort misstrauisch wurde, als sie ausblieben. Sie konnte nur den Kopf über sich schütteln, wie dumm sie gewesen war. Natürlich wusste sie, woher die Kinder kamen. Ihr Vater war der Ansicht gewesen, dass seine Tochter wissen sollte, wie die Dinge sich verhielten; er hatte erzählt, dass Kinder kämen, wenn man verheiratet war und mit seinem Ehemann schlief. Er hatte eine Haushälterin gebeten, ihr die Sache mit der Regel zu erklären und was es bedeutete, wenn sie ausblieb. Aber sie hatte geglaubt, es sei etwas, das im Ehebett passierte. Nicht durch ein paar Zärtlichkeiten, die an einem Sommerabend ein bisschen außer Kontrolle geraten waren.

Ihr erster Gedanke war, dem Fetten zu erzählen, was geschehen war, aber sie schämte sich zu sehr und hatte Angst, dass die anderen Mädchen über sie wie über Hannah klatschten. Sie saß im Kinderzimmer und spürte, wie sich die Verzweiflung in ihrem Körper ausbreitete, und Frederik schrie so sehr, dass sie nicht klar denken konnte. Sie musste fort, nur für eine Stunde. Oder zwei. Um sich zu konzentrieren. Wie durch ein Wunder gelang es ihr, eines der anderen Mädchen dazu zu bringen, sich um Frederik zu kümmern. Sie musste ihr allerdings drei Taschentücher aus dem Laden versprechen und um sechs Uhr wieder da sein, denn abends gab es Tanz. Marie dachte daran, dass sie vor nicht allzu langer Zeit alles getan hätte, um zum Tanz mitzukommen. Nun schien ihr das eine kindliche Albernheit. Sie nahm das Fahrrad und fuhr eilig los. Ihr Vater hatte immer gesagt, sie hätte Verstand, nun musste sie ihn anwenden. Sie fuhr bis zum Pelkusfelsen. Kletterte die Böschung hinauf und hielt erst inne, als sie ganz oben an den Steinen war. Sie kroch in die Höhle und setzte sich außer Atem auf den großen Stein. Bemerkte, dass sie sich ihr Bein an mehreren Stellen blutig gerissen hatte, spuckte auf einen Finger und rieb an den Wunden, wobei sie so leise wie möglich weinte. Es könnten ja Menschen hier sein, obwohl sie niemanden sah. Sie krümmte sich zusammen. Dachte daran, was ihr Vater sagen würde, wenn er herausfand, dass sie schwanger war. Dass nun auch sie Schande über ihn brachte. Als sei es nicht genug, dass er seine Frau an Gott und seinen Sohn an den Teufel verloren hatte. Marie atmete drei Mal tief durch, und langsam begann ein Plan in ihrem Kopf zu reifen. Sie musste einen Mann zum Heiraten finden. So würde sie sowohl ihre wie auch die Ehre ihres Vaters retten. Sie weinte noch ein wenig, betete dann zu Gott und dankte ihm für seine Hilfe, obwohl sie gesündigt hatte.

Als sie kurz darauf die Böschung wieder hinunterkletterte, war ihr ein wenig besser zumute. Sie fuhr auf dem Heimweg am Laden vorbei, ließ drei Taschentücher und ein kleines Fläschchen Parfüm für den Pfarrhof anschreiben und dachte, dass sie noch eine Entschuldigung finden musste, warum sie so viel Geld ausgegeben hatte, wenn jemand fragte.

Es war nicht einfach, das Mädchen zu überreden, statt zum Tanz zu gehen, noch weiter auf Frederik aufzupassen. Aber das Fläschchen Parfüm war doch eine zu große Versuchung, und mit hängenden Mundwinkeln willigte sie ein. Marie gelang es sogar, sie zu überreden, ihr das Kleid zu leihen, das sie selbst zum Tanz hatte anziehen wollen. Allerdings musste Marie ihr ein weiteres Fläschchen Parfüm versprechen, sobald der Laden eine neue Lieferung aus der Stadt bekam.

Zum Tanz zu gehen und jemanden zu finden, den man heiraten konnte, war so, als würde man nach einem Strohhalm greifen – aber trotz allem besser, als aufs Meer zu rudern und sich ins Wasser zu stürzen. Das wäre immer noch möglich, dachte sie. Wenn alles schiefging.

Johan war der Erste, dem sie begegnete. Er stand vor der Scheune und trippelte auf und ab, gebückt und mit fettigen Haaren, die unter seinem Hut hervorguckten. Sie ging an ihm vorbei und dachte, dass sie so tief doch nicht sinken wollte.

Sie heirateten zwei Wochen später. Ihr Vater wunderte sich über die Eile, aber sie behauptete, sie hätte Alfred bei ihrer Hochzeit gern dabei, und er hatte ein Billett nach Amerika gekauft und sollte noch vor Ende des Monats aufbrechen.

»Wir sind so wenige in unserer Familie, und ich würde ungern auf jemanden verzichten«, erklärte sie und wischte sich eine imaginäre Träne aus dem Auge, von der sie hoffte, dass ihr Vater sie ihr abnahm.

»Aber auf dem Leuchtturm zu wohnen?«, fragte er, »bist du dir darüber im Klaren, welche Art von Leben du führen wirst?«

»Die Liebe erträgt alles, glaubt alles, hofft alles, hält allem stand«, erwiderte sie.

Er breitete lächelnd die Arme aus. »Na, wenn es so ist.«

Um auf der sicheren Seite zu sein, versuchte sie, Johan schon vor der Hochzeit zu verführen, aber er wies sie zurück, und dadurch widerte er sie nur zusätzlich an. Unglaublich, dass er, der ihr nichts anderes zu bieten hatte als ein erbärmliches Leben auf dem Leuchtturm, nicht annehmen wollte, was sie ihm anbot. Selbst in der Hochzeitsnacht wollte er nicht. Nicht, dass sie es gern getan hätte, in Wahrheit bereitete ihr allein der Gedanke die größte Übelkeit. Johan war nicht wie der Fette. Er hatte raue, ungeschickte Hände. Wenn er sie küsste, meinte sie, schmecken zu können, was er zuletzt gegessen hatte. Mit dem Fetten hatte sie es im ganzen Körper gespürt. Gespürt, dass sie am Leben war.

In der Hochzeitsnacht bot sie sich Johan auf eine Weise an, für die sie sich noch viele Jahre später schämte. Sie war sogar so verzweifelt, dass sie die verführerische Melodie des Fetten summte. Und tatsächlich, es half. Johan hatte sie auf dem kalten Fußboden des Turmzimmers genommen. Ihn in sich zu spüren, von seinen dreckigen Händen berührt zu werden, war das Schlimmste, was sie in ihrem bisherigen Leben erlebt hatte. Trotzdem heulte sie vor Freude und legte die Hände auf ihren Bauch. Jetzt war sie gerettet.

Die erste Zeit als Frischverheiratete verging einigermaßen unproblematisch. Obwohl der Bauch schneller wuchs, als man erwarten konnte, war Johan keineswegs misstrauisch. Er hatte glücklicherweise keinerlei physisches Interesse an ihr, allerdings machte er sich große Sorgen und bestand darauf, dass sie die letzten Monate ihrer Schwangerschaft an Land verbrachte. So könne sie nötigenfalls rasch den Arzt oder die Hebamme zu Hilfe holen. Seine Fürsorge führte dazu, dass sie eine gewisse Zärtlichkeit für ihn empfand

»Denk daran, was mit deiner Mutter passiert ist«, sagte er. »Dir soll es gut gehen, du sollst gutes Essen und ein warmes Bett haben. Ich kann mich doch nicht um dich kümmern, wenn ich die Lampe am Brennen halten soll.«

Johan brachte sie bei seiner Mutter unter. Marie hatte vorgeschlagen, im Pfarrhaus zu wohnen. Der Gedanke, ständig mit der Witwe zusammen zu sein, war mehr, als sie ertragen konnte. Bei der Hochzeit hatte die Witwe ihren Vater angelächelt und gesagt, sie sei so glücklich, dass sie nun eine Familie wären.

»Wer hätte das gedacht?«, hatte sie gesagt.

»Es hat mich ehrlich gesagt auch überrascht, aber so ist das mit der Liebe«, hatte ihr Vater geantwortet. Marie hatte die Witwe nicht beachtet. Sie hatte gedacht, dass sie nicht sonderlich viel mit ihrer Schwiegermutter zu tun haben würde. Sie hatte sich geirrt.

»Es ist mein Elternhaus«, sagte Johan. »Und nun ist es auch deins. Sie braucht dich, jetzt, da ich auf dem Leuchtturm bin.«

Die Witwe empfing sie herzlich, als sie kamen. Deckte warmes Essen und Knäckebrot auf. Sie aßen und redeten darüber, welche Namen in der Familie für ein Neugeborenes passend seien.

»Hauptsache, ihr entscheidet euch nicht für einen dieser ausländischen Namen«, meinte die Witwe.

»Natürlich nicht«, entgegnete Marie.

Johan zeigte ihr das Zimmer auf dem Hof, in dem sie während der Schwangerschaft wohnen sollte. Sie bemerkte entlang des Betts einen braunen, schmutzigen Rand an der Wand und versuchte daran zu denken, dass Jesus auch die Leprakranken geliebt hatte.

»Hier hast du es gut«, sagte er. »Leider bin ich nicht Herr über Licht und Dunkelheit, aber ich komme wieder, sobald ich kann. Spätestens in drei Tagen, wenn das Wetter es zulässt.« Erleichtert verabschiedete sich Marie von ihm.

Sie stand mit der Witwe am Fenster und winkte ihm nach, als er über den Hofplatz ging. Er drehte sich um und winkte zurück.

»Ich hoffe, du hast nicht nur Flausen im Kopf und wirst mir helfen«, knurrte die Witwe, als sie Johan nicht mehr sehen konnten.

»Ich helfe gern«, erwiderte Marie verwirrt.

»Schwanger zu sein ist keine Krankheit. Und glaub ja nicht, dass du die Erste bist, die schwanger ist.«

Sie tat, was sie konnte. Bügelte, wusch, kochte und hielt die boshaften Kommentare der Witwe aus. Es war offensichtlich, dass sie es genoss, nun diejenige zu sein, die Marie herumscheuchen konnte. Sobald die Witwe sich zu ihrem Mittagsschlaf hinlegte, lief Marie zum Pfarrhaus, wo sie bei Karen in der Küche saß oder mit Lillen auf dem Boden spielte.

»Wo ist Hannah?«, fragte Marie hin und wieder.

»Ich glaube, sie ist zu Besuch bei einer Freundin auf dem Festland, aber solange dein Vater nichts dagegen hat, dass Lillen hier ist, kann Hannah machen, was sie will, und sein, wo sie will. Vermutlich hat sich niemand von uns vorgestellt, dass sie eine Glucke wird, oder?«

Sie hatten zusammen gelacht. Karen hatte recht. Und Lillen war ein nettes Kind, ganz das Gegenteil von Frederik, Maries einziger Erfahrung mit Säuglingen. Auch wenn sie das mit dem Fuß hatte. Jeden Abend betete sie, dass das Kind, das sie im Bauch trug, Lillens Gemüt bekäme und nicht so schrie wie Frederik.

Nach ein paar Wochen übernachtete sie zum ersten Mal auf dem Pfarrhof und kehrte erst am Vormittag zu der Witwe zurück.

»Na, da bist du ja«, sagte sie gallig, ohne von der Wäsche aufzusehen, die sie mit ihren gekrümmten Fingern zusammenzulegen versuchte. »Sieh zu, dass du mit den Böden anfängst.«

»Ich habe aber keine Lust, deine hässlichen, verdreckten Böden zu wischen«, erklärte Marie kühl, von sich selbst überrascht. Sie drehte auf dem Absatz um, ging zurück zum Pfarrhof und weinte sich bei Karen aus.

»Ich erkenne mich kaum wieder«, schluchzte sie.

»Wenn man schwanger ist, dann ist man nicht ganz bei sich«, tröstete Karen.

Marie saß in ihrem alten Zimmer und betete an diesem Abend zu Gott. Sie bat Gott um Vergebung, dass sie sich gegenüber ihrer Schwiegermutter so abscheulich benommen hatte, und sie bat darum, ihr einen Weg zu zeigen. Sie schlief die ganze Nacht wie ein Stein und stand am nächsten Tag ausgeruht auf, dann ging sie zu der Witwe und holte die Dinge, die sie vom Leuchtturm mitgebracht hatte. Sie hinterließ jedoch ein paar Kleider und ein Buch, damit Johan glaubte, dass sie noch immer dort wohne.

»Ich komme jeden Nachmittag und helfe dir mit den Dingen, bei denen du Hilfe brauchst, aber ich wohne nicht mehr hier. Wenn Johan kommt, sagst du, ich bin zu Besuch bei meinem Vater, er kann mich im Pfarrhaus abholen.«

»Er wird böse, wenn er hört, dass du umgezogen bist«, drohte die Witwe mit schmalen Augen.

»Du musst es ihm ja nicht erzählen«, entgegnete Marie und griff nach dem Koffer.

»Wieso sollte ich es lassen?« Die Witwe stellte sich in die Tür.

»Wenn du ihm etwas erzählst, sage ich ihm, dass du mich schlecht behandelt hast, und ich werde dafür sorgen, dass du dein Enkelkind nie zu Gesicht bekommst.«

Die Witwe machte einen Augenblick ein vollkommen verblüfftes Gesicht, dann trat sie zur Seite, sodass Marie hinausgehen konnte. Als sie auf den Pfarrhof kam, räumte sie ihre Sachen in ihr Zimmer. Dann kniete sie vor dem Bett und dankte Gott, dass er ihr die Stärke gegeben hatte, das zu tun, was sie gerade getan hatte.

Niemand war misstrauisch, weil Darling ein bisschen zu früh geboren wurde.

»Du bist auch zu früh gekommen«, sagte ihr Vater. »Du konntest auch nicht warten.«

Das erzählte Marie jedem, der kam, um sich das Neugeborene im Pfarrhaus anzusehen. Niemand ahnte Unrat. Und sie dachte, so muss es sein, wenn man glücklich ist.

Nach der Geburt zog Marie offiziell zurück auf den Pfarrhof. Johan hielt es für eine gute Idee.

»Bleib an Land, solange es nötig ist. Ich komme auf dem Leuchtturm gut zurecht. Wer weiß, vielleicht kannst du ja einfach hierbleiben?«

So verlockend Marie es auch fand, auf diese Weise mit Johan verheiratet zu sein, wusste sie doch, dass die Leute reden würden. Als Darling ein halbes Jahr alt war und Marie die ersten verwunderten Fragen gestellt wurden, erklärte sie Johan, dass er sie nicht mehr an Land besuchen müsse, sie käme zurück auf den Leuchtturm.

»Bist du sicher, dass es geht?«, fragte er. »Ich ertrage den Gedanken nicht, dass euch etwas geschieht. Es ist schließlich ein raues Leben auf dem Leuchtturm.« Sie war gerührt über seine Fürsorge um sie und das Kind, sagte aber, sie sei sicher.

»Du sollst schließlich nicht verrückt werden, wenn du ganz allein auf dem Leuchtturm bist«, erklärte sie und dachte, ich habe ihn nicht geheiratet, um zu sehen, wie der gute Ruf meines Vaters ruiniert wird.

Ein paar Tage später nahm sie unter Tränen Abschied von Karen, Lillen und ihrem Vater und ließ sich vom Totengräber zum Leuchtturm rudern. Sie weinte die gesamte Überfahrt und nahm sich erst zusammen, als sie auf dem Riff stand. Sie räusperte sich ein paar Mal und ließ den Wind ihre Wangen trocknen, bevor sie die Tür öffnete. Sie ging die ersten schweren Schritte hinauf in die Küche, wo Johan gerade Kaffee kochte.

»Hier kommen wir, deine Tochter und ich!«, rief sie munter. Johan bemerkte glücklicherweise nicht, dass sie gerade geweint hatte.

Darling schrie nicht viel, obwohl Johan dieser Ansicht war. Aber Marie wusste, was es hieß, sich um ein Kind zu kümmern, das weinte, und sie war zuversichtlich. Bis Darling gehen lernte und anfing, alles um sich herum kaputtzumachen. Behielt Marie sie nicht ständig im Auge, war sie blitzschnell sämtliche Stufen bis hinauf ins Turmzimmer gelaufen, wo Johan sie nicht haben wollte. Marie war selbst auch nicht gern dort oben. Eigentlich war sie seit jener Nacht, als Darling gezeugt wurde, nicht mehr dort gewesen. Also offiziell.

In den ersten paar Jahren gab es Tage, an denen Marie einen Anflug von Liebe spürte, wenn sie Darling sah. Aber es fiel ihr schwer, sich von dem Gefühl zu befreien, dass sie wegen Darling hier draußen auf dem Leuchtturm verkümmerte, isoliert von ihrem Vater und dem Fetten. Darling war boshaft, und vom Charme des Fetten erkannte sie nichts in ihr wieder. Morgens, wenn Marie sie aus ihrem Gitterbett nehmen wollte, blickte Darling sie scheel an. Sie kniff ihre kleinen Augen zusammen, und Marie wandte hastig den Blick ab, aus Angst, von ihrem eigenen Kind verflucht zu werden.

Wenn Johan im Turm war und Darling schlief, weinte Marie und dachte, es sei Gottes Strafe, weil sie in Sünde schwanger geworden war. Je größer Darling wurde, desto wilder wurde sie. Sie quälte Krebse, Vögel und Seeigel zu Tode, die sie hin und wieder auf dem Riff fing und rund um den Leuchtturm versteckte, sodass Marie ihre kostbare Zeit damit verbringen musste, dem Gestank der kleinen Aas-Überreste zu folgen, um sie zu beseitigen. Sie zerbrach Tassen, Teller und eines Tages auch eine Vase, den kostbarsten Besitz von Maries Mutter. Die Vase war mit größter Vorsicht auf den Leuchtturm gebracht worden, damit Marie sich ein bisschen wie zu Hause fühlte.

»Wie konnte das passieren?!«, schrie Marie und schüttelte Darling, bis beiden die Tränen kamen.

Von Anfang an war klar, dass Johan Darling nicht mochte. Marie konnte es ihm nicht verdenken. Die ersten paar Jahre fiel es ihr schwer, sich zu entscheiden, ob sie es gern sähe, wenn Johan mehr Interesse an Darling zeigen würde. Um sicherzugehen, dass er nicht an seiner Vaterschaft zweifelte. Oder ob es gut war, dass er kein sonderlich großes Interesse an ihr hatte. Dann war die Chance geringer, dass er anfing, darüber nachzudenken, was sie eigentlich von ihm geerbt hatte.

Marie nutzte jede Gelegenheit, darauf hinzuweisen, wie ähnlich sie sich seien. Wenn die Witwe sie auf dem Leuchtturm besuchte, begann sie hin und wieder sogar ein freundliches Gespräch mit ihr, welche Züge Darling von ihrem Vater geerbt hatte. Johans Mutter hatte keinen Zweifel. Darling kam ausschließlich nach Johans Familie. Sie zählte alte Tanten und Urgroßeltern auf, die genau solch einen Bogen der Augenbraue oder des Nasenrückens gehabt hatten. Marie genoss es beinahe, sie davon erzählen zu lassen. Weil es ihre eigenen Lügen wahrhaftiger werden ließ, und weil sie – wofür sie Gott jeden Abend um Vergebung bat – es genoss, dass die Witwe sich selbst zum Narren machte.

War sie mit der Witwe allein, war die Witwe stets mürrisch

und griesgrämig. Sie redete herablassend mit Marie, nichts, was sie tat, war gut genug. Sobald Johan sich zeigte, änderte sich ihre Laune. Sie lachte über Dinge, die er sagte und die Marie gar nicht komisch fand. Trotzdem lachte sie mit. Johan freute sich, wenn die Stimmung gut und entspannt war. Sie fand, sie sei es ihm schuldig. Aber sobald er hinausruderte, um zu fischen oder einen Seevogel zu schießen, ging Marie in ihr Zimmer und legte sich ins Bett, nahm sich eine kleine Auszeit, in der sie es sich erlaubte, an die Sommerabende mit dem Fetten zu denken. Dann durfte die Witwe eine Weile mit Darling allein sein. Mein Augenstern, sagte sie und kniff Darling in die Wange. Marie wunderte sich, dass sie nicht bemerkte, welch kleiner Satan Darling war. Und es beruhte auf Gegenseitigkeit. Darling liebte ihre Großmutter über alles.

In den dunklen Monaten des Jahres sorgte sich Marie, was die Leute auf Ørland wohl von ihr als Mutter hielten, wenn sie wieder an Land kamen und alle sahen, wie unbändig Darling war. Denn wie sollte das Kind lernen, sich in Gesellschaft anderer zu benehmen, wenn niemand außer Lillen mit ihr spielen wollte? In der Hoffnung, Darlings Gemüt ein wenig zu besänftigen, nahm Marie eine Katze mit, als sie gegen Ende des Sommers auf den Leuchtturm zurückkehrten.

Die Katze kratzte sie schon, bevor sie das Ruderboot bestieg. Und im Boot geriet sie vollkommen außer Kontrolle und suchte Schutz vor dem Sprühregen, der sich wie eine feuchte Decke über sie legte. Am schlimmsten jedoch war, dass die Witwe mitgekommen war und unablässig schwatzte. Marie hörte nur mit einem halben Ohr hin. Sie spürte die Kratzer kaum, die ihr die Katze zufügte, sie musste immer daran denken, was hinter dem Misthaufen passiert war.

Sie war dem Fetten bereits zu Beginn des Sommers am Hafen begegnet. Er hatte sich elegant verbeugt, ihre Hand ergriffen und mit seinen Lippen ihre Haut berührt.

»Guten Tag«, sagte Marie und fand, dass ihre Stimme zu viel verriet.

»Bei mir steht noch ein Fahrrad, vielleicht ist das ja was für deine Tochter?«

Er behauptete, ein Dienstmädchen hätte es vergessen, aber für Marie sah es neu aus. Sie waren sich zufällig begegnet, als sie einige Besorgungen machte. Allerdings könnte es ja sein, dass er auf sie gewartet hatte, dachte sie und suchte in seinem Gesicht nach Anzeichen, ob er wusste, dass Darling seine Tochter war. Vielleicht hatte er das Fahrrad bewusst für sie gekauft.

»Ja, danke«, sagte Marie und ließ sich von ihm lange hinter dem Misthaufen küssen. Sie hielt ihn erst auf, als er unter ihr Kleid wollte. Sie riss sich los und lief nach Hause zum Pfarrhof.

Seither war sie ihm nicht mehr allein begegnet, er war immer in Begleitung. Trotzdem grüßte er mit dem Hut in ihre Richtung, und sie wandte sich hastig ab und hoffte, dass niemand bemerkte, wie rot sie wurde.

»Du weißt vermutlich nicht sonderlich viel über Tiere, du bist ja bloß auf einem Pfarrhof aufgewachsen. Aber wir sind auf einem richtigen Bauernhof aufgewachsen, nicht wahr, Johan?« Die Witwe zog den Mantel enger um sich und hielt sich mit der anderen Hand am Rand des Bootes fest. Es schaukelte in den Wellen.

Johan antwortete nicht. Er war sonst eigentlich immer freundlich zu seiner Mutter. Aber seit heute Morgen schien er abwesend zu sein. Die Witwe ließ sich nichts anmerken.

»Aber was willst du mit einer Katze auf dem Riff? Eine Mäuseplage gibt's doch bei euch nicht. Katzen sind Nutztiere.«

»Ich nehme sie mit, damit Darling ein bisschen Gesellschaft hat«, verteidigte sich Marie und schweifte in ihren Gedanken zu dem Fetten.

Die Witwe schnaubte. »Mit Tieren soll man nicht schmusen, sie sollen sich nützlich machen. Ist es nicht so, Johan?«

Zumindest will sie nur drei Tage bleiben, dachte Marie, als die Witwe am Felsen das Boot verließ.

Die Katze ärgerte Marie. Sie zerkratzte die Möbel und pinkelte in die Ecken. Jedes Mal, wenn sie die Katze sah, sorgte sie dafür, dass sie aufs Riff ausgesperrt wurde. Aber sie kam immer wieder in den Leuchtturm. Darling schien von ihr auch nicht sonderlich begeistert zu sein. Nur Johan hatte seine Freude an dem Tier. Er knüllte Papier zu Kugeln, an die er eine Schnur band, um die Papierkugeln die Treppen hochzuziehen. Marie hatte den Verdacht, dass er die Katze immer wieder hereinließ. Nur musste er ja nicht den Geruch nach Katzenpisse lokalisieren, um ihn dann aufzuwischen. Nach drei Tagen hatte Marie ständig das Gefühl, dass es irgendwo nach Katzenpisse roch. Und am späten Abend – Johan hatte sich längst oben im Turm zur Ruhe gelegt, um Kraft für den nächtlichen Dienst zu schöpfen, und Darling schlief in ihrem Bett – schnüffelte sie auf den Stockwerken herum, um herauszufinden, wohin die Katze gepisst hatte. Sie wollte gerade hinunter in die Küche gehen, als sie hörte, wie ein Becher umfiel.

»Diese verdammte Katze«, fluchte sie leise und lief die Treppe hinunter. Doch es war nicht die Katze. Die Witwe lag leblos über dem Tisch.

Marie berührte sie vorsichtig an der Schulter. Sie reagierte nicht. Marie legte ein Ohr an ihren Kopf. Atmete sie? Vielleicht ein bisschen. Sie trat einen Schritt zurück. Ging die ersten paar Stufen zum nächsten Stockwerk hinauf. Horchte in den Turm. Es war still. Rasch lief sie ins Schlafzimmer, zog ihr Nachthemd an und kroch unter die Bettdecke. Dort lag sie mehrere Stunden und diskutierte mit Gott. Hörte den Wellen zu, die gegen den Leuchtturm schlugen, und dem Wind, der an den Mauern zerrte. Stand auf, steckte die Füße in ihre Pantoffeln und zog den Morgenrock über. Lief den Turm hinauf. Es dauerte eine Weile, bevor Johan erwachte. Er rannte so schnell die Treppe hinunter, dass sie Angst hatte, er könnte fallen.

Tagelang tobte ein Unwetter. Marie war es unangenehm, die entseelten Gebeine im Leuchtturm zu haben. Was, wenn ihr Geist noch immer hier war? Was, wenn sie wusste, dass Marie es unterlassen hatte, sie zu retten? Nachts hatte sie Albträume. Träumte, dass die Witwe bei Gott petzte, dass sie zurückkommen könnte, um sich zu rächen. Fand, dass der Katzengestank sich mit dem Geruch des toten Leibs vermischte. Sie schloss die Tür zur Witwe, in der Hoffnung, sie einsperren zu können.

Johan versuchte verzweifelt, an Land zu kommen. Er bekam sogar einen Fieberanfall nach dem Versuch, der Natur zu trotzen. Als der Sturm sich endlich legte und er an Land ruderte, damit jemand seine Mutter abholte, war Marie nervlich am Ende. Sie packte die Katze, band eine Schnur um ihren Bauch und einen schweren Stein ans andere Ende der Schnur. Sie warf sie, so weit sie konnte, ins Wasser. Darling fand sie ein paar Tage später tot an den Felsen des Riffs und brachte die Katze in den Leuchtturm.

Marie sollte die Witwe waschen. Sie lag im Pfarrhaus im Sarg – ohne Deckel.

»Ja, selbstverständlich«, antwortete sie, als ihr Vater es vorschlug.

»Du warst ja am ehesten so etwas wie eine Tochter für sie«, meinte er und blickte sie milde an. »Unglaublich, dass du noch eine Mutter verlieren musst, kaum dass du sie bekommen hast.«

Für Marie war es ganz und gar nicht selbstverständlich, als sie neben dem Sarg stand und der Witwe das Nachthemd ausziehen sollte. Der tote Körper stank, Marie atmete durch den Mund. Sie hatte das Gefühl, sich übergeben zu müssen, wenn sie die Witwe ansah. Vom Bauch bis zum Hals klebte das weiße Nachthemd grünlich am Körper fest. Aus der Nase war ein schwarzer Strich gesickert. Marie hatte sich vorgenommen, ihn abzuwischen, konnte sich aber nicht vorstellen, die Leiche anzufassen. Sie fasste sich mit einer Hand an den Kopf, stemmte die andere in die Seite. Wie rettete sie sich bloß aus dieser Situation? Sie zuckte zusammen, als die Tür aufging und der Totengräber seinen Kopf hereinsteckte.

»Bist du bald fertig? Ich würde den Deckel gern so schnell wie möglich draufnageln, ganz frisch ist sie ja nicht mehr.«

»Noch einen Moment!«, rief Marie zurück. Der Totengräber verschwand, und sie legte hastig das Totenhemd über die Witwe, ohne sie zu berühren. Lief zur Kommode und holte ein Tischtuch, das für den langen Esstisch gedacht war. Sie legte es über ihre Schwiegermutter, sodass die Witwe bis zum Hals bedeckt war.

Dann rief sie den Totengräber.

»Sie hat mich gebeten, sie ganz zu bedecken, wenn sie einmal im Sarg liegt«, erklärte sie, als sie im Flur an ihm vorbeiging. »Sie war ja eine ehrbare Frau.«

»Das war sie wohl«, sagte der Totengräber teilnahmslos, und bevor sie die Tür schloss, hörte sie, wie er den Deckel vom Boden hob und polternd auf den Sarg legte.

Die Beerdigung war rasch überstanden. Ihr Vater war auf dem Pfarrhof beschäftigt, und Marie nutzte die Zeit, bis sie zum Leuchtturm aufbrachen, um mit Karen in der Küche zu plaudern. Aber Karen hatte schlechte Laune. Hannah war nicht zurückgekommen.

»Lillen hat sowieso kein leichtes Leben, mit dem Fuß und überhaupt.« Karen scheuerte resolut den Esszimmertisch. »Zumindest sollte sie sich da doch auf ihre Mutter verlassen können.«

Marie machte sich keine Sorgen. Sie war der Ansicht, Lillen sei besser damit gedient, statt Hannah keine Mutter zu haben.

»Ihr müsst vermutlich bald zurück zum Leuchtturm, wenn ihr sichergehen wollt, dass euch der Sturm nicht wieder erwischt? Um diese Jahreszeit weiß man ja nie.« Ihr Vater war in die Wohnstube gekommen. Er setzte sich neben sie. Tätschelte ihre Hand.

»Es ist hart, jemanden zu verlieren«, sagte er mit seiner Pastorenstimme. »Aber die Zeit wird dir helfen, darüber hinwegzukommen.«

»Ja«, antwortete sie. »Darling ist sehr traurig.« Im selben Moment sauste Darling vorbei und wieherte wie ein Pferd. Ihr Vater lächelte.

»Kinder haben ihre eigene Art zu trauern«, meinte er. »Davon können wir was lernen.«

»Ja«, wiederholte Marie und dachte, dass Darling die meisten Dinge auf ihre eigene Art anpackte.

Nachts auf dem Leuchtturm überkamen sie Zweifel. Sie flehte Gott um Vergebung an, weil sie die Witwe nicht geliebt hatte. Versprach, dass sie Darling liebhaben und nie wieder an den Fetten denken werde, wenn Gott ihr nur vergab. Wenn es morgens dämmerte, war es einfacher, sich einzureden, dass sie bereits tot war, als sie die Witwe gefunden hatte. Und dass Darling ein schwieriges Kind war, das man nicht so einfach liebhaben konnte. Doch die Nacht gehörte nicht der Vernunft, und sie wand sich in der Dunkelheit.

Sogar Johan bemerkte, dass sie erschöpft aussah.

»Ich vermisse sie auch«, tröstete er sie, und einen Augenblick dachte sie, er würde nach ihrer Hand greifen.

Jedes Mal, wenn das Wetter es zuließ, ruderte Johan an Land. Darling begleitete ihn, um mit Lillen zu spielen. Marie bot mehrmals an, Darling hinüberzurudern. Obwohl sie sich verbot, an den Fetten zu denken, hätte sie ihm ja zufällig begegnen können.

»Das Wetter ist schön, ich kann durchaus rudern«, sagte sie. Einmal hatte sie sich sogar schon ein Kopftuch umgebunden und wollte gerade ihre Stiefel anziehen. Aber Johan war schneller und behauptete, er müsse ohnehin zum Hafenmeister.

Marie blieb auf dem Riff zurück und fühlte sich gefangen. So hatte ihr Leben nicht aussehen sollen.

Die dunkle Jahreszeit kam und fühlte sich noch länger an als der vorhergehende Winter. Sie weinte jeden Tag, wenn sie das Essen zubereitete. Weinte, wenn sie den Tisch deckte und hinterher abwusch. Wischte sich die Augen mit der Wäsche, die sie aufhängte, und noch einmal, wenn sie die Wäsche wieder abnahm.

Das ist deine Schuld, dachte Marie, wenn sie mit dem Waschzeug oder einem Topf an Darling vorbeiging.

Nur wenn sie sich erlaubte, an den Fetten zu denken, versiegten die Tränen. Sie war sicher, dass Gott ihr diese kleine Freude gönnte. Wenn sie wieder an Land kam, würde sie sich erlauben, ihn wiederzusehen. Nur einmal. Gott würde verstehen, dass sie das nach einem solchen Winter und mit dieser Tochter verdient hatte.

Als es Frühjahr wurde, dachte sie an nichts anderes, als an Land zu kommen. Johan hatte sich im Turm vergraben, ihn sah sie nicht oft. Mag sein, dass wir nicht so sind wie die meisten Eheleute, sagte sie sich, aber zumindest essen wir täglich eine Mahlzeit gemeinsam. Allerdings war er nicht sonderlich gesellig, wenn sie ihn schließlich zu Gesicht bekam.

Als das Meer einen ganzen Tag ruhig gewesen war, ermahnte sie Darling, nicht aufs Riff zu gehen und dachte, nun habe ich es zumindest gesagt. Dann schob sie das Ruderboot ins Wasser und ruderte schnaufend an Land. Zwischendurch machte sie Pausen, um ihr Kopftuch zu richten und nicht zu sehr zu schwitzen.

Schon bald schlenderte sie die Straße entlang. Die Sonne war hinter einer Wolke verschwunden, aber sie hatte das Gefühl, sie trotzdem zu spüren. Sie öffnete die Jacke. Schaute hinüber zum Hof des Fetten, ging dann aber doch zum Pfarrhof und lächelte den Gänsen zu, die ihre Ankunft ankündigten.

In der Küche stieß sie auf Karen, die genauso aussah wie im Herbst, als sie sich das letzte Mal gesehen hatten. Ihr Vater, der grauhaariger geworden war, strahlte bei ihrem Anblick. Fragte nach dem Winter, nach dem Leuchtturm, nach Johan, nach den Stürmen, die über sie hinweggerast waren. Lillen tauchte hinter Karen auf und wollte wissen, ob Darling auch mitgekommen sei.

»Das nächste Mal«, versprach Marie. »Und wer weiß, vielleicht kommen wir in diesem Jahr ja früher an Land. Gott weiß, wie sehr ich das brauche.«

Sie verließ das Pfarrhaus nach ein paar Stunden und wusste, dass sie bald wieder zum Leuchtturm zurückmusste. Trotzdem ging sie zum Hof des Fetten. Am Ende der Straße kam jemand auf sie zu. Sie erkannte den Fetten deutlich an seiner Figur. Mit seiner Begleitung war es schwieriger. Konnte das Frederik sein? Erst als sie nah an ihr vorbeigingen, erkannte sie Frederik und die Frau des Fetten. Sie hatte ihr Haar aufgesteckt und trug ein hübscheres Kleid, als Marie je eins besessen hatte. Der Fette blieb kurz stehen und sprach über das schöne Frühlingswetter. Die Frau nickte zurückhaltend. Frederik streckte ihr die Zunge heraus, offensichtlich wusste er nicht, wie viele Nächte es Marie gekostet hatte, bis er akzeptiert hatte, dass er geboren worden war.

Marie wünschte ihnen einen guten Tag und sah zu, dass sie weiterkam. Sie ging weiter geradeaus, fort vom Hafen und dem Boot. Sie überlegte, wann sie es sich wohl erlauben konnte umzudrehen.

Auf dem Rückweg zum Leuchtturm ärgerte sie sich, wie sie nur so dumm sein konnte. Doch sobald der Sommer kam, ruderte sie wieder an Land.

»Ich komme in diesem Jahr nicht mit«, erklärte Johan, als sie anfing zu packen und ihn fragte, wo seine Sommersachen seien.

»Du kannst doch nicht hierbleiben?«

»Ich habe so viel zu erledigen.«

Marie unternahm einen halbherzigen Versuch, ihn zu überreden, und sah sich nicht um, als der Totengräber kam und sie abholte.

Marie konnte nicht anders, sie musste noch einmal ihre Haare richten, bevor sie zum Einkaufen ging.

»Hübsch siehst du aus«, bemerkte Karen.

Marie errötete und sagte, hoffentlich sehe sie nicht allzu putzsüchtig aus.

»Du hast doch alles Recht, dich ein bisschen hübsch zu machen – du bist schließlich das halbe Jahr auf dem Leuchtturm gefangen.« Karen lächelte sie an. Marie betrachtete sich ein letztes Mal im Spiegel, bevor sie losging.

Zwei Stunden war sie spazieren gegangen, war am Laden vorbeigelaufen und nun zum zweiten Mal auf dem Weg zum Hafen. Nervös strichen ihre Hände über ihr Haar aus Angst, dass der Wind es in Unordnung gebracht haben könnte. Plötzlich stand er vor ihr.

Sie knickste wie ein Dienstmädchen, bereute es sofort und richtete sich hastig wieder auf.

»Guten Tag«, grüßte sie und räusperte sich.

»Na, so etwas, bist du es wirklich?« Der Fette freute sich und streckte eine Hand aus. Sie ergriff sie, und er legte die andere Hand auf ihre Hände.

Sie ließ sich im Bootshaus küssen. Aber weiter durfte er nicht gehen. Obwohl es beinahe unmöglich war, der Lust nicht nachzugeben. Stattdessen versuchte sie, die Vögel zu hören, die auf dem Dach zwitscherten. Der Fette setzte sich schnaufend und mit gespreizten Beinen auf einen der Futtersäcke, sodass ihm sein Bauch zwischen die Beine fiel. Er zog ein Taschentuch heraus und wischte sich das Gesicht ab. Marie betrachtete einen Schweißtropfen, der drohte, von seinem Kinn auf den Bauch zu fallen. Stattdessen bekam er Gesellschaft von einem weiteren kleinen Rinnsal aus Schweiß, gemeinsam rannen sie das Doppelkinn hinunter und verschwanden unter dem Hemdkragen.

»Na, zierst du dich jetzt auf deine etwas älteren Tage?«, erkundigte er sich und lächelte sie liebevoll an.

»So alt bin ich nun auch wieder nicht«, erwiderte sie, scheinbar beleidigt. Sie strich ihr Kleid glatt.

Der Fette kam zu ihr und umarmte sie von hinten.

Sie drehte sich um und küsste ihn. Er fuhr mit seinen Händen durch ihr Haar, und einen Moment war es ihr egal, dass es nun doch in Unordnung geriet.

»Beim nächsten Mal entkommst du mir nicht so leicht«, erklärte er und zwinkerte ihr zu. Streichelte liebevoll ihren Rücken.

Marie besann sich und fragte, ob sie sich wiedersähen.

»Ja«, antwortete er sanft, »du würdest mich zu einem glücklichen Mann machen.«

Als sie nach Hause kam, bluteten Darling und Lillen. Sie hatten sich geprügelt. Darling weinte und wollte getröstet werden.

»Warum lauft ihr auch herum und prügelt euch wie die Bengel?« Marie stellte die Frage gereizt, sie konnte sich jetzt nicht um Darling kümmern.

»Das war Frederik, der Sohn des Fetten. Er ist böse«, heulte Darling.

»Er ist schon in Ordnung«, widersprach Marie. »Man muss ihn nur richtig kennen. Ich habe auf ihn aufgepasst, als er klein war.« Sie wusste nicht so genau, warum sie den kleinen Satansbraten in Schutz nahm, aber sie hatte das Gefühl, er sei auch ihr Kind.

Sie sah den Fetten in diesem Sommer nicht mehr, obwohl sie regelmäßig an seinem Hof vorbeiging. Einmal warf sie sogar alle Scham über Bord und ging auf den Hof, um mit den Köchinnen zu plaudern. Als seien sie alte Freundinnen. Als würde sie immer an ihrem alten Arbeitsplatz vorbeischauen.

»Wie geht's?«, fragte sie.

»Wie immer«, antworteten sie.

»Gibt's etwas Neues?«

»Nein.«

Wolken verdunkelten den Himmel, als Johan sie zum Leuchtturm zurückruderte. Er sah älter aus, obwohl es erst eine Woche her war, dass Marie ihrem Mann etwas zu essen gebracht hatte. Sie fühlte sich schwerfällig und müde. Konnte sich einen weiteren Winter auf dem Leuchtturm kaum vorstellen. Hätte sie gewusst, dass Gudrun bald in ihr Leben treten würde, hätte sie aufrecht im Boot gesessen und vielleicht sogar mit Darling geredet, die schmollend im Bug des Bootes saß.

Als sie Gudrun das erste Mal sah, konnte sie nicht anders, als sie anzustarren. Natürlich versuchte sie, es zu lassen. Aber Gudrun war so anders als alle Frauen auf Ørland. Sie trug ihr Haar kurz und sah nicht so aus, als ob sie auch nur einen Moment daran denken würde, sich hübsch zu machen – ja, Marie fragte sich, ob sie sich überhaupt jemals in einem Spiegel gesehen hatte? Dennoch hatte ihre Art etwas Ansteckendes. Sie lachte laut und lange. Mit Gudrun im Leuchtturm wurde alles anders. Sogar Johan lebte auf. Darling wurde umgänglicher, und Marie bekam die Freundin, nach der sie sich immer gesehnt hatte. Gudrun liebte das Leben auf dem Leuchtturm. Interessierte sich für alles. Freute sich auf den Winter und die Dunkelheit, die sie einhüllen würde.

»Hier draußen findet man wirklich zu sich selbst«, erklärte sie, stellte sich aufs Riff und sang laut. Darling johlte an ihrer Seite. Marie wusste, dass man sie unmöglich hören konnte, schaute aber dennoch verstohlen in Richtung Land, als sie ihnen vorsichtig nachging. Es war noch nicht lange her, dass das Wasser sich zurückgezogen hatte, die Steine waren noch immer glatt. Sie hielt ihr Haar fest, damit es nicht im Wind flatterte.

»Wieso benutzt du eigentlich jeden Tag Haarspangen?«, lachte Gudrun. »Lass es doch wehen«. Sie streckte eine Hand aus, um Maries Haar zu zerzausen. Marie duckte sich, musste aber einfach mitlachen. Darling war damit beschäftigt, einen Krebs zu jagen, der über die Steine zum Wasser krabbelte. Gudrun zerwühlte ihr eigenes kurzes Haar, und sie lachten lange und laut zusammen – Marie konnte sich nicht entsinnen, jemals so gelacht zu haben.

Gudruns Flaschen lösten die letzten Hemmungen. Sogar Marie und Johan kamen sich näher, und es kam vor, dass er bei ihr schlief. Sogar mit ihr. Im Rausch konnte sie sich einfacher vorstellen, dass es die Hände des Fetten seien. Dass seine weichen Lippen sich auf ihre legten. Es gab sogar Abende, wo sie Johan bat, sich zu ihr zu legen. An dem Vormittag, als ihr klar wurde, dass sie schwanger war, weinte sie. Gudrun hörte es, kam herein und setzte sich auf die Bettkante.

»Ich bekomme ein Kind«, schniefte Marie.

»Ach ja, der Fluch der Frau«, tröstete Gudrun.

»So etwas darfst du nicht sagen, jedes Kind ist ein Segen Gottes.«

»Ja, und du siehst genauso aus wie jemand, der gerade mit einem Geschenk gesegnet worden ist.«

»Ich brauche nur ein paar Minuten, um zu mir zu kommen.« Marie wischte sich die Augen.

»Warte hier, ich hole die Flasche.« Gudrun stand auf und kam kurz darauf zurück. Sie goss ihnen beiden ein.

»Hast du nicht daran gedacht, irgendwann einmal Kinder zu bekommen?«, wollte Marie wissen, als sie ihr zweites Glas geleert hatte.

»Vielen Dank! Aber du weißt schon, dass es Mittel gibt, mit denen man verhindern kann, schwanger zu werden?«

»Ja, ich weiß, wie Kinder gemacht werden«, erwiderte Marie mürrisch, peinlich berührt, dass sie darüber reden sollte, was im Schlafzimmer zwischen Mann und Frau geschah.

»Das meine ich nicht«, sagte Gudrun ernst. »Ich habe eine Freundin, die so ein kleines Hütchen einschiebt, damit sie nicht schwanger wird.«

»Ist das nicht Sünde?«

»Sicher keine schlimmere, als Kinder zu bekommen, die man nicht will«, entgegnete Gudrun.

»Ich habe nie gesagt, dass ich meine Kinder nicht gewollt habe.« Marie war bestürzt.

»Nein, aber wenn du eines Tages an den Punkt kommst, wo es mit den Kleinen reicht, kannst du dir bestimmt auch so etwas besorgen.«

Marie stand auf, das Gespräch war ihr unangenehm. Den Rest des Tages stand sie in der Küche und dachte darüber nach, wie solch ein Hütchen wohl funktionierte.

Die Geburt verlief ohne Probleme, und Marie war beruhigt, dass Gudrun bei ihnen war.

Valdemar war ein süßer kleiner Junge. Johan war weitaus interessierter an ihm als damals an Darling. Marie hatte ständig Angst, dass er entdecken könnte, dass sie verschieden waren. Dass es einen Grund gab, warum er sich zu Valdemar hingezogen fühlte – und nicht zu Darling. Also tat sie, was in ihrer Macht stand, damit er dem Jungen nicht zu nahe kam. Sie nahm ihn aus der Wiege und fing an, ihm die Windel zu wechseln, wenn sie sah, dass Johan sich der Wiege näherte. Sagte, das Kind müsse schlafen, obwohl er gerade geschlafen hatte.

»Gudrun und Darling helfen mir«, erklärte Marie und scheuchte Johan hinaus.

Als Gudrun sagte, nun müsse sie sehen, dass sie in ihrem Leben weiterkomme, weinten Marie und Darling. Marie wusste, dass das Leben auf dem Leuchtturm nun wieder stillstehen würde. Darling heulte Rotz und Wasser, obwohl sie sich mit ihren elf Jahren dafür eigentlich zu alt fühlte.

Kurz bevor Gudrun aufbrach, holte sie triumphierend das Päckchen einer Freundin von der Post. Sie zog Marie mit in ihre Kammer und bat sie, sich zu setzen. Feierlich packte sie das Päckchen aus, und Marie war gespannt, bis Gudrun das kleine Hütchen aus dem Päckchen zog.

»Man muss es hineinstecken, bevor der Mann kommt«, erklärte Gudrun und reichte Marie das Hütchen, die es nicht annehmen wollte.

»Okay, dann lege ich es hier in die Schublade. Du kannst es benutzen, wenn du willst.«

»Lass uns etwas essen, bevor du aufbrichst«, sagte Marie und lief mit rotem Kopf aus der Kammer.

Alle vier standen am Fährhafen und nahmen Abschied von Gudrun. Marie hatte Valdemar gut eingepackt, denn obwohl es bereits Juni war, wollte die Kälte auf Ørland nicht weichen.

Der Fette kam von Bord, er war wohl in der Stadt gewesen. Ihre Blicke trafen sich, und Marie wusste, dass er sie ebenso vermisste wie sie ihn.

Johan sagte sie, dass sie ein paar Tage auf dem Pfarrhof bleiben wolle, und er schien nichts dagegen zu haben. Sie zweifelte, ob er sie überhaupt gehört hatte. Darling lief zum Pfarrhof voraus und saß bereits in der Küche und aß lauwarme Brötchen, als Marie die Tür hinter sich schloss, Valdemar Karen überließ und fragte, ob es eine Tasse Kaffee gäbe, mit der man sich aufwärmen könne.

»Ach, wie schön«, freute sich ihr Vater, als er sich eine Tasse Kaffee holte.

Lillen und Darling verschwanden im Garten, und Marie begleitete ihren Vater, als er kurz darauf in sein Arbeitszimmer zurückging.

»Schreibst du an deiner Predigt?«, fragte sie, als sie sich ihm gegenübersetzte.

»Ja«, seufzte er. »Es wird mit den Jahren nicht leichter, ständig etwas Neues zu finden.«

»Lies sie mir vor.« Marie lehnte sich zurück und dachte daran, dass sie sich ein bisschen hübsch machen musste, bevor sie den Fetten sah. »Ich finde sie gut, Vater«, sagte sie, als er fertig war. Sie nahm das Kirchenbuch und ließ die Augen über die letzten paar Seiten wandern, die ihr Vater gefüllt hatte. Stellte fest, dass die Mädchen noch immer versuchten, mit einer Lüge etwas vom Vermögen des Fetten zu ergattern.

Oben in der Mädchenkammer öffnete sie den Schrank, der dort stand, seit sie hier gewohnt hatte. Sie nahm ein paar Kleider heraus, hängte sie jedoch wieder hinein. Keines war passend. Sie betrachtete ihr Gesicht im Spiegel. Es war tatsächlich gar nicht so schlecht. Sie nahm eine Bürste aus der Schublade, öffnete den Knoten im Nacken und bürstete ihre Haare, bis sie glänzten. Wenn sie doch nur mit offenen Haaren mit ihm zusammen sein könnte. Marie seufzte und band sie wieder im Nacken zusammen. Etwas lockerer als vorher. Sie hörte Valdemar in der Küche weinen und legte sich aufs Bett. Karen sang und wärmte vermutlich Milch für ihn auf. Marie hatte ihn rasch abgestillt.

Sie nahm das dunkelste Kleid aus dem Schrank und zog es an. Über der Brust spannte es ein wenig, aber sie zog es zurecht und dachte, dass es schon gehen würde. Es war in jedem Fall besser als das Kleid, in dem sie gekommen war und das sie getragen hatte, als sie Valdemar erwartete. Bisher hatte sie keinen Grund gehabt zu bemerken, dass sie ihre alte Figur wiedererlangt hatte.

Sie begegnete ihrem Vater, als sie im Flur ihren Mantel anziehen wollte.

»Ach, da bist du ja. Karen ist gerade mit Valdemar hinausgegangen.« Er sah sie in ihrem dunkelblauen Kleid von oben bis unten an. Sie zog hastig den Mantel an und behauptete, Besorgungen machen zu müssen.

Sie lief an den Gänsen vorbei, die ihr schnatternd nachliefen, bis der Zaun ihnen Einhalt gebot. Marie schauderte im Wind, der ungehindert über die Straße zum Hafen wehte, da ihn weder Häuser noch Bäume aufhielten. Sie ging ins Café, setzte sich an einen der Tische und bestellte bei der Kellnerin eine Tasse Kaffee. An einem Nebentisch saßen ein paar Seeleute und aßen. Ansonsten war es leer. Marie schaute aus dem Fenster. Auf der Mole standen einige Kinder und angelten. Sie hielt flüchtig Ausschau nach Darling, konnte die Kinder aber nur schwer voneinander unterscheiden. Das Mädchen brachte den Kaffee, Marie bedankte sich und drückte den Rücken durch, als sie die Tasse zum Mund hob, um zu pusten. Die ganze Zeit behielt sie den Platz vor dem Café im Auge.

Nach bald einer Stunde bezahlte sie, zog den Mantel an und ging hinaus in die Kälte und den Wind. Sie ärgerte sich, weil sie sich benahm wie ein überspanntes junges Mädchen. Plötzlich kam sie sich lächerlich vor in dem dunkelblauen Kleid und mit dem lockeren Knoten im Nacken.

Die Gänse schnatterten ihr entgegen, und sie zischte sie an, dass sie ihre Schnäbel halten sollten. Durch das Fenster sah sie Karen mit Valdemar im Arm. Er weinte. Marie hörte die Gänse noch immer schimpfen, als sie die Treppe hinaufging, um sich wieder ihr Alltagskleid anzuziehen.

Sie begegnete ihm erst am folgenden Tag, als sie und Darling dem Totengräber folgten, der versprochen hatte, sie zum Leuchtturm zu rudern. Sie hatte Valdemar auf dem Arm, der wegen des Winds kaum Luft bekam und heulte. Der Fette blieb stehen und zog den Hut, und Marie hätte Valdemar am liebsten eine Hand auf den Mund gelegt.

»Ihr seid schon wieder auf dem Weg zum Leuchtturm?«, begann er das Gespräch, und Marie nickte. »Dann dauert es sicher länger, bis wir euch hier mal wiedersehen?«, fügte er hinzu, und ihr schien, als sähe sie etwas Bittendes in seinem Blick.

»Nein, ich komme morgen noch einmal an Land«, antwortete Marie. Darling sah sie überrascht an: »Wieso?«

»Na ja, ich muss Karen helfen, also vielleicht …« Marie kehrte Darling den Rücken zu, die das Interesse verloren hatte und mit dem Totengräber weiterging. Valdemar hatte aufgehört zu heulen und schluchzte nur noch in ihren Armen.

»Du hast schon immer ein Händchen für die Kleinen gehabt«, meinte der Fette und streichelte Valdemars Wange mit seinen fleischigen Fingern.

»Ich dachte, wir könnten vielleicht...« Marie kamen plötzlich Zweifel. Der Fette zog seine Hand zurück und holte ein Paar Handschuhe aus der Jackentasche, die er anzog.

»Ja, warum kommst du morgen nicht in mein Arbeitszimmer, dann sprechen wir darüber, ob ihr ein paar Hähnchen für den Leuchtturm bekommen könnt. Sagen wir am Nachmittag?«

Marie nickte und bekam einen roten Kopf.

»Dann ist es abgemacht«, erklärte der Fette, zog den Hut und wünschte ihr einen guten Tag. Darling musste sie mehrmals rufen, bevor sie sich von dem Anblick seiner breiten Schultern losreißen konnte, die langsam kleiner wurden, je weiter er sich entfernte.

Sie verabredete mit dem Totengräber, dass er am nächsten Tag zur Mittagszeit kommen sollte. Johan stellte keine Fragen, als sie ihm mitteilte, dass sie noch einmal an Land müssten. Sie nutzte den Abend, um einige Mahlzeiten zuzubereiten. Damit er für ein paar Tage etwas zu essen hatte. Packte mehrere Garnituren Kleidung für Darling und Valdemar ein.

»Bleiben wir länger?«, erkundigte sich Darling.

»Schauen wir mal, wie viel Hilfe Karen braucht«, antwortete Marie und blickte ungeduldig übers Wasser.

»Wie schön, euch so schnell schon wiederzusehen«, begrüßte sie Karen und fuhr glücklicherweise fort, den Nachmittagskaffee vorzubereiten, ohne weitere Fragen zu stellen. Darling rannte davon, Lillen hinkte hinter ihr her, und Marie versuchte, sich mit einer Tasse Kaffee zu beruhigen, die Karen ihr einschenkte. Aber sie brachte so gut wie nichts herunter und musste den Kringel liegenlassen.

»He, das sieht dir aber gar nicht ähnlich, dass du einen Kringel übrig lässt.« Ihr Vater setzte sich in der Küche neben sie. »Bist du krank?«

Sie schüttelte den Kopf und biss tapfer noch einmal in den Kuchen. Er aß den Rest seines Kringels auf und nahm den Kaffee mit. Sie hörte, wie die Tür seines Arbeitszimmers zufiel.

»Bist du sicher, dass es dir gut geht?«, erkundigte sich Karen und goss sich noch eine Tasse ein. Marie nickte. Sie hatte Bauchschmerzen.

Eine Stunde später schnatterten die Gänse hinter ihr, als sie sich ein Kopftuch ums Haar band, damit der Wind die Frisur nicht in Unordnung brachte.

Einige Monate später, es war Sommer geworden, fuhren sie, ohne dass es jemand entdeckte, gemeinsam mit der Fähre in die Stadt und quartierten sich in einem Hotel ein. Marie hatte noch nie so vornehm gewohnt. Der Fette entschuldigte sich für den Standard. Marie benutzte das Hütchen. Sie hatte es vorher geübt, dennoch waren mehrere Versuche nötig gewesen. Ihrem Vater und Karen hatte sie gesagt, dass sie eine Jorunn besuchen müsse – eine Freundin, die früher einmal auf Ørland gewohnt habe. Sie sei kürzlich Witwe geworden. Marie hatte einige Frauen im Laden über sie reden hören, und obwohl sie und Jorunn nie Freundinnen gewesen waren, hatten die Frauen ihr dennoch Jorunns Adresse gegeben. Niemand fand es verwunderlich, dass die Tochter des Pastors so fürsorglich war, eine Freundin in einer solch schweren Stunde zu besuchen.

Um den Plan gänzlich perfekt aussehen zu lassen, hatte sie Jorunn vor einer Woche sogar geschrieben, einen Tag, nachdem der Fette den Besuch in der Stadt vorgeschlagen hatte, weil er ein paar Geschäfte auf der anderen Seite des Wassers zu erledigen hatte. Jorunn hatte nicht geantwortet. Aber als der Fette einen Termin auf der Bank hatte, besuchte Marie sie trotzdem. Als gute Tat.

»Wer sind Sie?«, hatte Jorunn gefragt, als sie die Tür öffnete.

»Gepriesen sei der Herr, der Vater der Barmherzigkeit und allen Trostes, Gott, der uns allen in unserer Not beisteht«, hatte Marie erwidert. »Mit großer Trauer habe ich gehört, dass Sie Witwe geworden sind.«

Es war ein zäher Nachmittag geworden.

An dem Morgen, an dem sie nach Hause mussten, weinte sie in den weichen Armen des Fetten. Sie ertrug den Gedanken nicht, morgen nicht bei ihm zu liegen. Und übermorgen. Immer. Er richtete sich halb auf, rieb sich die Nase und legte eine Hand auf ihre Brust.

»Na, na«, tröstete er sie. »Wir sehen uns doch wieder.«

Glücklicherweise verging nicht allzu viel Zeit.

»Mein Sohn Frederik behauptet, deine Tochter hätte ihn verprügelt«, erklärte der Fette mit einem breiten Grinsen, als er plötzlich in seiner ganzen Fülle im Pfarrhaus stand. »Daher dachte ich mir, mal ins Pfarrhaus zu gehen und ein ernstes Wort mit dir zu reden.« Er blinzelte ihr zu.

Sie wagte nicht, auf dem Pfarrhof mit ihm zusammen zu sein, wo Gott alles sah. Stattdessen willigte sie ein, sich ein paar Stunden später im Bootshaus zu treffen. Sie hätte niemals gedacht, dass sie, die Tochter des Pastors, sich freiwillig auf einen schmutzigen Futtersack legen und einen Mann in sich eindringen lassen würde. Aber sie hatte das Gefühl, im Himmel zu sein, als sie dort mit dem Hütchen in sich lag und der Fette daran klopfte. Auf dem Heimweg über ein holpriges Feld dankte sie Gott sogar. Sie konnte sich nicht vorstellen, dass Gott etwas dagegen haben könnte, dass sie sich so lebendig fühlte. Als sie an der Kirche vorbeiging, setzte sie sich dennoch an den Altar und bat inbrünstig um Vergebung, dass sie in der Gewalt ihrer Gelüste war. Entschuldigte sich mit zum Gebet gefalteten Händen, dass sie den Fetten doch liebe. Die Vergebung half ihrem Gewissen, und sie legte ein weiteres frisch gebackenes Brot in die Kiste, die der Totengräber zu Johan hinüberruderte.

Ein paar Tage später ging Marie bei dem Fetten vorbei, um noch einmal über die Scharmützel ihrer Kinder zu sprechen. Er nahm sie auf dem Sofa, wo sie seinerzeit mit aneinander gepressten Knien gesessen und sich geschämt hatte, dass der Fette auf der Geige für sie spielte.

»Spiel es noch einmal«, bat sie und bedeckte sich mit seinem Hemd. Der Fette griff zur Violine und spielte nackt Liebesleid, bis ihr die Tränen in die Augen traten.

»Ich liebe dich«, sagte sie und wischte die Tränen fort.

»Ja, es ist ein schönes Lied«, antwortete er, legte die Geige vorsichtig beiseite und küsste sie sanft.

Darling, die eigentlich gern an Land war, fing an, sie zu plagen, dass sie wieder auf den Leuchtturm wollte. Marie hatte gerade mit dem Fetten verabredet, noch einmal in die Stadt zu fahren und erklärte, es helfe nichts, Jorunn brauche sie.

Karen seufzte schwer bei dem Gedanken, sich um die Kinder kümmern zu müssen.

»Ich muss für Samstag ein größeres Abendessen vorbereiten, aber wenn du versprichst, sie in zwei Tagen abzuholen, ist es in Ordnung.«

Sie bezog mit dem Fetten dasselbe Hotel, und es war ebenso magisch wie beim ersten Mal. Als sie eigentlich aufbrechen sollten, sagte der Fette, er hätte in der Stadt noch etwas zu erledigen, sie müssten die Heimreise verschieben.

Sie war glücklich und hatte nur ein wenig ein schlechtes Gewissen, dass sie Karen im Stich ließ.

»Ich habe ihr versprochen, die Kinder abzuholen.«

Als der Mann, der er war, regelte der Fette die Angelegenheit.

»Denk nicht mehr daran«, sagte er, als sie zusammen unter die Bettdecke krochen. Sein Sohn würde Johan Bescheid geben, die Kinder zu holen.

Als er am nächsten Tag von seinen Geschäften zurückkam, zog er ein kleines Päckchen für sie aus der Tasche.

»Hier, das ist für dich.«

Sie öffnete es und fand einen Goldring mit einer Note darin.

»Ein Liebesring von mir für dich«, erklärte er und steckte ihr den Ring an.

Sie weinte vor Glück. »Aber ich kann ihn nicht tragen – was soll ich denn sagen, woher ich ihn habe?«

Er gab ihr recht. »Dann steck ihn an, wenn wir zusammen sind.«

Sie versprach es. »Aber kannst du ihn nicht verwahren? Du bringst ihn dann mit, wenn wir uns sehen.«

»Dann habe ich immer etwas von dir bei mir«, sagte er

liebevoll, und Marie verstand plötzlich, warum ihr Vater nach dem Tod ihrer Mutter die Gänse hatte behalten müssen. Sie vergoss ein paar Tränen bei dem Gedanken, seine große Liebe verlieren zu können.

1937

»Kannst du Valdemar heute zum Gras bringen?«, fragte Marie und band sich die Schürze um.

Sie wusste seit vielen Jahren, dass Valdemar nicht so war wie die meisten Kinder. Marie liebte ihn trotzdem. Draußen auf dem Leuchtturm gab es ja niemanden, der ihn sah. Natürlich machte sie sich Sorgen, dass er nicht reden wollte und nur tierische Laute von sich gab. Und dass er nicht gehen wollte, sondern auf allen vieren krabbelte.

Seit sie herausgefunden hatten, dass er anders war, betrachtete Johan ihn mit Abscheu.

»Irgendetwas ist doch mit ihm nicht in Ordnung«, sagte er und trat unter dem Tisch nach Valdemar.

»Du wirst sehen, das verwächst sich«, versuchte Marie, ihn zu beruhigen, aber sie hatte selbst Zweifel.

»Auf dem Hof haben wir alle Tiere umgebracht, die verrückt waren.« Etwas Boshaftes lauerte in Johans Blick.

»Du kannst doch keinen Menschen umbringen«, protestierte Marie aufgebracht.

Als Valdemar sechs Jahre alt war, hatte sie ihn zu einem Arzt an Land gebracht.

Der Arzt untersuchte seine Augen, seine Ohren, den Körper und sein Glied.

»Es verwächst sich doch, oder?«, hatte Marie hoffnungsvoll gefragt.

Eine Stunde später rannte sie rasend vor Zorn auf Johan zu, der am Boot auf sie wartete. Valdemar lief hinter ihr her, mal auf allen vieren, mal ein paar Schritte auf zwei Beinen. Unter gar keinen Umständen würde ihr Junge in einer Irrenanstalt aufwachsen.

Nun hatte sie akzeptiert, dass er nicht wie andere Menschen war. Aber was aus ihm werden sollte, wusste sie nicht. Sie bat Gott um Stärke, Demut und Erkenntnis, wie sie mit Valdemar umgehen sollte. Sie wusste, dass Gott ihr antworten würde, wenn es notwendig wurde.

Darling arbeitete zeitweise bei dem Fetten. Marie hatte es arrangiert. Darling wäre lieber auf dem Pfarrhof geblieben, zumal Karen gesagt hatte, sie könne eine Hilfe gut gebrauchen, aber für Marie war es praktischer, wenn Darling bei dem Fetten arbeitete. So hatte sie eine Entschuldigung, um sie zu besuchen – und vielleicht hatte sie ja Glück und begegnete ihm.

Es war lange her, seit sie in der Stadt in einem Hotel gewohnt hatten. Sie musste sich mit den wenigen Augenblicken begnügen, die er ihr widmete. Der Fette war ein vielbeschäftigter Mann.

Es störte sie nicht sonderlich, dass er verheiratet war. Im Übrigen hatte er schließlich ihr den Ring mit der Liebesnote geschenkt.

Als der Brief von Gudrun kam, versammelten sie sich alle in der Küche.

»Lies ihn vor, Mutter«, forderte Darling sie aufgeregt auf und setzte sich an den Küchentisch. Valdemar grunzte und warf einen Stuhl um, als er sich über den Küchenfußboden schob. Johan stellte ihn mürrisch wieder auf. Marie öffnete den Brief vorsichtig und räusperte sich.

»*Ihr Lieben*«, begann sie zu lesen. »*Mein Vater fährt wegen mir noch aus der Haut, daher habe ich als freundliche Seele beschlossen, nach Amerika zu reisen. Aber erst komme ich bei euch vorbei, bei meiner richtigen Familie.*«

Darling juchzte vor Begeisterung. Sogar Johan lächelte. Marie las den Brief zu Ende. Er war nicht lang. Ein bisschen etwas über das Wetter in Dänemark, ein paar Worte, auf welche Speisen sie sich auf Ørland besonders freute, ansonsten ein paar Reisedaten.

»*Ich sage noch genau Bescheid, wann ich ankommen werde*«, endete der Brief.

An diesem Abend aßen sie gemeinsam am Tisch. Abgesehen von Valdemar, der darunter saß.

Schon die Aussicht auf Gudruns baldige Rückkehr hob die Stimmung im Leuchtturm. Johan kam häufiger zu den Mahlzeiten herunter. Marie scheuerte die Küche mit größerem Eifer, und Darling leistete Überstunden bei dem Fetten, um Geld für ein neues Kleid zu verdienen.

»Ich kann in die Stadt fahren und es dir kaufen«, bot Marie an und träumte bereits davon, mit dem Fetten auf der Fähre zu sitzen. Es war lange her.

Aber Valdemar war erkältet und hatte Fieber, sie musste auf dem Leuchtturm bleiben. Darlings Haare schimmerten in der Sonne, als sie an Land ruderte, um die Fähre in die Stadt zu nehmen, und Marie überlegte, ob ihr eigenes Haar wohl auch so ausgesehen hatte, als sie sechzehn war.

Gudrun kam mit der Donnerstagsfähre. Alle standen auf der Mole und erwarteten sie. Darling war so gespannt, dass sie sang. Marie versuchte, sie zum Aufhören zu bewegen. Es gehörte sich nicht für eine Sechzehnjährige. Darling verstummte. Aber nur ein paar Sekunden, dann trällerte sie weiter. Diesmal war es Liebesleid. Marie erstarrte. Sie musste sich auf dem Mantel eine Hand auf die Brust legen, um ihr Herz zu beruhigen. Sie versuchte, sich selbst davon zu überzeugen, dass Darling die Melodie gehört haben musste, als sie bei dem Fetten die Fußböden geschrubbt hatte. Wäre Marie allein gewesen, hätte sie sich hingelegt, so sehr zitterten ihre Beine. Stattdessen zischte sie Darling energisch »psst« zu und konzentrierte sich auf die Frauen auf der Mole, die über Hannah klatschten. Seit Wochen wurde über sie geredet. Hannah hatte unerwartet einen Brief an Karen geschickt. Marie hatte die Fotos sehen dürfen. Hannah sah schick aus, das musste man ihr lassen. Ihre Haare waren an den Seiten gelockt, im Hintergrund sah man ein großes Auto. Sie war nicht in den Wogen umgekommen, wie alle geglaubt hatten; sie war die ganze Zeit in Amerika gewesen. Karen war wütend und erleichtert zugleich.

»Unglaublich, dass sie Lillen die ganze Zeit in dem Glauben gelassen hat, keine Mutter mehr zu haben. Dabei läuft sie mit lockigem Haar in Amerika herum.«

Marie hörte den Frauen nicht richtig zu. Sie hielt Ausschau nach dem Fetten. Es könnte ja sein, dass er heute auch etwas am Hafen zu erledigen hatte.

Den ganzen vergangenen Sommer und Herbst hatte sie damit verbracht, auf ihn zu warten. An einem ihrer letzten Tage an Land war sie ihm zufällig am Hafen begegnet, wo sie stundenlang mit dem Hütchen in der Tasche gewartet hatte.

Sie schlichen ins Bootshaus, wo er schnaufend auf ihr zusammensank, als er fertig war.

»Wollen wir nicht mal wieder in die Stadt?«, fragte sie ihn.

»Ja, ich sage Bescheid, sobald ich Zeit habe«, hatte er geantwortet. Seither hatte sie sich nach ihm verzehrt.

Gudrun hatte Flaschen mitgebracht, und schon bald saßen sie wie in der guten alten Zeit um den Tisch und machten es sich gemütlich. Nun auch mit Darling. Johan war redselig und schwieg nur, wenn Marie und Darling von Hannah erzählten. Er mochte diesen Klatsch nicht.

»Und ihr habt all die Jahre gedacht, sie sei tot?«

»Ja, und sie ist reich. Sie steht vor einem großen Auto«, berichtete Darling begeistert.

»Stell dir vor, sie hat ihr Kind verlassen. Wer macht denn so was?«, sagte Marie entrüstet.

Johan griff nach der Flasche und füllte sein Glas bis zum Rand. Trank, ohne den anderen zuzuprosten.

Am Sonntag gingen alle in die Kirche. Johan kam ausnahmsweise mit. Gudrun zog es vor, am Hafen zu bleiben. Um die Großzügigkeit des Herrn nicht herauszufordern, wie sie sagte.

In der Kirche hielt Marie Ausschau nach dem Fetten, aber er besuchte den Gottesdienst nicht. Was sie nicht überraschte.

Soweit sie wusste, hatte er sich in der Kirche nicht mehr sehen lassen, seit er seine Bußen vor vielen Jahren abgezahlt hatte.

»Jetzt sind wir wohl quitt, der da oben und ich«, hatte er zu Maries Vater gesagt.

Die Frauen klatschten über Hannah, und Marie ging zum Hafen. Johan war bereits vorausgegangen. Darling lief ihr nach.

Am Ende der Mole setzte sich Darling neben Gudrun. Marie sah müde zum Land hin, wo jemand einen Sonntagsspaziergang machte. Einen Augenblick lebte sie auf, weil sie meinte, es wäre der Fette. Aber es war nur irgendein zufälliges Pärchen.

»Sieh dir die Vögel an«, sagte Johan. »Dort, wo die Vögel sind, gibt es auch Fische.«

Marie wandte sich ab, um zum Boot zu gehen, sie blickte den Vögeln hinterher. Es kamen immer mehr.

Darling sollte die nächsten paar Tage bei dem Fetten auf dem Hof arbeiten, und Marie überlegte, ob sie ihr eine Nachricht mitgeben sollte. Darlings Arbeit bei dem Fetten hatte nicht so funktioniert, wie Marie es sich vorgestellt hatte. Sie hatte Darling ein paar Mal besucht, um ihr guten Tag zu sagen – und in der Hoffnung, den Fetten zu treffen. Aber Darling hatte keine Zeit, sich zu unterhalten, und Marie musste jedes Mal unverrichteter Dinge wieder abziehen.

»Gehst du jetzt?«, fragte sie Darling, die in der Küche eine Tasse Kaffee trank.

»Ja, wenn ich gegessen habe.«

»Was passiert denn so auf dem Hof?«

»Was da passiert?«

»Ja, ist irgendetwas los?« Marie wand sich. Wusste nicht, wie sie Darling ein paar Informationen entlocken sollte.

»Nee, nur das Übliche.«

»Und was ist mit dem Fetten …«

»Was soll mit ihm sein?«

»Hat er viel zu tun?«

»Weiß ich doch nicht. Er läuft mit dieser verdammten Geige herum und stört uns bei der Arbeit.«

»Ich will nicht, dass du fluchst. Das weißt du doch!« Allerdings empörte Marie eher der Gedanke, dass der Fette die Geige für Darling spielte.

»Sich das anhören zu müssen ist nicht zu ertragen«, sagte Darling.

Marie räusperte sich. »Was spielt er denn?«

»Weiß ich doch nicht, keiner will es sich anhören. Na, Gudrun rudert mich rüber. Bis dann!«

Darling kam einen Tag früher nach Hause.

»Sie brauchen keine Hilfe mehr«, erklärte sie kurz angebunden.

»Ah ja?« Marie wunderte sich. Sie war auf dem Weg in den Keller, um die Wäsche zu holen, die sie nicht auf dem Riff aufhängen mochte. Obwohl sie allein hier draußen waren, wusste man nie, wer möglicherweise dicht am Leuchtturm vorbeifuhr. »Ich dachte, es gäbe bei dem Fetten so viel zu tun. Solltest du nicht deshalb kommen?«

Darling zuckte die Achseln und ging in ihr Zimmer. Kurz darauf stand sie auf dem Riff, wo Gudrun mit Valdemar saß. Marie nahm die Unterwäsche ab, legte sie sorgfältig zusammen und sortierte sie in kleinen Häufchen. Dann ging sie in den Turm, um sie auf die verschiedenen Schubladen zu verteilen. In Darlings Zimmer schob sie den Stapel Strickbinden in der oberen Schublade der Kommode beiseite. Erstaunt hielt sie inne. Ihr Liebesring lag in der Schublade. Hastig steckte sie den Ring in ihre Schürzentasche und lief in ihr Schlafzimmer, wo sie sich aufs Bett setzte und sich den Ring genau ansah. Ja, sie hatte tatsächlich ihren Ring in Darlings Wäsche gefunden. Marie ließ die Tränen zu. Nur ein paar Minuten. Dann nahm sie sich zusammen. Darling hatte ihn gestohlen. So musste es sein. Bald würde der Fette ihr tränenerstickt erzählen, der Ring sei verschwunden. Er hatte ihn oft mitgebracht, wenn sie sich trafen. Jedenfalls ein paar Mal.

Marie sah es bereits vor sich, wie sie lachen und den Ring überraschend aus der Tasche ziehen würde. Natürlich mussten sie darüber reden, dass Darling einen schlechten Charakter hatte, dass sie log und stahl. Aber die Polizei musste nicht unbedingt eingeschaltet werden, zumal Marie den Ring ja gefunden hatte. Sie betrachtete sich im Spiegel und zog den Knoten im Nacken fester.

In der Küche saßen Gudrun und Darling und flüsterten miteinander. Marie klapperte wütend mit den Tassen und setzte einen Kessel Wasser auf.

»Ich habe beschlossen, nie wieder bei dem Fetten zu arbeiten«, erklärte Darling. »Gudrun hält das auch für eine gute Idee.«

»Tja, das finde ich auch«, erwiderte Marie kühl. Sie setzte sich und blieb sitzen, bis sie dieses Gefühl, ausgeschlossen zu sein, nicht mehr ertrug. Da ging sie nach oben und legte sich hin. Lag da und überlegte, wie sie Darling aus Ørland wegbekam.

Als der Sohn des Fetten plötzlich angerudert kam und am Felsen anlegte, war sie sicher, dass der Fette ihr eine Nachricht schicken wollte. Sie sah Frederik durchs Küchenfenster und lief in ihr Zimmer, wo sie rasch ihr Kleid wechselte, den guten Mantel aus dem Schrank holte und hastig ihre Haare richtete. Auf dem Treppenabsatz stieß sie beinahe mit Johan zusammen.

»Hier«, sagte er, ohne sie anzusehen. Sie nahm den Brief entgegen, drehte ihn um und sah, dass er von Alfred kam.

»Wo hast du den denn her?«, fragte sie.

»Er hat ihn gebracht.« Johan schlurfte, langsam nahm er die ersten Stufen hinauf in den Turm.

»Frederik?«

»Ja, er ist damit gekommen, es ist ein Brief von Alfred«, sagte Johan leise.

Marie lief zum Fenster und blickte hinaus. Frederik war bereits wieder auf dem Wasser. Auf der Schäre stand Gudrun, die Fäuste in die Seiten gestemmt, und sah ihm nach. Sie hörte Darling in ihrem Zimmer weinen. Marie eilte die Treppe hinunter, aber Frederik war bereits so weit weg, dass er ihre Rufe nicht mehr hören konnte.

Gudrun sah sie verwundert an, als sie zum Plumpsklo lief. Sie ließ sich auf den Deckel fallen und weinte, bis es zu kalt wurde.

Gudrun reiste nach Amerika und ließ Marie, Johan, Darling und Valdemar mit dem ersten Herbststurm dieses Jahres zurück. Marie fand an nichts Freude. Von dem Fetten hatte sie nichts gehört. Johan hatte sich wieder im Turm eingeschlossen. Mit Darling redete sie nach Möglichkeit nicht. Valdemar saß traurig am Fußende von Maries Bett. Er schlief jetzt in ihrem Schrank. Sie wusste, dass das auf Dauer keine Lösung war, aber sie gestattete es ihm. Solange es niemand erfuhr, war es in Ordnung.

Als sie vollkommen deprimiert war, kam der Totengräber mit der Nachricht, dass ihr Vater krank sei. Eilig machte sie sich bereit, den Totengräber an Land zu begleiten.

»Nimm dir nur alle Zeit der Welt«, erklärte Johan fürsorglich. Marie dankte ihm und sagte, sie käme so bald wie möglich zurück. Natürlich hoffte sie, Zeit zu finden, um den Fetten zu sehen. Noch größer war allerdings die Sorge um ihren Vater. Trotzdem steckte sie eilig das Hütchen in die Tasche.

Sie zog einen zusätzlichen Mantel an, sorgte dafür, dass der Lappen in der Spüle fest saß und lief auf den Felsen. Der Totengräber half ihr ins Boot, und sie ruderten zurück an Land.

Sie musste sich umdrehen, damit ihr Vater nicht bemerkte, wie ihr die Tränen kamen, als sie ihn sah. Die Augen lagen tief in den Höhlen, und als sie seine Hand nahm, fühlte sie sich kalt an. Als wäre das Leben schon verebbt.

»Marie«, sagte er leise.

»Na, jetzt schauen wir mal, dass wir dich wieder auf die Beine bringen«, scherzte sie munter und wusste doch, dass niemand von ihnen daran glaubte.

Sie weinte erst, als sie in die Küche kam.

»Warum habt ihr mich nicht früher geholt?«

»Du hättest ohnehin nichts tun können«, tröstete sie Karen.

»Du hättest mich benachrichtigen müssen«, zischte Marie.

Ihr Vater schlief beinahe die ganze Zeit. War er wach, hustete er. Oder stöhnte vor Schmerzen, er hatte es in der Brust. Der Arzt erklärte, nichts mehr tun zu können. Sie müssten einfach abwarten. Marie saß Tag und Nacht bei ihrem Vater.

»Entschuldige, Vater«, flüsterte sie, wenn er schlief.

Nach drei Tagen meinte Karen, Marie solle einen Spaziergang machen und ein bisschen frische Luft schnappen. Marie kämpfte sich durch den Wind hinunter zum Hafen, ins Café.

Der Kaffee brannte auf der Zunge, sie trank noch einen weiteren Schluck, ohne ihn wirklich zu schmecken. Nach einer Stunde ging sie hinaus und setzte sich auf einen Stein am Wasser. Betrachtete einen Vogelschwarm, der aufflog und den Himmel über dem Bootshaus verdunkelte. Als sie so fror, dass sie zitterte, ging sie zurück ins Pfarrhaus. Karen stand in der Tür und hielt Ausschau nach ihr. Die Gänse waren ausnahmsweise einmal still, und Marie sah, dass Karen geweint hatte.

Auf dem ganzen Weg zum Leuchtturm schrie Marie vor Trauer, legte sich in die Riemen, trotzte dem Wind, der mal von der einen, mal von der anderen Seite wehte. Schrie, als sie die Tür zum Keller öffnete, musste aber an der Treppe einen Moment innehalten, um zu Atem zu kommen. Sie öffnete die Tür zum Schlafzimmer, wo Johan zu ihrer Überraschung auf der Bettkante saß.

»Wie geht's deinem Vater?«, wollte er wissen, und erneut schrie sie auf. Brach auf dem Bett zusammen und schluchzte so laut, dass Johan seinen Arm um sie legte.

Sie wurden von Valdemar unterbrochen, der angekrochen kam und sich unpassenderweise an ihrem Bein rieb. »Valdemar!«, stieß sie verblüfft aus und schubste ihn fort.

»Raus mit dir!«, brüllte Johan und gab Valdemar eine Ohrfeige. Mit eingezogenem Kopf verschwand der Junge aus dem Zimmer.

Sie weinte den Rest des Tages. Und den nächsten Tag, den ganzen Weg über das Wasser, bis sie das Ufer erreichten. Johan wollte sofort wieder zurückrudern.

»Kommst du zurecht?«, fragte er und schaute auf den Leuchtturm.

Marie tupfte sich die Augen mit etwas Meerwasser. Es brannte in den Augen.

»Ja, ich gebe euch Bescheid, wenn die Beerdigung feststeht.«

Sie wohnte noch ein paar Wochen nach dem Begräbnis auf dem Pfarrhof. Sie hatte Schuldgefühle. Meinte, sie sei es nicht wert, die Tochter eines Pastors zu sein. Nachts schlief sie nicht. Und wenn sie es endlich tat, träumte sie von ihrem Vater, der ihr prophezeite, dass sie in der Hölle enden würde. Sie weinte und wachte jeden Morgen mit einem geschwollenen Gesicht auf. Tagsüber räumte sie zusammen mit Karen im Pfarrhaus auf. Der neue Pastor kam bereits Ende des Monats, und Marie wollte nicht, dass er die Dinge ihres Vaters übernahm. Sie gehörten ihr. »Sie sind das Einzige, was mir von ihm geblieben ist«, schluchzte sie über dem Servierschrank, dem Esstisch und dem Schreibtisch. Karen tröstete sie geduldig und half ihr sogar, einen Brief mit der Todesnachricht an Alfred zu schreiben.

»Mach es kurz«, sagte Marie. »Ihm war Vater egal.« Sie starrte leer vor sich hin. Sie ahnte nicht, was sie anstellen sollte. Weder mit sich, noch mit den Möbeln ihres Vaters.

»Ich kann sie unmöglich mit auf den Leuchtturm nehmen.«

»Vielleicht kannst du sie verkaufen?«

»Verkaufen?«, schnaubte Marie empört. »Mein Vater ist tot, hast du das verstanden?«

Weinend lief sie aus der Wohnstube hinauf in ihr Mädchenzimmer.

Sie überredete Karen, den Fetten zu bitten, ins Pfarrhaus zu kommen.

»Ihm gehören mehrere Häuser hier in Uthaug, vielleicht darf ich die Möbel irgendwo unterstellen. Bitte ihn zu kommen, und wenn er nicht will, sag ihm, dass es wichtig ist.«

»Natürlich kommt er«, meinte Karen. »Du bist trotz allem die Tochter des Pastors. Und du bist in Trauer.«

Marie legte sich die Haare in Wellen, die nicht in dem Knoten sitzenbleiben wollten, sodass sie ordentlich über dem Kragen ihres hochgeknöpften schwarzen Kleides hingen. Sie setzte sich in den Stuhl ihres Vaters im Arbeitszimmer und musste mehrfach tief durchatmen, um nicht zusammenzubrechen. Vorsichtig tupfte sie sich die Augen mit dem Taschentuch. Sie wollte kein geschwollenes Gesicht haben, wenn der Fette kam.

Er umarmte sie so liebevoll, dass sie doch wieder anfing zu weinen. Hinterher küsste er sie, und sie liebten sich auf dem Boden von Vaters Arbeitszimmer. Erst als der Fette gegangen war, schämte sie sich.

Sie ließ die Möbel ihres Vaters in ein Haus am Waldrand bringen, das der Fette ihr gern überließ.

»Es müsste renoviert werden, aber damit kannst du wohl leben.«

Als die Möbel eingeräumt waren, kam der Fette vorbei. Eine Stunde später ging Marie in die Kirche und saß lange vor der Jesusfigur. Hinterher bat sie den Totengräber, sie zum Leuchtturm zu rudern.

Vor dem Leuchtturm stand Valdemar, angebunden. Sie umarmte ihn. Er rieb seinen Unterleib an ihr, und sie schubste ihn erschrocken fort. Als sie abends das Essen auf den Tisch stellte, tat er es wieder. Johan, der gerade seine Mahlzeit holen wollte, schlug ihn. Valdemar traten die Tränen in die Augen, er verschwand unter dem Tisch.

Jedes Mal, wenn Johan es sah, gab er ihm eine Ohrfeige. Valdemar hörte trotzdem nicht auf. Anfangs versuchte auch Marie, ihm sehr streng klarzumachen, dass man so etwas nicht tat. Aber als es so aussah, als zeigten ihre Worte überhaupt keine Wirkung, hörte sie auf, ihn zu ermahnen, wenn niemand dabei war. Vor allem, als sie stillschweigend den Kompromiss fanden, dass er sich nur an ihrem Bein rieb.

Als Darling sich über dem Kerzenhalter erbrach, den Johan geschnitzt hatte, glaubte Marie, dass auch sie bald krank werden würde. Sie steckten sich auf dem Leuchtturm selten mit irgendetwas an, aber es ließ sich natürlich nicht ganz vermeiden. Vielleicht hatte Darling sich an Land etwas eingefangen? Es dauerte eine Weile, bis ihr klar wurde, was passiert war. Sie nahm Darling ins Kreuzverhör, plötzlich wieder nervös, dass sie etwas mit dem Fetten gehabt haben könnte. Dass er möglicherweise der Vater des Kindes war.

»Mit wem hast du geschlafen?«, fuhr sie Darling an.

»Mit niemandem. Mit einem Matrosen«, behauptete Darling und übergab sich.

Marie ging in ihr Zimmer. Sie lag die ganze Nacht wach. Sie wollte nicht glauben, dass es der Fette war. Und wenn er herausfand, dass Darling auch seine Tochter war? Wenn es herauskam? Es wäre die Geschichte des Jahres auf Ørland. Wenn nicht des Jahrzehnts. Marie heulte in ihr Kissen.

Am nächsten Tag hatte sie sich ein wenig gefasst. Sie hatte schon früher Katastrophen verhindert, sie konnte es wieder tun. Beim morgendlichen Kaffee schmiedete sie einen Plan, den sie kurz darauf Darling präsentierte.

»Obwohl ich nicht mehr ganz jung bin, könnte ich doch noch ein Kind bekommen«, erklärte sie und reichte Darling den Eimer. »Wir machen es so, dass wir beide die nächsten neun Monate hier auf dem Leuchtturm bleiben, und wenn das Kind da ist, behaupten wir, es sei meins.«

Darling erbrach sich erneut. »Kannst du mir nicht helfen«, jammerte sie. »Können wir es nicht wegmachen?«

»Sag mal, hast du denn gar keine Scham im Leib? Wir sind trotz allem eine Pastorenfamilie!«»

»Aber ich will es nicht, es ist widerlich«, schluchzte Darling.

»Daran hättest du früher denken müssen, bevor du dich angeboten hast. Und wenn es ausgestanden ist, musst du aus Ørland verschwinden.« Darling hörte auf zu weinen.

»Meinst du das im Ernst?«

»Ja, so ist das, wenn man sich nicht anständig benehmen kann, kann man nicht mehr zu Hause bleiben.« Marie wollte aufstehen, aber Darling warf sich ihr an den Hals und weinte noch lauter als vorher.

»Es nützt nichts«, erklärte Marie und riss sich los. »So ist das. Du kannst dich bei dir selbst bedanken.« Sie nahm den Eimer mit, als sie hinunterging. Nachdem sie ihn ausgeleert hatte, bat sie Valdemar, ihn wieder hinaufzubringen.

Die Wehen setzten eines späten Abends im August ein. Darling schrie und schlug sich auf den Bauch.

»Hör auf damit. Das Kind hat nichts verbrochen.« Marie hielt ihre Hände fest und drückte sie auf die Matratze. Eine neue Wehe ließ Darling noch lauter schreien und gegen die Wand schlagen.

»Jetzt musst du es nur noch herausbringen, dann ist es überstanden.«

Darling schnappte nach Luft.

»Tief durchatmen, das hilft«, sagte Marie und legte ihr ein

feuchtes Tuch auf die Stirn. Wie auch immer, es war nicht angenehm, ein Kind zur Welt zu bringen.

Zwei Stunden später glitt Thomas aus Darling direkt in Maries Arme. Während Darling sich zurücklehnte und leise wimmerte, wusch Marie den Kleinen und wickelte ihn in eine Decke, die sie über dem Herd in der Küche erwärmt hatte. Sie wurde von der Liebe zu dem Kleinen so überwältigt, dass sie sich eine Weile auf einen Küchenstuhl setzen und ihn einfach nur ansehen musste. Sie küsste ihn sanft auf die Stirn. Etwas in ihrem Inneren sagte ihr, dass er ein prachtvolles Kind werden würde. Eine halbe Stunde später rief sie Johan vom Riff herein, wo er stundenlang gesessen hatte.

»Jetzt bin ich noch einmal Mutter geworden«, sagte sie und zeigte ihm das Kind.

Er warf einen kurzen Blick auf den Jungen und ging an ihr vorbei auf den Turm.

Die Wochen vergingen, Darling kam wieder auf die Beine, und Marie war klar, dass Darling verschwinden musste – vor allem wegen Thomas.

Darling nannte ihn »das Kalb« und wollte ihn nicht anfassen. Sie spuckte nach Marie, wenn sie versuchte, ihr Thomas in die Arme zu legen. Nur gegenüber Valdemar benahm sich Darling wie immer, wie so oft saßen sie unter der Treppe und spielten mit selbstgebastelten Karten.

Valdemar freute sich über den Kleinen, er stand gern an der Wiege und schnitt Grimassen. Worauf Darling den Raum in stummem Protest verließ.

Jede freie Minute hielt Marie Thomas im Arm. Ein reizenderes Kind gab es nicht. Seine kleinen Wangen waren weich und rosa. Er weinte nur, wenn er hungrig oder nass war. Er schlief die ganze Nacht neben Marie auf dem Platz, der ursprünglich Johan zugedacht gewesen war.

Eines Nachmittags sah sie, wie Darling sich über die kleine Wiege beugte und Thomas in die Wange stach.

»Die sind weich, nicht wahr?«, lächelte Marie. Darling stach ihn noch einmal, diesmal fester.

»He, weck ihn nicht auf.«

Thomas warf im Schlaf den Kopf hin und her.

»Oh, schläft es bloß?«, sagte Darling und verließ den Raum.

Ich habe es zu leicht genommen, dachte Marie später. Daher war sie auch vollkommen fassungslos, als sie einige Wochen später Darling erwischte, die eine Hand um Thomas' kleinen Hals gelegt hatte. Sein Gesicht wurde langsam blau, er japste nach Luft.

Marie brauchte über eine Stunde, um Thomas zu trösten, und als er sich endlich beruhigt hatte, nahm sie ihn mit ins Turmzimmer und klopfte an. Sie musste mehrmals klopfen, bevor sie hörte, wie Johan sich bewegte und der Riegel innen gelöst wurde.

»Ja?«, fragte er mit einer rostigen Stimme, als er die Tür öffnete. Ein Gestank nach Mensch und Urin schlug ihr entgegen.

»Was ist denn?«

»Darling hat gerade versucht, Thomas umzubringen.« Maries Stimme bebte. »Du musst mich mit ihm zum Pfarrhof rudern.«

»Das kann ich nicht«, antwortete er und versuchte, die Tür zu schließen.

»Doch, das kannst du«, insistierte sie entschlossen, und er nickte.

»Aber erst morgen«, fügte er müde hinzu.

»Ja, nach dem Frühstück.«

Thomas blieb bis zum nächsten Morgen bei ihr. Sie fragte sich, ob es denkbar war, dass Gott so hart strafte, dass er einen kleinen unschuldigen Jungen für ihre Sünden sterben ließ – und natürlich auch für Darlings?

Sie stand früh auf und weckte Johan. Bevor Darling erwachte, ruderten sie mit Thomas an Land.

Karen, die gehört hatte, dass es auf dem Leuchtturm Nachwuchs gegeben hatte, empfing Marie und Thomas begeistert.

»Nein, wie süß. Er ähnelt Darling, als sie ein Säugling war«, meinte Karen. »Und du hast es ganz ohne Hebamme geschafft?«

Marie überließ Thomas Karen, erleichtert, einen Augenblick Ruhe zu haben.

»Glaubst du, ich darf mal telefonieren?«, fragte sie.

»Selbstverständlich«, erwiderte Karen und summte dem Kleinen etwas vor.

»Aber ich muss ins Ausland telefonieren?«

»Ach, das ist sicher in Ordnung. Aber komm, trink erst einmal einen Kaffee, du siehst ja vollkommen erschöpft aus.«

Karens Fürsorge führte dazu, dass Marie in Tränen ausbrach. Sie trank erst eine, dann zwei Tassen Kaffee. Aß sogar ein Stück Kuchen. Als sie sich wieder erholt hatte, nahm sie den Zettel mit der Telefonnummer, die Gudrun geschickt hatte, und ging in die Wohnstube, wo das Telefon stand.

Es knisterte in der Leitung, aber dennoch hatte Marie keinen Zweifel, dass es Gudruns Stimme war, die aus dem Hörer kam.

Marie räusperte sich und konzentrierte sich darauf, in die

Muschel zu sprechen. Sie telefonierte zum ersten Mal. Es kam ihr beinahe wie Magie vor.

»Darling muss aus Ørland verschwinden«, sagte sie laut ins Telefon.

»Ja, ich weiß«, antwortete Gudrun. Marie zögerte einen Moment – was wusste Gudrun?

»Ich kann lediglich die Überfahrt bezahlen, ich habe von meinem Vater nicht sehr viel geerbt«, fügte Marie hinzu.

»Setz sie einfach in ein Schiff, wir kommen schon zurecht«, erwiderte Gudrun.

Marie und Thomas blieben bei Karen, bis Darling aufbrach. Karen besorgte einen kleinen Kinderwagen, mit dem Marie am Hafen spazieren gehen konnte, wenn das Wetter es zuließ. Eines Tages passierte das, worauf sie gewartet hatte.

»Herzlichen Glückwunsch«, sagte der Fette und schaute in den Wagen. »Ein Junge?«

»Ja.« Marie lächelte.

»Er sieht dir ähnlich«, meinte der Fette freundlich und zog den Hut vor zwei Dienstmädchen, die kichernd vorbeigingen.

»Und dir«, sagte Marie, bevor sie nachdenken konnte. Der Fette wandte den Blick von den Mädchen ab und zog die Brauen zusammen.

»Mir?«, fragte er, plötzlich barsch.

»Ich sage es niemandem«, versicherte sie ihm eilig und schob den Wagen hin und her, obwohl Thomas keinen Ton von sich gegeben hatte.

Der Fette sah einen Augenblick verwirrt aus. Dann fasste er sich. »Na ja, ich denke, wenn man genau hinsieht, ist es wohl doch von Johan.« Er verbeugte sich, wünschte einen guten Tag und ging weiter die Straße hinunter. Maries Augen wurden feucht, als sie ihm nachblickte. Sie fühlte sich wie eines der Flittchen, die versuchten, ihm ein Kind unterzuschieben.

Marie nahm am Hafen Abschied von Darling. Thomas lag im Kinderwagen, und sie hatte die ganze Zeit, in der der Wagen auf der Mole stand, eine Hand am Griff. Aus Angst, Darling könnte dem Wagen plötzlich einen Stoß versetzen, sodass er ins Wasser rollte. Sie gab Darling die Hand und wünschte ihr viel Glück.

Thomas erwachte und gab leise Geräusche von sich. Sie wippte den Wagen sanft auf und ab und schlug die Bettdecke und das Kopfkissen auf, damit er besser sehen konnte. Bemerkte, dass die Spuren am Hals verschwunden waren. Kinder werden doch rasch wieder gesund, ging es ihr durch den Kopf.

Das Leben wurde einfacher, nachdem Darling den Leuchtturm verlassen hatte. Und Ørland. Marie konnte sich nicht vorstellen, ihre Tochter je wiederzusehen. Sie schrieben sich ein, zwei Mal pro Jahr. Natürlich vermisse ich Darling, sagte Marie häufig zu Karen und anderen, die fragten. Aber so war es nicht. Und sie hatte deshalb kein schlechtes Gewissen, denn wie es aussah, schien es Darling gut zu gehen. Sie reiste umher und entdeckte mit Gudrun Amerika, also zumindest, wenn sie nicht in dem Hutgeschäft arbeiten musste.

»Wohnt sie bei deinem Bruder Alfred?«, erkundigten sich die Leute anfangs. Aber Marie hatte Darling nicht einmal seine Adresse gegeben. Es wäre ohnehin nichts Gutes dabei herausgekommen.

Darling schickte oft Geschenke für Valdemar, und Marie stellte sie pflichtschuldigst in das Regal in dem Zimmer, in dem Valdemar gewohnt hatte, als er noch lebte. Also, wenn sie Johan auf dem Leuchtturm etwas zu essen brachte.

Was mit Valdemar passiert war, drei Jahre nach Darlings Abreise nach Amerika, war für Marie nicht leicht gewesen. Sie wusste, sie würde diesen Schmerz für den Rest ihres Lebens in ihrem Herzen tragen. Doch es hatte nicht anders kommen können. Nicht wie die Dinge sich entwickelt hatten. Thomas war gerade drei Jahre alt geworden. Er war der wunderbarste

Junge, Marie vergötterte ihn. Trotz Johans übler Laune und obwohl der Fette keine Zeit für sie hatte und sie monatelang den Leuchtturm nicht verlassen konnten, hörte sie nicht auf zu lächeln. Thomas liebte Valdemar, und Valdemar liebte Thomas. Stundenlang spielten die beiden auf dem Riff. Mit Steinen, mit Krebsen, mit kleinen angespülten Holzstückchen. Marie genoss es, die beiden in den kurzen Momenten zu beobachten, wenn sie sich am Küchenfenster oder von der Wäsche im Keller eine Pause gönnte. Sie machte sich nicht sonderlich viele Gedanken, als Thomas anfing, auf allen vieren zu krabbeln, Valdemars bevorzugte Fortbewegungsmethode. Auch nicht, als sie sah, wie die beiden sehnsüchtig in Richtung Land brüllten. Erst als Thomas zu weinen begann und sich weigerte zu essen, weil er nicht mit Valdemar unter dem Tisch sitzen durfte, runzelte sie die Stirn. Als sie die beiden anschließend im Auge behielt, stellte sie fest, dass Thomas das Verhalten seines Bruders nachahmte. Und dass Valdemar nicht mit der Beinrubbelei aufhören wollte, machte es nicht besser. Es war wohl nur eine Frage der Zeit, bis Thomas auch diese Unsitte annahm. Und Thomas hatte ja Kontakt zu anderen Menschen.

Bevor der Winter sie isolierte, ruderte Marie an Land und nahm die Fähre in die Stadt. Ging die fünfzehn Kilometer bis zur Irrenanstalt, wo sie nach dem Vorsteher fragte. Während sie wartete, wollte ein junger Mann sie umarmen. Natürlich erschrak sie. Eines seiner Augen war blind, das andere schielte nach rechts. Aber noch mehr erschrak sie über die Krankenpflegerin, die angerannt kam und den jungen Mann mit einem Knüppel hart in die Kniekehle schlug. Der Mann fiel mit einem lauten Brüllen zu Boden und weinte.

Die Pflegerin half ihm unwillig auf und führte ihn dorthin zurück, woher er gekommen war. Marie drehte sich auf dem

Absatz um und verließ die Anstalt. Den ganzen Weg über den Fjord weinte sie im Stillen, ohne dass jemand es bemerkte, erst als sie die Fähre verließ und niemand sie sehen konnte, ließ sie den Tränen freien Lauf. Sie konnte ihren Sohn nicht unter derartigen Umständen leben lassen. Aber sie konnte auch Thomas nicht opfern.

Am folgenden Tag ruderte sie erneut an Land und ging direkt in die Kirche, wo sie vor Jesus niederkniete und weinte. Nicht lange danach erbarmte sich Gott ihrer mit einer Antwort, und bevor sie zum Leuchtturm zurückruderte, kaufte sie sämtliche grünen Lebensmittel, die sie finden konnte, und ging zu Karen, die ihr eine Flasche Schnaps gab.

Sie ruderte zurück. Es war nicht leicht. Der Wind war zu dieser Jahreszeit besonders unbarmherzig. Sie bereitete das Essen vor und deckte für Valdemar unter dem Tisch. Mit einer Serviette. Valdemar hob gespannt die Tischdecke an und kroch unter den Tisch. Stopfte erst die grüne Stoffserviette in den Mund und lachte laut auf, als er so tat, als würde er darauf kauen. Thomas griff nach seiner Serviette und krabbelte zu Valdemar unter den Tisch. Sie muhten im Chor. Marie weinte leise vor sich hin, während sie das Essen auf die Teller schöpfte. Dann wischte sie sich die Augen und servierte andächtig Thomas und Valdemar das Erbsenmus unter dem Tisch. Setzte sich dazu und aß mit ihnen.

Am nächsten Vormittag überredete sie Johan, aus dem Turmzimmer zu kommen. Sie versprach ihm Schnaps zum Fisch. Sagte, er solle Valdemar mit aufs Wasser nehmen, das Boot sei zu schwer für sie, so groß wie er inzwischen war. Sie regte sich auf, als Johan protestierte und sagte, er würde ihn nicht an Land bringen. Der Bursche dürfe nicht mehr unter die Leute.

»Er soll ja auch nicht an Land, Johan«, erklärte Marie. »Rudere ihn auf die andere Seite des Leuchtturms. Dorthin, wo es tief ist.«

Johan sah sie lange an.

»Es geht nicht mehr, Johan, nicht mit Thomas.«

»Du willst, dass ich Valdemar ersäufe?«, fragte Johan verwundert.

Sie nickte und lief die Treppe hinunter, Johan verschwand im Turm. In der Küche hörte sie Thomas und Valdemar spielen. Sie hörte Valdemar stöhnen. Die Rubbelei war in der letzten Zeit schlimmer geworden.

»Valdemar!«, rief sie wütend und hörte Thomas weinen. Valdemar hatte sich wohl an ihm gerieben. Die Tür des Turmes ging auf, und Johan kam heraus. Ohne sie anzusehen, ging er die Treppe hinunter.

»Komm«, sagte er, als er in die Küche kam. Valdemar heulte begeistert auf. Thomas hörte auf zu weinen. Marie lief, so schnell sie konnte, in die Küche hinunter, wo Johan gerade in den Keller verschwand. Valdemar folgte ihm begeistert. Es fiel ihm schwer stillzustehen bei der Aussicht, an Land zu kommen. Er hüpfte und tanzte. Auf dem Riff blieb Johan stehen und versuchte, einen großen Stein ins Boot zu heben. Er war zu schwer, er musste ihn nach ein paar Schritten wieder fallen lassen. Valdemar lief zu ihm und half seinem Vater, den Stein ins Boot zu hieven. Marie stand auf der Treppe, zog ihren Schal enger um die Schultern und hielt Thomas fest, als er zum Boot laufen wollte. Sie biss die Zähne fest zusammen, um nicht zu weinen, als sie sah, wie Johan Valdemar wie immer den Strick um den Leib band, doch statt den Strick an der Ducht des Ruderboots zu befestigen, band er ihn um den Stein. Es war ein kalter Tag. Auf dem Felsen lagen bereits kleine Schneehaufen. An Land war nichts Grünes zu sehen.

»Ich koche zum Mittagessen Fisch«, schluchzte sie.

Johan schob das Boot ins Wasser. Thomas winkte ihnen. Valdemar winkte mit beiden Händen zurück, ohne ihre Tränen zu bemerken. Das Boot nahm Kurs auf den Horizont. Valdemar drehte sich verwirrt um und zeigte zum Land hin. Er lächelte noch immer.

Marie ging mühsam die Treppe zum Leuchtturm hinauf und schloss die Tür hinter sich. Sie nahm Thomas an die Hand, zusammen stiegen sie in die Spitze des Turms. Es ließ sich an einer Hand abzählen, wie oft Thomas dort oben gewesen war, daher war er gespannt und glücklich, als sie die Tür öffnete. Sie wollte einfach so weit wie möglich vom Wasser entfernt sein. Gleichzeitig musste sie aber sehen, ob das, was geschehen sollte, auch wirklich geschah. Sie beachtete weder den Gestank noch die Unordnung, als sie ans Fenster trat. Sie hielt den Blick fest auf die beiden im Boot gerichtet. Es verging eine Minute. Es vergingen zwei. Es fühlte sich wie eine Ewigkeit an.

»Dir, himmlischer Vater, gebe ich nur das, was ohnehin dir gehört«, flüsterte sie.

Sie blieb stehen, bis Johan zurück zum Leuchtturm gerudert kam. Dann nahm sie Thomas bei der Hand und ging hinunter, um den Fisch zuzubereiten.

Während des Krieges waren keine Gouvernanten zu bekommen, daher zogen Marie und Thomas in diesen Jahren in das Haus am Waldrand. So waren sie in der Nähe einer Schule, wenngleich auch nur jeden zweiten Tag Unterricht stattfand. Häufig waren sie zu Besuch auf dem Pfarrhof. Es sei ja trotz allem ihr Elternhaus, sagte der neue Pastor, und Marie dankte ihm und fand es trotzdem irgendwie falsch, dass sie, die früher in diesen Zimmern gespielt hatte, nun Thomas auffordern musste, still zu sein, wenn er zu laut lachte. Aber natürlich war es nett von dem neuen Pastor, dass sie mehr oder weniger kommen und gehen konnten, wie sie wollten. Und nein, natürlich war er nicht mehr so neu, aber für Marie würde er immer der Neue sein, der sich nie mit ihrem Vater würde messen können. Sie fragte sich oft, ob er, der nun im Himmel war, ihr wohl vergeben konnte. Und tröstete sich damit, dass der Vater ihr auch vergeben würde, wenn Gott das konnte.

Hin und wieder kam der Fette in das Haus am Waldrand. Er übernachtete nie, blieb aber hinterher gern noch eine Weile und rauchte eine Zigarre. Jedes Mal bat Marie Gott um Vergebung. Auch dafür, dass Thomas sich in den paar Stunden, die sie mit dem Fetten zusammen war, selbst beschäftigen musste. Aber schließlich hatte auch sie ein Anrecht auf Liebe, dachte sie.

Sie hatte dem Fetten erzählt, dass sie den Ring hatte und dass er nicht mehr danach suchen musste.

»Du hast den Ring?«, hatte er verblüfft gefragt.

»Ich fürchte, Darling hat ihn bei dir gestohlen.«

»Verflucht«, hatte er gesagt, dann hatten sie nicht mehr darüber gesprochen. Sie trug ihn jetzt immer, wenn sie allein im Haus war. Und natürlich, wenn sie mit dem Fetten zusammen war. Sie hatten nie wieder darüber gesprochen, dass Thomas sein Sohn sein könnte. Marie wollte es nicht ansprechen und die wenigen Stunden verderben, die sie zusammen hatten. Aber sie bemerkte, dass der Fette Thomas hin und wieder auf eine ganz bestimmte Weise ansah, so wie Väter ihre Söhne ansahen. Das genügte ihr.

Die ersten paar Jahre schien Johan sich darüber zu freuen, sie zu sehen, wenn sie ihm zusammen mit Thomas etwas zu essen brachte. Oft blieben sie ein paar Tage. Johan aß gern mit ihnen am ersten Abend, zog dann aber den Turm vor. Nur die wenigen Male, an denen es ihr gelungen war, eine Flasche Selbstgebrannten zu beschaffen, blieb er länger sitzen. Sie redeten nicht viel miteinander, und schon gar nicht über Valdemar. Keiner von ihnen hatte seinen Namen erwähnt, seit Johan ihn mit aufs Wasser genommen hatte. Sie sprachen auch nicht über Darling. Am liebsten redeten sie über Dinge, die in Uthaug oder auf Ørland passiert waren. Während des Krieges ging es vor allem um den Fetten und die Deutschen, über die Johan am Tisch redete. Der Fette rannte den Deutschen nach wie ein kleiner Hund, sagten die Leute. Marie wusste natürlich, dass es nicht stimmte. Als der Frieden endlich kam, waren die Leute sicher, dass er alles verlieren würde. Der Fette war vollkommen überrascht, als eines Abends der erste Stein durch sein Wohnstubenfenster flog und eine Schar

Jungen »Quisling« brüllte, bevor sie davonliefen. Marie, die in der Stube saß, schrie laut auf. Jetzt, da seine Frau gestorben war und das Gesinde den Hof verlassen hatte, war es sehr viel leichter für sie, mit ihm zusammen zu sein. Thomas hatte sogar eine eigene Kammer neben der Küche, dem Ort, an dem Marie sich am meisten aufhielt. Schließlich musste ja jemand auf dem Hof kochen. Der einzige Knecht, der den Hof noch nicht verlassen hatte, verjagte die Jungen. Der Fette nahm die Geige von der Wand und spielte, bis es hell wurde. »Ich habe nur dich, Marie«, sagte er mit tränenerstickter Stimme, »du bist die Einzige, auf die ich immer zählen konnte.«

Es waren schwere Jahre für den Fetten, aber Marie kamen sie himmlisch vor. Sie summte über der Suppe, von der sie eine besonders große Portion kochte, damit auch für Johan etwas blieb. Am liebsten schickte sie den Totengräber mit dem Essen zum Leuchtturm und entschuldigte sich damit, dass ihr das Rudern so schwerfiele. Wenn jemand fragte, wohnte sie selbstverständlich in dem Haus am Waldrand, doch in Wahrheit schlief sie jede Nacht an der Seite des Fetten. In der Regel wachte sie vor ihm auf und betrachtete seine hübsch gebogene Nase, die Haare, die an den Seiten grau wurden, aber dennoch so weich waren, wenn man sie berührte.

Sein Sohn Frederik kam selten vorbei. Und wenn er es tat, servierte Marie ihnen das Essen in der vornehmen Stube. An diesen Abenden aß sie mit Thomas in der Küche. Es gab schließlich keinen Grund, den Leuten etwas zu liefern, worüber sie sich das Maul zerreißen konnten.

Hinterher hatte der Fette stets schlechte Laune.

»Er kommt nur, um Geld zu bekommen. Und um zu sehen, ob ich nicht bald sterbe, damit er den Hof erbt.«

Thomas fühlte sich in den Räumen des Fetten wie zu Hause.

Sie lebten wie eine kleine Familie. Marie störte es überhaupt nicht, dass sie den ganzen Haushalt übernehmen musste. Der Fette fütterte die Tiere selbst, die ihm noch geblieben waren. Einen Teil des Viehs hatten die Leute nachts aus dem Stall gestohlen. Oder von der Weide. Das sei doch das Mindeste, was er für seinen Verrat am Volk zu bezahlen habe, sagten die Leute und aßen sich an seinen Kälbern, Schafen und Hühnern satt.

Nach und nach stellte sich jedoch heraus, dass Fett wie immer oben schwamm, und bereits nach zwei Jahren war der Fette bei den Leuten wieder so angesehen wie vor seinem Fall. Langsam kamen die Knechte und Mägde zurück und fragten nach Arbeit auf dem Hof. Der Fette kaufte neue Kälber. Das Leben ging weiter.

Plötzlich war wieder alles wie früher, und Marie zog sich wehmütig mit Thomas in ihr kleines Haus zurück. Sie hatte eigentlich erwartet, dass der Fette sie zurückholen, sie vielleicht sogar heiraten würde, da er doch nun ein freier Mann war. Schließlich war sie trotz allem die Tochter eines Pastors und konnte nicht auf diese Weise in Sünde leben.

Selbstverständlich gehörte es sich nicht, sich scheiden zu lassen. Aber wenn sie den Leuten erzählte, wie Johan sich verhielt, dass er wie ein Hund lebte und nicht mit ihr redete, würde man sie verstehen. Vielleicht würde man sogar sagen, es sei gut, dass sie sich scheiden ließe, dass sie mehr verdient habe als das. Daher wartete sie darauf, dass der Fette sie fragte. Ich habe es nicht eilig, sagte sie sich, aber hin und wieder gestattete sie sich den Gedanken, dass es schade um sie sei.

Aber an dem Tag, an dem Darling auftauchte, hatte sie geweint. Es war über sie gekommen, als sie den Abwasch machte. Dass sie nur für sich und Thomas abwusch. Eigentlich sollte sie doch für drei abwaschen. Sie hatte ins Abwaschwasser geweint und gerade das Geschirr eingeräumt, als es klopfte. Sie ging in den Flur, um zu öffnen.

Darling war die Letzte, die sie erwartet hatte. Wahrscheinlich wäre sie kaum überraschter gewesen, wenn ein Wiedergänger ihres Vaters vor der Tür gestanden hätte.

Selbstverständlich bat sie Darling herein. Was hätte sie sonst machen sollen? Kochte sogar Kaffee und servierte ihn Darling in einer der Tassen, die sie gerade ins Regal gestellt hatte. Darling hatte sich aufgedonnert, mit angemalten Lippen und einem viel zu engen Kleid. Sie trug sogar einen prächtigen Pelz um die Schultern.

»Du siehst nicht mehr aus wie jemand aus Ørland«, sagte Marie und meinte es nicht als Kompliment.

»Danke«, erwiderte Darling und drohte, Thomas zu erzählen, wie die Dinge eigentlich zusammenhingen.

»Du hast mich glauben lassen, Valdemar sei noch am Leben. Ich habe ihm Geschenke geschickt und jeden einzelnen Tag an ihn gedacht. Ich bin nur gekommen, um ihn zu besuchen. Sieh her«, sie öffnete ihre Tasche, zog zwei kleine Kühe aus Ton heraus und warf sie auf den Tisch, sodass der Kaffee über den Tassenrand schwappte.

Es beschäftigte die Menschen, dass Darling zurückgekommen war. Egal, wo Marie sich aufhielt, hörte sie die Leute darüber reden. Wie schick sie sei. Wie gut sie in Amerika zurechtgekommen sei. Dass sie vermutlich nicht das Glück haben würden, dass eine Frau wie Darling hierbliebe, jetzt, da sie den Geschmack der großen, weiten Welt kennengelernt habe.

»Ist sie wirklich meine Schwester, Mutter?«, fragte Thomas. »Sie ist so hübsch.«

»Wenn du dir die Klamotten und die Schminke wegdenkst,

sieht sie genauso wie wir anderen aus«, entgegnete Marie. »Sie ist genau wie wir. Geboren und aufgewachsen auf Ørland.«

Thomas besuchte Karen nun häufiger – und zum ersten Mal ohne Marie. Jedenfalls behauptete er, er wolle Karen besuchen. Aber Marie wusste genau, dass er für Darling schwärmte.

Jedes Mal, wenn Thomas vom Pfarrhof zurückkam, hielt Marie den Atem an. Wusste er es jetzt?

Aber wie es schien, hatte Darling andere Interessen als ihren Sohn. Jedenfalls kam er stets mit hängendem Kopf nach Hause und erzählte, Darling sei nicht zu Hause oder zu beschäftigt gewesen, um sich um ihn zu kümmern.

Normalerweise bekam Marie keinen Besuch von den anderen Frauen aus Uthaug, aber nun kamen sie. Natürlich nur, um Neuigkeiten über Darling zu erfahren. Was hatte sie für Pläne? Würde sie bleiben? Was war in Amerika passiert, und warum war sie nach Hause gekommen?

Seit Hannah direkt vor dem Krieg heimgekehrt war, hatte es nicht mehr so viel Gerede gegeben.

Hannah war im Gegensatz zu Darling in Amerika nicht hübscher geworden. Die Leute sagten, wenn sie nicht gewusst hätten, dass sie es war, hätten sie Hannah nicht wiedererkannt. Ihr Haar war strähnig, und sie hatte ein breites Hinterteil bekommen. Ihre Kleidung sah aus, als hätte sie schon vor langer Zeit ausrangiert werden müssen. Und ihre Zähne saßen als verfaulte Stümpfe in ihrem Mund. Karen hatte sie mit in die Stadt genommen und ihr ein Gebiss geschenkt. Es schien, als sei Hannah durch ihre Arbeit bei dem neuen Pastor ein wenig zur Ruhe gekommen, aber die ersten Jahre nach ihrer Rückkehr waren schwierig gewesen. Viele hatten sie betrunken auf Ørland herumtaumeln sehen. Eines Tages hatte Marie sie sogar auf dem Leuchtturm erwischt.

Marie war zusammen mit Thomas zum Riff gerudert, um Johan etwas zu essen zu bringen. Als sie in die Küche kam, lagen mehrere Flaschen auf dem Fußboden. Die Spüle war voll mit Erbrochenem. Mittendrin schwamm ein Gebiss. Marie hätte sich beinahe selbst übergeben. Sie fischte das Gebiss heraus und legte es auf einen der Teller auf dem Tisch. Sie schickte Thomas hinaus aufs Riff, ging hinauf zu ihrem alten Schlafzimmer und fand Hannah und Johan. Sie lagen nebeneinander und schliefen fest. Eine Seite von Johans Gesicht war mit Erbrochenem verschmiert. Vorsichtig schloss sie die Tür. Sie wusste nicht, was sie von dem Anblick, der sich ihr gerade geboten hatte, halten sollte. Sie wusste nicht einmal, ob sie überhaupt etwas sagen sollte. Sie wusste nur, dass sie sich schämen würde, wenn die Leute davon erführen.

Sie lief die Treppe hinunter, stellte das Essen, das sie mitgebracht hatte, auf den Tisch und ruderte mit Thomas zurück an Land.

»Dein Vater ruht sich aus«, hatte sie ihm erklärt, als Thomas ihn begrüßen wollte. »Du weißt doch, wie hart es ist, sich um das Licht zu kümmern.«

»Wie geht es mit Hannah?«, erkundigte sie sich vorsichtig bei Karen, als sie das nächste Mal ins Pfarrhaus kam.

»Ganz ehrlich, ich mache mir Sorgen um sie.« Karen zögerte. »Sie ist ja meine Schwester, und ich helfe ihr natürlich gern. Aber sie ist die meiste Zeit betrunken. Woher sie den ganzen Schnaps bekommt, weiß ich wirklich nicht. Manchmal ist sie tagelang verschwunden.«

Ein paar Tage später kam Marie, um Thomas abzuholen, der bei Karen übernachtet hatte. Sie selbst hatte eine Verabredung mit dem Fetten gehabt, der gesagt hatte, er wolle sehen, ob er die Zeit fände, am Waldrand vorbeizuschauen. Sie hatte vergeblich gewartet und Thomas schon vor dem Frühstück abgeholt.

»Nimm dir einen Stuhl, ich bringe dir eine Tasse«, sagte Karen und legte noch eine Scheibe Brot auf Thomas' Teller. Marie setzte sich und lächelte Thomas zu. Er war ein hübscher Junge. Hannah kam in die Küche. Sie rülpste laut, ganz offensichtlich war sie gerade erst aufgestanden. Ein strenger Geruch nach Schnaps umgab sie. Sie ließ Kaffee in eine Tasse schwappen, bis sie überlief und der Kaffee auf den Boden tropfte. Nahm eine Handvoll Kekse vom Tisch und stopfte sich den nächsten Keks bereits in den Mund, noch bevor sie den ersten überhaupt heruntergeschluckt hatte.

»Guten Morgen«, begrüßte Karen sie spöttisch.

»Guten Morgen«, erwiderte Hannah und prostete ihr mit der Tasse zu.

»Wo bist du die letzten Tage gewesen?«

Hannah lachte heiser und warf Marie einen Blick zu.

Marie fühlte sich unwohl. »Das geht uns doch nichts an, Karen«, sagte sie rasch. Wieder lachte Hannah und zerbiss knirschend einen weiteren Keks mit ihrem Gebiss.

Im Laufe der Kriegsjahre schien Hannah ein wenig ruhiger zu werden. Sie war meist beim Pastor und bekam außer Kost und Logis ein paar Øre für ihre Hilfe. Eines Nachmittags sprachen sie über das Foto, das sie geschickt hatte.

»Wir dachten alle, du wärst tot«, begann Marie. »Die Leute haben monatelang über nichts anderes geredet. Also, dass du doch nicht tot bist. Dass du es bis nach Amerika geschafft hast und zu Geld gekommen bist, und über dein Auto.«

»Was für ein Auto?«, fragte Hannah und pulte in ihrem Gebiss.

»Das auf dem Foto«, sagte Marie und bat Karen, es zu holen. Sie steckten alle drei die Köpfe zusammen und sahen es sich an.

»Vielleicht war das sein Auto?« Marie zeigte auf den jungen Mann, der neben Hannah stand.

»Nein, zum Teufel.« Hannah lachte laut. »Er war ein flotter Bursche, aber Geld hatte er keins. Wir haben uns einfach vor irgendeinen Wagen gestellt.«

Als Marie das erste Mal entdeckte, dass Darling bei dem Fetten war, wusste sie, was es hieß, wenn die Leute sagten, es sei ein Gefühl, als höre das Herz auf zu schlagen. Sie war auf dem Weg ins Wohnhaus, um zu fragen, ob der Fette abends Hühnersuppe wollte, als sie hinter den Fenstern seine Violine hörte. Eines der Fenster stand einen Spalt weit offen. Er spielte Liebesleid. Sie war stehen geblieben und hatte so lange dort gestanden, bis ihr kalt wurde. Sie fragte sich, für wen der Fette wohl spielte. Ihr ging sogar durch den Kopf, dass er vielleicht für sie übte, als Entschuldigung, weil er nicht wie verabredet vorbeigekommen war. Jedenfalls hatte sie sich in ihrer wildesten Fantasie nicht vorstellen können, dass es für Darling sein könnte. Plötzlich hörte sie Darlings Stimme, die das Spiel des Fetten lobte, als er eine kurze Pause machte. Marie stapfte auf ihren kalten Füßen hinter die Hausecke, um nicht entdeckt zu werden. Sie setzte sich hinter einen Busch und weinte lautlos. Sie kam erst wieder hervor, als sie Thomas rufen hörte.

Zum ersten Mal in ihrem Leben blieb Marie den ganzen Tag im Bett.

»Bist du krank, Mutter?«, fragte der Junge, und Marie sagte, es sei etwas mit dem Hals.

Nachdem sie drei Tage im Bett gelegen hatte, kam Karen zu Besuch.

»Thomas sagt, du bist seit Tagen krank?«, erkundigte sie sich besorgt und setzte sich auf die Bettkante. Marie fuhr sich hastig durch die Haare und versuchte, sie zu einem Knoten zusammenzubinden.

»Ich habe Saft mitgebracht, ich wärme ihn für dich auf.« Karen erhob sich, und Marie hörte, wie sie mit Thomas in der Küche plauderte. Kurz darauf kam sie wieder ins Schlafzimmer und reichte Marie den Becher.

»Es ist inzwischen auch einige Zeit her, dass ich Darling gesehen habe«, sagte Karen.

»Weißt du, wo sie ist?«, wollte Marie wissen und versuchte, uninteressiert zu klingen. Karen öffnete das Fenster. »Ich klatsche ja nur ungern, aber ich glaube tatsächlich, dass sie bei dem Fetten ist.«

Marie schlug sich die Hand vor den Mund, um nicht zu zeigen, wie sehr sie zitterte. »Bist du sicher?«

»Aber eigentlich ist das nicht zu verstehen, oder? So alt, wie er ist …«

Marie schaute sich ausnahmsweise einmal nicht um. Sie wartete nicht darauf, dass »herein« gesagt wurde, sondern öffnete einfach die Tür und stieß mit dem Arzt zusammen, der gerade das Haus verlassen wollte. Er grüßte zurückhaltend und nickte dem Fetten kurz zu, der die Tür hinter ihm schloss.

»Guten Tag, Marie«, grüßte der Fette. »Im Moment passt es ganz schlecht.«

»Meine Tochter hält sich hier auf, soweit ich weiß«, fauchte sie. Der Fette zog sie in sein Arbeitszimmer, wo er zum ersten Mal für sie gespielt hatte.

Sie erzählte es ihm ohne Umschweife.

»Sie ist deine Tochter, du fickst deine eigene Tochter.« Sie spürte einen Stich im Herzen, als sie sah, wie er auf seinem Stuhl hinter dem Schreibtisch zusammensank.

»Was sagst du da, Marie?«, flüsterte er.

»Ich bin schwanger geworden, als wir damals im Sommer zusammen waren, und dann habe ich Johan geheiratet, um keine Schande über uns alle zu bringen.« Marie verbarg ihr Gesicht in den Händen und weinte.

»Sag, dass es nicht wahr ist…« Das Fleisch am Kinn hing schlaff unter dem halb geöffneten Mund.

»Ich war bereits schwanger, als ich geheiratet habe.«

Als sie den Fetten verließ, war er deutlich gealtert. Ein Teil von ihr hätte ihn gern umarmt. Der andere Teil freute sich, dass nicht nur sie die Strafe Gottes zu spüren bekam und die Nächte damit verbringen musste, um Vergebung zu betteln.

Sie packte alles zusammen, was sie und Thomas möglicherweise benötigen würden.

»Wir zwei beginnen jetzt ein Abenteuer«, antwortete sie, als er fragte.

»Wann kommen wir wieder zurück?«

»Das weiß man nie«, meinte sie und ließ die Tür hart ins Schloss fallen. Sie erreichten die Freitagsfähre in die Stadt und von dort das Schiff nach Dänemark.

»Es ist nie zu spät, ein neues Leben zu beginnen«, erklärte sie Thomas, als sie an der Reling standen und sahen, wie die norwegische Küste langsam verschwand.

Epilog

Johan

Als Hannah plötzlich auf dem Leuchtturm-Felsen stand, dachte er, er hätte eine Erscheinung. Er hatte gesehen, dass jemand gerudert kam, und gedacht, es wäre Marie. Es war lange her, seit sie ihm das letzte Mal etwas zu essen gebracht hatte. Mindestens zehn Tage, und er war den Fisch so leid, dass er eine Krähe gegessen hatte, die sich in den Keller verirrt hatte.

Er war aufs Riff gegangen, um das Essen entgegenzunehmen. Dort stand jedoch nicht Marie, dort stand Hannah. Wie ein Kind schloss er die Augen und öffnete sie wieder. Schloss sie. Und öffnete sie.

»Zum Teufel, was machst du da, Johan?«, rief Hannah und forderte ihn auf, ihr zu helfen, das verdammte Boot hochzuziehen. Sie war älter geworden. Das Haar war dünner, sie war breiter. Trotzdem war sie noch genauso hübsch, wie er sie in Erinnerung hatte. Er kam zu sich und half ihr, das Ruderboot auf die Schäre zu ziehen.

»Ja, hier hast du mich nun«, erklärte sie mit einem Grinsen.

»Hannah«, sagte er atemlos und streckte einen Arm nach ihr aus. Berührte sie vorsichtig an der Schulter. Musste sich noch einmal versichern, dass sie es tatsächlich war.

»Ich habe Schnaps mitgebracht.« Sie zeigte auf die Tüten im Boot. »Und etwas zu essen.«

Johan nahm die Tüten entgegen, zusammen gingen sie zum Turm.

»Das sieht hier ja aus wie immer. Wie zum Teufel hältst du es hier bloß aus?« Er antwortete nicht. Wusste nicht, was er sagen sollte.

»Du stinkst«, sagte sie und rümpfte die Nase. »Wäschst du dich nicht?«

Er bat sie, in der Küche zu warten. Dann nahm er die eingetrocknete Seife, die in der Küche lag, seit Marie dort gewohnt hatte, und ging vom Riff aus ins Wasser. Es war so kalt, dass er aufstöhnte. Er sah Hannah, die ihm vom Fenster aus zuwinkte. Er winkte zurück und lachte so laut und so lange, bis er vollkommen außer Atem war. Er wusch sich überall. Er konnte sich nicht erinnern, wann er das zum letzten Mal getan hatte. Zitternd vor Kälte und doch innerlich warm, lief er nackt zum Leuchtturm. Ihn durchzuckte der Gedanke, dass sie nicht dort war, dass er sich das nur vorgestellt hatte. Dass er durch das Alleinsein doch noch verrückt geworden war.

Doch sie war da. Sie saß in der Küche und aß Brot und Wurst, die sie mitgebracht hatte. Spülte alles mit Schnaps herunter.

»Das sieht lecker aus«, sagte er und griff nach der Wurst.

»Ja, mit freundlichen Grüßen vom Pastor«, zwinkerte sie.

Als er die Lampe versorgt hatte, legten sie sich ins Schlafzimmer und versuchten, sich zu lieben, allerdings wollten ihre Körper nicht mehr so wie früher. Das liegt wohl am Schnaps, sagten sie sich und schliefen bis weit über die Mittagszeit am nächsten Tag. Als er erwachte, war Hannah bereits wach und betrachtete ihn. Ihm wurde regelrecht schwindlig vor Glück.

»Du bist ein alter Mann geworden«, nuschelte sie und zog sich an. Er lächelte ihr zu.

»Hast du den Brief bekommen, den ich dir geschickt habe?«

»Ja.« Sie streckte sich. »Aber was zum Teufel sollte ich auf diese Flennerei antworten? Hast du noch Schnaps?«

Er sah ihr zu, wie sie sich anzog, und war so glücklich, dass er sich nicht einmal an die Lampe erinnerte, die längst ausgegangen sein musste. Er hörte die Wellen an die Felsen schlagen. Verspürte keinen Drang mehr, gegen sie anzubrüllen.

Hannah ruderte eine halbe Stunde später an Land. Den Rest des Brotes und der Wurst nahm sie mit.

Darling

Beide lachten laut, als sie die Fotos von sich sahen. Darling sah grotesk groß aus im Verhältnis zu Lillens schmächtigem Körper. Und sie war nicht schmaler geworden, seit sie ihr Kind zur Welt gebracht hatte.

»Ich weiß wirklich nicht, woran ich erinnere«, lachte Lillen.

»Woran du erinnerst? Ich bin es doch, die aussieht, als könnte ich nächstes Jahr bei der Tierschau ausgestellt werden.«

Sie einigten sich darauf, dass es der Winkel sein musste. Und dass sie sich bei dem Fotografen beschweren sollten. Dann lachten sie wieder.

Darling hatte einen Fotografen bestellt. Sie wollte, dass Gro so oft wie möglich verewigt wurde. Sie war das schönste Kind überhaupt, fand Darling.

Sie hatte Lillen eingeladen, damit auch ein paar Fotos von ihnen zusammen gemacht wurden. Sie hatten die alten Hüte von der Frau des Fetten gefunden und sich damit fotografieren lassen.

Genau wie in ihrer Kindheit war Lillen die Einzige, die mit Darling befreundet sein wollte. Dass sie den Hof geerbt hatte, als der Fette starb, und plötzlich eine Herrin mit einem eigenen Hof war, hatte ihr keine weiteren Freundinnen eingebracht.

»Ist sie nicht perfekt?«, fragte Darling und drückte Gro an sich.

»Doch, schon …« Lillen zögerte. »Aber vielleicht …«

»Vielleicht was?«

»Hat der Arzt etwas gesagt über …«

Darling blickte aus dem Fenster. »Es wird allmählich dunkel. Hast du nicht gesagt, du müsstest morgen früh aufstehen?«

Lillen nahm Gro auf den Arm. »Du hast recht, sie ist hübsch.«

Darling überließ Gro Lillen. »Kannst du auf sie aufpassen, während ich ein Bad nehme?«

Als sie fast eine Stunde später zurückkam, die Haare in ein weißes Handtuch gewickelt, lagen Lillen und Gro auf dem Fußboden und spielten mit ein paar Bauklötzen, die Gudrun ihr zur Taufe geschenkt hatte. Darling blieb stehen und betrachtete sie, bis Gro sie entdeckte und die Arme nach ihr ausstreckte. Darling nahm sie in die Arme, küsste ihre dicken Wangen und schnüffelte an ihrem dünnen Haar. Ein besseres Leben gibt es nicht, ging es ihr durch den Kopf.

Marie

Marie kehrte mit Thomas erst heim, als sie ein Telegramm erhielt, dass Johan gestorben war. Drei Jahre hatten sie bei Gudrun in Aalborg verbracht. Sie war froh, eine Entschuldigung zu haben, nach Ørland zurückzukehren.

Als sie zurückkam, erzählte sie allen, wie fantastisch Dänemark sei. Ja, sie konnte sogar ein paar Worte auf Dänisch sagen. Was sie auch gern tat, wenn jemand sie darum bat. Doch in Wahrheit hatte es ihr nicht gefallen in der Fremde. Als Karen schrieb, dass der Fette gestorben sei, dass er eines Morgens nicht mehr aufgewacht war, war Marie zusammengebrochen. Nicht einmal Thomas hatte sie dazu bewegen können, mit dem Weinen aufzuhören. Gudrun hatte nichts bemerkt. Sie sahen sich kaum. Die Fabrik stand kurz vor dem Konkurs, doch Gudrun glaubte, nach dem Tod ihres Vaters und ihres Bruders die Chance ihres Lebens erhalten zu haben; sie weigerte sich, den Glauben aufzugeben, dass sich alles zum Guten wenden würde.

Inzwischen hatte Marie aufgehört, den Tod des Fetten zu beweinen, doch wirklich erholt hatte sie sich noch immer nicht. Thomas sah sie mit einem besorgten Gesichtsausdruck an. Er war jetzt dreizehn und hatte Flaum auf der Oberlippe. Als das Telegramm eintraf, in dem ihnen Johans Tod mitgeteilt wurde, hatte er geweint und geschluchzt, das Gesicht in Maries Armbeuge verborgen. Sie selbst empfand nichts. Sie dachte vor allem an Hannah, die neben ihm gelegen hatte. Und ob sie sich wohl in der letzten Zeit gesehen hatten.

Sie hätte Thomas gern gesagt, dass es keinen Grund zum Weinen gab. Dass Johan nicht sein Vater war. Dass er lediglich jemand gewesen war, mit dem er in seiner Kindheit sporadisch zusammengelebt hatte.

Aber wie sollte sie das machen, ohne ihm gleichzeitig zu erzählen, dass sie nicht seine Mutter war?

Auf der Fähre unterhielten sich zwei Männer über den Fetten. Es war offenbar noch immer eine interessante Geschichte, obwohl es mehrere Monate her war, dass er seinen letzten Atemzug getan hatte.

»Die Frau war wohl zu jung für ihn«, vermutete der eine. Und der andere lachte und fügte hinzu: »Ja, so hat selbst der größte Hurenbock Ørlands mal genug bekommen.«

Marie wechselte ihren Sitzplatz und zog Thomas mit.

Johan wurde einen Tag nach ihrer Ankunft beerdigt. Sie sang am Grab laut die Kirchenlieder mit, sie sang sie für den Fetten, der einige Reihen weiter lag. Marie war bereits am Tag zuvor an seinem Grab gewesen. Hatte sich hingehockt und ein bisschen an den Blumen gezupft. Sie hatte sich versichert, dass niemand in der Nähe war, bevor sie die Tränen fließen ließ.

»Komm zu Onkel Thomas«, sagte Thomas und streckte die Arme nach Gro aus. Sie hatten sich im Pfarrhaus zu einem kurzen Beisammensein versammelt. Gro watschelte auf ihren kurzen, dicken Beinen auf ihn zu. Es war das einzige Mal, dass Marie und Darling Blickkontakt hatten. Kurz darauf nahm Darling Thomas das Mädchen ab. Die Kleine weinte lauthals und wollte zurück zu ihm. Darling sprach auf sie ein, und schon bald war Gro wieder zufrieden. Ganz offensichtlich ist irgendetwas nicht in Ordnung mit dem Mädchen, dachte

Marie und war verwundert, dass Darling es überhaupt nicht wahrzunehmen schien. Sie wusste nicht einmal, warum Gott sie mit einem zurückgebliebenen Kind verhöhnte.

Am Tag nach dem Begräbnis ließ sie sich vom Hafenmeister zum Leuchtturm rudern.

Er kümmerte sich nach Johans Tod selbst um das Licht.

»Ihr werdet doch einen Neuen finden?«, fragte Marie.

»Nein, der Turm wird automatisiert«, antwortete er. »Die Zeiten, in denen Leute ihr Leben dem Licht weihen mussten, sind vorbei.«

Marie sammelte Valdemars Kühe ein, die auf dem Regal in seinem Zimmer verstaubten. Sie trug sie hinunter zum Riff und warf sie nacheinander in die Richtung, in der er ertrunken war.

Auf dem Rückweg betrachtete sie den Leuchtturm, der langsam kleiner wurde. Die rote Farbe stand in scharfem Kontrast zu dem blauen Himmel, das Wasser schwappte wohlerzogen gegen die Steine. Eine Schwarm Vögel flog über den Leuchtturm und landete auf dem Riff.

Danksagung

Ein Dank an meine Mutter, Turid Uthaug, und meine Tante Solveig Ophaug, die mich mit Geschichten über meine Familie und andere Menschen auf Ørland großgezogen haben. Beide sind leider gestorben, bevor ich das Buch beenden konnte, aber ich denke, sie würden es richtig finden, dass nun Romane geschrieben werden, die von all den stillen Dramen inspiriert sind, die sich in ihrer Kindheit auf der Halbinsel Ørland abgespielt haben. Ein Dank an Unn Lund Grøtan, meine Verwandte, die das Uthaugsgården Museum leitet und alles über die alten Zeiten weiß. Ein Dank an den Leiter der Stiftelsen Uthaugsgården, Oddbjørn Ingebrigtsen, der all meine Fragen über die Verhältnisse auf Ørland seit 1920 geduldig beantwortet hat. Und der mir alle relevanten Auszüge aus Artikeln, Büchern und Abhandlungen geschickt hat, die ich selbst nie gefunden hätte. Ich entschuldige mich bei denen, die mit den Verhältnissen von Ørland und Uthaug vertraut sind, dass ich mir ein paar geographische Freiheiten herausgenommen habe. Dies gilt auch für die Administration des Leuchtturms und die Fährverbindungen. Ein Dank an Per und Gunn Nesset für einen gemütlichen Nachmittag, die offenherzig all meine auf vielen DIN A4-Seiten aufgelisteten Fragen beantwortet haben. Sie wohnen auf dem Hof, der dem Kjeungskjær-Leuchtturm am nächsten liegt – es ist der Hof, auf dem die Familie des Leuchtturmwärters sich früher im Sommer eingemietet hat. Als wir herausfanden, dass Pers nach Amerika ausgewanderter Onkel die Schwester meiner Großmutter mütterlicherseits geheiratet hatte, haben wir uns gefreut, schließlich waren wir damit verwandt. Ein Dank an meine Kusine Nøsse (Anna Husdal) für Kost und Logis auf Ørland. Ein Dank an meine Schreibgruppe, Julie Hastrup, Louise Urth und Helle Vincentz, dass ihr von Anfang an mitgelesen habt. Ein Dank an Claus Kanneworff für seine Kenntnisse über verführerische Stücke für die Violine vom Beginn des 20. Jahrhunderts. Ein Dank an meinen Lektor Sune de Souza Schmidt-Madsen für sein versiertes Lektorat – und nicht zuletzt dafür, dass er mit mir auf der Dachterrasse des Verlages gesessen, über das Leben geredet und die Zigaretten geraucht hat, die wir eigentlich nicht mehr rauchen. Ein Dank an meine zweite Lektorin Anne-Marie Christensen, dass sie mit uns aufs Dach geklettert ist – und dass sie gelesen und mir während des Schreibens Sicherheit gegeben hat. Ein Dank an Kristian Foldager, dass er mit seiner Kamera, Sune und mir auf Ørland herumgereist ist. Und nicht sauer war, als wir ihn mitten in der Nacht geweckt haben, weil wir nach einer halben Flasche schwarzen Schnapses beschlossen hatten, in den Einödhof meiner Familie einzubrechen und die Violine des »Fetten« zu filmen. Leider stellte sich heraus, dass wir für einen Einbruch viel zu anständige Menschen waren, was im Grunde genommen ärgerlich war, denn das wäre die weitaus bessere Geschichte gewesen. Ein Dank an den Enkel des jüngeren Bruders meiner Großmutter, Aase Lydvo Vikan, der ein paar Tage später die Fähre nach Ørland genommen und mich in das Haus gelassen hat, sodass ich die Geige doch noch anfassen konnte. Ein Dank an meine drei Töchter Anemone, Mynte My und Kamille, dass sie in der ganzen Zeit, in der ich geschrieben habe, am Leben geblieben sind, obwohl ich nicht zu Hause war, um sie zu füttern. Ein Dank an meinen Mann Allan, der mir alles abgenommen hat. Und ein Dank an den Statens Kunstfond für die finanzielle Unterstützung – auch der Reisen nach Ørland, Uthaug und zum Kjeungskjær Leuchtturm.